HEYNE BÜCHER

SCIENCE FICTION

Herausgegeben
von Wolfgang Jeschke

Aus der Serie »Die Abenteuer des Raumschiffs ›Enterprise‹«
in der Reihe HEYNE SCIENCE FICTION & FANTASY
sind bereits erschienen:

Vonda N. McIntyre, *Star Trek II: Der Zorn des Khan* · 06/3971
Vonda N. McIntyre, *Der Entropie-Effekt* · 06/3988
Robert E. Vardeman, *Das Klingon-Gambit* · 06/4035
Lee Correy, *Hort des Lebens* · 06/4083
Vonda N. McIntyre, *Star Trek III: Auf der Suche nach Mr. Spock* · 06/4181

VONDA N. McINTYRE

STAR TREK III – AUF DER SUCHE NACH MR. SPOCK

Die neuen Abenteuer des Raumschiffs »Enterprise«

Science Fiction Roman
zum gleichnamigen Film
nach dem Drehbuch von Harve Bennett

Deutsche Erstveröffentlichung

WILHELM HEYNE VERLAG
MÜNCHEN

HEYNE-BUCH Nr. 06/4181
im Wilhelm Heyne Verlag, München

Titel der amerikanischen Originalausgabe
STAR TREK III: THE SEARCH FOR SPOCK
Deutsche Übersetzung von Hans Maeter
Das Umschlagbild schuf Boris Vallejo
Innenfotos: UIP Filmverleih, Frankfurt

Redaktion: Rainer Michael Rahn

Printed in Germany 1984
Umschlaggestaltung: Atelier Ingrid Schütz, München
Gesamtherstellung: Presse-Druck GmbH Augsburg

ISBN 3-453-31153-1

Kapitel 1

Spock war tot.

Die Besatzung der *Enterprise* fand sich auf dem Sportdeck zusammen, um ihres Freundes zu gedenken. Dr. Leonard McCoy, der Bordarzt, trat einen halben Schritt in den Kreis. Als er sein Glas zu einem letzten Trinkspruch erhob, blickte er die anderen nacheinander an. Admiral James Kirk und Dr. Carol Marcus standen zu beiden Seiten von David Marcus, Carols erwachsenem Sohn – der auch Jims Sohn war. Commander Uhura, Chefingenieur Montgomery Scott, Commander Pavel Chekov und Hikaru Sulu, der kürzlich zum Captain befördert worden war, standen nebeneinander auf der einen Seite des Kreises. Jedes der Besatzungsmitglieder zeigte Spuren der harten Tage, die hinter ihnen lagen, mit Ausnahme von Lieutenant Saavik, die nur die unbewegte vulkanische Seite ihrer Ausbildung demonstrierte. Ihre romulanische Hälfte hielt sie, wie immer, unter strikter Kontrolle. Wenn sie, wie die anderen um sie herum, ein Gefühl von Trauer, Verlust oder Zorn über den Tod Spocks, ihres Lehrers, empfand, so hielt sie dies sorgsam verborgen.

McCoy kannte die anderen Mitglieder der Besatzung, die Kadetten erst seit sehr kurzer Zeit, noch nicht einmal lange genug, um sich ihre Namen merken zu können. Er wußte lediglich, daß sie entsetzlich jung waren.

»Auf Spock«, sagte McCoy. »Er hat sein Leben hingegeben, um die unseren zu retten.«

»Auf Spock«, antworteten sie im Chor, mit Ausnahme von Jim, der einen Augenblick nach den anderen »Auf Spock« sagte, nachdem er seine Gedanken wieder in die Gegenwart zurückgeholt hatte, aus einer anderen Zeit, von einem anderen Ort, der tausend Lichtjahre entfernt lag.

Alle anderen tranken. McCoy setzte sein Glas an die Lippen. Der scharfe Geruch von Kentucky Bourbon drang ihm in die Nase. Er verzog das Gesicht. Der Drink war roh und neu, direkt aus dem Synthesizer des Schiffes. Das Unternehmen der *Enterprise* war ein Alarmfall gewesen, eine unerwartete Reise in eine Tragödie, auf die McCoy überhaupt nicht vorbereitet gewesen war.

Er ließ sein Glas sinken, ohne getrunken zu haben.

»Auf Peter«, sagte Montgomery Scott. Sein junger Neffe, der Kadett Peter Preston, war ebenfalls in der Schlacht gefallen, die Spocks Leben gefordert hatte. Scott schien noch etwas sagen zu wollen, brachte die Worte jedoch nicht heraus und leerte statt dessen sein Glas mit einem Zug. Wieder konnte McCoy sich nicht überwinden, etwas von seinem Bourbon zu trinken.

Als alle Gläser nachgefüllt worden waren, trat David Marcus einen Schritt vor.

»Auf unsere Freunde im Spacelab«, sagte er. McCoy tat, als ob er tränke. Er hatte das Gefühl, als ob schon die Alkoholdämpfe ausreichten, um ihn betrunken zu machen.

Als niemand sonst vortrat, um einen Toast auszubringen, löste sich der Kreis auf, und die Leute formierten sich zu kleinen Gruppen. Fast jeder von ihnen begann die Wirkung des Alkohols zu spüren, doch war das Trinken ein vergebliches Bemühen, ihre Trauer zu betäuben.

Wessen dämliche Idee war es eigentlich gewesen, diese Gedenkfeier abzuhalten? fragte sich McCoy. Wer hatte angenommen, daß dies ihnen helfen könnte? Und dann erinnerte er sich: Es waren Scott und er gewesen.

Er trat um den Serviertisch herum, der voller Flaschen stand. Er nahm eine auf, ohne darauf zu achten, was sie enthielt, und füllte ein neues Glas. McCoy und Scott hatten den ganzen Tag darauf verwandt, diese Gedenkfeier vorzubereiten. Der Synthesizer hatte sich Mühe gegeben, ihre Programmierungen auszuführen, was ihn jedoch fast überfordert hatte. Äthyl-Alkohol war eine recht simple chemische Substanz, doch die Zusammensetzungen, die jeder anständige Alkohol erforderte, waren den Datenspeichern des Schiffes fremd. Alles roch gleich: stark und roh.

Montgomery Scott trat langsam auf McCoy zu, blieb stehen und starrte mit ausdruckslosem Gesicht auf den Tisch mit den halb geleerten Flaschen. McCoy fischte eine heraus, ohne zu prüfen, was sie enthielt, und reichte sie dem Chefingenieur des Schiffes.

»Das ist Scotch, vermute ich«, sagte er. »Oder zumindest etwas Ähnliches.«

Scotts Augen waren glasig vor Erschöpfung und Trauer.

»Ich kann mich noch gut an die Zeit erinnern, als Peter noch ein kleiner Junge war, und wo er...« Scotts Stimme erstarb; er war unfähig weiterzusprechen. »Ich weiß noch, wie Mr. Spock zu mir sagte...« Wieder brachte er den Satz nicht zu Ende. Er nahm einen tiefen Schluck, direkt aus der Flasche, erstickte fast daran, nahm jedoch noch einen, und noch einen, wie von einem Zwang getrieben. Er und McCoy hatten diese Gedenkfeier geplant und auf ihre Abhaltung bestanden, obwohl es den Traditionen der meisten der Besatzungsmitglieder widersprach.

»Dies hilft nichts, Doktor«, sagte Scotty. »Ich kann es nicht länger ertragen.«

McCoy stieg auf einen Stuhl. Er blickte hinab und zögerte. Das Deck lag lächerlich tief unter ihm, und in einem seltsamen Winkel, als ob die künstliche Schwerkraft ausgefallen wäre. McCoy hielt sich im Gleichgewicht und stieg auf den Tisch, trat mit den Füßen vorsichtig zwischen die Flaschen mit bernsteinfarbener Flüssigkeit. Dann erinnerte er sich an ein fremdartiges alkoholisches Getränk, das von den Menschen der Erde Amber genannt wurde. Er hatte es nicht vom Synthesizer angefordert, weil man für seine Zubereitung ein fremdes Insekt benötigte, um sein richtiges Aroma herauszubringen. McCoy fühlte sich ein wenig übel.

Sein Fuß berührte eine der Flaschen – sehr leicht, wie er glaubte – die Flasche fiel um, und der Inhalt gluckerte heraus, rann über den Tisch und tropfte zu Boden. McCoy kümmerte sich nicht darum.

»Dies ist eine Gedenkfeier, kein Begräbnis!« sagte er und schwieg dann verwirrt. Irgendwie klang das nicht richtig. Er begann erneut. »Wir sind hier zusammengekommen, um die Leben unserer Freunde zu feiern – nicht, um ihren Tod zu betrauern.« Alle blickten ihn an. Das störte ihn, und er dachte: Warum bist du auf den Tisch gestiegen, wenn du nicht willst, daß die anderen dich anblicken?

»Trauer«, sagte McCoy langsam, »ist nicht logisch.«

»Pille«, sagte Jim Kirk, der unter ihm und ein wenig hinter ihm stand, »komm herunter.«

Selbst in seinem seltsamen Geisteszustand konnte McCoy die Schärfe in Kirks Stimme wahrnehmen. Seit zwanzig Jahren waren sie Freunde, und trotzdem war Kirk noch in der Lage den Vorgesetzten hervorzukehren. McCoy wandte sich zu ihm um und schwankte. Jim packte ihn beim Arm und drückte fester zu, als es nötig gewesen wäre.

»Wer hat dich nur geritten, so etwas zu tun?« sagte Kirk wütend. Doch selbst die Wut reichte nicht aus, seinen Schmerz zu verbergen.

»Weiß nicht, was du meinst«, sagte McCoy. Unter sorgfältiger Wahrung seiner Würde ließ er sich von Admiral Kirk helfen, als er vom Tisch stieg.

David Marcus hatte die Trinkfestigkeit seiner Mutter geerbt. Er hatte mehrere Gläser eines Getränks zu sich genommen, daß genauso stark wie geschmacklos und klar war. Trotz einer gewissen Distanziertheit seiner Wahrnehmung fühlte er sich verzweifelt nüchtern. Seine Hände waren absolut ruhig, sein Schritt war sicher.

McCoy und Scott hatten darauf bestanden, diese lächerliche Gedenkfeier abzuhalten, und es durch Bitten, Überreden, Befehlen und Brüllen erreicht, die ganze Besatzung auf diesem Deck zusammenzubringen. Allein, in Paaren oder in kleinen Gruppen standen die Leute jetzt in dem riesigen Raum. An seinem anderen Ende schienen Dr. McCoy und Admiral Kirk zu argumentieren. Kirk wirkte wütend und gleichzeitig besorgt, McCoys Gesicht zeigte einen verschlossenen Ausdruck.

Sie sind beide stockbesoffen, dachte David. James T. Kirk, der Held der Galaxis, ist betrunken. Mein illegitimer Vater ist betrunken.

David hatte sich noch nicht ganz an diese Vaterschaft gewöhnt, die ihm erst kürzlich enthüllt worden war.

»Dr. Marcus...«

David zuckte zusammen. Er war so tief in Gedanken gewesen, daß er nicht bemerkt hatte, wie Captain Sulu auf ihn zugetreten war.

»Es würde sicher alles erleichtern, wenn Sie und alle anderen mich einfach David nennen würden«, sagte er.

»Gut, also David«, sagte Sulu. »Ich habe gehört, daß ich Ihnen einigen Dank schulde.«

David blickte ihn mit unbewegtem Gesicht an.

»Für die Rettung meines Lebens«, sagte Sulu mit einem kleinen Lächeln.

David wurde rot. Er blickte automatisch auf Sulus Hände, die durch den elektrischen Stromstoß schwer verbrannt worden waren. Die künstliche Haut, die die Wunden verdeckte, glänzte matt.

Sulu hob seine Hände, mit nach oben gekehrten Handflächen. »Das Zeug kommt in zwei Tagen wieder herunter – es bleiben nicht einmal Narben zurück.«

»Ich habe Sie beinahe umgebracht«, sagte David.

»Was?«

»Es ist wahr, daß ich an Ihnen Wiederbelebungsversuche unternommen habe. Aber es ist genauso wahr, daß ich alles verkehrt gemacht habe. Ich hatte so etwas noch nie zuvor getan. Ich bin kein Arzt, sondern nur Biochemiker.«

»Trotzdem: ich bin am Leben, weil Sie getan haben, was Ihnen möglich war. Ob es nun falsch war oder nicht: Sie haben verhindert, daß ich starb oder daß mein Gehirn irreparabel geschädigt wurde.«

»Trotzdem habe ich versagt.« Wie ich bei allem versagt habe, das ich während der letzten zwei Jahre tat, dachte David.

»Es mag für Sie nichts bedeuten«, sagte Sulu. »Aber für mich schon.« Er wandte sich ab.

David wurde wieder rot, als er erkannte, wie ungehobelt und selbstsüchtig seine Worte geklungen hatten. »Captain... ah...« Er wußte nicht, wie er sich entschuldigen sollte.

Sulu blieb stehen und wandte sich wieder David zu.

»David«, sagte er, behutsam und freundlich, »ich möchte Ihnen einen kleinen Rat geben. Wenn wir zur Erde zurückkehren, werden Sie und Ihre Mutter im Zentrum konzentrierter Aufmerksamkeit stehen. Von einigen werden Sie kritisiert werden, doch das meiste wird für Sie sehr schmeichelhaft sein. Anfangs werden Sie glauben, daß die Kritik am schwersten zu verkraften ist. Doch nach einer Weile werden Sie erkennen, daß es weitaus härter ist, Anerkennung und Lob taktvoll entgegenzunehmen.« Er blickte David an.

David starrte zu Boden, dann hob er den Kopf und hielt Sulus Blick stand.

»Aber das muß ich noch lernen, nicht wahr?« fragte er.

»Ja«, antwortete Sulu. »Das müssen Sie noch lernen.«

»Entschuldigen Sie«, sagte David. »Ich bin ehrlich froh, daß Sie alles gut überstanden haben. Ich wollte nicht gleichgültig erscheinen. Als man Sie ins Bordlazarett brachte, erkannte ich, daß ich alles falsch gemacht hatte. Ich wußte nicht, ob Sie durchkommen würden.«

»Dr. Chapel sagte mir, daß ich es schaffen würde.«

David bemerkte, daß Sulu vermied, McCoy zu erwähnen, hielt es jedoch für besser, nichts dazu zu sagen. Es reichte ihm, einmal gründlich ins Fettnäpfchen getreten zu sein.

»Ich bin froh, etwas für Sie getan haben zu können«, sagte David.

Sulu nickte und ging fort. David hatte nicht darauf geachtet, ob Sulu bei den Toasts getrunken hatte, doch der junge Captain wirkte völlig nüchtern.

Vielleicht ist er im Moment der einzige nüchterne Mensch an Bord, überlegte David.

Doch dann bemerkte er Lieutenant Saavik, die allein neben der Tür stand und die anderen mit ausdruckslosem Gesicht boebachtete. David beobachtete sie seinerseits mehrere Minuten lang. Damals, auf Regulus I, hatte sie ihm erklärt, daß Spock das wichtigste Vorbild in ihrem Leben sei. Spock hatte sie aus dem kurzen, brutalen Leben errettet, das ein Halbblutkind auf einem aufgelassenen romulanischen Kolonial-

Planeten erwartet. Spock hatte ihre Erziehung und Ausbildung überwacht. Er hatte dafür gesorgt, daß sie die Starfleet-Akademie besuchen konnte. Er war, vermutete David, fast so etwas wie ein Vater für dieses Mädchen, das nie eine Familie gekannt hatte. Dies war ein sehr delikates Thema. Sie sprach nur selten darüber, wie die Rassenmischung, der sie ihr Dasein verdankte, zustande gekommen sein mochte.

David trat lautlos hinter sie.

»Hallo David«, sagte sie ohne sich umzuwenden, als er seinen Mund öffnete, um sie anzusprechen.

»Hallo«, sagte er und versuchte, so zu tun, als ob er von ihrer übersinnlichen Wahrnehmung nicht überrascht wäre.

»Kann ich Ihnen einen Drink holen?«

»Nein. Ich trinke niemals Alkohol.«

»Warum nicht?«

»Er hat eine sehr unglückselige Wirkung auf mich.«

»Aber dazu ist er doch da. Er würde Ihnen helfen, sich zu entkrampfen. Er würde Ihnen helfen zu vergessen.«

»Was zu vergessen?«

»Schmerz. Trauer. Mr. Spocks Tod.«

»Ich bin Vulkanierin. Ich kenne weder Schmerz noch Trauer.«

»Sie sind nicht ganz Vulkanierin.«

Sie überhörte seinen Einwand. »Um Mr. Spocks Tod vergessen zu können, David, müßte ich Mr. Spock vergessen. Und das kann ich nicht. Das will ich auch nicht. Die Erinnerung an ihn ist überall um mich herum. Manchmal habe ich das Gefühl, als ob er...« Sie verstummte. »Ich werde ihn nie vergessen«, sagte sie dann.

»Ich habe auch nicht gesagt, daß Sie das versuchen sollen. Ich meinte nur, daß Sie sich nach einem Drink leichter fühlen würden.«

»Wie ich schon andeutete, ist die Wirkung von Alkohol auf mich nicht günstig.«

»Was geschieht dabei?«

»Das interessiert Sie bestimmt nicht.«

»Sehr sogar. Ich bin schließlich Wissenschaftler, wie Sie

sich vielleicht erinnern. Immer begierig auf etwas, das man analysieren kann.«

Sie blickte ihm in die Augen und sagte: »Alkohol löst bei mir eine Rückentwicklung aus, die dazu führt, daß die romulanischen Elemente meines Charakters dominieren.«

David grinste. »Klingt interessant.«

»Es würde Ihnen nicht gefallen.«

»Das weiß man nie, bevor man es versucht hat.«

»Haben Sie jemals einen Romulaner kennengelernt?«

»Nein.«

»Dann seien Sie froh«, sagte sie trocken.

Carol Marcus fühlte sich sehr einsam bei der Gedenkfeier für Mr. Spock. Sie saß auf der Armlehne einer Couch, halb verborgen in dem gedämpften Licht, in einer Ecke des Raums. Sie war dankbar für die durchsichtige Wand, die der Alkohol zwischen ihr und den anderen Menschen errichtet hatte, zwischen ihr und ihren Gefühlen. Sie wußte, daß es Sinn und Zweck dieser Gedenkfeier war, Gefühle freizusetzen, doch sie hielt ihre Trauer fest unter Kontrolle. Wenn sie ihr die Zügel schießen ließ, würde sie wahnsinnig werden, fürchtete sie.

Die jammervolle Versammlung beleidigte das Andenken ihrer Freunde, anstatt es zu würdigen. Vielleicht hielten Mr. Scott und Dr. McCoy sie dem Gedenken an Captain Spock und Mr. Scotts jungen Neffen für angemessen. Doch die Trauer einiger weniger Veteranen der Starfleet und einer Horde von Kadetten, die kaum aus dem Kindesalter heraus waren und sich verstohlen betranken, war für Carol kein Trost über den Verlust ihrer Freunde des Spacelab-Teams. Immer wieder erwartete sie, Del Marchs fröhliche Profanitäten zu hören, oder Zinaida Chitirih-Rah-Payjhs leises, musikalisches Lachen. Sie erwartete, Jedda Adzhin-Dall vorüberschreiten zu sehen, eingehüllt in das Glühen der unvermeidlichen sexuellen Anziehungskraft eines Deltaners. Und sie erwartete zu jeder Sekunde Vance Madisons tiefe, sonore Stimme zu hören, oder ihn zu sehen, wenn sie durch den

Raum blickte, oder die Berührung seiner sanften Hand spüren zu können.

Doch nichts davon würde jemals wieder geschehen. Ihre Mitarbeiter, ihre Freunde, waren tot, aus Rache für den Fehler eines anderen ermordet.

Jim Kirk konnte McCoy vom Tisch helfen und ihn aus dem Zentrum des Interesses bringen, bevor der Arzt zu viel Aufmerksamkeit erregte und, wie Kirk hoffte, ohne ihn oder sich zum Narren zu machen.

»Ich glaube, du hast zu viel getrunken, Pille«, sagte er.

»Ich?« sagte McCoy. »Ich habe noch *längst* nicht genug.«

Kirk versuchte, seinen Ärger über McCoys kindisches Benehmen im Zaum zu halten. »Warum schläfst du nicht ein wenig? Morgen früh wirst du dich bestimmt besser fühlen.«

»Ich werde mich morgen früh entsetzlich fühlen, Jim, und auch übermorgen früh, und auch...«

»Du wirst dich noch entsetzlicher fühlen, wenn du dich mit einem Kater auseinandersetzen mußt *und* den Resultaten deiner vorlauten Klappe.«

McCoy runzelte die Stirn und blickte ihn unsicher an; offensichtlich begriff er nicht, was Kirk meinte. Kirk spürte eine leichte Beunruhigung. McCoy hatte normalerweise seine fünf Sinne beisammen, auch wenn er ein paar Gläser zu viel getrunken hatte. Seine übliche Reaktion auf Trunkenheit war sogar eine größere Klarheit und Direktheit seiner Gedanken. Kirk blickte umher, sah sich nach Chris Chapel um. Er hoffte, daß es ihm mit ihrer Hilfe gelingen würde, McCoy entweder nüchtern zu kriegen oder ihn zu Bett zu bringen. Doch Chris Chapel war nirgends zu entdecken. Er konnte es ihr nicht verdenken, daß sie dieser Trauerfeier aus dem Weg gegangen war. Er wünschte selbst, irgendwo anders zu sein. Er war nur gekommen, weil McCoy darauf bestanden hatte. Chris war anscheinend zu dem Schluß gelangt, vermutete Jim, daß die Gardinenpredigt, die sie von McCoy und Scott zu hören kriegen würde, wenn sie dieser Veranstaltung fernblieb, weniger unangenehm war, als an ihr teilzunehmen. Und damit hatte sie wahrscheinlich recht, dachte Jim.

»Na, nun komm schon, Pille«, sagte er. Wenn er den Arzt im Bordlazarett hatte, konnte er ihn vielleicht dazu überreden, sich selbst ein Mittel gegen seinen Kater zu verschreiben und zu Bett zu gehen.

»Geh nirgends hin«, murmelte McCoy. Er befreite sich aus Kirks Griff. »Nur dahin.« Langsam und behutsam trat er zu einem Sessel und ließ sich auf ihm nieder, als ob er beabsichtigte, dort die Nacht zu verbringen. Jetzt würde es zu einer Szene kommen, wenn Jim versuchte, ihn zu seiner Kabine zu schaffen. Andererseits machte McCoy jedoch nicht den Eindruck, als ob er dazu fähig wäre, weitere Proklamationen von sich zu geben. Jim seufzte und ließ ihn in seinem Sessel sitzen.

Jim ging zur anderen Seite des Raums und trat zu Carol. Sie war allein, umgeben von Schatten. Sie hatten seit ihrem Wiedersehen kaum Zeit gefunden, miteinander zu sprechen. Jim war sich nicht einmal sicher, ob sie überhaupt mit ihm sprechen wollte. Er jedoch wollte es, wollte etwas über ihr Leben erfahren, wissen, wie es ihr während der zwanzig Jahre ergangen war, seit sie sich zum letzten Mal gesehen hatten. Vor allem jedoch wollte er mit ihr über David sprechen. Jim gewöhnte sich allmählich an den Gedanken, einen erwachsenen Sohn zu haben. Ihm gefiel mittlerweile die Vorstellung, den jungen Mann kennenzulernen.

»Hallo, Carol«, sagte er.

»Jim.«

Ihre Stimme war ruhig und beherrscht. Er erinnerte sich, daß sie schon immer alle anderen unter den Tisch trinken konnte, ohne eine Wirkung des Alkohols zu zeigen.

»Ich habe an Spacelab gedacht«, sagte sie. »Und an die Leute, die ich zurückließ.«

»Ihr habt dort phantastische Arbeit geleistet, du und David.«

»Nicht nur wir beide, es war das ganze Team. Ich habe noch nie mit einer so unglaublichen Gruppe gearbeitet. Wir waren trunken von den Ideen der anderen. Ich konnte das

Team führen, doch Vance war sein Katalysator. Er war außergewöhnlich...«

»Spock hat sehr viel von ihnen gehalten«, sagte Jim. Es überraschte ihn, daß ihm der Name seines toten Freundes so leicht von den Lippen kam.

»Vance war der einzige, der in der Lage war, seinen Partner daran zu hindern, ganz über Bord zu gehen. Er besaß eine Art innerer Ruhe und Ausgeglichenheit, die...«

»Die beiden waren es doch, die nebenbei Computerspiele entwickelt haben, nicht wahr? Ich habe gehört, wie zwei Kadetten darüber sprachen.«

»...sich auf uns alle übertrug.«

»David und Lieutenant Saavik scheinen sich recht gut zu verstehen«, sagte Jim. David und Saavik standen am anderen Ende des Raums beieinander, in ein angeregtes Gespräch vertieft.

»Scheint so«, sagte Carol ausdruckslos.

»Sie ist sehr vielversprechend. – Spock hat ihr eine große Zukunft vorausgesagt.«

»Ja.«

»Es tut mir leid, daß ich David unter so unglücklichen Umständen kennenlernen – und dich wiedersehen mußte«, sagte er.

Der Ausdruck ihrer Augen war kalt und bitter und voller Schmerz.

»So kann man es auch nennen«, sagte sie.

»Carol...«

»Ich gehe schlafen«, sagte sie abrupt. Sie stand auf und schritt aus dem Raum.

Jim folgte ihr. »Ich bringe dich zu deiner Kabine«, sagte er. Ihr Schweigen nahm er als Zustimmung.

Saavik blickte Admiral Kirk und Dr. Carol Marcus mit einigem Interesse nach, als sie gemeinsam hinausgingen. Sie wußte natürlich, daß sie vor vielen Jahren zusammen gewesen waren. Sie fragte sich, ob sie jetzt ihre Beziehung wiederaufnehmen wollten. Sie hatte jedoch die Gepflogenheiten jüngerer Erdenmenschen beobachtet, als sie an der Raum-Akademie studierte, und sie bemerkte jetzt, daß es keinerlei Anzeichen einer starken Anziehungskraft zwischen Kirk und Dr. Marcus gab. Doch vielleicht waren die Verhaltensformen älterer Menschen anders, oder diese beiden waren einfach zu scheu, um ihre Zuneigung zu zeigen. Mr. Spock hatte ihr erklärt, daß sie sich bemühen müsse, das Verhalten von Menschen zu verstehen. Um ihr Wissen auf diesem Gebiet zu erweitern, beschloß sie, den Admiral und die Wissenschaftlerin von nun an genau unter Beobachtung zu halten und zu sehen, was passieren würde.

Als Dr. Marcus und der Admiral den Raum verlassen hatten, wandte Saavik ihre Aufmerksamkeit wieder den allgemeinen Vorgängen zu. Sie fragte sich, ob es irgend etwas Bestimmtes gab, das man von ihr erwartete. Nach dem Tod von Mr. Spock und Peter Preston hatte sie ihren eigenen Bräuchen gemäß während der Nacht vor Mr. Spocks Begräbnis die Totenwache gehalten. Erst gestern morgen hatte sie gemeinsam mit den anderen Mitgliedern der Schiffsbesatzung in Formation gestanden und seinen Sarg zu dem Genesis-Planeten geschossen. Sie wünschte, daß man den Körper des jungen Peter ebenfalls in den Raum hätte schikken können. Er hatte die Sterne geliebt, und Saavik glaubte, daß es ihn gefreut hätte, wenn er zu Sternstaub geworden wäre. Doch sein Körper war Mr. Scotts Verantwortung, und der hatte darauf bestanden, daß er zur Erde zurückgebracht und in der Familiengrabstätte beigesetzt würde.

Jeder an Bord nahm an, daß der Sarg mit Mr. Spocks Leiche in der äußeren Atmosphäre des Genesis-Planeten verbrennen würde. So jedenfalls hatte Admiral Kirk es beabsichtigt. Doch Saavik hatte sich nicht an seinen Befehl gehalten. Statt dessen hatte sie einen Kurs programmiert, der sich mit der letzten abklingenden Resonanz des Genesis-Effekts kreuzte. Wenn der Sarg den Rand der Welle erreichte, war die Materie explodiert und würde in Energie verwandelt. Innerhalb dieser Welle verschmolz die Enerige, die Spocks Körper gewesen war, innerhalb beinahe unmeßbarer Sekundenbruchteile zu sub-quarkianischen Partikeln und wurde dann, mit der gleichen Geschwindigkeit, zu normaler atomarer Materie. Jetzt war er Teil jenes fernen Planeten. Er war fort. Sie würde ihn nie wiedersehen.

Sie fragte sich, wie lange sie noch unter dem dauernden unlogischen Eindruck stehen würde, daß er sich ganz in der Nähe befand.

»David«, sagte sie plötzlich, »was ist der Sinn dieser Zusammenkunft?«

David zögerte, weil er sich fragte, ob er ihn gut genug verstand, um ihn einem anderen erklären zu können. »Es ist eine Tradition«, sagte er. »Es ist, wie es Dr. McCoy vorhin erklärt hat, eine Feier für die Leben der Menschen, die gestorben sind.«

»Wäre es nicht sinnvoller zu feiern, solange der Betreffende noch lebt?«

»Woher soll man wissen, wann es an der Zeit ist, so eine Feier abzuhalten?«

»Das könnte man doch tun, wann immer es einem gefällt. Dann wäre das Sterben unnötig. Der Mensch, für den die Feier veranstaltet wird, könnte selbst an ihr teilnehmen, und niemand brauchte traurig zu sein.«

David fragte sich, ob sie ihn auf den Arm nehmen wollte. Doch das war eine ungerechtfertigte Verdächtigung. Außerdem konnte er ihren Standpunkt verstehen.

»Wissen Sie«, sagte er, »das Begräbnis gestern, und die heutige Gedenkfeier... sie sind nicht eigentlich für die Toten.«

»Das verstehe ich nicht.«

»Sie sind für die Leute, die zurückbleiben. Alle Leute – Menschen, meine ich – müssen ihren Gefühlen Ausdruck verleihen. Sonst vergraben wir sie in uns, und sie machen uns krank.«

Das klang für Saavik, die ihr halbes Leben darauf verwandt hatte, die Beherrschung ihrer Gefühle zu erlernen, wie reiner Humbug. »Sie meinen damit, diese Prozedur soll dazu dienen, daß die Menschen sich besser fühlen?«

»Richtig.«
»Warum sehen dann alle so unglücklich aus?«
David konnte sich nicht beherrschen. Er lachte.

Der Tür-Sensor von Carols Kabinentür spürte ihr Näherkommen, und die Tür glitt auf. Carol blieb stehen. Jim blieb stehen. Carol sagte nichts. Jim versuchte, die richtigen Worte zu finden.

»Carol...

»Gute Nacht, Jim.«

»Aber...«

»Laß mich in Ruhe!« sagte sie scharf.

»Ich dachte...«

»Was dachtest du? Daß du jetzt hereinkommen und da weitermachen könntest, wo du vor zwanzig Jahren aufgehört hast?«

»Ich hatte mehr in der Wir-Form gedacht.«

»Wie reizend. – Es hat nie ein ›Wir‹ gegeben.«

»Aber es gibt David.«

»Bildest du dir wirklich ein, du bist so gut im Bett, daß eine Frau nach dir keinen anderen Mann haben will? Glaubst du, daß ich all die Jahre weiter nichts getan habe, als auf dich zu warten?«

»Nein, natürlich nicht. Aber...« Er stoppte mitten im Satz. Daß sie etwas mit einem anderen Mann gehabt haben konnte, war ihm einfach nicht eingefallen, und es war ihm peinlich, es einzugestehen. »Natürlich habe ich das nicht angenommen«, sagte er. »Aber wir waren doch einmal sehr eng miteinander verbunden, und wir sind beide allein...«

»Allein!« Ihre Augen füllten sich plötzlich mit Tränen.

»Carol, ich verstehe nicht...«

»Vance Madison und ich haben uns geliebt!«

»Das wußte ich nicht«, sagte er lahm.

»Du hättest es gewußt, wenn du zugehört hättest. Ich habe versucht, über ihn zu sprechen. Ich wollte mit irgend jemand über ihn sprechen. Selbst mit dir. Ich möchte, daß Menschen sich an ihn erinnern. Er verdient es, daß man sich an ihn erinnert. Ich träume ständig von ihm – ich träume davon, wie er gestorben ist…«

Jim trat einen Schritt zurück, entzog sich der Wut und der Anklage, die in ihrer Stimme lagen. Sein alter Feind, Khan Singh, hatte alle Angehörigen des Genesis-Teams ermordet, alle außer Carol und David. Die Menschen, die er gefangengenommen hatte, weigerten sich, ihm die Informationen zu geben, die er von ihnen forderte, also hatte er sie getötet. Vance Madison hatte er die Halsschlagader aufgeschnitten und ihn langsam verbluten lassen.

Carol stürzte in ihre Kabine. Die Tür glitt hinter ihr zu und ließ Jim Kirk allein im Korridor zurück.

David hörte auf zu lachen. Er wischte sich die Tränen aus den Augen. Saavik wartete darauf, daß er ihr erklärte, was so komisch war.

Sie blickte ihn aufmerksam an. Er sah auf. Ihre Blicke trafen sich.

Er blickte rasch zur Seite, sah sie dann wieder an.

Davids Augen waren klar und von intensivem Blau.

Sie streckte ihm ihre Hand entgegen, wurde sich plötzlich bewußt, was sie tat, und erstarrte mitten in der Bewegung. David griff nach ihrer Hand, bevor sie sie zurückziehen konnte.

»Was ist?« fragte er. Er umfaßte ihre Hand mit sanftem Griff.

Er konnte ihre Hand nicht gegen ihren Willen festhalten. Sie konnte ihm die Knochen zerquetschen, wenn sie nur ihre Finger zur Faust ballte. Doch das hatte sie nicht vor.

»Seit vielen Jahren«, sagte Saavik, »versuche ich, Vulkanierin zu sein.«

»Ich weiß.«

David war einer der wenigen Menschen, mit denen sie jemals über ihre Abstammung gesprochen hatte. Obwohl sie gelernt hatte, ihre Emotionen weitgehend unter Kontrolle zu halten, redete sie sich niemals ein, daß sie nicht existierten.

»Aber ich bin nicht ganz Vulkanierin und werde es auch

nie sein«, sagte sie, »genausowenig wie Mr. Spock. Er sagte mir einmal...« Sie zögerte, unsicher über Davids Reaktion. »Er sagte, ich sei einmalig und müßte meinen eigenen Weg finden.«

»Ein guter Rat für jeden«, sagte David.

Saavik zog ihre Hand aus Davids Griff und nahm sein Glas auf. Sie nahm einen kleinen Schluck. Der rohe, ungelagerte Alkohol rann wie flüssiges Feuer über ihre Zunge, und seine Dämpfe schienen direkt in ihr Gehirn zu dringen. Sie stellte das Glas ab. David blickte sie neugierig an.

»David«, sagte sie zögernd, »ich habe den Eindruck, daß Sie positive Gefühle für mich haben. Ist es so?«

»Sehr positive sogar.«

»Werden Sie mir helfen, meinen Weg zu finden?«

»Wenn ich es kann.«

»Wollen Sie mit mir in meine Kabine gehen?«

»Ja«, sagte er.

»Jetzt?«

Statt einer Antwort nahm er wieder ihre Hand in die seine, und sie verließen zusammen den großen Raum.

Jim Kirk ging den Korridor entlang, erregt, wütend, verwirrt.

Er wäre beinahe in seinen Sohn und Lieutenant Saavik hineingerannt.

»Oh... hallo.« Er riß sich zusammen. Lange Jahre der Erfahrung hatten ihn zu einem Experten der Kunst gemacht, Bedrückung vor Untergebenen zu verbergen.

»Ah... hallo«, sagte David. Saavik sagte nichts; sie blickte ihn nur mit ihrer kühlen Unerschütterlichkeit an.

»Ist es euch da drin zu viel geworden?« fragte Kirk mit einer Kopfbewegung auf den hinter ihnen liegenden großen Raum. »Ich hätte McCoy und Scott niemals nachgeben dürfen.«

Sie sahen ihn an, ohne zu antworten.

Erst nach langem Zögern sagte Saavik: »Es ist eine Zeremonie, die Captain Spock nicht gebilligt haben würde. Sie ist weder logisch noch rational.«

Kirk zuckte zusammen, als er das Echo von Spocks Stimme in ihren Worten vernahm. Er hatte Spock länger gekannt als sie, doch sie hatte während der letzten Jahre mehr und enger mit dem Vulkanier zusammengearbeitet, da Kirk durch unendlichen Papierkram an den Schreibtisch gefesselt war.

»Vielleicht haben Sie recht«, sagte er. »Doch Begräbnisse und Trauerfeiern sind nicht für die Toten, sondern für die Menschen, die sie zurücklassen.«

»Es ist interessant«, sagte Saavik, »daß David genau dasselbe gesagt hat. Doch ich verstehe diese Erklärung nicht.«

»Sie ist auch nicht leicht zu verstehen«, sagte Kirk. »Und ich sehe ein, daß Sie keinen Zusammenhang zwischen Spock und einer Versammlung, erkennen können, auf der jeder versucht, sich gründlich zu betrinken. Ich habe mich auch verdrückt und wollte gerade zum Observationsdeck. Ist einer von euch schon mal dort oben gewesen? Du hast bestimmt noch keine Gelegenheit dazu gehabt, David. Habt ihr Lust, mitzukommen?«

»Ich kenne das Observationsdeck«, sagte Saavik.

»Sicher möchte ich es gerne sehen«, sagte David, »aber nicht gerade jetzt. Lieutenant Saavik wollte gerade zur Brücke, um einige Navigattionsdaten nachzuprüfen.«

Kirk blickte von David zu Saavik und wieder zurück. Saavik wollte etwas sagen, unterließ es jedoch. Als Davids fast durchsichtig helle Haut sich leicht rötete, erkannte Kirk, daß er zum zweiten Mal innerhalb von zehn Minuten ins Fettnäpfchen getreten war. Er spürte, daß auch er rot wurde.

»Ich verstehe«, sagte er. »Das ist natürlich sehr wichtig. Also macht weiter.« Er wandte sich um und ging rasch weiter.

Saavik blickte ihm nach, bis er um eine Ecke verschwand.

»Aber es muß doch auf der Brücke nichts nachgeprüft werden, David.«

»Ich mußte schließlich irgend etwas sagen«, antwortete David. »Ich wollte mit ihm nicht über unsere persönlichen Angelegenheiten sprechen. Die gehen ihn schließlich nichts an.«

»Aber warum hat er dich dann nicht darüber informiert, daß der Computer jede Veränderung im Status des Schiffes melden würde?«

»Das weiß ich nicht«, sagte David, obwohl er es sehr gut wußte.

»Er hat seit vielen Jahren kein Starship mehr kommandiert«, sagte sie. »Vielleicht hat er es vergessen.«

»So muß es sein.«

Sie gingen weiter den Korridor entlang auf Saaviks Kabine zu. Als sie eintraten, blinzelte David, um seine Augen an die schwache Beleuchtung zu gewöhnen. Der Raum enthielt keinerlei persönliche Dinge, nur die nüchterne Einrichtung, wie sie auf den Schiffen der Starfleet üblich war, doch die warme und sehr trockene Luft hatte ein heißes, harziges Aroma, wie sonnengebackene Kiefern an einem Sommertag.

Saavik blieb stehen, mit dem Rücken zu David.

»Saavik.« David räusperte sich. »Ich wollte nur sagen... vielleicht brauchen wir uns darüber keine Sorgen zu machen, doch dort, wo ich aufgewachsen bin, gilt es als höflich, einer Frau zu sagen... ich habe alle meine Examen in Biokontrolle bestanden.«

»Ich auch«, sagte sie leise. »Doch habe ich alle Informationen über die Regulierung der Reproduktionsfähigkeit lediglich als eine interessante Thematik betrachtet. Bis heute...« Ihre Stimme verebbte.

David sah, daß sie zitterte. Er legte ihr sanft die Hände auf die Schultern.

»Ich bin sehr weit gereist, und ich habe vieles gesehen«, sagte Saavik. »Ich habe studiert... doch Studieren und Tun sind so völlig verschieden.«

»Ich weiß«, sagte David. »Es ist gut. Es wird alles gut.«

Saavik wandte sich ihm zu und streckte ihre Arme aus. Ihr Haar fiel frei um ihre Schultern. Es war dicht und weich und schwarz und es roch nach Kiefernnadeln.

Jim Kirk ging wirklich zum Observationsdeck. Er ließ die Blenden aufgleiten und blickte lange zu den Sternen hinaus.

Nach einer Weile verdrängte der Romantiker in seiner Seele den Admiral. Der Schmerz und die Trauer um den Tod Spocks wurden leichter, das peinliche Zusammentreffen mit David und Saavik erschien ihm jetzt eher als ein komischer Zwischenfall, und selbst sein Mißverstehen von Carols Wünschen verlor seinen Stachel. Die ganze Galaxis lag um ihn herum.

Er glaubte noch immer, den Stern des Genesis-Planeten sehen zu können, weit, weit entfernt, ein heißer, weißglühender Stern, dessen Farbe gelblicher wurde, als die *Enterprise* sich von ihm entfernte, ein nicht sehr eindrucksvoller junger Stern, der in den planetaren Nebeln, die ihn umgaben, den Resten des Mutara-Nebels, verschwommen wirkte. Die Materie der Nebel war von der Genesis-Welle auseinandergesprengt worden, zu Staub, der subatomar war, jenseits von subatomaren Partikeln lag, jenseits von Quarks, der in der Region der subelementaren Partikel lag, die Vance Madison und sein Partner Del March aus einer Laune heraus als ›Snarks‹ and ›Boojums‹ bezeichnet hatten.

Khan Singh hatte die Genesis-Welle ausgelöst, als er versuchte, Jim Kirk zu vernichten, was ihm auch beinahe gelungen war. Und damit hatte er einen Vorgang eingeleitet, der... der was? Das konnte selbst Carol nicht sagen. Die Resonanzen in der Welle waren dazu bestimmt, auf eine völlig andere Umwelt zu wirken. Niemand konnte wissen, was auf dem Genesis-Planeten in die Wege geleitet worden war, ohne dorthin zurückzugehen und sich selbst davon zu überzeugen. Jim Kirk hatte mehrere Gründe dafür, das anzuordnen und es selbst durchzuführen. Er allein trug die Verantwortung.

Doch vorher mußte er zur Erde zurückkehren. Und dazu mußte er eine Crew haben, die morgen früh an etwas anderes denken konnte als an ihren Kater. Er erkannte, daß er fast eine Stunde lang allein hier oben gesessen hatte, und entschied, daß es an der Zeit war, zu den anderen zurückzugehen und die Flaschen zu verkorken.

Er ließ die Blenden zugleiten und schloß die Sterne aus.

David lag im Halbschlaf in der Wärme von Saaviks Körper. Vulkanier – und auch Romulaner, nahm er an – hatten eine Körpertemperatur, die um mehrere Grade höher lag als die der Menschen.

»Neben dir zu liegen ist so, als ob man an einem heißen Sommertag im Schatten eines Baumes ruht«, sagte Saavik.

David lachte verschlafen. »Du mußt Gedanken lesen können.«

»Ein wenig«, gab sie zu. »Vulkanier und Romulaner besitzen einige übersinnliche Kräfte. Die meinen sind allerdings sehr gering. Aber warum hast du das eben gesagt?«

»Weil ich gerade dachte, daß man neben dir das Gefühl hat, am ersten warmen Frühlingstag in der Sonne zu liegen.«

Sie wandte sich plötzlich ihm zu und drückte ihn an sich. Ihr Haar fiel über seine Schultern. Er legte seine Arme um sie und hielt sie fest. Saavik war anfangs bei Romulanern aufgewachsen, die sie zurückgewiesen hatten, und dann in der vulkanischen Tradition, die jedes Bedürfnis nach Hautkontakt oder Leidenschaft negierte. Er fragte sich, ob sie jemals von irgend jemand auch nur im Arm gehalten worden war.

Sie löste sich von ihm und lag reglos neben ihm, fast ohne daß ihre Körper sich berührten, als ob sie sich ihrer momentanen Impulsivität schämte. David war dagegen nicht bereit, auf die Intimität zu verzichten.

Er fuhr mit der Fingerspitze Saaviks Schlüsselbein entlang. Er war noch nie zuvor mit einer Frau wie ihr zusammen gewesen. Er streichelte ihren Hals und umfaßte ihre linke Schulter. Er hatte die Narbe auf ihrer glatten Haut schon vorher bemerkt, doch zu dem Zeitpunkt wäre es unpassend gewesen, Fragen zu stellen. Jetzt jedoch fuhr er mit der Hand über die Narbe und stellte fest, daß sie eine komplexe, regelmäßige Form hatte.

»Wie bist du dazu gekommen?« fragte er.

Sie schwieg so lange, daß David sich fragte, ob seine schlechte Angewohnheit, spontane Fragen zu stellen, ihn wieder ins Fettnäpfchen hatte treten lassen.

»Entschuldige«, sagte er. »Meine ewige Neugier. Es geht mich ja nichts an.«

»Es ist ein romulanisches Familiensiegel«, sagte Saavik.

»Ein Familiensiegel?« Sie hatte ihm erzählt, daß sie keinen ihrer beiden Elternteile kannte, daß sie nicht einmal wußte, welcher von ihnen Romulaner und welcher Vulkanier war. »Soll das heißen, daß du deine Familie doch noch gefunden hast?«

»David«, sagte sie, und er glaubte, einen Anflug trockenen Humors in ihrer Stimme entdecken zu können, »aus welchem Grund hätte ich mir wünschen sollen, meine romulanische Familie zu finden?«

Angesichts der Wahrscheinlichkeit, daß ein Romulaner sie gezeugt oder geboren hatte, um seine absolute Macht über einen vulkanischen Gefangenen zu demonstrieren, sah David den Grund für diese Einstellung ein.

»Ich habe noch nie von Familiensiegeln gehört«, sagte er.

»Das ist nicht überraschend. Jede Information darüber darf nur mündlich weitergegeben werden. Es gilt im Romulanischen Imperium als Kapitalverbrechen, irgendwelche Aufzeichnungen darüber zu machen.«

»Warum hast du es nicht entfernen lassen? Erinnert es dich nicht ständig an... unangenehme Zeiten?«

»Ich will diese Zeiten nicht vergessen«, sagte Saavik, »genausowenig, wie ich Mr. Spock vergessen möchte. Alle diese Erinnerungen sind mir sehr wichtig. Außerdem könnte es mir vielleicht irgendwie zustatten kommen – eines Tages.«

»Wie?«

»Falls ich das Unglück haben sollte, meinem romulanischen Elternteil zu begegnen, ist es ein unwiderlegbarer Beweis unserer familiären Bindung.«

»Aber wenn du deinen romulanischen Elternteil nicht kennenlernen willst...«

»Das Familiensiegel versetzt mich in die Lage, gewisse Rechte zu fordern«, sagte Saavik. »Es wäre ein Verstoß gegen alle guten Sitten, die Herausforderung eines Familienangehörigen zu einem Duell zurückzuweisen.«

»Zu einem Duell?«

»Ja. Wie sonst könnte ich mich rächen? Wie anders könnte ich meinen vulkanischen Elternteil rächen, der nach meiner Geburt zweifellos umgebracht worden ist?«

David drehte sich auf den Rücken und starrte zur Decke empor, erschüttert von Saaviks nüchterner Demonstration ihres tiefen, unstillbaren Hasses.

»Ich hätte nie gedacht, daß Vulkanier ein Auge für ein Auge und einen Zahn für einen Zahn fordern.«

»Aber ich bin nicht – was die Vulkanier mich nie vergessen lassen – ein vollwertiger Vulkanier.«

»Wäre es nicht einfacher und auch ungefährlicher, von den Romulanern eine – Wiedergutmachung zu fordern?«

»Gesprochen wie ein wirklich zivilisierter Erden-Mensch«, sagte Saavik. »Aber wenn ich schon nur zur Hälfte Vulkanier bin, so habe ich von den Menschen nichts. Mr. Spock hatte recht – ich muß meinen eigenen Weg finden.«

David nahm die Hand von ihrer Schulter. Die Heftigkeit ihrer Gefühle überraschte ihn, obwohl das eigentlich nicht der Fall sein sollte, nicht mehr, nicht nach diesem Abend.

»Mach dir keine Sorgen, David«, sagte Saavik, die seine Beunruhigung spürte. »Ich werde bestimmt nicht zum Romulanischen Imperium desertieren, um eine Kreatur zu finden, die ich überhaupt nicht finden will. Die Chance, meinem romulanischen Elternteil zu begegnen, ist unwahrscheinlich klein.«

»Das glaube ich auch«, sagte David. Die Föderation hatte bestenfalls gespannte diplomatische Beziehungen zu den Romulanern. Es war eine Beziehung, die einer Lunte ähnelte, die jederzeit brennen und eine größere Feuersbrunst entzünden konnte.

Saavik nahm seine Hand und legte sie wieder auf ihre Schulter.

»Es ist ein gutes Gefühl, wenn du sie berührst«, sagte sie. »Die Kühle deiner Hand hat eine beruhigende Wirkung.«

»Bist du damit geboren worden? Oder ist es eine Tätowierung?«

»Keins von beiden. Es ist ein Brandmal.«

»Ein Brandmal!«

»Es wird allen Kindern sofort nach ihrer Geburt aufgedrückt.«

»Mein Gott! Wie kann man einem Baby so etwas antun! Nur gut, daß du dich nicht daran erinnern kannst.«

»Wie kommst du darauf, daß ich mich nicht daran erinnern kann?«

Entsetzt sagte David: »Soll das heißen, du *kannst* dich daran erinnern?«

»Aber natürlich. Das weiße Glühen war für mich der erste Anblick von Schönheit, und seine Berührung war der erste Schmerz. Kannst du dich nicht an deine Geburt erinnern?«

»Nein, überhaupt nicht. Ich habe keinerlei Erinnerungen aus meinen ersten zwei oder drei Lebensjahren. Und die meisten anderen Leute auch nicht.«

»Aber die meisten *können* sich daran erinnern, David«, widersprach Saavik. »Jedenfalls nach meiner Erfahrung. Du willst sicher sagen, daß *Menschen* sich nicht erinnern können, nicht wahr?«

»Ja«, sagte David. »Entschuldige. Eine schlechte Gewohnheit.«

»Das macht nichts. Ich bin immer begierig, etwas über eine artverwandte, intelligente Spezies zu erfahren. Die letzten Stunden sind da sehr ergiebig gewesen. Ich habe eine Menge dazugelernt.«

David wußte nicht, wie er das verstehen sollte, also antwortete er nur mit einem undeutlichen »Hmmm?«

»Ja«, sagte Saavik. »Ich glaube, daß mein Experiment überaus ergiebig war.«

»Ist das alles, was ich für dich bin?« fragte David. »Ein Experiment?« Er fühlte sich plötzlich sehr verletzt und enttäuscht und erkannte, daß seine Verbindung mit Saavik nicht nur körperlich war, daß sie etwas viel Tieferes und Stärkeres darstellte.

»Das ist eins der Dinge, die du für mich bist«, sagte sie in einem ruhigen Tonfall. »Und nicht das geringste. Doch auch nicht das Bedeutendste. Du hast mir geholfen zu erkennen, daß ich Fähigkeiten besitze, von deren Vorhandensein ich keine Ahnung hatte.«

»Wie – die Fähigkeit zu lieben?«

»Ich... ich kann diese Behauptung nicht aufstellen. Ich begreife nicht einmal das Konzept von Liebe.«

David lachte leise. »Das kennt auch sonst niemand.«

»Wirklich? Meine Studien auf diesem Gebiet sind noch nicht abgeschlossen. Ich war der Meinung, daß es mir lediglich noch nicht gelungen war, eine befriedigende Definition zu finden.«

»Es ist nichts, daß sich quantifizieren läßt.«

»Irgend jemand sollte da Experimente durchführen.«

»Experimente!« David war leicht schockiert.

»Natürlich. Vielleicht sollten wir gemeinsam eine Arbeit über dieses Thema erstellen.«

»Saavik..«

»Ich habe von einer Hypothese gehört. Ich bin neugierig zu erfahren, ob sie der Wahrheit entspricht oder nur so dahingesagt ist.«

»Gut«, sagte David, den nun nichts mehr überraschen konnte. »Und was besagt diese Hypothese?«

Saavik wandte sich ihm zu, stützte ihren Kopf in die Hand und ließ ihr Haar über seine Schultern und seine Brust fallen.

»Sie behauptet, daß Romulaner unersättlich sind. Hast du Lust zu testen, ob diese Hypothese der Wahrheit entspricht?«

David lachte. Er griff im Dunkel nach ihrem Gesicht. Er zog mit dem Finger die Konturen ihres Mundes nach und stellte fest, daß sie lächelte. Sie hatte gerade eine weitere Fähigkeit entdeckt, die die wenigsten Menschen bei ihr vermutet haben würden. Sie besaß einen wunderbaren Humor.

»Warum eigentlich nicht?« sagte David.

Jim Kirk trat in das Sportdeck.

Die Gedenkfeier war noch mehr zerfallen. Die jungen Leute standen allein oder in kleinen Gruppen umher, in schweigender Bedrückung versunken. Scott hielt ein Glas umklammert und redete ununterbrochen und nachdrücklich auf einen Kadetten ein, der sich ihm nicht entziehen konnte. McCoy lag ausgestreckt in seinem Sessel. Als eine Katharsis war dieses Unternehmen ein völliger Fehlschlag. Es hatte nur dazu geführt, bei allen die Gefühle von Verlust und Schmerz und Schuld zu intensivieren. Kirk trat zu einer kleinen Gruppe von Kadetten.

»Ich glaube, es wird allmählich Zeit, Schluß zu machen«, sagte er. »Ihr könnt jetzt alle gehen.«

»Jawohl, Sir«, sagte einer der Kadetten. Sein erleichtertes Lächeln, rasch, flüchtig und sofort unterdrückt, war das erste Lächeln, das Kirk an diesem Tage sah.

Die Kadetten, die nur auf eine Entschuldigung gewartet hatten, dieser Friedhofsatmosphäre zu entkommen, folgten dem Befehl sofort und ohne Widerspruch. Diejenigen von ihnen, die noch in der Lage waren, auf ihren Füßen zu stehen, halfen ihren Freunden, die zuviel getrunken hatten. Innerhalb weniger Minuten waren alle Kadetten verschwunden, bis auf den, der sich Scotts Tirade anhören mußte. Kirk trat zu den beiden. Der Kadett wirkte blaß und erschöpft.

»Scotty«, sagte Kirk, als Scott eine Pause machte, um wieder zu Atem zu kommen.

»Ja, Admiral, das Leben geht manchmal seltsame Wege. Ich habe gerade zu Kadett Grenni gesagt, daß es immer die Besten sind, die vor ihrer Zeit abberufen werden...«

»Mr. Scott...«

»... das läßt sich nicht bestreiten. Der Junge hatte Mut. Er besaß Fähigkeiten...«

»Commander Scott!«

»Sir? Was gibt's, Admiral? Sie wirken so verstört.«

Kirk seufzte. »Verstört? Wie kommen Sie darauf, daß ich verstört bin? Sie können gehen, Kadett.«

»Jawohl, Sir. Danke, Sir.« Die Stimme des Kadetten zitterte. Er flüchtete aus dem Raum.

»Mr. Scott, wir werden morgen Regulus I erreichen, und ich brauche eine einsatzfähige Crew. Gehen Sie zu Bett.«

»Aber mein armer Junge ... Ich wollte, daß wir alle gemeinsam ein Lied für ihn singen. Kennen Sie ›Danny Boy‹, Captain?«

»Das ist ein dienstlicher Befehl, Mr. Scott.«

»Jawohl, Sir.« Scott begann zu singen: »O Danny boy, the pipes, the pipes are calling...«

»Mister Scott!«

Scott hörte auf zu singen und starrte ihn mit glasigem Blick an, blinzelnd und verwirrt, als Kirks harter Tonfall von seinem benebelten Gehirn registriert wurde.

»Der Befehl war nicht, ›Danny Boy‹ zu singen, sondern zu Bett zu gehen.«

»Oh. Entschuldigen Sie, Sir. Jawohl, Sir.«

Scott blickte umher, als ob er nach irgend etwas suche. Er wirkte plötzlich sehr müde und sehr alt. Er schlurfte zur Tür.

Jetzt war nur noch McCoy im Raum. Jim hockte sich neben McCoys Sessel. Der Arzt schnarchte leise.

»Pille«, sagte Jim und schüttelte ihn sanft. »Pille, wach auf.«

McCoy blinzelte, murmelte ein paar unverständliche Worte und schnarchte weiter.

»Nun komm schon, alter Junge.« Jim zog McCoys Arm über eine Schulter und wuchtete ihn auf die Füße. McCoy fiel gegen ihn und murmelte wieder ein paar Worte. Jim fuhr zusammen.

»Was?»

McCoy richtete sich auf, stand leicht schwankend neben Jim und blickte ihm in die Augen.

»Der Gebrauch metabolischer Gifte als Entspannungsdroge ist absolut unlogisch.«

McCoy sank zusammen.

KAPITEL 2

Dr. Christine Chapel stellte fest, daß sie zuverlässig wie immer funktionierte. Sie hatte das Gefühl, aus zwei Menschen zu bestehen, von denen der eine seine Arbeit mit der gewohnten Routine tat, der andere durch einen Schock von der Welt isoliert war. Sie fühlte sich benommen und unbeholfen. Daß sie überhaupt arbeiten konnte, erschien ihr wie ein Wunder. Doch sie tat alles, was getan werden mußte, versorgte die Besatzungsmitglieder, zumeist junge Kadetten, die während der Angriffe Khan Singhs verwundet worden waren, gab Mittel gegen den Kater an die Leute aus, die es versäumt hatten, nach der Gedenkfeier für Mr. Spock vorbeugende Medikamente zu nehmen, und sah von Zeit zu Zeit nach Leonard McCoy. Sie machte sich große Sorgen um ihn.

Sie trat in die Türöffnung der kleinen Kabine, in die Admiral Kirk ihn am Vorabend geschafft hatte. Die Beleuchtung war eingeschaltet, brannte jedoch nur matt. Wenn McCoy erwachte, befürchtete sie, würde er einen Kater haben, der einen neuen Rekord für seine Spezies darstellte.

Er stöhnte und murmelte etwas. Chris trat in den kleinen Raum und blinzelte, um in dem schwachen Licht besser sehen zu können. Leonard warf sich auf der schmalen Koje herum; sein Gesicht glänzte vor Schweiß. Seine Uniformjakke war schweißdurchtränkt. Chris legte die Hand auf seine Stirn. Er hatte erhöhte Temperatur, die zwar noch nicht im Fieberbereich lag, jedoch ausreichend, daß er sich unwohl fühlte.

»Leonard«, sagte sie leise.

Er fuhr hoch, saß kerzengerade auf der Koje und starrte geradeaus. Er bewegte sich auf eine Art, die sie noch nie an ihm bemerkt hatte, ihr jedoch unheimlich bekannt vorkam.

»Vulkanier«, sagte er mit einer Stimme, die erheblich tiefer klang als seine gewöhnliche, »lieben nicht.«

Chris wich unwillkürlich einen Schritt zurück.

»Wie können Sie es wagen, so etwas zu mir zu sagen?«

fragte sie aufgebracht. Der Schmerz drang durch die Betäubung in ihre abgekapselte, unterdrückte Trauer und verbreitete sich wie Feuer in ihrem Inneren. Sie wandte sich um und barg ihr Gesicht in den Händen. Sie durfte jetzt nicht zusammenbrechen. Das Schiff brauchte einen Arzt, und McCoy war nicht in der Lage, sie abzulösen.

Ihre Liebe zu Spock, die sie so viele Jahre lang beherrscht hatte, bedrückte sie noch immer, obwohl sie längst ausgebrannt war. Sie hatte dieses Gefühl durch reine Willenskraft überwunden und durch die Erkenntnis, daß er ihr das, was sie von ihm ersehnte, nicht geben konnte. Seine Unfähigkeit, auf sie zu reagieren, hatte absolut nichts mit Christine Chapel zu tun. Für ihn gab es keine Wahl zwischen ›interessiert‹ und ›desinteressiert‹, und entsprechend hatte er sich verhalten.

Sobald Chris diese Tatsache erkannt und akzeptiert hatte, begann sie seine einzigartige Integrität zu schätzen. Es hatte sie eine lange Zeit gekostet, über ihre jugendlichen Phantasien hinwegzukommen, doch als ihr das gelungen war, wurde ihre Verehrung für Spock nur noch stärker. Der Verlust eines Freundes, hatte sie in den vergangenen Tagen erkannt, war weitaus schlimmer als der Verlust eines Liebhabers, der ihre Gefühle nicht erwiderte. Sich mit Spocks Tod abzufinden, erkannte sie, würde eine noch längere und noch schwierigere Tortur werden, als sich zu der Überzeugung durchzuringen, daß er sie niemals lieben würde, weil er nicht lieben konnte.

Sie löste ihre Hände vom Gesicht und richtete sich auf. Sie hatte sich wieder unter Kontrolle. Dies war nicht der richtige Augenblick, sich gehenzulassen und zu weinen. Leonard McCoys Humor war vielleicht manchmal etwas bizarr, doch nicht grausam. Wenn er zu ihr sagte, was er eben gesagt hatte, bedeutete das, daß irgend etwas nicht in Ordnung war, oder – die einfachste, wenn auch nicht sehr schmeichelhafte Erklärung – daß er noch immer betrunken war.

Saavik erwachte plötzlich und richtete sich mit einem Ruck auf. Mr. Spock hatte zu ihr gesprochen. Seine tiefe Stimme echote noch immer durch ihre Kabine. Saavik war nicht darauf vorbereitet gewesen, ihm zu antworten. Sie war geblendet von seltsamen Träumen und Phantasien.

»Ich bin keine Vulkanierin«, sagte sie. »Sie haben mir selbst gesagt...«

Sie brach ab. Er war nicht hier – er war niemals hier gewesen. Spock war tot.

Spocks Stimme hatte so wirklich geklungen – doch was sie für Wirklichkeit hielt, war nichts anderes gewesen, als ein grausamer Traum, und das, was für einen Moment als unmögliche Phantasie erschienen war, war wirklich.

David lag schlafend neben ihr, kühl und blond. Sie berührte leicht seine Schulter. Er bewegte sich ein wenig, wachte jedoch nicht auf. Saavik fragte sich, ob sie vor Trauer oder vor Schuldgefühl den Verstand verlöre. Doch sie hatte nicht das Gefühl, verrückt zu sein.

Aber Spocks Stimme hatte so wirklich geklungen...

Farrendahl zupfte mit den Zähnen an der fellbedeckten Haut zwischen dem Zeige- und Mittelfinger ihrer rechten Hand. Eine schlechte Angewohnheit, wie sie wußte, die sie von einem menschlichen Besatzungsmitglied übernommen hatte, das an seinen Nägeln kaute. Die Fingernägel eines Menschen waren jedoch so weich und unnütz, daß es kaum darauf ankam, ob sie abgenagt waren oder nicht, aber Farrendahl würde nie so tief sinken, ihre Krallen abzukauen. Dazu waren sie viel zu nützlich.

Zu Zeiten wie diesen brauchte sie jedoch so eine nervöse Ablenkung. So schön und beruhigend sie die mehr arteigenen Formen der Fellpflege auch empfand, ihre Bordkameraden vom Primaten-Typus reagierten darauf entweder mit Ekel oder mit amüsiertem Gelächter. Farrendahl mochte es nicht, wenn man über sie lachte. Primaten – oder Humanoiden, wie sie sich selbst nannten – konnten erstaunlich abstoßend wirken, wenn sie lachten.

Farrendahl hockte in der Hängematte des Navigators auf ihren Fersen, kaute an ihrer Pfote und sah blinzelnd zu unbekannten Sternen hinaus. Nachdem sie vor einigen Stunden den zur Föderation gehörigen Raum verlassen hatten und sich nun in der grauen Zone zwischen den festgelegten Grenzen befanden, stand das Schiff jetzt unter niemandes Schutz, war potentiell Freiwild für alle. Und das gefiel Farrendahl ganz und gar nicht.

Ein Kommandosignal erschien auf dem Bildschirm ihrer Konsole. Sie blinzelte ebenfalls, als sie darauf blickte, dann änderte sie in Befolgung des Befehls den Kurs des Schiffes zum dritten Mal innerhalb eines einzigen Circadians. Der neue Kurs würde, wenn er nicht noch einmal geändert wurde, das Schiff in direkte Konfrontation mit den Klingonen bringen. Und das gefiel Farrendahl noch weniger.

Kein Wunder, daß ihr geheimnisvoller Passagier sich weigerte, das Ziel ihrer Reise zu nennen. Kein Wunder, daß die Gerüchte auf dem Schiff von einer enormen Geldsumme munkelten, die dem Captain gezahlt worden sei. Es wäre jedoch ein großes Wunder, wenn der Captain einen Teil dieser großzügigen Entlohnung an die Crew weitergeben würde, falls es nicht zu einer Konfrontation kam.

»Mir gefällt diese Sache nicht«, sagte Farrendahl und knurrte leise vor Beunruhigung. »Sie roch schlecht, als wir sie begannen, und ihr Gestank ist ständig stärker geworden.«

Ihr Landsmann entblößte auf diese abstoßende Art der Primaten seine Zähne, und ein stoßweises Erstickungsgeräusch drang aus seiner Kehle. Kurz gesagt: er lachte.

»Seit wann können Katzen etwas Nützliches durch ihren Geruchssinn erfahren?« sagte er.

Landsmann! – Eine übertriebene Bezeichnung für die Mitglieder der Besatzung dieses Schiffes, die aus flegelhaften, schlecht erzogenen Söldnern bestand.

»Seit wann«, sagte Farrendahl zu Tran, »bin ich eine Katze?« Anstatt ihre Zähne zu entblößen, was jedes andere Wesen ihrer Spezies als Drohgebärde deuten würde, legte sie ihre Pfote auf das zerkratzte Kontrollgerät. Sie streckte ihre Finger aus, und ihre Pfote wurde zu einer Hand, dann reckte sie langsam die Krallen heraus. Die scharfen Spitzen kratzten mit einem quietschenden, haarsträubenden Geräusch über das Metall.

»Eine Katze!« rief Tran aus. »Habe ich dich etwa eine Katze genannt? Welches normale Wesen würde dich eine Katze nennen?«

»Ich habe einmal eine Katze gesehen«, sagte Farrendahl sachlich. »Auf Amenhotep IX. Sie wühlte sich in einer finsteren Gasse durch einen Abfallhaufen. Ich fand sie widerlich. Bitte erkläre mir die Ähnlichkeiten zwischen so einem Tier und mir.«

»Fordere mich nicht heraus, Farrendahl.«

»Aber ich möchte es wissen.«

»Also gut. Ihr beide habt euch in dieser finsteren Gasse herumgetrieben, stimmt's?«

Farrendahl sprang und schlug Tran zu Boden. Die künstliche Schwerkraft, die aus Sparsamkeitsgründen sehr niedrig gehalten wurde, schwächte Trans Sturz zu einer höchst unbefriedigenden Serie langsamer Aufpraller ab. Doch endete er so, wie Farrendahl es geplant hatte: der Mensch lag auf dem Boden und ihre Krallen und Zähne saßen an seiner Kehle. Dies war der Hauptgrund dafür, daß sie niemals an ihren Krallen kaute.

»Und war da nicht auch eine häßliche, affenartige Kreatur in jener Gasse, die, von widerlichen Freizeitdrogen bewußtlos geworden, dort im Dreck lag?«

»Sehr gut möglich«, sagte Tran und lachte wieder.

Farrendahl sträubte ihre Schnurrhaare, als Zeichen der Akzeptierung von Trans gutmütiger Ergebung. Sie wollte ihn gerade freilassen, als der Captain auf sie zutrat. Er blieb stehen, verschränkte seine Arme vor der Brust und starrte die beiden wütend an.

»Wenn ihr nichts zu tun habt, kann ich euch jederzeit Beschäftigung verschaffen«, sagte er. »Wir haben keine Zeit für eure kindischen Spielereien.«

Farrendahl knurrte leise und erhob sich. Dann streckte sie Tran ihre Hand entgegen und half ihm, aufzustehen. Er sprang bei der geringen Schwerkraft wie ein Spitzensportler auf die Füße.

»Eine Katze, ein Affe, und jetzt auch noch ein Pferd«, sagte Farrendahl leise. »Vielleicht besteht unser geheimnisvoller Auftrag darin, eine Menagerie zu transportieren.«

Tran lachte leise und ging auf seinen Platz an der Kontrollkonsule zurück.

»Ich habe das gehört«, sagte der Captain. »Zehn Strafpunkte.«

»Sie sind heute wirklich in bezaubernder Stimmung, Captain«, sagte Farrendahl, ohne Rücksicht darauf, sich noch mehr Strafpunkte einzuhandeln. Zehn mehr oder weniger spielten keine Rolle bei der Menge, die sie bereits angesammelt hatte. Strafpunkte waren eine Quelle der Heiterkeit bei der Crew, schon von dem Tage an, als sie zu einer kleinen Meuterei geführt hatten. Damals, als sie nach einer langen, langweiligen Reise einen Planeten erreicht hatten, verbot der Captain Farrendahl, Tran und einigen anderen, das Schiff zu verlassen. Zu viele Strafpunkte, sagte er. Farrendahl antwortete ihm nicht. Sie ignorierte ihn einfach, und sie und die anderen gingen trotz des Verbots von Bord.

Der Captain hätte den Orbit verlassen können, während sie sich auf dem Planeten austobten. Er hätte sie vom Schiff aussperren und neue Leute anheuern können. Doch er tat es nicht, sondern nahm sie wieder an Bord, als sie zurückkamen. Offensichtlich zog er es vor, mit diesen erprobten und zumindest einigermaßen kompetenten, wenn auch aufsässigen Leuten zu arbeiten, als andere an Bord zu holen, die neu angelernt werden mußten.

Er teilte nach wie vor Strafpunkte aus, doch dies war das einzige Mal, daß er sie erwähnte, und er versuchte nie wieder, sie zur Reglementierung zu benutzen.

Der Captain ignorierte Farrendahls freche Bemerkung und trat zur Kontrollkonsole. Farrendahl empfand tiefe Verachtung für ihn. Er besaß die Macht und den Titel eines Captains nicht, weil sie ihm zukamen oder weil er sie verdient hatte, sondern allein deshalb, weil dieses Schiff ihm gehörte. Er wußte so wenig über Navigation und Schiffsführung wie über die Computer, die sein Gehirn bildeten.

»Vielleicht haben Sie Angst, daß wir herausfinden können, was man Ihnen für diesen Trip bezahlt«, sagte Farrendahl und ließ ihn damit wissen, daß es ihnen bekannt war und daß sie alle ihren Anteil daran erwarteten.

Er starrte sie an, als sie mit geschmeidigen Bewegungen in die Hängematte des Navigators glitt. Doch er sagte nichts. Er war ein Tyrann, aber er war auch ein Feigling, und er ging jeder ernsthaften Konfrontation mit Farrendahl aus dem Weg.

»Wann werden erfahren, wohin diese Reise geht?« fragte Farrendahl.

»Wenn ihr es wissen müßt«, antwortete er.

»Reine Verschwendung von Treibstoff«, sagte Farrendahl gerade laut genug, daß er es hören konnte. Sie amüsierte sich bei dem Gedanken, daß er jetzt über ihre Bemerkung nachgrübeln und versuchen würde, eine Möglichkeit zu finden, den während ihres Umweges vergeudeten Treibstoff wieder einzusparen. Wenn er jemals gelernt hätte, das Schiff selbst zu navigieren, bräuchte er sich nicht auf Farrendahl zu verlassen. Sie sollte ihm für diesen Mangel an Wissen vielleicht dankbar sein, überlegte sie.

Die Verachtung, die sie für ihn empfand, wurde von dem Bewußtsein ihrer eigenen Wissenslücken ein wenig gedämpft. Sie war enttäuscht gewesen, als der Captain nach der ›Meuterei‹ vor seiner aufsässigen Crew kapituliert hatte. Doch sie hätte bestimmt einen neuen Job gefunden; was immer sonst sie sein mochte, sie war ein fähiger Navigator, und es gab immer wieder Captains, die über solche Kleinigkeiten wie fehlende Papiere und mangelnde Nachweise hinwegsahen. Sie hätte damals einen anderen Job haben können, hatte ihn jedoch nicht angenommen. Ihre Bequemlichkeit hatte sie auf ihrem alten, risikolosen Posten festgehalten. Unter der Verachtung für ihren Captain versteckte sich eine gewisse Verachtung für sich selbst.

Der Captain blieb an der Konsole, als ob er die angezeigten

Werte ablesen würde, doch seine Augen zeigten das blinde Starren, das verriet, daß er keine Ahnung hatte, was die Ziffern bedeuteten.

»Wir sind auf Kurs«, sagte Farrendahl, »und falls Sie nicht schon wieder eine Änderung wollen, werde ich jetzt ein wenig schlafen.«

Als sie keine Antwort bekam, glitt sie aus der Hängematte und ging lautlos in Richtung Kabine.

David trat aus dem Turbo-Lift auf die Brücke. Saavik, die bereits Dienst hatte, wandte den Kopf und sah ihn an. Sie tauschten einen Blick aus, von dem sie naiverweise annahmen, daß er von keinem anderen bemerkt oder gedeutet werden würde. Saavik wandte ihre Aufmerksamkeit wieder ihrer Konsole zu, so als ob es ihr leicht fiele. David riß sich von den Erinnerungen an die vergangene Nacht los und zwang sich, seine Gedanken auf diesen Morgen zu konzentrieren.

Es muß wunderbar sein, überlegte er, wenn man seine Gefühle so absolut in der Gewalt hat wie Saavik. Die Fähigkeit, seine Gedanken auf ein einziges Ziel zu konzentrieren, führte zu einmaligen Ergebnissen.

»Guten Morgen, David«, sagte James Kirk.

»Oh, hallo.« David konnte sich nicht dazu bringen, James Kirk ›Vater‹ zu nennen. Über zwanzig Jahre trennten sie. Jahre, während derer sie einander kennengelernt haben könnten. David fragte sich, wie er sich entwickelt haben mochte, wenn er gewußt hätte, daß James Kirk sein Vater war. Er hätte mehrere Gründe dafür gefunden, den Starfleet-Offizier zu respektieren. Zur Entwicklung von Zuneigung würde er länger brauchen.

Kirk erspürte Davids Unsicherheit. »Was hältst du davon, mich Jim zu nennen?«

»Okay.«

Kirk blickte ihn eine Weile an, wandte sich dann ab. David sah ein, daß er den Admiral mit seiner gleichgültigen Antwort verletzt hatte.

»Ich brauche eine Weile, um mich an alles zu gewöhnen«, sagte er.

»Ja«, sagte Jim Kirk. »Ich auch. Wir müssen uns mal darüber unterhalten. Allein.«

David verstand die Andeutung und sprach nicht weiter von persönlichen Dingen, die sie später erörtern würden, an einem anderen Ort als auf der Brücke der *Enterprise*.

»Da ist er«, sagte Kirk.

Auf dem Bildschirm hing Regulus I, dunkel und geheimnisvoll. Der felsige, kleine Planet hatte in David immer ein unheimliches Gefühl hervorgerufen. Er hatte niemals Leben hervorgebracht. Er hatte keine Möglichkeit, Leben hervorzubringen. Es gab auf ihm weder Wasser noch Luft; er hatte eine zu geringe Schwerkraft, um sie festzuhalten. Doch Genesis hatte all das geändert. Das Innere des Planetoiden war zu einer neuen Welt geformt worden, zu einer Welt mit einem Ökosystem, das von Carol Marcus' Team aus dem Nichts geschaffen worden war. Es war, als ob man einen Jules-Verne-Roman Wirklichkeit hätte werden lassen, und David war stolz darauf, seinen Teil dazu beigetragen zu haben. Die Erinnerung an die kurze Zeit, die er unter der Oberfläche dieses Planeten verbracht hatte, erfüllte ihn mit Stolz und einem Gefühl von Macht. Er wollte dorthin zurückkehren und ihn weiter erforschen. Keins der Experimente entwickelte sich so, wie es geplant worden war. David wollte unerwartete Resultate entdecken. Die waren immer die interessantesten.

Spacelab umkreiste Regulus I auf seinem Orbit, ein verschatteter, silberner Punkt vor der Kugel des Planetoiden. Das Forschungsschiff *Grissom* lag in einer korrespondierenden Umlaufbahn und wartete auf die *Enterprise*. Das Schiff und der Laboratoriumssatellit tauchten allmählich in den Schatten des Planetoiden, verschwanden in undurchsichtigem Dunkel. David spürte, daß ein Schauer über seinen Rücken lief. Zwei Jahre lang hatte er hier gelebt und gearbeitet. Die Forschungsstation war sein Zuhause gewesen. Jetzt erschien sie ihm fremd und bedrohend. Falls es eine Heimsuchung durch Geister geben sollte, so war das hier der Fall. Auf Spacelab war niemand lebend zurückgelassen worden. Die Leichen der Menschen, die Khan Singh ermordet hatte, lagen noch immer dort und warteten darauf, zur Erde zurückgebracht und dort begraben zu werden.

Als der Transporterstrahl verglomm und die rematerialisierte Gestalt von Captain J. T. Esteban auf der Plattform stand, wurde er von James Kirk erwartet. Esteban trat herab, und sie schüttelten sich die Hände.

»Willkommen an Bord, J. T.«, sagte Kirk. »Wir haben uns lange nicht gesehen.«

»Das stimmt«, antwortete Esteban. »Und in der Zeit ist allerhand passiert. Ihr habt die Leute zu Hause ganz schön in Atem gehalten.«

Kirk führte Esteban zum nächsten Turbo-Lift. »Ich kann dir nicht ganz folgen«, sagte er.

»Ist Dr. Marcus greifbar, Jim?« fragte J. T. »Ich muß mit euch beiden sprechen.«

Sie traten in den Lift. »Offiziersmesse«, sagte Jim. Sie spürten einen leichten Beschleunigungsdruck, als der Lift sie zu ihrem Bestimmungsort trug. »Ich werde Dr. Marcus ausrufen lassen.« Kirk rief Uhura. »Uhura, hier Kirk. Würden Sie Dr. Marcus bitten, sich mit Captain Esteban und mir in der Offiziersmesse zu treffen?«

»Sofort, Admiral.«

»Danke. Ende.« Er schaltete das Intercom aus. Er konnte die Anspannung des Captains der *Grissom* spüren. »Was ist los, J. T.?«

»Ich denke, wir könnten etwas Zeit sparen, wenn ich es euch beiden gleichzeitig berichte.« Esteban mißverstand die Frage absichtlich, und Jim drängte ihn nicht. Sie versuchten eine oberflächliche Unterhaltung, doch es gelang ihnen nicht.

»Der Einsatz der Galaxis-Schiffe macht sich bereits bezahlt«, sagte Esteban. »Hast du davon gehört?«

»Wir waren eine Weile nicht in der Gegend«, sagte Jim trocken.

»Natürlich. Aber eben ist eine Subspace-Meldung durchgekommen. *Magellan* ist in Andromeda. Sie hat gerade die erste Beobachtung einer Supernova aus kürzester Entfernung abgeschlossen.«

»Sehr beeindruckend«, sagte Jim. Und trotz seiner lapidaren Bemerkung war er wirklich beeindruckt. Andromeda! Eine neue Galaxis, die Millionen und Abermillionen von Lichtjahren entfernt lag. Ein anderes Schiff, mit einer anderen Crew und einem anderen Kommandanten hatte Andromeda als erstes erreicht. Er nahm sich vor, Mr. Sulu von dem Erfolg der *Magellan* zu berichten, da Sulu und der Captain des Galaxis-Schiffes, Mandala Flynn, lange sehr eng befreundet gewesen waren.

Sie erreichten die Offiziers-Messe und traten hinein. Carol war noch nicht eingetroffen.

»Jim?«

»Wie bitte?« Kirk bemerkte, daß J. T. etwas zu ihm gesagt hatte, wußte jedoch nicht, was es gewesen war. »Entschuldige, was hast du gesagt?«

»Ich sagte, daß die *Magellan* zwar technologisch ein Wunder ist, doch ist sie zu klein, um zu irgendwelchen anderen Missionen eingesetzt werden zu können, als zu raschen Aufklärungsvorstößen. Wenn sie auf irgendwelchen Widerstand stößt, bleibt ihr nichts anderes übrig, als den Schwanz einzuziehen und davonzulaufen.«

»Du hast sicher recht«, sagte Jim. Er versuchte, sich eine Situation vorzustellen, die Mandala Flynn veranlassen könnte, den Schwanz einzuziehen und davonzulaufen. Es gelang ihm nicht.

»Nein, es ist die *Excelsior*, die den Weg in die Zukunft weist«, sagte J. T.

Die Tür der Messe glitt auf, und Carol Marcus trat herein, in Begleitung von David. Carol nickte Jim kühl zu; falls sie nicht mehr böse auf ihn war, so hatte sie sich doch noch nicht bereitgefunden, das Gespräch der vergangenen Nacht zu vergessen.

»Carol«, sagte Jim, »dies ist J. T. Esteban, Kommandant

der *Grissom*. J. T., darf ich dir Dr. Carol Marcus vorstellen, und ihren Sohn... Jim machte eine Pause, weil er dachte, daß er eigentlich ›unseren Sohn‹ sagen sollte, tat es jedoch nicht, da es zu lange dauern würde, es zu erklären, »... und ihren Sohn, Dr. David Marcus.«

»Zwei für den Preis von einem«, sagte David.

Jim lachte leise, und Carol lächelte. J. T., der den Scherz nicht verstand, rieb sich das Kinn und runzelte die Stirn.

»Es handelt sich hier um eine vertrauliche Information«, sagte er. »Ich habe nur Dr. Marcus Senior erwartet.«

Davids Lächeln erlosch. »Ich verstehe«, sagte er, wandte sich um und ging zur Tür. Sein steifer Gang verriet genauso wie der Tonfall seiner Stimme, daß er zutiefst verletzt war.

»David...« sagte Jim, doch David schritt weiter.

»David, warte«, rief Carol.

David zögerte, blickte dann zurück.

»David ist ein vollwertiges Mitglied des Genesis-Teams, Captain Esteban«, sagte Carol. »Er und ich sind die einzigen Überlebenden des Forschungsunternehmens. Alles, was Sie über Genesis zu sagen haben mögen, müssen Sie ihm genau so erklären wie mir.«

»Das erste, was ich dazu zu sagen habe, ist, daß ich wünschte, Sie hätten dem Unternehmen einen anderen Namen gegeben.«

»Ich verstehe nicht, was Sie damit meinen.«

»Das spielt keine Rolle. Es ist ohnehin zu spät, um etwas zu ändern. Aber es war nicht gerade eine kluge Entscheidung. Doch lassen wir das fürs erste. Dr. Marcus« – er wandte sich an David – »entschuldigen Sie meine Unhöflichkeit. Bitte setzen Sie sich zu uns. Wir haben eine Menge zu besprechen.«

Sie setzten sich um einen der kleinen Tische, und Esteban erklärte ihnen die Situation, die sie bei ihrer Rückkehr auf die Erde erwartete.

»Die Nachricht von dem Genesis-Effekt hat... wie eine Bombe eingeschlagen«, sagte J. T. verlegen.

In all den Jahren, die Jim Esteban kannte, hatte er noch nie erlebt, daß er seine Haltung verlor. Was auch geschehen mochte, ganz egal, wie ungewöhnlich es sein mochte, ganz egal, wie stark der Streß war, unter dem er stand, Esteban hatte in jeder Situation kühl und ruhig, sogar phlegmatisch, reagiert. Jim hatte die Berichte über einige seiner Einsätze gelesen. Esteban hatte außergewöhnlich schwere Situationen erlebt und sie gemeistert. Als Jim ihn so erregt sah, beunruhigte ihn das stärker als alles, was der jüngere Starfleet-Offizier ihm berichten mochte.

»Natürlich hat die Nachricht über unsere Arbeit wie eine Bombe eingeschlagen«, sagte David. »Das war doch der Sinn des Unternehmens. Wir haben die Voraussetzungen dafür geschaffen, die Armut zu beseitigen. Wir haben alle Kriegsgründe unhaltbar gemacht und...

»Sie haben die Möglichkeit geschaffen, die Galaxis zu zerstören. Das ist es, was unsere Gegner sehen, nicht universellen Frieden und Wohlstand. Die anderen haben multilaterale Parität verlangt...

»Meinen Sie damit, daß sie Genesis auch haben wollen?« fragte Carol.

»Genau das.«

»Warum geben Sie sie ihnen dann nicht?« fragte David.

»David?« sagte Jim schockiert. »Wir haben nicht all das auf uns genommen, was wir während der letzten Tage durchgemacht haben, um Genesis einer feindlichen Macht auszuliefern. Deine Freunde sind doch nicht im Kampf gegen Khan gestorben, damit du ihre Entdeckung der erstbesten Macht auslieferst, die sie verlangt.«

»Das war etwas anderes«, sagte David. »Khan wollte Genesis aus Rache haben. Aus Rache gegen dich.«

Jim runzelte die Stirn, ignorierte die Spitze jedoch.

»Ich rede nicht davon, sie jedem Spinner zu geben, der vorbeikommt«, sagte David. »Ich meine, daß man Genesis offen zur Verfügung stellen sollte, um Planeten, auf denen es kein Leben gibt, zu transformieren.«

»Das liegt außerhalb jeder Möglichkeit«, sagte J. T.

»Aber dazu haben wir Genesis doch entwickelt!«

»Mein lieber Junge«, sagte J. T.

Jim verzog das Gesicht, als er sah, daß David verärgert die Stirn runzelte.

»Mein lieber Junge«, wiederholte J. T., »wir können Genesis nicht an andere weitergeben. Das wäre zu gefährlich.«

»Die Föderation ist also die einzige Organisation, die über die Weisheit verfügt, ihre Verwendung zu entscheiden?« sagte Carol trocken.

»Ich bin froh, daß Sie die Situation von Starfleet – der Föderation wollte ich sagen – verstehen, Dr. Marcus«, sagte J. T., der die Ironie ihrer Bemerkung nicht begriffen hatte, so wie er niemals die Pointe von Witzen begriff.

»Oh, ich verstehe sie sehr gut«, sagte Carol. »Das bedeutet jedoch nicht, daß ich sie auch akzeptiere.«

»Ich habe es gewußt!« schrie David. »Es ist Ihnen nicht möglich, Ihre Hände von einer Entdeckung zu lassen, nicht wahr? Sie müssen sie einsacken und verstecken und so lange an ihr herumfummeln, bis Sie eine Möglichkeit gefunden haben, sie als Mittel der Zerstörung einzusetzen!«

»Beruhige dich, David«, sagte Jim.

»Wir brauchen kaum noch an ihr herumzufummeln, oder?« sagte Esteban. »Der Nachweis für die Zerstörungskraft von Genesis ist bei ihrer ersten Anwendung erbracht worden. Sie hat die Substanz des Mutara-Nebels, ein Raumvolumen mit einem Durchmesser von mehreren hundert astronomischen Einheiten, völlig rekreiert. Sie hat das Raumschiff *Reliant* und alle Menschen, die sich an Bord befanden, vernichtet. Sie hat beinahe auch die *Enterprise* zerstört und ist schuld an dem Tod von...«

»Nur indirekt«, sagte Jim scharf. »Wir befanden uns im Kriegszustand mit...

»Wegen Genesis!«

»Nicht nur«, widersprach Jim. David hatte recht: Khan Singh wollte Genesis dazu benutzen, sich an James Kirk zu rächen. Doch war er nur rein zufällig über dieses Projekt gestolpert und hatte es dann für seine Zwecke benutzt. Mit weitaus größerem Erfolg, als er ahnen konnte.

»Sie sind nicht fair, Captain«, protestierte Carol. »Das Genesisgerät war niemals dazu gedacht, in einem Schiff gezündet zu werden. Und das Gerät, das Khan in die Hände fiel, sollte nicht einmal innerhalb eines Nebels detonieren.«

»Aber das ist doch genau das, was ich sagen will, Doktor Marcus! Nach allem, was geschehen ist, können Sie doch nicht ausschließen, daß dieses Gerät auch als Instrument des Terrorismus benutzt werden kann!«

»Wenn jeder es besitzt, gibt es keine Notwendigkeit für Terrorismus mehr!« sagte David.

Carol war gerührt von Davids Naivität, Jim war davon überrascht, und J. T. glaubte, daß er sich absichtlich, vielleicht sogar aus Hinterhältigkeit dumm stellte.

»Ihre Entdeckung mag die Armut beseitigen, doch wird sie kaum die Natur denkender Wesen verändern. Sie wird nicht die Gier oder den Machthunger oder auch den simplen Irrtum eliminieren, und ganz bestimmt nicht Ideologien. Die Sucht, Denken und Fühlen von Leuten zu verändern, hat mehr Leiden und mehr Sterben gefordert, als alles Streben nach Besitz, nach Reichtümern oder selbst die Notwendigkeiten zum Überleben.«

»Sehr eloquent, Captain«, sagte David sarkastisch. »Ich vermute, Sie wollen damit sagen, daß unsere Ideologie von uns fordert, Genesis zu einer Waffe zu pervertieren, bevor ein anderer die Gelegenheit dazu hat?«

»Es bringt uns bestimmt nicht weiter, wenn du jeden, der deine Ansicht nicht teilt, niedriger Beweggründe verdächtigst, David«, sagte Jim scharf.

»Was mit Genesis zu geschehen hat, liegt nicht bei mir«, sagte J. T. »noch bei einem anderen Mitglied dieser Runde.«

»Sie haben durchaus das Recht, Ihre Meinung zu äußern«, sagte Carol.

David sprang auf. »Ich habe immer gesagt, daß das Militär versuchen wird, uns Genesis wegzunehmen! Wenn ich versuchen sollte, die Wissenschaftsbehörde der Föderation bei dieser Sache hinzuzuziehen, werden Sie mich wahrscheinlich hinter Gitter bringen!«

»Setz dich hin und halte den Mund, David!« sagte Jim. »Wenn irgend jemand auf diesem Schiff hinter Gitter kommt, dann durch mich. Und du führst mich sehr in Versuchung, dich ohne Abendessen zu Bett zu schicken.«

David starrte ihn mit einem plötzlichen Aufflammen von Haß an, der Jim erschreckte.

»Versuche es doch und sieh, wie weit dich das bringt!« Davids Augen glühten. Dann wandte er sich an Esteban. »Ich sehe keinen Sinn darin, diese Diskussion fortzusetzen.« Er ging zur Tür.

»Komm zurück, David«, sagte Jim.

»Glaubst du, daß du mich dazu zwingen kannst?« Er verließ die Messe.

Jim wollte sich erheben.

Carol legte ihre Hand auf seinen Arm.

»Laß ihn gehen, Jim. Er wird schon wieder zur Vernunft kommen, wenn er sich beruhigt hat.« Sie lächelte. »Das ist ein weiterer Charakterzug, den er mit dir gemein hat.«

»Ich war niemals aufbrausend!«

Carol blickte ihn nur wortlos an. Jim setzte sich wieder. Sehr widerwillig.

Er sah, daß J. T. ihn und Carol neugierig und verwirrt anblickte. Jim war ihm eine Erklärung schuldig.

»David ist mein Sohn – und Carols«, sagte er.

»Oh«, sagte J. T. »Ich... ah... wußte nicht, daß Sie Kinder haben.«

Ich auch nicht, dachte Jim, doch laut sagte er: »Nur dieses eine.«

»Wie ist es eigentlich zu dieser Wendung gekommen?« fragte J. T. »Ich habe um dieses Treffen gebeten, um Ihnen mitzuteilen, daß die *Grissom* in den Mutara-Sektor kommandiert worden ist, um den Genesis-Planeten gründlich zu erforschen. Wir können darüber weder mit unseren Verbündeten noch mit unseren Gegnern sprechen, bevor wir mehr über die Auswirkungen und ihre Konsequenzen wissen. Dr. Marcus, ich habe Order, Sie auf mein Schiff zu transferieren.«

»Was?«

»Wir benötigen Sie natürlich für die Überwachung der Beobachtungen...«

»Ich denke nicht daran«, sagte Carol.

»Wie bitte?«

»Für was halten Sie mich eigentlich? ›Transferieren?‹ Wie eine Kiste von Ersatzteilen? Glauben Sie etwa, ich sei ein Roboter?«

»Tut mir leid, Doktor, aber ich verstehe nicht, was Sie damit meinen.«

»Sechs Menschen sind im Spacelab gestorben. Ich war für sie verantwortlich – und sie waren meine Freunde! Ich stehe in ihrer Schuld. Zumindest schulde ich ihnen, ihre Familien aufzusuchen und ihnen zu berichten, was geschehen ist!«

»Ihre Familien sind über die Tragödie unterrichtet worden.«

»Auf welche Weise? – Hat man ihnen Telegramme geschickt? Mein Gott!«

»Ich bin sicher, daß es auf eine... taktvollere Weise geschehen ist, als Sie anzunehmen scheinen.«

»Das ist mir egal. Ich gehe nicht nach Genesis zurück. Nicht jetzt. Und ich will diese Angelegenheit nicht weiter diskutieren.«

»Aber...«

»Das Thema ist erledigt.«

Sie erhob sich abrupt und verließ die Messe. Jim und J. T. blieben zurück und blickten einander verlegen schweigend an.

»Okay«, sagte J. T. schließlich. »Ich habe mich wohl bei keinem der beiden sehr geschickt benommen, wie? Vielleicht, wenn ich später noch einmal mit ihr darüber spreche...«

»Dazu würde ich Ihnen nicht raten«, sagte Jim.

Valkris kniete meditierend auf dem Boden ihrer Kabine. Die niedrige Schwerkraft des Söldnerschiffes machte diese Übung zu einem anstrengenden Unternehmen. Es erforderte starke Willenskraft, für längere Zeit reglos in einer Position zu bleiben, wenn die schwache Gravitation den Körper kaum auf den Boden drückte.

Meditation war eine der wenigen Möglichkeiten, die ihr zur Verfügung standen, um die geisttötende Langweile der Raumfahrt zu durchbrechen. Sie war ja nur Passagier, und noch dazu der einzige. Sie war es gewohnt, ihr eigenes Schiff zu befehligen, bevor ihre Familie in Not geraten war.

Diese Reise aber würde für ihre Familie die Reichtümer und die Ehre zurückgewinnen. Sie versagte sich ein Gefühl von Stolz: Es war ihre Pflicht, den Schaden zu beheben, den alle von ihnen durch die kindische Handlungsweise ihres Bruders erlitten hatten. Kiosan hatte es ihrer Familie nie vergeben, Valkris und nicht ihn zu ihrem Führer zu machen.

In seiner Verzweiflung und seinem Neid hatte er beschlossen, sich zu beweisen, und bewies damit nur, wie richtig die Familie gehandelt hatte, als sie ihn überging. Er brach alle Schwüre, die er bei seiner Mannbarkeitsfeier abgelegt hatte. Er legte seinen Schleier ab und enthüllte sein Gesicht der Welt. Er gab sich dem Vergnügen hin und zeigte nicht die geringste Bereitschaft, seine Lebensweise zu ändern. Valkris bot ihm dreimal die Möglichkeit, zur Familie zurückzukehren, und sogar noch ein viertes Mal, obwohl dieses vierte gegen ihren Sinn von Ästhetik verstieß. Nicht nur, daß er sich weigerte zurückzukehren, er forderte sie sogar dazu heraus, ebenfalls ihr Wort zu brechen und sich ihm anzuschließen.

Valkris hatte sich schließlich von ihrem Bruder losgesagt, doch mit einem so starken Bedauern, daß sie den Schmerz selbst jetzt noch spürte. Kiosans Verhalten hatte Reputation und Verdienst ihrer Familie jedoch so tief sinken lassen, daß sie nicht mehr wiederzuerlangen waren, wenn er nicht bereute, oder wenn sie ihn nicht freigab. Also hatte Valkris ihn freigesetzt. Für alle Angehörigen ihrer Familie war er tot. Doch für Valkris war er nach wie vor sehr lebendig, und wenn sie an ihn dachte, wie sie es häufig tat, wünschte sie ihm alles Gute in seiner Freiheit und beneidete ihn.

Auch sie hatte einen Schwur geleistet. Jedes Mitglied aller großen Familien legte den Schwur ab, wenn es erwachsen wurde. Trotz des Beispiels, das ihr älterer Bruder gesetzt hatte, war es ihr unmöglich, ihn zu brechen. Alles, was sie getan hatte, seit man sie auf ihre Führungsposition gestellt hatte, war dazu angelegt, der Familie zu nutzen. Sie war nie vor einem Duell geflohen. Sie hatte nie ein Duell verloren, obwohl sie die Narben von Wunden trug, die ihr Ehre erwiesen hätten, selbst wenn sie letztlich vor dem Gegner, der sie ihr zugefügt hatte, zurückgewichen wäre. Wegen ihres Rufes als mutige, verbissene Kämpferin war sie seit einigen Jahren nicht mehr herausgefordert worden. Valkris kämpfte nicht zu ihrem Vergnügen. Sie hatte mehr Gegner begraben, als sie hatte überleben und von ihren Freunden vom Kampfplatz schleppen lassen.

Es war gut, daß die Familie von der durch Kiosan über sie gebrachten Schande rehabilitiert werden würde. Und es war besser, daß sie es war, die diese Rehabilitierung ersonnen hatte und daß sie sie auch selbst durchführen würde.

Sie streckte beide Arme aus und ballte die Hände zu Fäusten, spürte die Spannkraft und Stärke ihrer Muskeln. Sie erhob sich mit einer geschmeidigen Bewegung und machte vor dem Sensor des Intercom ein Zeichen mit ihrer Hand.

»Ja?« meldete sich der Captain des Söldnerschiffes nach einer Weile.

»Die Schwerkraft in meiner Kabine ist sehr schwach. Ich möchte, daß sie erhöht wird.«

»Das würde den Brennstoffverbrauch der Grav-Generatoren erhöhen.«

»Sie werden nichts verlieren, wenn Sie meinen Wunsch erfüllen, Captain«, sagte Valkris. Sie war seiner Knickerigkeit so müde, daß sie daran dachte, ihn herauszufordern. Sie widerstand jedoch diesem unwürdigen Impuls. Sie konnte keine Ehre erringen, wenn sie eine solche Kreatur niederwarf. Er besaß keinen Stil.

»Also gut«, sagte der Captain widerwillig.

Wenig später begann die Schwerkraft in Valkris' Kabine

anzusteigen. Sie kniete sich wieder auf den Boden und sammelte sich zur Meditation. Als die Schwerkraft weitaus höher war, als die ihres Heimatplaneten, lächelte sie befriedigt und machte sich daran, die Konzentration zu suchen, die sie erstrebte.

Saavik tat ihre Arbeit automatisch. Sie hatte so oft Dienst auf der Brücke der *Enterprise* gemacht, daß ihre Reaktionen auf jede Situation ohne bewußtes Denken erfolgten. Jede Veränderung, jede Anomalie wurde sofort von ihr registriert. Im Augenblick war alles normal – so normal wie etwas auf einem halb zerschossenen Schiff sein konnte. Also konnte Saavik an andere Dinge denken.

Sie dachte an David, sie dachte an Mr. Spock und sie dachte daran, wie seltsam ihr Leben war. Mr. Spock hatte ihr geholfen, sich von einem halb verhungerten, verlassenen, analphabetischen Findelkind zu einem blendend erzogenen, selbstsicheren, hochgebildeten Starfleet-Offizier zu entwikkeln. In den meisten Situationen war sie ein Muster vulkanischer Selbstzucht. Und das war auch ihr Ziel gewesen, bis zu ihrem letzten Gespräch mit Spock. »Sie müssen Ihren eigenen Weg finden«, hatte er ihr gesagt. Die Weisheit seiner Worte hatte sie tief beeindruckt. Er hatte ihr erklärt, daß sie vielleicht Möglichkeiten erwägen könnte, von denen sie wußte, daß er sie nicht gutheißen würde, die sie jedoch deshalb nicht von vornherein zurückweisen dürfe.

Der Weg, den sie gestern abend gewählt hatte, führte in die unerforschten Regionen ihres romulanischen Erbes. Spock würde sie zu dieser Reise bestimmt nicht ermuntert haben. Und das war für sie ein Grund, seine Einsicht in ihren Charakter und seinen eigenen noch mehr zu bewundern. Saavik dachte über ihr Leben nach, über Mr. Spock und über – ihre Gedanken kamen immer wieder zu David zurück.

»Lieutenant Saavik.«

»Jawohl, Admiral.« Saavik fuhr herum und sah sich Admiral Kirk gegenüber, der eben in Begleitung eines ihr unbekannten Offiziers auf die Brücke getreten war: Captain

Esteban von der *Grissom*, wie sie an seiner Uniform und den Rangabzeichen erkannte.

»J. T.«, sagte Kirk, »dies ist Lieutenant Saavik. Lieutenant, Captain Esteban unternimmt einen Forschungstrip nach Genesis. Er braucht jemanden, der eine wissenschaftliche Vorbildung besitzt und die Entstehung dieses Planeten miterlebt hat. Dr. Marcus hat dieses Angebot ausgeschlagen. Wären Sie dazu bereit?«

»Jawohl Admiral.« Sie dachte an David. Die Worte schmeckten bitter. Sie wandte sich wieder ihrer Konsole zu.

Chris Chapel blieb vor McCoys Koje stehen und legte wieder ihre Hand auf seine Stirn. Sein Fieber war abgeklungen, und seine Augenlider zuckten, als ob er gleich aufwachen würde.

»Chris?«

»Ja, Leonard.« Sie versuchte, sich ihre Wachsamkeit nicht anmerken zu lassen, doch der Klang ihrer Stimme verriet ihren Schmerz. Was immer seine Gründe dafür gewesen sein mochten, ihr gegenüber eine sehr vulkanische Bemerkung zu machen, und noch dazu in einer recht guten Imitation von Spocks Stimme, es hatte sie tief getroffen und verletzt.

»Was ist los? Was ist passiert?«

»Seit wann, Leonard? Seit du zuletzt mit mir gesprochen hast? Seit gestern Abend? Seit wir das Raumdock verlassen haben? Was ist mit *dir* los, Leonard?«

»Ich... ich weiß nicht. Mir kommt alles so seltsam vor.«

Sie nahm seinen Zustand ernst genug, um die medizinischen Sensoren über seinem Bett einzuschalten. Sie hatte es bisher unterlassen, weil sie wußte, wie er reagieren würde, wenn er beim Erwachen feststellte, daß seine Körperfunktionen überwacht wurden.

»Was machst du da?« protestierte er auch jetzt. »Ich bin nicht krank. Ich brauche diese verdammten Apparate nicht, die mich nur beim Schlafen stören.«

Chris gelang ein Lachen. »Das klingt schon besser«, sagte sie. Dann beobachtete sie eine Weile die Angaben der Sensoren. Es schien alles in Ordnung zu sein. Leonards Temperatur war auf den Normalwert gesunken. Seine chemischen Körperfunktionen zeigten keine metabolischen Zerfallsprodukte von Alkohol. Doch wenn er gestern abend nicht betrunken gewesen war... was dann hatte ihn in einen solchen Zustand versetzt?

Sie schaltete die Sensoren aus.

»Wie spät ist es?« fragte er.

»Acht Uhr.«

»Acht Uhr früh.«

»Mein Gott.«

Chris sah schweigend zu, wie er sich aufsetzte. Wenn er das ohne ihre Hilfe schaffte, um so besser.

»Leonard«, sagte sie.

»Hm?«

»Warum hast du das zu mir gesagt?«

»Was?«

»Vor einer Weile bist du aufgewacht und sagtest zu mir: ›Vulkanier lieben nicht.‹«

»Mein Gott, Chris«, sagte er schockiert. »Habe ich das wirklich getan? Es tut mir leid. Die ganze Nacht über habe ich diese entsetzlichen Träume gehabt, von denen man nicht weiß, ob sie Wirklichkeit sind oder nicht. Ich kann mich nicht einmal erinnern, was ich geträumt habe, außer, daß alles so entsetzlich und realistisch war. Doch es scheint, als ob ich – von Spock geträumt habe...«

»Ich verstehe.«

»Ich hätte so etwas nie gesagt, wäre ich mir meiner Worte bewußt gewesen. Nimmst du meine Entschuldigung an?«

»Ja«, sagte sie. Da sie diese Sache so rasch wie möglich vergessen wollte, wechselte sie das Thema. »Bist du wieder soweit in Ordnung, daß du arbeiten kannst? Man braucht jemanden, der Carol Marcus zum Spacelab begleitet, und ich denke, es sollte einer von uns beiden sein.«

»Guter Gott – Jim kann doch nicht zulassen, daß jemand in diese Leichenkammer geht...«

Er sprang aus dem Bett. Chris fing ihn auf, als er taumelte und beinahe gestürzt wäre.

»Alles in Ordnung – bin nur zu rasch aufgestanden.«

»Hmmm.« Sie half ihm, sich auf die Bettkante zu setzen. »Du bist nicht in der Verfassung, das Schiff zu verlassen, vor allem deshalb, weil ich nicht weiß, was mit dir los ist.«

»Aber...«

»Sei doch kein Esel, Leonard. Du kannst hier bleiben und dich unter deiner eigenen Aufsicht auskurieren oder du kannst dich unter Admiral Kirks Befehl stellen. Die Wahl liegt bei dir.«

»Ich verbiete dir...« Er brach ab. »Entschuldige, Chris, ich bin bereits dort gewesen. Ich habe gesehen... was mit Carol Marcus' Freunden geschehen ist. Sie selbst diesem Anblick auszusetzen, wäre mehr als grausam.«

»Ich habe die Aufzeichnungen gesehen, die du gemacht hast. Du nimmst hoffentlich nicht an, daß ich Carol *das* zumuten würde...« Die Bestialität der Morde zuckte durch ihr Gehirn. »*Grissoms* Bordarzt und sein Team sind bereits in der Raumstation gewesen«, sagte Chris. »Die... Opfer befinden sich in Stasis. Die Station ist in Ordnung gebracht worden.« Die technischen Ausdrücke machten es ihr leichter, darüber zu sprechen.

»Chris, wenn du sicher bist...«

»Es bleibt bei dem, was ich gesagt habe. Du gehst unter keinen Umständen von Bord.«

McCoy versuchte nicht länger, seine Erschöpfung zu verbergen. Er ließ sich rücklings auf das Bett fallen.

»Ich bin nur übermüdet«, erklärte er. »Belaste Jim nicht damit.«

»Das hast du zu entscheiden.«

»Ich bleibe im Lazarett.«

Chris nickte erleichtert.

Die Codes und Dokumente für Genesis mußten von Regulus I geholt werden; die Leichen von Khan Singhs Opfern mußten amtlich identifiziert und an Bord der *Enterprise* gebracht werden. Carol ging zum Transporterraum, voller Grauen vor der Aufgabe, die vor ihr lag. David, der neben ihr schritt, ergriff plötzlich ihren Ellenbogen und zwang sie stehenzubleiben.

»Was ist, David?«

»Es ist nicht nötig, daß du zur Station gehst. Ich könnte... mich um alles kümmern.«

»Ich habe es nicht nötig, mich von meinem eigenen Sohn beschützen zu lassen«, sagte Carol. »Dies ist meine Aufgabe.«

»Mutter...«

»David, wir beide haben bei dieser Tragödie Freunde verloren«, sagte Carol. Eine der Möglichkeiten, ihre Trauer einigermaßen erträglich zu machen, bestand darin, sich ständig daran zu erinnern, daß sie nicht allein war.

»...ich weiß, daß Vance für dich mehr als nur ein Freund war.«

»Ich wußte, daß du es weißt. Hast du etwa geglaubt, wir hofften, unsere Liebe geheimhalten zu können?« Sie war damals sicher gewesen, daß es für alle anderen klar ersichtlich sein mußte, weil sie das Gefühl gehabt hatte, von innen heraus zu glühen, so wie David und Saavik heute morgen ausgesehen hatten. Unmittelbar nachdem sie und Vance Liebhaber geworden waren, hatte David einmal ganz nebenbei bemerkt, daß er nicht verstehen könne, warum sie so viel mit Vance zusammen sei. »Del ist doch so viel interessanter«, hatte er gesagt. »Vance ist ganz okay, aber ein wenig – langweilig, finde ich.« Und Carol, die es ein wenig amüsierte, daß David nichts gemerkt hatte, antwortete: »Dann kennst du Vance anscheinend nicht richtig.« Vance war stiller als sein Partner, reservierter und zuverlässiger. Del besaß ein empfindliches Ego und ein aufbrausendes Temperament, und Carol hielt ihn – trotz seines brillanten Verstandes – für ein wenig verrückt. Vance dagegen... Vance war der geistig gesundeste Mensch, den sie jemals kennengelernt hatte. Del mochte sehr interessant sein – interessant auf die Weise, wie sie in einem alten chinesischen Fluch beschrieben wird: »Mögest du in interessanten Zeiten leben.« Mit Vance zusammen zu sein, war jedoch ein reines Vergnügen.

David schien später gemerkt zu haben, was los war, obwohl er heute zum ersten Mal davon gesprochen hatte. Anstatt eifersüchtig zu reagieren, was gewisse psychologische Theorien für eine normale Reaktion halten, war seine Beziehung zu Vance daraufhin viel enger geworden, was Carol natürlich sehr glücklich gemacht hatte.

»Ich dachte nur«, sagte David, »Wenn du es dir ersparen könntest, ihn zu sehen...«

Carol nahm seine Hände zwischen die ihren. »David, Vance zu verlieren, war das Schlimmste, was ich jemals erlebt habe. Ich kann noch immer nicht glauben, daß er tot ist. Um unserer Aufgabe willen *muß* ich zu Spacelab gehen. Doch selbst, wenn ich es nicht müßte, würde ich es trotzdem tun. Verstehst du das?«

»Ich glaube nicht«, sagte er.

»Wenn ich es nicht tue... wenn ich ihn nicht sehe, werde ich niemals glauben können, daß er wirklich nicht mehr ist. Und ich muß mich damit abfinden.«

David nahm sie plötzlich in die Arme.

»Es tut mir so leid«, flüsterte er. »Es tut mir so verdammt leid. Als du mit ihm zusammen warst, hast du glücklicher ausgesehen, als ich dich je zuvor erlebt hatte. Es ist einfach nicht fair...!« Seine Stimme brach, und er sprach nicht weiter.

Carol drückte ihn an sich. Dann trat sie zurück und fuhr mit dem Ärmel über ihre Augen.

»Wir müssen gehen«, sagte sie.

KAPITEL 3

Carol Marcus und Christine Chapel materialisierten im Stasis-Raum von Spacelab. Das bläuliche Glühen der Stasis-Felder drang gespenstisch aus den Türritzen von fünf der Kammern. Carol zögerte einen Augenblick, dann öffnete sie die erste. Sie blickte eine Weile auf die mit einem weißen Tuch bedeckte Gestalt, dann hob sie das obere Ende des Tuches auf und entblößte das bleiche Gesicht eines sehr jungen Mannes, der mit einem Ausdruck des Grauens auf seinen Zügen gestorben war.

»Dies ist Jan.« Sie nannte auch seinen Familiennamen und seine ID-Nummer für die Identifikationsaufzeichnung, die Chris machte. »Er war unser Steward. Er war noch nicht lange auf Spacelab gewesen. Vor ein paar Monaten ist ein Frachtschiff hier vorbeigekommen, und als es weiterfuhr, blieb er zurück. Er sagte, daß er sich durch die Galaxis arbeite. Er wollte alles sehen, was es zu sehen gibt. ›Ich weiß, daß es unmöglich ist‹, sagte er mir, ›doch das ist eine zu gute Ausrede, um sie fallen zu lassen.‹ Er schrieb Gedichte, die er jedoch niemandem zu lesen erlaubte.« Sie bedeckte sein bleiches Gesicht wieder, schloß die Kammer und öffnete die zweite, in der ein älterer Mann ruhte, dessen schwarzes Haar die ersten grauen Strähnen zeigte. Nachdem sie ihn für die Aufzeichnung identifiziert hatte, sagte Carol: »Yoshi, unser Koch, hätte eigentlich gar nicht hier sein sollen. Er wollte auf Urlaub gehen, genau wie alle anderen Besatzungsmitglieder. Doch als er hörte, daß ein paar von uns zurückbleiben würden, erklärte er, daß auch er bleiben würde, da wir sonst alle vergessen würden zu essen und vor Unterernährung krank werden würden. Ich glaube jedoch, daß er zurückblieb, weil er von Genesis fasziniert war, wie jeder von uns. Er wollte auf keinen Fall die zweite Phase des Experiments versäumen.«

Carol blickte Chris an. »Nimmt der Recorder auch dies auf? Ich möchte, daß alles auf Band kommt.«

Chris nickte. Carol wußte sehr wohl, daß außer einer

formellen Identifizierung der Toten nichts aufgezeichnet werden mußte. Doch Chris erkannte diese kurzen Nachrufe als eine private Facette von Carols Trauer. »Ja«, sagte sie. »Ich habe alle drauf.«

In der dritten Kammer lag ein blonder, gutaussehender junger Mann, dessen Gesicht friedlich und entspannt wirkte.

»Delvin March«, sagte Carol. »Er und Vance Madison waren Partner. Sie haben praktisch ein neues Feld der Physik erschlossen. Sie nannten es die ›Kindergarten-Physik‹, weil es sich mit subelementaren Partikeln befaßte. Sie haben ihre neuen Theorien oft auf Konferenzen vorgetragen und ihre älteren Kollegen fast zum Wahnsinn getrieben, weil sie sich weigerten, irgend etwas ernst zu nehmen. So weit wir es vom heutigen Standpunkt der Wissenschaft aus beurteilen können, stellen die beiden von ihnen entdeckten Partikel die Basis des gesamten Universums dar – sie haben sie ›Snarks‹ und ›Boojums‹ genannt, beides Namen aus einem Gedicht von Lewis Caroll. Mit Del March bin ich nicht sehr gut ausgekommen. Er hatte einen Anflug von Wut und Schmerz in sich, der mich beunruhigte. Ich habe diesen Charakterzug nie verstanden. Ich konnte nichts dagegen tun und ich konnte auch nichts tun, um ihm zu helfen. Der einzige Mensch, der Zugang zu ihm hatte, wenn er in eine seiner Wutphasen versank, war sein Partner, doch auch Vance konnte nicht mehr tun, als dafür zu sorgen, daß er sich nicht zu sehr verletzte.« Sie strich eine blonde Haarlocke aus Delvin Marchs Stirn und bedeckte sein Gesicht wieder mit dem Leichentuch.

In der vierten Kammer lag die Leiche einer Deltanischen Frau. Ihr Gesicht war edel geschnitten und von auffallender Schönheit. »Zinaida Chitirih-Ra-Payjh war einer der hervorragendsten Mathematiker der Föderation. Ohne sie hätten wir das Genesis-Projekt nicht einmal starten können.« Carol lächelte traurig. »All diese Jungen, Jan und David und Del – der arme Del ganz besonders – und sogar ein paar der jungen Frauen in Spacelab waren natürlich unsterblich in sie oder ihren Partner verliebt oder auch in sie beide.« Sie warf einen raschen Blick auf den Recorder. »Jedda Adzhin-Dall ist nicht hier. Er ist mit einem Phaser getötet worden, im Inneren von Regulus I.« Sie seufzte. »Deltaner üben einen unerhört starken Einfluß auf Menschen aus. Zanaida und Jedda wurden glänzend damit fertig. Sie waren höflich und kühl und amüsiert. Sie wußten glaube ich, daß nichts ein Verliebtsein rascher tötet, als wenn man es ins Lächerliche zieht. Jeder fragte sich, was sie in ihrer Kabine treiben mochten. Ich bezweifle, daß irgend jemand den Mut aufbrachte, sie danach zu fragen. Ich glaube, daß sie nur gelacht haben. Nicht grausam, nur amüsiert, weil die Menschen ihnen so komisch und unreif vorkommen mußten.« Sie legte ihre Handfläche an Zinaidas Wange. »Liebe Zinaida...« Carol blickte Chris an. »Leonard hat gesagt, daß er bei ihr keine Todesursache feststellen konnte«, stellte sie sachlich fest.

Chris zögerte, verunsichert von Carols unheimlich wirkender Ruhe. Doch die Verweigerung einer Antwort wäre fast einer Lüge gleichgekommen.

»Deltaner können durch reine Willenskraft ihren Tod herbeiführen«, sagte sie. »Sie tun es, wenn sie sich in einer unerträglichen Situation befinden. Ich glaube nicht, daß sie Schmerzen erlitten hat.«

»Sie hätte sich auch vor Schmerzen nicht gefürchtet«, erklärte Carol. »Sie hätte Schmerzen als eine Herausforderung empfunden – vielleicht sogar als eine Gelegenheit, etwas zu erleben, dem sie sich bis dahin noch nicht gestellt hatte.« Behutsam zog sie das Leichentuch wieder über das Gesicht. Sie öffnete die letzte Kammer.

»Dies ist Vance Madison.« Ihr Hand zitterte, als sie sein Gesicht freilegte. Es war kraftvoll, intelligent, willensstark. Das Licht schimmerte wie Juwelen in seinem gelockten schwarzen Haar. »Ich habe Del und ihn gerne damit geneckt, daß ich sie ›die Zwillinge‹ nannte, weil sie so völlig verschieden waren. Blond und dunkel, weiß und schwarz, klein und groß, aufbrausend und ruhig... verrückt und normal.« Ihr Stimme brach plötzlich. »Oh, verdammt, Chris, jetzt muß ich glauben, daß er wirklich tot ist...«

Chris Chapel schaltete den Recorder ab, trat zu Carol und schloß die weinende Frau in die Arme. »Ich weiß«, sagte Chris. »Ich verstehe.«

Nachdem Carol und Chris zum Spacelab gebeamt waren, traten Saavik und David auf die Transporterplattform, um in das neue Ökosystem von Regulus I zu beamen.

»Energie«, sagte Saavik.

»Lieutenant«, sagte der Kadett an der Transporterkonsole zögernd, »ich kann keine freie Stelle finden, zu der ich Sie beamen könnte.«

»Was?« sagte David. »Das Ding ist doch voller Hohlräume.«

Saavik trat zu dem Kadetten an die Konsole und überprüfte die Instrumente.

»Es stimmt, David. Die in Reichweite des Transporterstrahls liegende Oberfläche ist mit irgendeinem amorphen Material bedeckt. Selbst die Tunnels sind damit gefüllt.« Die Werte waren völlig anders als die, welche sie erwartet hatte. Sie erweiterte den Scan, bis sie eine relativ freie Stelle entdeckte. »Beamen Sie mich dorthin, Kadett«, sagte sie. »Ich werde berichten, was ich vorfinde.«

»Saavik – einen Moment mal...« protestierte David.

Sie trat wieder auf die Plattform. »Ich werde entweder sofort zurückkommen oder dich nachkommen lassen.«

»Energie!«

Der Kadett gehorchte.

Saavik spürte die kurze Desorientierung der Dematerialisierung. Sie erreichte den Planetoiden unterhalb seiner Oberfläche, in einem der Tunnels, die als Sammelplatz für die zweite Phase des Genesis-Projekts angelegt worden waren. Sie hielt ihren Kommunikator in der Hand, eingeschaltet und gebrauchsbereit, falls die festgestellten Veränderungen eine Gefahr darstellen sollten.

Sie fand sich in einer winzigen Lichtung innerhalb einer wild wuchernden Masse von Unterholz. Lianenartige Kletterpflanzen waren in den Tunnel gewachsen, in dem Dr.

Marcus und ihr Team die Genesis-Unterlagen versteckt hatten, und füllten ihn völlig aus.

»Saavik an *Enterprise.* Bin auf Regulus I, David. Die Flora ist in die Tunnel gewachsen und hat sie ausgefüllt. Habt ihr das beabsichtigt?«

»Nein. Ganz und gar nicht – aber, wie ich dir bereits sagte, passiert immer irgend etwas, mit dem man nicht gerechnet hat. Ich komme herunter.«

»Warte noch einen Moment. Ich muß dir vorher einen Platz freiräumen.« Zunächst versuchte sie, die wunderschönen blühenden Ranken beiseitezuschieben, doch sie schnellten immer wieder zurück. Bei ihren Versuchen, die freie Stelle zu vergrößern, zerknickte sie mehrere der Zweige und Blüten. Die beschädigten Pflanzen strömten einen durchdringenden, betörenden Duft aus.

Saavik schaltete ihren Phaser auf kürzeste Entfernung und Desintegration. Sie hatte ihren Phaser zuvor sehr sorgfältig überprüft, weil David ihr gesagt hatte, daß das Genesis-Experiment so komplex sei, daß die Einzelheiten seines Resultats nicht vorauszusagen wären. Sie hatte jedoch nicht damit gerechnet, von Pflanzen attackiert zu werden.

Die rotgeränderten, grünen Blätter der wuchernden Vegetation verschmorten und verschwanden im Strahl ihres Phasers. Sie öffnete den Kommunikator.

»Saavik an *Enterprise.* Kadett, können Sie den Transporter-Strahl auf die geräumte Stelle richten?«

»Jawohl, Lieutenant.«

David materialisierte neben ihr. Er blickte umher und stieß einen überraschten Pfiff aus.

»Damit willst du vermutlich zum Ausdruck bringen, daß du so etwas nicht erwartet hast«, meinte Saavik.

»Das Projekt ist sogar noch lebensfähiger, als wir angenommen hatten! Mein Gott, sieh dir doch diese Vegetation an, und das bei künstlicher Beleuchtung!«

Saavik versagte es sich, seinen Enthusiasmus zu dämpfen, indem sie ihn darauf hinwies, daß die Kugel glühenden Plasmas' im Zentrum des Planetoiden ein Licht abstrahlte, das weniger ›künstlich‹ war als die Tunnelbeleuchtung. Die Masse der reagierenden Gase wurde durch Magnetfelder in der erforderlichen Dichte gehalten und von Kraftfeldern an ihrem Platz verankert. Die Plasmamasse und die sie umgebende Hülle des Planetoiden standen in einem notwendigerweise instabilen Verhältnis zueinander.

»Ich würde dies als ›Überwuchs‹ bezeichnen, David. Und wir müssen noch immer zu den Genesis-Unterlagen gelangen. Wir haben nicht sehr viel Zeit.«

»He, ich habe diese Pflanzen entworfen – gib mir wenigstens die Chance, mein Werk eine Weile zu bewundern, ja?«

»Dann bewundere die, die hinter uns wachsen. Von denen, die uns den Weg versperren, muß ich einige vernichten. Bitte nimm das nicht persönlich.« Bevor sie ihren Phaser abdrückte, setzte sie hinzu: »Sie sind sehr schön. Und ihr Geruch ist wunderbar.«

»Danke.«

Durch das Gewirr der Pflanzen konnte Saavik vage die Umrisse des Stapels von tragbaren Speicher-Bänken erkennen, die die Ergebnisse der Genesis-Forschung enthielten. Während sie sich mit dem Phaser einen Weg zu ihnen freibrannte, riß David eine Handvoll Blätter von einer der Ranken, zerquetschte sie und sog ihren Duft in die Nase.

»In ein paar Monaten wachsen Trauben aus den Blüten. Sollten einen guten Wein geben.«

Saavik hatte das Versteck der Genesis-Aufzeichnungen erreicht. Sie stellte ihren Phaser auf einen sehr dünnen Strahl ein, schaltete die Energie auf die schwächste Stufe und benutzte den Strahl wie ein Skalpell, um das Rankengewirr von den Kisten zu schneiden. Als sie damit fertig war, trat David zu ihr. Er legte von hinten seine Arme um ihren Hals und rieb die abgerissenen Blätter in seiner Hand. Der erfrischende Duft strich über ihr Gesicht.

»Was hältst du von einem Wein, der so schmeckt, wie diese Blätter riechen?«

Saavik steckte ihren Phaser ins Halfter zurück und umfaßte Davids Hände. Sie fuhr streichelnd über seine Handrücken und umspannte seine Gelenke, spürte den regelmäßigen Schlag seines Pulses.

»Der Duft erfordert keinerlei Änderung«, sagte sie. »Er ist vollkommen, so vollkommen wie sein Erfinder.«

Er ließ die zerdrückten Blätter zu Boden fallen und preßte sie an sich, vergrub sein Gesicht in ihren Haaren. Und sie hatte keinen anderen Wunsch, als sich seinen Zärtlichkeiten hinzugeben.

Der Kommunikator piepste.

»Ich habe bestimmt niemals einen Vogel entwickelt, der ein so albernes Geräusch von sich gibt«, flüsterte David in Saaviks Ohr. »Muß meine Mutter gewesen sein; sie ist nicht sehr musikalisch. Kümmern wir uns nicht darum.«

»Dann wird der Vogel nur noch mehr alberne Geräusche machen«, sagte sie. »Und wenn er damit aufhört, fällt ein ganzer Schwarm von Kadetten hier ein, die Rettungspatrouille spielen wollen.« Sie küßte ihn flüchtig und zog ihren Kommunikator heraus. Leise lachend riß David die letzten Ranken von den Kisten.

»Hier Saavik.«

»Wie lange werden Sie noch brauchen, Lieutenant?« fragte Kirk. »Captain Esteban möchte so bald wie möglich zum Mutara-Sektor starten.«

»Noch ein paar Minuten, Admiral«, sagte Saavik. »Wir haben die Genesis-Unterlagen entdeckt und machen sie klar zum Hinaufbeamen.«

»Gut. Machen Sie Dampf. Ende.«

Saavik runzelte verwirrt die Stirn, als sie den Kommunikator zuklappte. »Dampf machen?« wandte sie sich an David. »Wozu sollte es gut sein, Dampf zu erzeugen? Will er die Temperatur erhöhen?«

»Das ist ein Idiom. Es heißt, wir sollen uns beeilen. Warum hat er dir gesagt, daß Esteban nach Mutara aufbrechen will?«

»Weil er mir befohlen hat...« Sie unterbrach sich und korrigierte, um fair zu bleiben: »Das heißt, er hat mich sehr nachdrücklich gebeten, die *Grissom* nach Genesis zu begleiten. Solche Bitten sollte man nicht abschlagen.«

»Wie? Verdammt! Also versucht er, Mutter und mich aus der zweiten Phase des Projekts zu drängen! Saavik, weißt du, was das bedeutet?«

»Es bedeutet, daß er den Eindruck hat, daß du keinen Wert darauf legst, selbst zu gehen – er sagte mir, du hättest es abgelehnt.«

»Den Teufel habe ich getan!«

»Aber er sagte doch... Oh, vielleicht hat er damit Dr. Marcus Senior gemeint.«

»Er hat *mich* nicht einmal gefragt! Dieser Bastard!«

»Wenn du ihm jetzt sagen würdest, daß du dazu bereit bist, wird er bestimmt...«

»Wird er bestimmt eine Möglichkeit finden, mich daran zu hindern. Auf jeden Fall wird er es versuchen.«

Davids harte, anklagende Worte gegen den Admiral beunruhigten Saavik.

»Warum sprichst du von ihm in diesem Ton, David? Ich hatte den Eindruck, daß du und er bereit seien, einander zu akzeptieren.«

»Das war bei mir auch der Fall. Doch vielleicht habe ich mich geirrt. Vielleicht sind wir zu verschieden.« Er blies wütend die Atemluft aus und grinste dann plötzlich. »Ich habe eine Idee. Lassen wir ihn eine Weile warten. Wir wollen uns einen Pfad ins Innere des Planetoiden brennen und nachsehen, was es dort gibt.«

Saavik griff nach ihrem Phaser und hätte ihn beinahe gezogen. Sie spürte eine so starke Versuchung, auf seinen Vorschlag einzugehen, daß die Stärke ihres Wunsches sie ängstigte.

»Das würde ich sehr gerne tun«, sagte sie.

»Wunderbar. Dann los!«

»Aber was ich tun möchte, ist sehr weit von dem entfernt, was ich tun muß.«

»Oh, nun komm schon – auf die paar Minuten kommt es doch wirklich nicht an.«

»Es würde Stunden dauern, einen Weg durch diese Tunnels zu brennen.«

Er griff spielerisch nach ihrem Phaser. Sie wich ihm aus, ganz und gar nicht spielerisch.

»Spielverderber«, sagte er. »Ich dachte, du seist etwas Besonderes. Aber du bist wie alle anderen Leute von Starfleet.«

»Ich bin nicht wie alle anderen, weder in Starfleet noch sonst«, sagte sie.

»Indoktriniert und militärisch gedrillt.«

»Du provozierst mich, David.«

Als sie den Kommunikator herauszog, griff David erneut nach ihrem Phaser, diesmal entschlossener. In einem automatischen Reflex packte sie seine Hand mit einem Griff, den Captain Suli ihr beim Selbstverteidigungskurs beigebracht hatte. Der Phaser flog in hohem Bogen davon.

»Laß los! Jesus, was tust du?«

»Die technische Bezeichnung dafür ist ›Kotegaeshi‹«, sagte Saavik.

»Es interessiert mich einen Dreck, wie es genannt wird. Läßt du jetzt los?«

Er grub die Fingernägel seiner freien Hand in die ihre, um sie zu zwingen, ihn loszulassen. Sie verstärkte den Griff.

»Okay, okay!« sagte er ergeben.

Bevor sie den Kommunikator wegstecken und ihren Phaser suchen konnte, meldete sich die *Enterprise* erneut.

»*Enterprise* an Saavik«, sagte Admiral Kirk. Seine Stimme klang scharf und ungeduldig. »Würden Sie wohl ein wenig schneller machen, Lieutenant?«

»Wir sind fertig, Admiral«, antwortete sie. »Die Genesis-Unterlagen sind freigeräumt und können an Bord geholt werden.«

»Fertig zum Beamen«, klang die Stimme des Kadetten im Transporterraum aus ihrem Kommunikator.

»Du glaubst wohl, du kannst mich aus meinem eigenen Projekt verdrängen, du lausiger Intrigant, wie?« schrie David, bevor Saavik das Gerät abschalten konnte.

»David? Wovon sprichst du eigentlich?« Kirks Stimme klang verletzt und überrascht.

»Das werde ich dir sagen. Du bist...«

Saavik klappte den Kommunikator zu und steckte ihn wieder an seinen Platz in ihrem Gürtel.

»Was ist eigentlich mit dir los?« David reagierte oft sehr impulsiv, aber er hatte sich bisher noch nie so aggressiv verantwortungslos gezeigt.

Der Transporterstrahl glühte um die Kisten mit den Genesis-Unterlagen, bis sie zu schimmern begannen und dann verschwanden.

Saavik zog David mit sich, bis sie ihren Phaser entdeckte und ihn aufnahm. Er war in ein Gewirr von Ranken gefallen. Sie mußte ihn aus einem Gestrüpp reißen, das um ihn herum gewuchert war. Der durchdringende Duft stieg auf und hüllte sie ein.

Sie fühlte sich schwindelig. Sie schob ihren Phaser ins Halfter und zog den Kommunikator heraus.

»Saavik an *Enterprise*. Beamen Sie uns an Bord.«

»Einen Augenblick, Lieutenant. Wir müssen erst die Plattform abräumen.«

»Machen Sie schnell!« Sie sank auf die Knie. Der Steinboden des Tunnels war sehr hart und sehr kalt. Winzige Ranken von Davids wunderbarer Pflanze bohrten sich in den gewachsenen Fels. Saavik kam taumelnd auf die Füße. Ihr Griff um Davids Handgelenk lockerte sich, und er versuchte wieder, ihren Phaser zu packen.

Der Transporterstrahl erfaßte und dematerialisierte sie.

Jim Kirk stürmte in den Transporterraum, als Lieutenant Saavik und David auf der Plattform erschienen, zwischen den Stapeln von Kisten, die der Kadett unordentlich beiseite geschoben hatte.

David und Saavik hielten sich bei den Händen.

Äußerst reizend, fand Kirk, doch kaum der richtige Ort noch die richtige Zeit dafür... und verdammt leichtsinnig, so etwas während des Beamens zu tun. Es war ein Glück, daß keiner der beiden einen Arm verloren hatte.

»Ich nehme an, daß du mir etwas zu sagen hast, junger Mann«, sagte Kirk zu David.

David löste seine Hand aus Saaviks Griff und trat auf seinen Vater zu.

»Darauf kannst du wetten.«

Als Saavik von der Plattform treten wollte, spürte sie, daß ihre Knie nachgaben. Bevor sie fallen konnte, setzte sie sich rasch auf die Kante der Plattform. David und der Admiral begannen zu argumentieren, der Admiral empört, David anklagend, ohne daß einer auf den anderen hörte. Saavik vernahm es wie durch eine dicke Nebelschicht.

»Saavik, alles in Ordnung?« Der Kadett hockte neben ihr und sah sie besorgt an.

»Ja... natürlich.« Sie mußte all ihr vulkanisches Training mobilisieren, um die Kraft zum Aufstehen zu finden. Sie hatte während der vergangenen Tage nicht ausreichend Schlaf bekommen, doch sollte sie auch ohne auszuruhen weitaus länger durchhalten können. Sie hatte es schließlich früher auch geschafft. Sie fühlte sich beschämt und bedrückt.

»Admiral«, sagte sie. Weder Kirk noch David hörten sie. »Admiral Kirk!« sagte sie lauter in das Streitgespräch der beiden Männer.

Kirk fuhr herum und starrte sie an. »Was wollen Sie, Lieutenant?«

»Darf ich wegtreten? Ich muß mich für den Transfer an Bord der *Grissom* vorbereiten.«

»Okay. Ja.«

Saavik saß in ihrer Kabine, dankbar für die trockene Wärme, die darin herrschte, für das rötlich gefärbte Licht. Ihre Vorbereitungen waren noch nicht abgeschlossen, doch sie brauchte einen Augenblick, um sich zu sammeln und über ihr und Davids unerklärbares Verhalten nachdenken zu können.

Zerstreut zog sie ihren Phaser aus dem Halfter und löste die zarten, rosafarbenen Ranken von ihm. Viele Kletterpflanzen besitzen die Fähigkeit, sich um jedes feste Objekt zu schlingen, mit dem sie in Kontakt kommen. Diese Spezies bewegte sich zwar sehr schnell, doch hatte sie andere gesehen, die noch schneller waren. Ihre Fähigkeit, sich in gewachsenen Fels bohren zu können, war jedoch außergewöhnlich... falls ihre Beobachtung richtig gewesen war. Sie wünschte, sie hätte ausreichend Zeit, um Regulus I gründlich zu erforschen. Sie war, erkannte sie, beinahe so besessen darauf, die genauen Resultate der Genesisprogramme zu erfahren, wie David.

Saavik hielt sich ein zerdrücktes Blatt vor die Nase und roch wieder den betäubenden Duft. Er spann sie ein, wie die Ranke den Phaser.

Die Benommenheit war wieder da. Saavik ließ das Blatt hastig sinken. Sie starrte es an und runzelte die Stirn. Dann legte sie es auf den Tisch, trat zur Synthesizer-Konsole und forderte vom Schiffscomputer eine Analyse an. Als sie erschien, scharrte sie alle Reste von Davids Ranken zusammen. Sie versagte sich das Begehren, ihren betörenden Duft einzuatmen, als sie sie in die durchsichtige Plastikhülle steckte und darin verschloß.

Jim Kirk verschränkte die Arme vor der Brust. »David, ich kann nicht begreifen, worüber du so wütend bist. Carol hat mir erklärt, daß sie nicht zum Mutara-Sektor gehen will – also mußte ich annehmen, daß du auch kein Interesse daran hast.«

»Du hättest mich fragen sollen«, sagte David trotzig. Er fühlte sich unendlich erleichtert darüber, daß seine Mutter noch nicht nach Mutara zurückkehren wollte, war jedoch wütend, daß man ihn nicht gefragt hatte, und befürchtete, man könnte es ihm verbieten. »Ich will dir sagen, warum du erwartest, daß ich genau das tue, was sie tut – weil alle Menschen, die du kennst, immer sofort springen, wenn du es befiehlst, so daß du nicht mehr damit rechnest, daß jemand seine eigenen Entscheidungen treffen möchte!«

Jim lachte leise. »Wenn du das glaubst, kennst du die Menschen nicht, die ich kenne. Hör zu, ich habe mich entschuldigt – mehr kann ich nicht tun, wenn du beschlossen hast, auf mich sauer zu sein.«

»Du könntest mich zur *Grissom* schicken.«

Jim zögerte. »Glaubst du, daß das klug wäre?«

»Warum nicht?«

»Ich dachte nur daran...«

David starrte ihn feindselig an.

»Ich will ehrlich sein, David. Ich hatte gehofft, du würdest an Bord der *Enterprise* bleiben. Ich wollte Gelegenheit haben, mit dir zu reden. Das gleicht zwar nicht all die Jahre aus, in denen ich dich nicht kannte...«

»Nein«, sagte David kalt. »Das tut es nicht.«

Schockiert von Davids Reaktion sagte Jim: »Ob es dir paßt oder nicht, ich bin nun mal dein Vater.«

»Du kannst doch nicht zwanzig Jahre lang meine Existenz völlig ignorieren...«

»David, ich habe nicht...«

»...und dann einfach hereintanzen und von mir erwarten, daß ich dich mit Kindesliebe überschütte!«

»Ich will weiter nichts, als daß wir Freunde werden.«

»Dazu ist es zu spät! Es ist viel zu spät, um einfach herzukommen und zu versuchen, mein Freund zu sein!«

Sie kamen keinen Schritt weiter. Sie erreichten lediglich, daß ihre gegenseitige Feindseligkeit sich immer mehr verstärkte. Jim entschloß sich zu einem Versuch, ihren Streit zu entschärfen, damit sie beide sich beruhigen konnten.

»Ich hoffe, daß du dich irrst, David«, sagte er. »Doch ich glaube zu verstehen, warum du wütend und enttäuscht bist. Ich hoffe, daß du mir eines Tages vergeben können wirst, mich vielleicht sogar akzeptierst. Bis dahin aber wollen wir versuchen, zumindest höflich zueinander zu sein. Um deiner Mutter willen!«

»Um meiner Mutter willen! Was kümmert dich meine Mutter?«

»Du kannst nicht aufhören, wie?« Jim war sowohl wütend als auch verletzt. Jede Konzession, die er zu machen versuchte, war von David aufs schärfste zurückgewiesen worden. »Packe deine Sachen zusammen. Die *Grissom* verläßt in einer Stunde den Orbit.«

Er drehte David den Rücken zu und stakte hinaus.

David klopfte leise an die Tür von Carols Kabine. Er wartete, dann klopfte er noch einmal. Die Tür glitt endlich auf. Der Raum vor ihm war dunkel.

»Mutter?«

»Ja, David.« Ihre Stimme klang sehr ruhig.

»Deine Sachen, die unten in der Höhle waren... ich habe sie an Bord geholt.«

»Danke.« Sie schaltete das Licht an.

»Man hat mir erzählt, daß du nicht zum Mutara-Sektor zurückgehen willst.«

»Nein«, sagte sie. »Nicht jetzt. Ich kann es nicht. Noch nicht.«

»Ich habe mich dazu gemeldet. Ich halte es für wichtig, daß einer von uns dabei ist, wenn sie sich dort umsehen.«

Sie blickte ihn schweigend an.

»Ich verstehe, warum du zur Erde willst«, sagte David. »Vielleicht sollte ich auch zurückgehen.«

»Ich hatte gehofft...«

»Mutter, dies ist wichtig. *Irgend jemand* muß Starfleet im Auge behalten. Um sicherzugehen, daß sie die Wahrheit darüber sagen, was dort draußen passiert ist. Wir können ihnen nicht einfach die Zügel schießen lassen, nicht nach all dem, was geschehen ist.«

»Ich weiß«, sagte sie. »Du hast recht, einer von uns sollte dabeisein. Vielleicht sogar wir beide.«

»Nein!« sagte er rasch. Dann zwang er sich, seine Stimme zu beherrschen, als er ihre Reaktion auf seinen scharfen Ton erkannte. »Es ist nichts weiter als ein flüchtiger Erkundungstrip. Irgend jemand muß ihnen dabei auf die Finger sehen, doch das kann einer von uns erledigen. – Mutter, ich lasse dich den härtesten Job allein tun...«

»Ich muß ihn allein tun«, sagte sie. »Ich habe nur Angst...«

»Wovor?«

»Es gibt einen Grund dafür, warum ich dir nie gesagt habe,

daß Jim Kirk dein Vater ist, David. Es gibt dafür eine ganze Reihe von Gründen, doch dieser eine, der wichtigste, war absolut egoistisch.«

»Ich verstehe nicht.«

»Wenn du herausfinden würdest, daß dein Vater ein Starship Captain ist, fürchtete ich, würdest du mit dem nächsten Schiff durchbrennen und durch die Galaxis ziehen, und ich würde dich nie wiedersehen.« Sie seufzte. »Ich habe Jim erklärt, daß ich dich in meiner Welt haben will, nicht in der seinen. Doch ich hätte die Entscheidung darüber dir überlassen sollen.«

»Welche Entscheidung?« Er lachte. »Mutter, kannst du dir wirklich vorstellen, daß ich zur Crew dieses Schiffes gehören könnte?« Er nahm Haltung an. »Jawohl, Sir. Sofort, Sir. Es macht mir Spaß, das Achterdeck zu schrubben, Sir.« Er schielte auf seine Nase.

Carol mußte lachen. »Ich glaube nicht, daß es auf Starships Achterdecks gibt, David.«

»Sicher werden sie eins erfinden, nur damit ich es schrubben kann. Beim Militär würde ich bestimmt niemals Karriere machen.«

»Aber...«

»Aber was?«

»Du hast jetzt deinen Vater kennengelernt, und du stehst davor, eine Reise mit einem Starship zu machen.«

»Stimmt. Aber ich bitte dich, darauf zu achten, daß es nicht *sein* Starship ist. Ehrlich, Mom, ich werde bestimmt kein Mann der Starfleet werden.« Er umarmte sie. »Ich werde nicht einmal lange fortbleiben. Ehrenwort.«

»Ich weiß.«

»Wir müssen bald von Bord. Ich muß los.«

»Auf Wiedersehen, David. Sieh dich vor.«

»Oh, fast hätte ich vergessen...« Er griff unter sein Hemd und zog eine zusammengefaltete Aufzeichnung heraus. »Unsere Starfleet-Freunde haben die Genesis-Unterlagen vereinnahmt, doch ich habe darauf bestanden, sie zu überprüfen, bevor sie weggeschlossen wurden. Ich konnte schließlich nicht wissen, ob wir sie je wieder zu Gesicht kriegen würden. Wer weiß, wem sie das alles übergeben, wenn sie auf der Erde sind. Und deshalb...« Das glänzende, silbrige Material faltete sich auseinander und lag weich und glatt auf seinen Händen. Es war mit blauen Linien und Ziffernreihen bedeckt. »Ich habe dies für dich gestohlen, als gerade niemand hinsah.« Er reichte ihr die Karte für die zweite Phase von Genesis.

Nachdem Vance Madison die Karte für das Ökosystem von Regulus I entworfen hatte, fertigte er für jedes Mitglied des Teams eine Kopie an. Sie hatten alle zum Gelingen des Plans beigetragen, und sie waren alle begierig, die Karte mit dem wirklichen Ergebnis des Projekts vergleichen zu können. Die wuchernden Ranken in den Tunnels und Höhlen deuteten darauf hin, daß die Resultate stark von der Planung abwichen. David fragte sich, ob er – oder irgend jemand – jemals Gelegenheit bekommen würde, das Innere von Regulus I zu erforschen.

Carol nahm ihm die Karte aus den Händen und glättete sie noch mehr auf ihrem Schoß.

»David ... danke.« Sie fuhr mit den Fingerspitzen über die obere Kante der Karte, in der Nähe des Nordpols. Innerhalb der hohlen Kugel des Planetoiden schufen Zentrifugalkräfte künstliche Schwerkraft. Doch an der Krümmung in Nähe der Pole verliefen die Schwerkraftfelder in zunehmend spitzem Winkel zur Oberfläche. Der Rotationsradius wurde kürzer. Deshalb kam es einem vor, als ob man einen immer steiler werdenden Hügel erklömme, gegen eine ständig schwächer werdende Schwerkraft.

Das Forscherteam hatte die eigenartige Umwelt der Pole fast unberührt gelassen, da ihre Entwicklungsexperimente neuer Lebensformen ja darauf ausgerichtet waren, solche zu schaffen, die auf anderen Planeten angesiedelt werden konnten. Carol war ein wenig stolz auf ihr Seiden-Heidekraut, und Yoshi hatte einen Cornucopia-Baum vorgeschlagen, der zu jeder Jahreszeit eine andere Fruchtsorte hervorbrachte. Vance hatte ein kleines, fleischfressendes Tier entwickelt, das er etwas gewagt ›Weißes Kaninchen‹ nannte, und das von Del in ›Märzhase‹ umbenannt worden war. Sein Haupt-Charakteristikum, behauptet er, war totaler Irrsinn. Nach seiner Beschreibung zu urteilen, stellte es eine Kreuzung zwischen einem Äffchen und einem Gecko dar. Carol lächelte, als sie daran dachte, wie typisch es für diese beiden jungen Männer war, ein ›Kaninchen‹ zu erfinden, das kein Kaninchen war, und einen ›Hasen‹, der kein Hase war. Als sie ihre Schöpfung bei der wöchentlichen Entwurfskonferenz vorgeführt hatte, drohte Carol, etwas zu schaffen, das von Anfang an irrenhausreif sei.

Keine dieser Kreationen lebte in Polnähe. Dicht unter den oberen Rand der Karte hatte Vance mit seiner krakeligen Schrift geschrieben: ›Hier die Drachen‹.

»Ich frage mich, ob es dort wirklich Drachen gibt«, sagte Carol leise.

Saavik betrat den Transporterraum zu dem Zeitpunkt, der für den Transfer zur *Grissom* festgesetzt worden war, fand sich jedoch allein dort. Da sie pünktlich gewesen war, brauchte sie kaum zu befürchten, daß die anderen bereits vor ihr eingetroffen und an Bord des anderen Schiffes gebeamt worden waren.

Als sie in dem halbdunklen, leeren Transporterraum wartete und an etwas zu denken versuchte, das ihr die Zeit vertreiben konnte, hörte sie eine Stimme, die ihren Namen rief.

»Captain ...« Sie wandte sich um.

Niemand war hereingetreten. Selbst die tiefen Schatten boten kein Versteck.

»Wer ist da?« fragte sie.

Vielleicht wollte sich jemand einen Scherz mit ihr machen. Bisher hatte das noch niemand getan, bisher hatte niemand ihr auch nur einen Witz erzählt, weil sie keinen Sinn dafür hatte. Bis vor wenigen Tagen hatte sie Witze als absolut frivol betrachtet und deshalb unter ihrer Würde. Witze konnten auf Grausamkeit basieren, wußte sie, doch handelte es sich dabei gewöhnlich um eine milde Form von Grausamkeit. Es wäre grausam, und nicht im geringsten Sinne milde, sich mit Saavik einen Scherz zu machen, indem man ihren Namen mit der Stimme Mr. Spocks rief.

»*Saavikam*...«

Sie preßte ihre Hände auf die Ohren. Die Stimme sprach auf vulkanisch und gebrauchte eine vulkanische Anredeform. Sie erkannte jetzt, daß sie nur für sie vernehmbar war und daß es sich nicht um einen Scherz handelte.

»Mr. Spock«, flüsterte sie, »warum finden Sie keine Ruhe? Ich habe die Totenwache bei Ihnen gehalten und Ihren Körper zu dem neuen Planeten geschickt. Ich hoffte, daß es Ihnen so recht sein würde...«

Sie hörte Stimmen auf dem Korridor. Sie nahm alle Kraft zusammen und überwand ihre Angst; sie nahm die Hände von ihren Ohren und zog ihre Uniformjacke zurecht.

Admiral Kirk und Captain Esteban traten herein.

»Hallo, Lieutenant«, sagte Kirk. »Pünktlich wie immer. Überlege dir einmal, J. T., wie viel wir schaffen könnten, wenn wir so ordentlich und unerschütterlich wären wie Lieutenant Saavik.«

Nichts, das Kirk zu Saavik gesagt hatte, erforderte eine Antwort, also schwieg sie. Sie hielt sich weder für ordentlich, noch für unerschütterlich.

Im Augenblick hatte sie das Gefühl, den Verstand zu verlieren.

Saavik hatte schon mehrmals in ihrem Leben Gedankenverschmelzung erlebt, am häufigsten mit Spock. Die Berührung seines Geistes war die erste zivilisierte Erfahrung ihres Lebens gewesen. Das Berühren eines Geistes war einzigartig. Es war unmöglich, den Geist eines Wesens, den man berührte, mit dem irgendeines anderen intelligenten Wesens, ob bekannt oder fremd, zu verwechseln. Aber die Stimme, die Saavik gespürt hatte, das Bewußtsein, das gerade nach ihr gerufen hatte, war nach ihrem Empfinden Mr. Spock gewesen. Was völlig unmöglich war.

»Sie sind sehr still, Lieutenant. Haben Sie sich die Sache

anders überlegt? Sie haben sich freiwillig dazu gemeldet – also können Sie es sich jederzeit anders überlegen und zurücktreten.«

»Nein!« sagte sie lauter und energischer, als sie es beabsichtigt hatte.

Kirk blickte sie ein paar Sekunden lang an, nicht gerade tadelnd, doch auch nicht mit Wohlwollen.

»Nein, Sir«, sagte sie ruhiger. »Ich halte es für außerordentlich wichtig, daß ich bei diesem Unternehmen dabei bin.«

»Gut. Wo, zum Teufel, bleibt David?«

»Er sollte sich etwas beeilen, wenn er mitkommen will«, sagte Esteban. »Ich kann nicht den ganzen Tag auf ihn warten.«

»Kommt David mit, Admiral?«

»Das hoffe ich«, sagte Kirk. »Er hat mich wie einen Rekruten abgekanzelt, weil ich ihn nicht von vornherein dazu aufgefordert hatte.«

In diesem Augenblick trat David herein, einen kleinen Beutel über die Schulter geworfen.

»Wir wollten dich gerade aufgeben«, sagte Kirk.

»Ich habe mich von meiner Mutter verabschiedet«, antwortete David. »Irgendwelche Einwände?«

»Absolut nicht«, sagte Kirk milde.

Der Admiral reichte Captain Esteban die Hand.

»War schön, dich wiederzusehen, J. T. Wir wollen sehen, daß es nicht wieder so lange dauert, bevor sich unsere Wege kreuzen.«

»Wir werden in einem Monat oder sechs Wochen zurück sein, Jim.«

»Gut. Dann läßt du dich wieder hier an Bord sehen.« Kirk wandte sich an Saavik und streckte ihr, zu ihrer Überraschung, seine Hand entgegen.

»Viel Glück, Lieutenant. Und passen Sie auf meinen Sohn auf.«

»Jawohl, Sir«, sagte sie und fragte sich, wie viele Auslegungen ein Mensch, der an die Vieldeutigkeiten und ›kleinen

Scherze‹ der Sprache gewöhnt war, in diesem Befehl finden mochte.

»David.«

Kirk streckte seinem Sohn die Hand entgegen, und als David sie zögernd nahm, zog Kirk ihn zu sich heran und schloß ihn in die Arme.

»Paß auf dich auf, Junge«, sagte er.

David löste sich ziemlich heftig aus der väterlichen Umarmung. Er war noch nicht bereit, erkannte Saavik, dem Admiral zu vergeben.

»Keine Angst«, sagte David. »Es gibt keine Gefahren mehr im Mutara-Sektor. Überhaupt keine Gefahren.«

Kirk sah die drei Menschen – Esteban, David und Saavik – von der Transporterplattform verschwinden. Ins Unbekannte. Er wünschte, er wäre jetzt bei ihnen.

Statt dessen rief er die Brücke und gab Captain Sulu Anweisung, den Orbit zu verlassen und Kurs auf die Erde zu nehmen.

Dann ging er zum Bordlazarett.

McCoy war wieder auf den Beinen und tat seine Arbeit. Sein Benehmen war völlig intakt, doch Kirk konnte sehen, daß es nur eine Fassade war. McCoy wirkte blaß und angeschlagen und unkonzentriert, trotz des milden Scherzes, den er für einen verwundeten Kadetten machte, trotz seiner ruhigen Hände und seiner sicheren Stimme.

»Guten Morgen, Pille«, sagte Kirk. »Kann ich einen Moment mit dir sprechen?«

»Hallo, Jim. Klar. Bin sofort fertig.«

Kirk ging in McCoys Büro, und der Arzt kam ihm nach, sowie er mit seinem Patienten fertig war.

»Was gibt's? Brauchst du ein gutes Mittel gegen den Kater?«

»Die Frage könnte ich dir auch stellen.«

McCoy gab seine leichtfertige Pose auf. »Aber ich war überhaupt nicht...« Er stoppte. »Ach, was soll's. Ich muß mich ohnehin bei dir entschuldigen. Scotty wollte eine

Gedenkfeier für seinen Neffen haben, und ich dachte, warum sollen wir nicht auch Spock einschließen? Ich kann nur sagen, daß es mir zu dem Zeitpunkt als eine recht gute Idee vorkam.«

»Die Angelegenheit ist vorbei und erledigt«, sagte Jim. »Wenn ich richtig darüber nachgedacht haben würde, hätte ich wahrscheinlich ein Machtwort gesprochen, bevor sie zu weit gediehen war. Meine einzige Entschuldigung ist, daß ich andere Dinge im Kopf hatte. Aber du machst mir Sorgen, Pille. Gestern nacht hast du dich ... höchst merkwürdig benommen.«

»Merkwürdig?« McCoy lachte amüsiert. »Das überrascht mich nicht. Diese Alkoholsynthesen haben längst nicht die Qualität des richtigen Stoffes.«

Kirk runzelte die Stirn, als er einen falschen Ton in McCoys Erklärung entdeckte.

»Ich meine damit nicht, daß du betrunken warst. Du hast dich nicht wie ein Betrunkener benommen.«

»So?« rief McCoy, viel zu fröhlich. »Ich muß aus der Übung gekommen sein.«

»Erinnerst du dich nicht mehr an das, was du gesagt hast?«

»Über was?«

»Du bist auf einen Tisch gestiegen und hast gesagt: ›Trauer ist nicht logisch‹, und das mit einer verdammt guten Imitation von Spocks Stimme. Das entspricht nicht deinem gewohnten Sinn für ... Spaß.«

»Das ist überhaupt kein Spaß«, sagte McCoy. »Ich muß noch blauer gewesen sein, als ich angenommen hatte.«

»Sage mir, was mit dir los ist, Pille«, forderte Jim ihn auf. »Laß mich dir helfen.«

»In Ordnung. – Du kannst mir dadurch helfen, daß du meine Entschuldigung annimmst und vergißt, wofür ich mich entschuldigt habe.«

Wenn McCoy Fragen ausweichen wollte, entwickelte er darin eine bemerkenswerte Kunstfertigkeit. Jim hatte sich bisher noch nicht dazu durchringen können, seinen alten Freund zum Antworten zu zwingen, indem er seinen Dienstrang ausspielte. Außerdem: wann hatte es ihm jemals etwas gebracht, wenn er McCoy gegenüber auf seine Autorität als Starship-Captain pochte?

»Entschuldigung angenommen. Vergessen – dazu werde ich ein wenig länger brauchen. Wenn du darüber reden willst, weißt du ja, wo du mich finden kannst.«

Kirk kehrte zur Brücke zurück, noch immer bedrückt über McCoy, und mit dem Gefühl, daß sein Weg zum Bordlazarett ziemlich sinnlos gewesen war.

An Bord der *Grissom* dankte Saavik dem Offizier vom Dienst, der ihr eine Kabine angewiesen hatte. Der junge Vulkanier machte sich nicht die Mühe, sie zu ihrem Quartier zu begleiten. Sie hatte nichts bei sich, das sie dort ablegen mußte, und Wichtigeres zu tun, als das Dekor der Kabinen zu bewundern.

Sie spürte eine leichte Verschiebung in den Schwerkraftfeldern des Schiffes, als sie den Orbit verließen und in den Warp-Drive übergingen. Die *Grissom*, ein kleines, schnelles Schiff, konnte die Distanz zwischen Regulus und dem Mutara-Sektor erheblich schneller durchqueren als die angeschlagene *Enterprise.*

Saavik trat in das Hauptlaboratorium und blieb wie versteinert stehen.

Vor ihr stand ein Wesen, das wie ein Gewirr körniger Kristalle aussah. Saavik hatte noch nie einen Glaeziver getroffen. Sie waren sehr rar. Sie beabsichtigten und planten, innerhalb von hundert Standardjahren auszusterben. Ihr Planet war durch die Nova ihres Gestirns vernichtet worden. Sie besaßen eine so starke Bindung an ihren Planeten, daß es ihnen nicht gelungen war, einen anderen zu finden, auf dem sie sich nicht als Fremdlinge vorkamen. Und so hatten sie ihren Zusammenhalt aufgegeben und sich über das ganze Gebiet der Föderation verstreut, vielleicht sogar darüber hinaus.

Wenn Genesis so programmiert werden konnte, daß sie zu einer Kopie ihres verlorenen Heimatplaneten wurde, überlegte Saavik, mochten sie ihren kollektiven Todeswunsch vielleicht aufgeben und weiterleben.

»Hallo«, sagte Saavik förmlich. »Wie darf ich Sie ansprechen?«

Die absolute Reglosigkeit dieses Wesens gab Saavik den Eindruck enormer potentieller Energie, die ständig bereit war, sich zu Bewegung zu entfalten. Als der Glaeziver sich bewegte, tat er das mit kontrollierter Kraft, die die Fragilität seiner Form Lügen strafte. Die unzähligen durchsichtigen Kristallketten, die seine Substanz bildeten, berührten einander mit dem Klingen von Juwelen im Wind.

»Sie sind sehr höflich für eine undurchsichtige Lebensform«, sagte der Glaeziver. Seine Stimme klang wie ein Glockenspiel. »Wenn Sie meinen Namen aussprechen können, mögen Sie ihn benutzen.« Er nannte ihr ein Wort, das wie ein Lied klang, und Saavik sprach es ihm nach, so gut sie es konnte.

»Nicht schlecht«, sagte der Glaeziver. »Sie können mich so nennen, wenn Sie wollen. Mir ist es lieber als ›Fred‹.«

»Fred?« sagte Saavik.

»Einer meiner Arbeitskollegen fand, daß meine Name wie eine Tonfolge Chopins klingt. Wie darf ich Sie nennen?«

»Ich heiße Saavik.«

»Freut mich, Sie kennenzulernen, Saavik. Was kann ich für Sie tun?«

»Ich möchte eine Probe aus dem Inneren von Regulus I analysieren. Darf ich Ihre Geräte dazu benutzen?«

»Können Sie gleichzeitig arbeiten und reden?«

»Natürlich.«

»In dem Fall möchte ich Ihnen einen Vorschlag machen: Wir werden Ihre Probe gemeinsam analysieren, während Sie mir erzählen, was hier geschehen ist – innerhalb von Regulus I und im Mutara-Sektor.«

»Einverstanden«, sagte Saavik.

»Großartig. Was für eine Analyse wollen Sie machen? Makroskopisch? Molekular? Atomar? Subatomar?«

»Molekular, bitte.«

»Wird gemacht.«

Glaeziver gelten als äußerst steif und zurückhaltend. Saavik fand es sehr interessant, daß dieser die Förmlichkeiten zwar bei ihrem Bekanntwerden gewahrt hatte, sich jetzt jedoch recht gelöst gab. Es war nicht schwer, sich ihn als ›Fred‹ vorzustellen.

Saaviks Kabine entsprach dem Standard der Föderationsschiffe, für menschliche Benutzer gedacht und entworfen. Die Beleuchtung imitierte das Spektrum der irdischen Sonne, und die Temperatur entsprach den gemäßigten Zonen ihres Heimatplaneten. Saavik sah sich in dem Raum um und stellte befriedigt fest, daß man auf jedes unnötige Dekor verzichtet hatte und daß ein Kommunikationsterminal vorhanden war, stieß sich jedoch an den üppig gepolsterten Möbeln. Sie zog harte Stühle und eine dünne Schlafmatte vor.

Sie stellte die Programmierung der Umweltkontrolle neu ein. Das Licht wurde gedämpfter, und die Temperatur stieg allmählich an. Saavik setzte sich zum ersten Mal seit ihrem Eintreffen an Bord der *Grissom*. Die Vorbereitungen für die Überprüfung von Genesis und die Analyse der Proben von Regulus I hatten ihr eine Menge Arbeit gegeben, wofür sie dankbar war. Sie lenkte ihre Gedanken von der Angst um ihren Geisteszustand ab.

Doch seit Verlassen der *Enterprise* spürte sie Spocks Gegenwart nicht mehr. Falls sie noch immer an Geister glauben würde – was sie als Kind getan hatte, da auf Hellguard Dinge geschahen, für die ein ungebildetes und naives Kind keine andere Erklärung finden konnte –, mußte sie annehmen, daß Spocks Schatten die *Enterprise* heimsuchte. Doch sie glaubte nicht mehr an Geister. Sie glaubte, daß sie für eine Weile zumindest ein wenig verrückt gewesen sei.

Und jetzt? Um sich zu testen, um die Stille zu testen, riskierte Saavik, ihre geistigen Abschirmungen zu öffnen. Sie schloß die Augen und streckte ihren Geist aus, suchte mit ihm irgendein Echo, ein wirkliches oder eingebildetes, von Spock.

Nach einigen Minuten öffnete sie ihre Augen wieder. Sie hatte nichts gefunden.

Das Echo ihres Lehrers war verschwunden. Er war tot, und Saavik trauerte um ihn. Doch zumindest war sie nicht verrückt.

Sie nahm den Ausdruck der Regulus I Probe auf und las die Analyse noch einmal.

Es klopfte an der Tür.

»Herein.«

David trat ein und lächelte sie an. »Hallo. Rate mal, was es gibt. Ich habe die Kabine links neben dir. Herrlich, wie?«

»Das kommt darauf an. Bist du inzwischen wieder zur Vernunft gekommen?«

»Was? Sprichst du von der Sache unten in der Genesis-Höhle?« Er zuckte wegwerfend die Achseln. »Ja, klar, tut mir leid. – Ich weiß selbst nicht, was in mich gefahren ist. Wahrscheinlich war ich ein bißchen erregt.«

»Ist das deine ganze Erklärung?«

»Was hast du denn? Tut mir leid, daß ich versucht habe, dir deinen Phaser wegzunehmen – das war sehr dumm. Falls es dir ein Trost sein sollte: Du hast mir fast die Hand aus dem Gelenk gedreht. Ich spüre es noch immer. Und sieh hier: Da ist noch immer eine Schwellung, wo du mit dem Daumen zugedrückt hast.«

»Du hättest dich nicht wehren sollen«, sagte Saavik. »Nur deine Gewaltanwendung ist schuld daran, daß du verletzt worden bist.«

»Und du hast deine Rache gehabt.«

»Wie kommst du darauf, daß ich Rache wollte? Oder daß es mir Spaß machen könnte, dir weh zu tun? Doch das spielt jetzt keine Rolle. Du weißt, daß ich keine Unterhaltungsdrogen nehme. Und selbst, wenn ich es täte – ich war im Dienst, als wir die Genesis-Höhlen beamten. Warum hast du mich nicht gewarnt?«

»Saavik, wovon redest du?«

Saavik hatte ein Lachen erwartet, die Behauptung, daß es nur ein ›kleiner Scherz‹ gewesen sei. Sie war nicht auf seine sture Dickfelligkeit vorbereitet. Sie reichte ihm den Analysen-Ausdruck.

Er überflog ihn.

»Eine interessante organische Zusammenstellung. Was ist das?«

»Das solltest du am besten wissen. Du hast es schließlich entwickelt.«

»Niemals. Ich habe diese Zusammensetzung von Molekülen noch nie im Leben gesehen.«

»David, dies ist eine Analyse der Genesis-Ranken – der Pflanze, die du geschaffen hast.«

»Damit hat sie nicht die geringste Änlichkeit. Oberflächlich vielleicht. Aber diese ganze Untergruppe von Molekülen ...«

»Ich habe die Probe zweimal analysiert«, sagte Saavik. »Ich bin sicher nicht unfehlbar, aber diese Aufstellung *ist* richtig.«

»Aber sie dürfte nicht richtig sein. Ich weiß nicht einmal, was die Hälfte der Komponenten überhaupt *sind*.«

»Dies«, sagte Saavik und deutete auf ein heterozyklisches Molekül, »ist ein extrem starkes psychoaktives Alkaloid.«

»Was?« David blickte es genauer an. »Mein Gott, das wäre durchaus möglich!«

»Es ist eins. Und es ist auch der Grund für unser atypisches Verhalten – wir hätten doch um ein Haar unseren Auftrag vergessen, um auf einen privaten Abenteuertrip zu gehen, wie zwei verspielte Kinder.«

»Wir?« sagte David und rieb sein rechtes Handgelenk. »Ich kann mich nicht daran erinnern.«

»Wir waren verdammt nahe daran«, sagte Saavik. »Der aktive Bestandteil in diesen Ranken ist ein Narkotikum.«

»Ich habe sie so entworfen, daß man aus ihren Blättern einen Tee brauen kann. Ich habe eine Menge Coffein hineingetan, das ist alles.«

Saavik konnte die Ähnlichkeit zwischen dem betreffenden Molekül und Coffein erkennen, doch hatte es eine erhebliche Mutation durchgemacht, um zu dem zu werden, was es war.

»Ich glaube nicht, daß ich mir aus dieser Pflanze einen Tee brauen möchte«, erklärte Saavik. »Oder Wein keltern.«

»Das kann man nie wissen«, sagte David.

Saavik hob eine Braue.

»War nur ein Scherz«, sagte David.

KAPITEL 4

Phase drei von Genesis rotierte wie ein Mobile, das im Wind treibt. David betrachtete das neugebildete Sternsystem auf dem großen Bildschirm der *Grissom*. Trotz seiner erzwungenen Ruhe war er erstaunt, daß diese neue Welt seine Schöpfung war. Soweit er es jetzt beurteilen konnte, hatte es den Anschein, als ob die Programme perfekt umgesetzt worden waren. Das Fehlen einer Sonne, um die der Planet kreiste, hatte das sternbildende Unterprogramm ermöglicht. Die riesige Staubwolke des Mutara-Nebels hatte ausreichend Masse ergeben, um einen kleinen, heißen Stern daraus zu formen.

David lehnte sich gegen das Brückengeländer. Er fühlte sich überflüssig und deplaziert, obwohl doch diese Reise zumindest teilweise seinetwegen unternommen wurde. Saavik, die hinter ihm an der Haupt-Sensorkonsole saß, kam David dagegen überaus kompetent vor, kühl und selbstsicher.

Sie hatte ihm den Zwischenfall in der Genesis-Höhle von Regulus I verziehen. David hatte wirklich keine Pflanze entworfen, die eine so potente chemische Verbindung enthielt, wie sie sie gefunden hatten. Sie hatten eingehend darüber gesprochen, was da schiefgegangen sein mochte. Die Veränderungen im Ergebnis des Experiments waren weitaus größer, als David es erwartet hatte. Er versuchte noch immer, sich davon zu überzeugen, daß alles sich so entwickelt hatte, wie es vom Genesis-Team vorgesehen war, nur ein wenig stärker. Er war noch nicht bereit zuzugeben, daß ihm jetzt ernsthafte Zweifel kamen, weder sich selbst gegenüber noch anderen. Selbst gegenüber Saavik nicht.

Saavik beendete ihre Eintragung im Logbuch des Schiffes.

›...nähern uns dem Bestimmungsplaneten mit Geschwindigkeit Null Komma Null Drei Fünf.‹

Sie zog den Datenkubus aus dem Recorder und brachte das Logbuch zu Captain Esteban zum Gegenzeichnen.

»Sehr gut, Lieutenant«, sagte Esteban. Und dann, zu dem

Offizier am Naviagationscomputer: »Führen Sie Annäherungsmanöver für Standard-Umlaufbahn durch.«

»Standard-Umlaufbahn, jawohl, Sir.«

»Kommunikation: Senden Sie eine Code-Meldung an Kommandeur von Starfleet. Dringlichkeitsstufe eins.«

Er machte eine Pause. David lächelte, weil er sich vorstellte, daß der Captain sich jetzt seine Meldung zurechtlegte, um sicherzugehen, daß sie nicht ein einziges informelles Wort enthielt.

»Forschungsschiff *Grissom* der Föderation hat Genesis-Planeten im Mutara-Sektor erreicht und beginnt mit Durchführung seines Auftrages. Wie befohlen, alle Sicherheitsvorkehrungen getroffen. J. T. Esteban, Kommandant.«

»Aufgenommen, Sir. Wird codiert.«

David fand die Sicherheitsmaßnahmen an Bord der *Grissom* restriktiv und ein wenig unheimlich. Genesis war immer, zumindest theoretisch, ein Geheimprojekt gewesen. Diese Absicherung war die einzige Möglichkeit gewesen, die Finanzierung des Projekts zu ermöglichen. Das Team hatte sich jedoch kaum um diese Vorschriften gekümmert und sie weitgehend aus ihrem Bewußtsein verdrängt. Sie waren sicher gewesen, daß die erste Realisierung des Projekts jede Geheimhaltung unmöglich machen würde.

Und darin hatten sie recht behalten, dachte David. Doch jetzt wollten die zuständigen Leute den Deckel wieder zumachen.

An Bord der *Grissom,* wo man mit Starfleet direkt in Kontakt stand, gewann David den Eindruck, daß man wünschte, er würde nichts über das Projekt wissen, und daß man ihm nur zu gerne jeden Zugang zu den entsprechenden Unterlagen und Informationen gesperrt hätte, wenn man sich damit nicht lächerlich gemacht hätte.

Captain Esteban wandte sich zu ihm um. »Dr. Marcus«, sagte er, »es ist *Ihr* Planet.«

Überrascht und gegen seinem Willen geschmeichelt grinste David. »Danke, Captain. Bitte beginnen Sie mit dem Scan.« Er trat zu Saavik, und sie aktivierte den makroskopischen Scanner. Der Bildschirm des Geräts wurde hell und zeigte eine schematische Darstellung des Planeten, der unter ihnen lag. Das Schema registrierte eine stabile Sphäre, mit Kern, Mantel, Kruste und Meeren, absolut wie ein natürlich entstandener Planet.

Und? Was hast du sonst erwartet, fragte sich David. Daß er flach sein würde?

Er lachte plötzlich, und all seine Ängste und Zweifel verdampften in der reinen Freude, sein Werk vor sich zu sehen.

»Dies ist der Punkt, an dem der Spaß beginnt, Saavik!« sagte er.

»Wie dein Vater…« erwiderte sie halblaut. »So absolut menschlich.« Dann schaltete sie den Recorder ein, und jede Ironie schwand aus ihrer Stimme. »Alle Geräte in Funktion, Recorder eingeschaltet. – Führen Scan von Sektor eins durch. Das Laub der Vegetation ist in einem voll ausgewachsenen Zustand. Temperatur: zweiundzwanzig Komma zwei Grad Celsius.«

»Sektor zwei – offenbar Wüstenlandschaft«, sagte David. »Minimale Vegetation, Temperatur: neununddreißig Komma vier.«

Bei mehreren Konferenzen des Teams hatte es Diskussionen darüber gegeben, ob man überhaupt Wüsten oder andere extreme Klimazonen schaffen sollte. Vance hatte erklärt, daß er nicht daran interessiert sei, irgend etwas zu schaffen, das ›so schön ist, daß es schnulzig wirkt‹, und Del hatte ihm – wie immer – zugestimmt. Zinaida hatte mit der für Deltaner üblichen Hartnäckigkeit immer wieder die vulkanische Philosophie der ›unendlichen Vielfalt in unendlichen Kombinationen‹ angeführt. David fragte sich, ob es den Vulkaniern recht sein mochte, ausgerechnet von den bekanntesten Sensualisten der Föderation zitiert zu werden. Er selbst hatte sich dafür eingesetzt, Genesis von einem Pol zum anderen zu einer Pionier-Umwelt zu machen. Das wäre eine echte Herausforderung gewesen. Er war jedoch von den anderen überstimmt worden.

»Sektor drei«, sagte Saavik. »Subtropische Vegetation.«

David blickte auf die Reihe der Sensoren. Ihr Scan mußte eine Region umfassen, in der mehrere unterschiedliche Ökotypen miteinander verschmolzen waren.

»Temperatur...« Saavik unterbrach sich und blickte wieder auf die Anzeigen. »Temperatur rasch ansteigend.«

Mein Gott, sieh dir das an, dachte David. Das ist wirklich unendliche Vielfalt.

»Da ist Schnee«, sagte er. »Schnee im gleichen Sektor. Fantastisch!« Er konnte von dem Sensor, den er benutzte, keine topographische Karte erhalten, doch nahm er an, daß er auf den schneebedeckten Gipfel eines Berges blickte, der sich aus der Mitte subtropischer Wälder erhob, an die eine Wüstenfläche grenzte.

»Faszinierend«, sagte Saavik.

»Die ganze Vielfalt von Land- und Klimaformen, die wir auf der Erde kennen, in einem Gebiet, das man in wenigen Stunden zu Fuß durchqueren kann!« David wußte, daß er ein wenig übertrieb, doch das Team hatte für eine Weile eine Art informellen Wettbewerb durchgeführt, um festzustellen, wer von ihnen die kompliziertesten Konditionen innerhalb der kleinsten Äreа schaffen konnte. Keinem von ihnen war es gelungen, arktische und äquatoriale Klimen nebeneinander zu bringen, doch hatte jeder eine Methode entwickelt, um diesem Zustand recht nahezukommen. Ein paar dieser Methoden waren ausgesprochen byzantinisch gewesen. Bedauerlicherweise hatte Carol diesen Wettbewerb schließlich eine infantile Spielerei genannt und erklärt, daß sie keins seiner Resultate in das Genesis-Projekt übernehmen würde.

Aber vielleicht hatte sie es doch getan, dachte David.

»Du mußt sehr stolz auf das sein, was du und deine Mutter geschaffen haben«, sagte Saavik.

David starrte auf die Sensoren und fühlte, daß einige seiner Zweifel und Ängste zurückkehrten.

»Noch ist es etwas zu früh zum Feiern«, sagte er.

Einer der Sensoren begann hektische Summtöne auszustoßen. Saavik zuckte zusammen, verbarg dann ihre Überraschung, indem sie sich über den Monitor des Geräts beugte.

»Derselbe Sektor«, sagte sie ruhig. »Metallische Masse.«

»Im Inneren, nicht wahr?« sagte David. »Wahrscheinlich ein Erzlager.«

»Negativ«, erklärte Saavik. »Sie befindet sich auf der Oberfläche, ein industrielles Objekt.«

Industriell! überlegte David. Trümmer von Khans Schiff? Der Genesis-Torpedo? Aber das war unmöglich – alles, was sich im Wirkungsfeld der Genesis-Welle befunden hatte, war zu einem Plasma subelementarer Partikel zerfetzt worden. Und dann erkannte er...

»Es kann nur eines sein!« sagte er.

Er blickte Saavik an. Die mußte zu derselben Erklärung gekommen sein. Sie blickte angespannt auf ihre Sensoren.

»Tele-Scan«, sagte David.

Esteban trat zu ihnen und überprüfte die Anzeigen.

»Etwa zwei Meter lang«, sagte Saavik. »Zylindrische Form...«

»Ein Photonen-Rohr!«

Saavik vermied es weiterhin, David anzusehen.

Sie ist aufgeregt, dachte David, und es ist ihr peinlich, aufgeregt zu sein. Ich kann es ihr nicht verübeln. Wenn ich glaubte, einen Freund beerdigt zu haben, und wenn dann plötzlich sein Sarg auftaucht...

»Könnte es Spock sein?« fragte Esteban.

David hatte schon früher bemerkt, daß der Captain es gar nicht schätzte, überrascht zu werden.

»Muß es sein«, sagte David. Es gab mehrere Erklärungen dafür, wie der Sarg die Oberfläche des Genesis-Planeten erreicht haben konnte, anstatt wie eine Sternschnuppe in der Atmosphäre zu verglühen. »Die Schwerkraftfelder befinden sich noch im Flux. Er muß weich gelandet sein.«

»In Code an Starfleet«, sagte Esteban. »Captain Spocks Sarg intakt auf Genesis entdeckt. Weitere Informationen werden bei folgenden Orbits durchgegeben.«

»Verstanden, Sir«, sagte der Kommunikations-Offizier. »Meldung wird codiert.«

Saavik starrte nach wie vor auf ihre Sensoren, deren Angaben sich ständig veränderten. David stellte ihr keine Fragen, forderte keine Erklärung. Statt dessen streckte er seine Hand aus und legte sie auf die ihre. Noch immer schwieg sie, doch sie zog ihre Hand auch nicht fort.

Als das Schiff um den neuen Planeten kreiste und den Terminator zu seiner dunklen Seite überquerte, wurde das Summen des Sensors schwächer und schwächer. Das Schiff geriet aus dem Einflußbereich des Torpedorohrs, und die Signale verstummten plötzlich.

J. T. Esteban fuhr nachdenklich mit dem Daumen über sein Kinn und überlegte, was er tun sollte. Spocks Sarg sollte in einen Standard-Begräbnisorbit geschossen werden, in dem er völlig verglühte. Es hätte keine Spur von ihm zurückbleiben sollen. Daß er intakt auf Genesis gelandet war, schuf eine ganze Reihe von Problemen, von der Möglichkeit einer Verseuchung zu der Notwendigkeit, den Sarg zu bergen und ihn entweder noch einmal abzuschießen (J. T. würde ihn diesmal zu dem Stern des Systems schicken, damit jede Panne ausgeschlossen war) oder ihn auf dem Planeten Genesis zu begraben. Theoretisch stand die Entscheidung darüber Spocks letztem Kommandanten zu. Aber mit einigem Glück würde Starfleet den entsprechenden Befehl geben. Jim Kirk sollte es möglichst erspart bleiben, noch einmal mit dem Tod seines Freundes belastet zu werden.

In jeder anderen Situation würde J. T. Esteban die Entscheidung selbst getroffen haben, doch nicht jetzt, wo es um etwas so Wichtiges wie Genesis ging.

Privates Logbuch von James T. Kirk:

> **Nachdem die meisten durch die Schlacht verursachten Schäden behoben sind, nähern wir uns jetzt unserem Ziel. Trotzdem fühle ich mich – unruhig. Und ich frage mich nach dem Grund dafür. Vielleicht ist es das seltsame Verhalten des Bordarztes, Leonard**

McCoy, oder die Leere des Schiffes. Die meisten unserer Kadetten sind zu anderen Kommandos versetzt worden. Lieutenant Saavik und mein Sohn David erforschen einen neuen Planeten. Die *Enterprise* ist so leer wie ein Haus, nachdem die Kinder es verlassen haben... Nein, sogar noch leerer als das. Die Nachricht über die Entdeckung von Spocks Sarg hat mich tief erschüttert. Ich habe das Gefühl, den edelsten Teil von mir dort zurückgelassen zu haben, auf jenem neu geborenen Planeten.

Jim Kirk ging auf der Brücke der *Enterprise* hin und her. Die Niederschrift seiner Gedanken in seinem privaten Logbuch hatte seine innere Unruhe nicht beheben können.

Er blieb bei dem wissenschaftlichen Computer stehen, an dem Spocks Platz gewesen war. Er legte beide Hände auf die Lehne des Sessels.

Die Meldung Estebans von Genesis bedrückte ihn. Er spürte eine unerklärliche Verärgerung und Enttäuschung darüber, daß Spocks Sarg dort weich gelandet war. Kirk hatte eine Flugbahn befohlen, auf der das Rohr in der oberen Atmosphäre von Genesis zu Asche verbrannt sein würde. Ob Spocks Körper sich schnell, durch Feuer, in seine Atome auflöste, oder langsam, durch Zersetzung in der Erde des neuen Planeten, kümmerte den Vulkanier nicht mehr. Doch Kirk, der nach seinem Tod selbst das Feuer wünschte, hatte eine Entscheidung getroffen und einen Befehl gegeben, und irgendeine unvorhergesehene und unbekannte Konspiration des Universums hatte sich ihm widersetzt.

Starfleet hatte das medizinische Rettungsschiff *Firenze* der *Enterprise* entgegengeschickt, um fast alle seiner Kadetten, die verwundeten und auch die unverletzten, zu übernehmen und zur Erde zurückzubringen, so daß er sich zumindest keine Gedanken über eine Schiffsladung von Kindern mehr machen mußte.

Die *Enterprise* war zwar nur notdürftig zusammengeflickt und lahm, befand sich jedoch außerhalb jeder Gefahr. Sie hätte es leicht nach Alpha Ceti V schaffen und die Crew der *Reliant* an Bord nehmen können, die Khan dort ausgesetzt hatte, als er ihr Schiff geentert hatte. Doch bevor der Flammenschein von den Maschinen der *Firenze* aus dem Spektrum des sichtbaren Lichts verschwunden war, hatte Starfleet die *Enterprise* zur Erde zurückbeordert und ein anderes Schiff nach Alpha Ceti V geschickt. »Die *Enterprise* ist absolut in der Lage, diesen Auftrag auszuführen«, hatte Kirk eingewandt, doch Starfleet hatte, ohne die Ironie der Worte zu bemerken, geantwortet: »Aber, Admiral, Ihr Schiff ist doch gefährlich unterbemannt.« Kirk hatte nicht gewußt, ob er darüber lachen, weinen oder einen Tobsuchtsanfall kriegen sollte. Er beschloß statt dessen, das Beste daraus zu machen.

Davids Entschluß, mit der *Grissom* nach Genesis zurückzukehren, war für Kirk eine Enttäuschung gewesen. Carol sprach kaum mit ihm. Eine Beziehung, die so gut begonnen und die er fortzusetzen gehofft hatte, löste sich zu nichts auf.

Und schließlich war da auch noch Leonard McCoy. Kirk machte sich wirklich Sorgen um ihn. Kirk hätte Trauer verstanden, selbst die Weigerung, diese Trauer zuzugeben. Aber er verstand nicht McCoys fahrige Konversationen, seine kurzen Episoden hektischer Aktivität, und seine Angewohnheit, Worte Spocks mit Spocks Stimme zu sprechen.

Anfangs war Kirk glücklich darüber gewesen, wieder auf seinem Schiff zu sein, doch der Preis dafür war viel zu hoch gewesen.

Nimm dich zusammen! dachte er. Er verließ Spocks Brükkenstation.

»Status, Mr. Sulu?«

»Auf Kurs, Admiral«, sagte Sulu. »Ankunft im Raumdock in etwa zwei Komma eins Stunden.«

»Danke.« Kirk trat zum Kommandanten-Sessel. »Mr. Chekov, ich brauche einen Lande-Scan. Übernehmen Sie die wissenschaftliche Station, bitte.«

Chekov zögerte. Kirk verstand seine Gründe dafür, doch das Schiff war ohne die wissenschaftliche Station nicht voll funktionsfähig. Irgend jemand mußte Spocks Platz übernehmen. Und je eher Kirk und Chekov und alle anderen sich daran gewöhnten, desto besser.

»Jawohl, Sir«, sagte Chekov. Er stand auf, verließ die Navigations-Konsole und trat zur wissenschaftlichen Station.

»Uhura«, sagte Kirk. »Irgendeine Antwort von Starfleet auf unsere Anfragen zu Projekt Genesis?«

»Nein, Sir«, sagte Uhura. »Keine Antwort.«

»Komisch...« murmelte Kirk. Er war daran gewöhnt, daß Anfragen von ihm umgehend beantwortet wurden. Esteban hatte sich verdammt vage und ausweichend zu der öffentlichen Meinung über den Genesis-Effekt geäußert. Er hatte Kirks Neugier nicht befriedigt. Offensichtlich mußte Kirk warten, bis er im Hauptquartier war, bevor er erfuhr, was los war.

Er schaltete die Intercom-Verbindung zum Maschinenraum ein.

»Scotty? Wie weit seid ihr mit den Reparaturen?«

»Fast fertig, Sir«, antwortete Scott. »Bis zum Eindocken haben Sie wieder volle Automatik.«

»Sehr gutes Timing, Mr. Scott«, sagte er. »Sie haben das Scheunentor repariert, nachdem die Pferde zurückgekehrt sind.« Scottys provisorische Automation würde die Arbeit der unterbemannten Crew erleichtern – während der letzten Stunde des Trips. »Wieviel Werftzeit brauchen wir, bis das Schiff wieder einsatzbereit ist?«

»Acht Wochen, Sir...«

Kirk wollte protestieren, doch bevor er ein Wort herausbrachte, sprach Scott weiter.

»...Aber ich weiß, daß Sie keine acht Wochen Zeit haben, also werde ich es für sie in zweien tun.«

Kirk hatte das Gefühl, daß Scott lange darauf gewartet hatte, diese Sentenz anzubringen. Im gleichen Tonfall sagte er: »Mr. Scott – haben Sie bisher immer Ihre Schätzungen von Reparaturzeiten mit vier multipliziert?«

»Aber natürlich, Sir. Wie sonst hätte ich meinen Ruf aufrechterhalten können, Wunder zu vollbringen?«

»Ihr Ruf ist gesichert, Scotty.« Er schaltete das Intercom ab. »Captain Sulu, übernehmen Sie das Kommando. Ich bin in meiner Kabine.«

»Jawohl, Sir.«

Kirk trat auf die obere Ebene des Brückendecks. Bevor er in Reichweite der Sensoren des Turbo-Lifts gelangte, erhob sich einer der wenigen Kadetten, die an Bord zurückgeblieben waren, zögernd von seinem Sitz.

»Sir... ich habe überlegt...«

Der Kadett war Elektronikspezialist und hatte während der Schlacht und danach dafür gesorgt, daß der Navigationscomputer funktionsfähig blieb, als Spock ausgefallen war. Kirk kramte in seinem Gedächtnis, bis er sich an den Namen des Jungen erinnerte.

»Ja – Foster, nicht wahr?«

»Jawohl, Sir«, sagte Foster. Stolz und Verlegenheit darüber, daß der Admiral sich an ihn erinnerte, brachten eine leichte Röte in sein dunkles Gesicht. »Ich frage mich – was uns erwartet, wenn wir nach Hause kommen. Weiß irgendjemand auf der Erde, was dort draußen passiert ist?«

»Sie meinen, ob sie uns mit einem Triumphzug empfangen werden?« Kirk lächelte freundlich. Einige dieser Jungen, unter ihnen auch Foster, hatten sich außergewöhnlich gut gehalten, wenn man bedachte, daß sie nur halb ausgebildet und ohne jede Erfahrung waren. »Das mag Gott wissen, Junge. Sie sollten es aber tun. Wir haben für den Sieg mit unserem Blut bezahlt.«

Er trat in das Sensorfeld des Turbo-Lifts. Die Tür glitt auf, und er trat in die Kabine.

Als die Tür sich wieder schloß und ihn den Blicken der Männer auf der Brücke entzog, fiel die Last des Kommandos von ihm ab; er schloß die Augen und lehnte sich gegen die Wand. Die Ruhepause würde nur kurz sein, doch zumindest während der Lift ihn zu seiner Kabine brachte, konnte er sich von der Verantwortung befreit fühlen.

Der Lift wurde langsamer und stoppte. Die Tür glitt auf. Wie in einem Reflex richtete er sich ruckartig auf.

McCoy stand vor der offenen Lifttür. Er sah aus, als ob er seit Tagen nicht geschlafen hätte, und wenn er es versucht haben sollte, so hatte er sich voll angekleidet hingelegt. Der Bartwuchs-Repressor, den er benutzte, war seit mindestens vierundzwanzig Stunden unwirksam geworden. Er brauchte dringend eine Rasur.

Er trat in den Lift, stellte sich neben Kirk und starrte nonchalant zur Decke empor. Der Lift setzte sich wieder in Bewegung.

»Pille«, sagte Kirk, eine Begrüßung, in der der Anflug einer Frage lag.

»Jim«, antwortete McCoy steif und ignorierte die unausgesprochene Frage.

Kirk wartete in der Hoffnung, daß McCoy ihm eine Erklärung für sein Aussehen geben würde, in der Hoffnung, irgendein Anzeichen dafür zu erkennen, daß er seinen seltsamen Zustand überwunden hatte.

McCoy starrte weiter zur Decke empor.

»Hast du vor, dich heute noch zu rasieren?« fragte Kirk irritiert.

»Quo vadis, Admiral?« sagte McCoy.

»Was soll *das* nun wieder heißen?« Kirk blickte suchend in McCoys Gesicht, in der Hoffnung – was zu finden? Ein Aufblitzen der Intelligenz und des Verstandes seines Freundes, das ihm über das Schuldgefühl hinweghelfen würde, welches er über Spocks Tod empfand? Es gab nichts, das McCoy hätte tun können, nichts, das irgendeiner von ihnen hätte tun können. Wenn Spock nicht getan haben würde, was er getan hatte, wäre der Vulkanier nicht der einzige gewesen, der sterben mußte. Dann wären sie alle jetzt tot. Doch McCoy faßte jeden Tod als persönliches Versagen auf.

»Was ist unser Bestimmungsort?« fragte McCoy. Er sprach jedes Wort, jede Silbe sehr artikuliert aus, ohne jede Betonung, ohne die geringste Spur seines Südstaatenakzents, der normalerweise am stärksten war, wenn er unter Streß stand.

»In zwei Stunden sind wir im Erd-Orbit«, sagte Kirk.

»Dann liegen wir auf entgegengesetztem Kurs.« Er schien

zu der Luft zu sprechen, sah Kirk nicht an, nahm seinen Blick nicht von der Decke der Liftkabine.

»Pille! Was soll das! Ich bin es, Jim. Ich bin dein Freund.«

Als McCoy wieder sprach, nahm seine Stimme ein vertrautes, tiefes Timbre an. »Und ich bin der deine und werde es immer sein.«

Kirk erschauerte. Ein eisiger Schauer der Angst versetzte ihn in Wut. Er wollte McCoy packen und ihn aus seinem Selbstmitleid herausschütteln.

»Verdammt, Pille! Wiederhole nicht, was Spock zu mir gesagt hat! Ich habe auch so genug unter meiner Trauer zu leiden. Ich brauche nicht auch noch dein... dein Selbstmitleid.«

McCoy wandte sich langsam Kirk zu. Seine Augen wirkten glasig. »Du hast mich verlassen«, sagte er in einem absolut sachlichen Tonfall. »Du hast mich auf Genesis zurückgelassen. Warum hast du das getan?«

»Was, zum Teufel, willst du damit sagen?«

McCoy blinzelte langsam, dann reagierte er plötzlich auf das, was er eben gesagt hatte.

»Ich weiß nicht... ich glaube nur...« Er brach ab. »Warum haben wir Spock zurückgelassen?«

»Pille! Du mußt dich endlich mit den Realitäten abfinden! Er ist tot!« Kirk packte McCoys Oberarme und drückte mit aller Kraft zu. »Spock ist tot! Wir müssen damit leben!«

McCoy starrte ihn einen Moment an, dann hob er die Hände und umklammerte Kirks Unterarme in einer Geste des Verstehens und der Dankbarkeit. Nur eine Sekunde lang, dann löste er seinen Griff wieder.

Der Turbo-Lift stoppte, die Tür glitt auf. McCoy trat rasch hinaus, wandte sich dann um und blickte Kirk an.

»Ich muß ständig an ihn denken, Jim! Ich würde den ganzen Staat Georgia dafür geben, wenn jemand mir sagen könnte, warum es so ist.«

Die Tür glitt wieder zu und schloß Kirk ein, allein, verärgert und verwirrt.

Valkris kam auf die Füße, ohne sich der Eleganz und Geschmeidigkeit ihrer Bewegungen bewußt zu sein. Die starke Schwerkraft, das reglose Verharren in einer Position waren keinerlei Belastung für sie, obwohl sie noch nie in einem so intensiven Schwerkraftfeld meditiert hatte. Sie wünschte, sie hätte seine wunderbare Wirkung schon viel früher entdeckt.

In der Kabine befanden sich all ihre weltlichen Besitztümer, deren Zahl eher ehrenvoll gering war. Valkris' Reichtum bestand aus ihren Blutlinien, aus ihrer Verantwortung, aus den Pflichten, die sie für ihre Familie übernommen hatte. Er wohnte vor allem in der Pflicht, die sie gegenüber ihrem Bruder übernommen hatte.

»Kiosan, lieber Bruder, magst du bis in alle Ewigkeit trinken und spielen und Orgien feiern«, sagte sie leise, ohne die geringste Spur von Zorn oder Ironie.

Sie nahm ihren Schleier auf, legte ihn über ihren Kopf und zog den feinen Stoff vor ihr Gesicht. Sie konnte absolut klar sehen und fühlte sich wohl bei der Vorstellung, daß das Material von der anderen Seite undurchsichtig war, undurchsichtig für die Barbaren, mit denen Umgang zu haben sie gezwungen war.

Dann verließ sie zum ersten Mal seit Beginn der Reise ihre Kabine.

Valkris ging die Korridore des Schiffes entlang, so angewidert von seinem schäbigen, verdreckten Zustand wie an dem Tag, an dem sie es betreten hatte. Es wäre besser gewesen, diese Reise an Bord eines der soliden, schnellen Schiffe zu machen, die von Valkris' Familie selbst produziert wurden, doch bedauerlicherweise war das nicht möglich. Nicht in dieser Region des Raums.

Ein Schatten bewegte sich.

Valkris stoppte und griff nach dem Duelldolch, der fast, doch nicht ganz verdeckt, an ihrer Seite hing.

Der Schatten bewegte sich auf sie zu und wurde erkennbar als die kleine Gestalt der Navigatorin. Farrendahl glitt auf sie zu, unhörbar auf ihren gepolsterten Pfoten, und inspizierte sie ruhig und gründlich.

»Milady Passagier«, sagte Farrendahl leise, mit einem Schnurren in ihrer Stimme, »welchem Anlaß verdanken wir die Ehre Ihrer Gesellschaft?«

»Milady Navigatorin«, sagte Valkris. »Ist ein simpler Spaziergang ein ausreichender Anlaß?«

»Genau das frage ich mich«, antwortete Farrendahl.

Das Aufregendste, das Valkris jemals erlebt hatte, war eine Jagd von Farrendahls Volk. Einer der Gründe dafür, daß Valkris diesem Schiff vor allen anderen den Vorzug gegeben hatte, war die Möglichkeit, seine Crew zu studieren. Sie hatte gehofft, mit Farrendahl sprechen und mehr über ihre Zivilisation und ihr Volk erfahren zu können, das viele Jahrtausende länger den Raum bereist hatte als alle anderen bekannten Spezies. Farrendahls Rasse hatte keine Planeten erobert, hatte nicht kolonisiert, hatte nicht Besitz ergriffen. Sie hatte nur geforscht, gejagt und ihre Heimat jenseits der Grenzen des Raums gefunden. Vielleicht waren für sie Jagen und Forschen das gleiche.

Dies waren die ersten Worte, die die beiden miteinander wechselten. Als Valkris an Bord gekommen war, hatte sie eingesehen, daß sie sich nicht die Zeit nehmen konnte, mit anderen Kontakt zu suchen. Es gab zu viel, worüber sie nachdenken mußte, zu viel, worüber sie sich klarwerden mußte. Handeln war ihr lieber als Meditieren, doch ihr Meditieren hatte sie zu gewissen Erkenntnissen gebracht, und jetzt wünschte sie, daß sie nicht ausgerechnet dieses Schiff gechartert hätte.

»Vielleicht würde Milady Passagierin die Güte haben, das Ziel dieser Reise zu enthüllen? Ich bin der Navigator; irgendwann muß ich es wissen.«

»Das glaube ich nicht«, sagte Valkris, »da wir es gleich erreicht haben.«

»Aber es gibt hier innerhalb eines Parsec keinerlei Sternensystem!«

»Trotzdem«, sagte Valkris.

Farrendahl sträubte ihre Schnurrhaare und knurrte leise, ein nachdenklicher Laut.

»Also ein Rendezvous mit einem anderen Schiff«, sagte sie nach einer Weile.

»Das habe ich nicht gesagt.«

»Das ist auch nicht nötig.«

Farrendahls Vermutung amüsierte und freute Valkris. Und machte sie gleichzeitig traurig.

Doch dann dachte sie, wenn nur einer es wert wäre – wenn nur einer genügend Wahrnehmungsvermögen besäße...

Der Griff ihres Duelldolches lag noch immer kühl und glatt in Valkris' Hand, doch jetzt dachte sie nicht mehr daran, die Klinge zu ziehen.

Die Scheide des Dolches war mit Mineralsplittern besetzt, die so fein waren, daß sie wie Edelsteine wirkten. Am unteren Ende der Scheide hing eine schwere Masse von Fransen, mit winzigen, raffiniert geschliffenen Mica-Plättchen verziert, die in allen Farben des Spektrums schillerten. Jede Farbfrequenz hatte eine andere Bedeutung, wies auf irgendeine Ehre oder Erinnerung hin. Viele – ihre Duell-Nachweise – waren durchsichtig und farblos, eine Darstellung von Nichts, von Tod. Sie trug nur eines, das schwarz war; ihre Weigerung, ein schwarzes Plättchen für jedes Mitglied ihrer Familie zu tragen, war das einzige, das ihre Blutlinie ihr zum Vorwurf machen konnte.

Sie löste die Fransenreihe von der Scheide und zog sie unter ihrer Robe hervor.

»Milady Navigatorin«, sagte sie zu Farrendahl, »ich möchte Ihnen ein Geschenk machen.« Sie ließ die glitzernden Schnüre über ihre linke Handfläche gleiten. Die scharf geschliffenen kleinen Scheiben gaben ein silberiges Klingen von sich, als sie einander berührten. »Es könnte Ihnen von Nutzen sein... eines Tages. Es hat keinerlei materiellen Wert. Es ist... symbolisch.« Sie streckte es Farrendahl entgegen. »Seien Sie vorsichtig«, warnte sie. »Die Kanten sind sehr scharf.«

Die Navigatorin nahm das Geschenk behutsam entgegen. »Milady Passagierin... aus welchem Grund erweisen Sie mir diese Ehre?«

»Nehmen Sie es als eine Laune«, sagte Valkris.

»Oder auch nicht.« Farrendahl fuhr so behutsam über die Fransen, daß sie nicht befürchten mußte, sich an den rasiermesserscharfen Kanten zu verletzen. Ihre schlanken, krallenbewehrten Finger ergriffen die einzige schwarze Mica-Scheibe. »Wer ist dies?« fragte sie.

Valkris war über alle Maßen glücklich. Nur wenige in dieser Region begriffen – wie es die Navigatorin bewies –, was ihr gegeben worden war, und noch weniger die Bedeutung seiner Details. Falls sie Farrendahl falsch eingeschätzt hatte, so hatte sie ihr zu wenig zugetraut, nicht zu viel.

»Es ist mein Bruder, Kiosan«, sagte sie. »Er oder jeder andere Angehörige meiner Blutlinie würden erkennen, was Sie in Ihrer Hand halten, und es verehren.«

Farrendahl blickte zu ihr auf, suchte nach der Erklärung, die Valkris nicht aussprach.

»Milady Passagierin«, sagte Farrendahl. »Ihre Hand blutet.«

»Ich weiß«, sagte Valkris. »Das spielt keine Rolle.«

Sie schritt weiter den Korridor entlang, ohne sich umzublicken.

Farrendahl sah der geheimnisvollen Passagierin nach. Die zeremoniellen Fransen, mit ihrer Verzierung von elektronisch lesbaren Glasscheibchen, lagen schwer in ihrer Hand.

Farrendahl verstand nicht, warum die Passagierin sie warnen wollte, sie, eine ihr Fremde. Und sie verstand nicht, warum sie ihr diese Warnung auf eine symbolische und versteckte Weise hatte zukommen lassen und nicht direkt. Doch sie verstand, was diese Warnung bedeutete. Zumindest glaubte sie es. Und wenn das zutreffen sollte, mußte sie sehr schnell zu einer Entscheidung kommen.

Farrendahl befestigte die Fransenreihe an ihrem Gürtel, da sie keinen Dolch trug, an dessen Scheide sie sie hätte hängen können. Dann sprang sie los und trabte auf allen vieren den Korridor entlang.

Vor Trans Kabine schlitterte sie, bis sie zum Stehen kam, und fuhr mit ihren Krallen über die Tür. In Farbe und Metall blieben tiefe Kratzspuren zurück. Genau wie die blutende Hand der Passagierin spielte das jetzt keine Rolle mehr.

»Was ist?« meldete sich Tran mit verschlafen klingender Stimme. Wie die meisten Primaten erwachte er sehr langsam. Aber sonst war er für einen Primaten ganz in Ordnung.

»Laß mich rein«, sagte Farrendahl.

Die Tür glitt auf, und sie trat ins Dunkel. Zwei Sekunden später konnte sie sehen. Tran hockte in einem Gewirr von Decken und blinzelte den Schlaf aus seinen Augen.

»Was gibt's?«

»Steh auf! Beeile dich! Wir hauen ab!«

»Was?«

»Vertraust du mir?«

»In welcher Beziehung?« fragte er, und seine Stimme klang jetzt wacher.

Farrendahl knurrte leise und schaltete das Computer-Terminal an der Wand der Kabine ein.

»Ich habe jetzt keine Zeit zu einer Diskussion über anthropoide Philosophie«, sagte sie. Sie tippte einen Code ein, der die Sicherheitssperre des Computers lahmlegte – sie hatte ihn schon vor längerer Zeit entwickelt –, und schaltete gewisse Alarmanlagen aus. »Ich verlasse dieses Schiff. Jetzt gleich. Ich habe sehr gute Gründe dafür. Du kannst mitkommen oder du kannst hierbleiben. Mir ist es gleich, wie du dich entscheidest.«

Tran warf die Decken von sich und griff nach seiner Hose. »Warum hältst du dich dann damit auf, es mir zu sagen?«

Farrendahl antwortete ihm nicht. Sie tippte eine Zahlenreihe in den Computer, eine dürftige Tarnung ihrer Manipulation, die keiner auch nur einigermaßen gründlichen Prüfung standhalten würde, doch sie zweifelte, daß irgend jemand Gelegenheit haben würde, an eine Prüfung auch nur zu denken.

»Sieht aus, als ob du mich vom Pithecanthropoiden zum Anthropoiden befördert hast...« Tran zog seinen Gürtel fest und griff nach dem Hemd.

»Wir haben keine Zeit für solche Albernheiten!« sagte

Farrendahl. Sie packte ihn beim Arm und zerrte ihn aus der Kabine. Er nahm sein Hemd und seine Schuhe in die Hand. Farrendahl lief den Korridor entlang und schleifte Tran mit sich.

Valkris trat in den Kontrollraum.

»Wir sind fast da«, sagte der Captain, als er sie bemerkte.

»Wir sind da«, korrigierte sie ihn. »Stoppen Sie das Schiff.«

Der Captain runzelte die Stirn, dann nickte er dem Besatzungsmitglied an der Kontrollkonsole zu, als Zeichen, daß er der Anweisung der Passagierin zustimmte.

»Wo, zum Teufel, steckt Farrendahl?« fragte er.

Das Schiff begann ein wenig zu vibrieren, als es durch Gegenschub abgebremst wurde. Und – war das eben ein leichter seitlicher Stoß, als ob ein kleines Fahrzeug das Mutterschiff verließ? Valkris war sich dessen nicht ganz sicher.

»Wir brauchen keinen Navigator mehr, Captain«, sagte sie ruhig.

»Delta-Vau-Null.«

»Scan«, befahl der Captain.

Valkris lächelte unmerklich, als der Scan begann. Er dauerte mehrere Minuten. Valkris zog sich in die Schatten an der hinteren Wand des Raums zurück und amüsierte sich über die neugierigen und beunruhigten Blicke der Typen, von denen sie umgeben war.

»Nichts, Captain«, kam die Meldung von der Konsole.

»Ruhig, Leute... ruhig. Machen Sie weiter mit dem Scan.« Der Captain warf Valkris einen giftigen Blick zu. »Ich dachte, Ihre Rasse gilt als zuverlässig. Wo, zum Teufel, ist er?«

»Er ist schon seit einiger Zeit hier. Ich kann seine Gegenwart spüren.«

»Verschonen Sie mich mit so einem klingonischen Hokuspokus! Da ist kein Schiff in dem ganzen, verdammten Sektor!«

Valkris erkannte an der Reaktion der Crew auf das, was der Captain gerade gesagt hatte, daß niemand außer ihm auf diesem nominell zur Föderation gehörenden Schiff wußte, wer oder was sie war.

»Geben Sie mir eine Ruf-Frequenz«, sagte Valkris, ohne von seiner Impertinenz Notiz zu nehmen. Es gab jetzt nichts mehr, das sie berühren oder beleidigen konnte.

»Okay«, sagte der Captain finster und sarkastisch. »Ich weiß zwar nicht, was für ein Spiel Sie spielen, aber amüsieren Sie sich nur.« Er öffnete einen Sendekanal und nickte ihr zu.

Valkris ergriff das Ende ihres Schleiers, wobei sie die unverletzte rechte Hand benutzte, und zog ihn langsam von ihrem Gesicht.

Die Crew reagierte mit Erschrecken auf ihren Anblick, durch den ihr Verdacht bestätigt, neue Angst hervorgerufen wurde. Renegaten mochten sie sein, doch waren sie Renegaten innerhalb der Föderation, nach wie vor Teil von ihr. Valkris' Leute waren ihre Feinde, unbekannt und gefährlich.

Valkris trat aus dem Schatten ins Licht und an die Kommunikationskonsole.

»Commander Kruge, hier ist Valkris. Ich habe die Daten der Föderation beschafft und bin bereit, sie durchzugeben.«

»Gut gemacht, Valkris. Einen Augenblick.«

Alle, die sich im Kontrollraum befanden, selbst der Captain, waren zusammengezuckt, als die harte, dröhnende Stimme aus dem Lautsprecher geklungen war. Sie sagte dann noch ein paar Worte, die jedoch nur Valkris verstand, da sie klingonisch waren. Jetzt, wo sie wußte, was Kruge vorhatte, wandte sie sich um, blickte aus dem Bullauge und wartete.

»Oh, bei allen Göttern«, flüsterte jemand von der Crew.

Wie ein Gespenst, wie eine Kreatur aus Wolken und Nebeln erschimmerte der Raubvogel vor dem Burg des Renegaten-Schiffes, sehr nahe, sehr bedrohlich. Das Klingonenschiff übte auf die Crew die gleiche Wirkung aus wie die mächtige Stimme seines Kommandanten.

»Was, zum Teufel...« stammelte der Captain verwirrt.

Valkris hatte selbst das Tarnsystem noch nie in der Praxis erlebt. Es beeindruckte und faszinierte sie tief. Sie starrte zu dem Klingonenschiff hinaus, bis es vollkommen und klar Form angenommen hatte.

»Geben Sie die Daten durch«, sagte Commander Kruge.

Valkris zog die Aufzeichnung aus einer Innentasche ihrer Robe und schob sie in einen Schlitz der Konsole. Der Monitor begann zu flackern, als die Hochgeschwindigkeitsdurchgabe anlief. Valkris konnte nichts erkennen, doch sie kannte jeden Buchstaben, jede Ziffer dessen, was sie durchgab.

»Sendung Ende, Commander. Sie werden feststellen, daß die Informationen Ihrem Auftrag dienlich sind.«

Valkris' heißes Blut rann aus ihrem zerschnittenen Handgelenk über ihre Handfläche und über ihre Finger, durchtränkte die Falten ihrer Robe und wurde kalt. Sie begann die Wirkung des starken Blutverlusts zu spüren.

In der Sprache von Valkris und Kluge, die eine fast grenzenlose Zahl von Formen und Variationen aufwies, besaß jedes Wort vielschichtige Bedeutungen, mehrere Auslegungen. Als Kruge wieder sprach, benutzte er die formalste Variation. Valkris verstand sie, wie alle Angehörigen guter Familien ihrer Gesellschaft, hatte sie jedoch noch nie gesprochen, und war auch noch nicht damit angesprochen worden. Sie fühlte sich sehr geehrt und hatte jetzt die Gewißheit, daß Kruge den Schwur halten würde, den er ihr gegeben hatte.

»Dann haben Sie die Informationen also gesehen«, sagte Kruge; in seiner Stimme klangen Bedauern und Entschlossenheit.

»Das habe ich, mein Lord«, antwortete Valkris, erteilte ihre Erlaubnis auf der zweiten Ebene und erbot Vergebung auf der dritten.

»Das ist sehr bedauerlich«, sagte Kruge, akzeptierte, was sie ihm gab und bestätigte, daß es weder leichtfertig gegeben noch leichtfertig genommen wurde.

»Ich verstehe«, sagte Valkris. Sie hatte alle drei Ebenen gleichzeitig benützt, da sie ihn wissen lassen wollte, daß sie verstand, was er tat, und warum er es tat, und daß sie sicher war, daß er für die Erfüllung der Versprechen, die er ihr gegeben hatte, sorgen würde.

»Phaser«, sagte Kruge in der Form ihrer Sprache, die von Vorgesetzten gegenüber Untergebenen verwandt wird.

Die Crew im Kontrollraum sah, wie die Form des Raubvogels sich veränderte. Die Flügel seiner Heckwaffen schwangen aus der neutralen zur Angriffsposition. Das Schiff drehte sich um die Mittelachse, bis seine vorspringende Kommandozentrale auf das Schiff der Renegaten wies.

Der Captain fuhr herum und starrte Valkris wütend an.

»Was ist denn jetzt los? Wann kriegen wir unsere Bezahlung?«

»Bald, Captain«, sagte Valkris. »Sehr bald.« Sie sagte, in der formalen Sprachform, zu Kruge: »Ich wünsche Ihnen Erfolg, Commander, und entbiete Ihnen meine Liebe.« Sie liebte ihn wirklich, als das Werkzeug zur Rehabilitierung ihrer Blutlinie.

Sie fühlte sich seltsam gelöst und glücklich. Glück war ein Gefühl, das sich ihr seit langer Zeit entzogen hatte. Sie war froh, daß sie es noch ein letztes Mal erleben durfte.

»Man wird Ihr Andenken in Ehren halten«, sagte Kruge. Dann wechselte er wieder die Sprachvariante. Valkris wußte, daß er das Mikrophon eingeschaltet ließ, damit sie sein Kommando hörte: »Feuer!«

Der Raubvogel schoß auf sie zu wie ein Jagdfalke. Valkris sah die Energiestrahlen nicht, denn ihre Zerstörungskraft erreichte das Renegaten-Schiff im gleichen Augenblick, als es von dem kohärenten Licht getroffen wurde, aus dem sie bestanden. Das Schiff wurde von einem gewaltigen Stoß geschüttelt. Die Leute stießen erschrockene Rufe aus, und dann schrien sie. Valkris roch den scharfen Rauch von brennender Isolierung und verschmorten Computer-Stromkreisen. Sie hörte das entsetzliche Zischen ausströmender Luft.

Ich habe der Welt lange genug mein Gesicht gezeigt, dachte sie. Es wird Zeit, zu den Bräuchen meiner Familie zurückzukehren.

Ihre linke Hand war blutverklebt. Das Blut hinterließ rote Schlieren auf dem makellosen Weiß ihres Schleiers, als sie ihn zum letzten Mal vor ihr Gesicht zog.

»Um Gottes Willen!« schrie der Captain, »sagen Sie ihm, er soll uns helfen! Wir werden alle seine Geheimnisse wahren! Aber er soll uns nicht in den Raum schießen!«

Valkris schloß die Augen.

Die Wände des Raums explodierten.

Das Renegaten-Schiff detonierte zu einem Stück Schlacke. Eine Schockwelle reiner Energie traf den kleinen Raumgleiter, den Farrendahl aus der seitlichen Schleuse des Schiffes hinausgebracht hatte und in Deckung seiner Flanke hielt. Im Augenblick der Detonation gab Farrendahl vollen Schub auf die Antriebsdüse und riß den Hebel sofort wieder zurück. Gleichzeitig feuerte sie alle Steuerraketen. Dieses Manöver riß den Gleiter aus seiner Deckung am Rumpf des Schiffes und versetzte ihn in Taumel- und Schlingerbewegungen um alle drei Achsen, so daß er wie eins der anderen Trümmerstücke wirkte, die in den Raum geschleudert wurden.

Tran stieß einen unverständlichen Fluch aus.

Der Gleiter war viel zu klein, um Schwerkraft zu besitzen, also waren seine Insassen der Wirkung des Herumwirbelns voll ausgesetzt. Farrendahl versuchte, ihre Orientierung und ihr Gleichgewicht zu wahren und bei Bewußtsein zu bleiben. Als sie das Torkeln und Rotieren nicht länger ertragen konnte, benutzte sie die Steuerraketen, um den Gleiter allmählich abzufangen und ihn auf einen einigermaßen geraden Kurs zu bringen. Sie wagte nicht, es zu rasch zu tun, damit die Angreifer nicht merkten, daß dieses Trümmerstück einen eigenen Antrieb besaß.

»So also sieht es aus, wenn du ›das Ding nur einmal kurz umdrehen und sofort wieder hineinbringen‹ willst, wie?« sagte Tran, noch immer benommen und verwirrt. Das war die einzige Erklärung, die Farrendahl ihm gegeben hatte. Doch jetzt war ihm der Grund für ihren Ausflug natürlich klar.

Sie schaltete den Heck-Scanner ein. Durch die sich ausdehnende, dünner werdende Trümmerwolke sah Farrendahl, wie das Schiff der Klingonen einen letzten Energiestrahl auf das zerfetzte Wrack abfeuerte, dann von seinem Opfer abdrehte und Kurs auf das Territorium der Föderation nahm.

»Woher ist es gekommen?« fragte Tran.

»Aus dem Äther«, sagte Farrendahl.

Der Gleiter hatte zu wenig Treibstoff, um das nächste bewohnte Sternensystem erreichen zu können. Farrendahl errechnete einen Kurs auf die nächstgelegene Raumfahrtroute, wo sie eine gute Chance hatten, entdeckt und aufgenommen zu werden. Es würde jedoch eine Weile dauern, bis sie sie erreichten. Und das war gut so; bevor sie gerettet wurden, mußte sie eine glaubhafte und unschuldige Story fabrizieren, um zu erklären, wie sie in diese Lage geraten wären.

Commander Kruge sah zu, wie das verlotterte Renegaten-Schiff unter seinem Phaser-Feuer lautlos in Fetzen flog. Er streichelte dabei den knochigen Scheitel seines Maskottchens, Warrigul, das neben ihm hockte und vor Erregung jaulte und zischte.

Die Vernichtung eines Feindes bot mehr Befriedigung, wenn der Tod langsam kam, doch dieser unbewaffnete Kahn war eine zu leichte Beute, um als Feind betrachtet werden zu können. Außerdem wollte Kruge Valkris einen schnellen, leichten Tod verschaffen.

Er nickte seinem Kanonier zu, der den ungewöhnlichen Befehl ohne Kommentar oder Zögern ausführte. Er feuerte seine Phaser und zerfetzte das andere Schiff zu Atomen.

Nur wenige Trümmerstücke blieben übrig und wurden taumelnd in den Raum geschleudert. Kruge fühlte sich absolut befriedigt. Er bedauerte lediglich, daß er Valkris nie kennengelernt hatte. Er hatte viel von ihr gehört, sowohl bevor ihre Blutlinie in Schande geriet, als auch danach. Wenn er mit dem Triumph, den ihre Informationen ihm bringen würden, nach Hause zurückkehrte, würde ihre Familie wieder den ihr zukommenden Platz in der Hierarchie der

Gesellschaft einnehmen. Kruge bezweifelte, daß sie über einen anderen Angehörigen verfügte, der es mit der heldischen Valkris aufnehmen konnte. Er fragte sich, ob er ihr gewachsen war. Er hatte mehr als einmal bewiesen, daß er ein guter Kämpfer war, doch sie besaß einen fast legendären Ruf als Duellistin. Und nun würde er keine Gelegenheit mehr haben, sich mit ihr zu messen.

Kruge erhob sich und blickte in die Arbeitsgrube. Sein Kommandanten-Sessel stand auf einer erhöhten Ebene, die es ihm erlaubte, auf seine Crew hinabzublicken. Keiner von ihnen sah zu ihm auf. Jeder saß emsig über seine Arbeit gebeugt, in ständiger Furcht, der Faulheit beschuldigt und deswegen bestraft zu werden. Kruge war dafür bekannt, daß er in fast jeder Situation einen Verstoß gegen die Vorschriften finden konnte, doch nachdem er gerade seine Überlegenheit über das Renegaten-Schiff demonstriert hatte, sah er keine Notwendigkeit, seine absolute Autorität über seine Crew auszuüben.

Er zog die kleine Datenscheibe aus dem Recorder und schob sie in seinen Gürtel.

Warrigul rieb seinen Kopf an Kruges Knie. Die Zacken seines Knochenkamms kratzten über den schweren Stoff der Hose. Kruge beugte sich vor und kraulte dem Tier die Ohren. Warrigul lehnte sich stärker gegen ihn. Diese Kreatur war das einzige lebende Wesen an Bord, dem der Kommandeur vollständig vertraute. Jeder andere mochte ein Spion sein oder ein Meuterer oder ein Verräter.

Kruge warf einen raschen Blick auf seinen Assistenten. Wie gewöhnlich hatte Maltz sich während des Feuerüberfalls schlecht gehalten. Der Offizier war bedauerlich empfindlich gegenüber Gewaltanwendung. Kruge behielt ihn lediglich bei sich, weil er ein ausgezeichneter Administrator und Befehlsempfänger war, wenn auch allein deshalb, da er zu eigenen Gedanken unfähig war; und obwohl Kruge ihm durchaus zutraute, ihn zu verraten – jeder konnte zum Verräter werden –, würde er niemals gegen seinen Commander meutern. Allein deshalb, weil Maltz wußte, daß keiner ihrer Vorgesetzten ihn jemals für einen brauchbaren Nachfolger Kruges halten würde. Maltz war also nicht nur eine Stütze für Kruges Position, sondern er war sogar eine Art Versicherung. Das war der Grund dafür, daß Kruge so tat, als würde er gewisse Verhaltensweisen nicht bemerken, die weniger berechnende Kommandanten nicht geduldet haben würden.

»Ich bin in meiner Kabine«, sagte Kruge. »Legen Sie einen Kurs auf die Grenze des Föderationsterritoriums fest.«

»Jawohl, mein Lord«, sagte Maltz und beeilte sich, den Befehl auszuführen.

Kruge schritt zur Tür. Warrigul trottete ihm nach und knurrte leise. Einer der Männer in der Arbeitsgrube zuckte zusammen. Er blickte eine Sekunde von seiner Tätigkeit auf, um sich davon zu überzeugen, daß Warrigul nicht ihn anknurrte, und beugte sich dann rasch wieder über seine Konsole. Kruge blieb stehen. Seine Stiefel befanden sich auf gleicher Höhe mit dem Kopf des Mannes. Der Mann hob zögernd den Kopf, als er merkte, daß Kruge nicht weiterging.

Kruge deutete gleichgültig auf Warrigul.

»Du wirst der Ehre teilhaftig, mein Schoßtier zu füttern«, sagte er.

Der Mann versuchte krampfhaft, sich seine Angst nicht anmerken zu lassen und nickte nachdrücklich. Kruge war darüber so amüsiert, daß er es sich versagte, den Mann dafür zu bestrafen, daß er ihm nicht geantwortet hatte, wie es den Vorschriften entsprach. Der Commander ging den Korridor entlang zu seiner Kabine, wo er ein Daten-Lesegerät hatte, das absolut geheim war. Es drängte ihn, zu erfahren, was Valkris ihm besorgt hatte.

Kapitel 5

Das Forschungsschiff *Grissom* glitt aus dem Dunkel und in den Sonnenaufgang, als es den Terminator des brandneuen Planeten kreuzte. David war erregt und zufrieden über das, was er bisher gesehen hatte. Für einen ersten Versuch war Genesis ein überwältigender Erfolg. Saavik zeigte, wie gewohnt, vor anderen Menschen keinerlei Bewegung. Er wünschte, daß sie irgendwo allein sein könnten, damit er herausfinden konnte, was sie wirklich dachte.

»Beginn eines neuen Orbits«, sagte sie. »Treten in Sektor drei ein.«

Sie war betroffen über ihre Entdeckung von Captain Spocks Sarg auf der Oberfläche des Planeten, wußte David, doch verbarg sie ihre Gefühle vollständig. David beschloß, Captain Esteban zu überreden zu versuchen, ein paar Leute hinabzuschicken und das Rohr mit der Leiche Spocks zu begraben.

»Nah-Scan«, sagte Esteban.

Saavik überprüfte die Sensoren. »Wie gehabt. Metallische Masse. Identifiziert als Triminium-Photonen-Rohr. Keine neuen Daten.«

»Prüfen Sie, ob Strahlungsspuren vorhanden sind. Infrarot-Verstärkung.« David hatte Captain Estebans Neigung zur übertriebenen Vorsicht schon seit einiger Zeit bemerkt. Natürlich wollte er einen Beweis dafür haben, daß das Rohr nicht gefährlich war, bevor er jemandem erlaubte, sich ihm zu nähern.

»Nur Reststrahlung«, sagte Saavik. »Die Werte sind minimal.«

Der Ton des Sensors veränderte sich plötzlich. David fuhr heftig zusammen und trat neben Saavik. Sie starrte angespannt auf den Monitor, als sie die Kontrollknöpfe adjustierte. Doch die neue Tonhöhe bedeutete etwas anderes als nur Interferenz. Anstatt zu verklingen, wurde sie schriller und lauter.

»Ich kann es nicht glauben«, sagte David.

Captain Esteban, der während der ganzen zwei Stunden des ersten Orbits nicht von ihrer Seite gewichen war, beugte sich über Davids Schulter, um das Monitorbild genauer sehen zu können.

»Was ist es?«

»Wenn unsere Instrumente richtig funktionieren«, sagte Saavik, »deuten sie auf das Vorhandensein einer... tierischen Lebensform hin.«

Esteban verschränkte seine Arme vor der Brust. »Sie haben erklärt, daß es dort keine gibt«, sagte er zu David.

»Es *sollte* keine geben. Wir haben lediglich die Pflanzenformen in der Genesis-Matrize aktiviert.«

Captain Esteban schien nicht willens zu glauben, was David ihm mehrmals klarzumachen versucht hatte: daß Genesis ein *Experiment* war. Abgesehen davon, daß der Torpedo ein Prototyp war, war er in einer Umwelt explodiert, die sich auf jede Weise von der unterschied, für die er entwickelt worden war. Und wer konnte sagen, was Khan Singh getan haben mochte, während er sich im Besitz des Geräts befand? So besessen er auch sein mochte, er mußte ein brillanter Mann gewesen sein. Er wäre durchaus dazu fähig gewesen, die Programme wieder zuzuschalten, die das Team für den ersten Versuch von Genesis außer Funktion gesetzt hatte.

Das war es, was passiert sein mußte, dachte David, falls diese Angaben nicht nur ein Sensorirrtum sind. Wenn Khan Genesis dazu verwenden wollte, einen Planeten zu schaffen, auf dem sein Volk leben konnte, würde er die vollständige Ökosphäre gebraucht haben, Tiere eingeschlossen. Er würde gewußt haben, daß er keine Spezies von der Erde einführen konnte – das war verdammt sicher!

Doch David mußte sich fragen, warum es einen ganzen Orbit erfordert hatte, die erste tierische Lebensform zu entdecken.

Er schob seine Gedanken beiseite. Tierisches Leben gehörte ganz gewiß nicht zu den Dingen, von denen David am meisten gefürchtet hatte, daß sie schiefgehen könnten.

Mein Gott, du klingst schon wie Esteban, sagte sich David. Du verlangst eine vollständige Analyse, bis auf zehn Dezimalstellen genau, bevor du genügend Informationen für eine erste Schätzung besitzt. Stelle meinetwegen eine Hypothese auf, wenn du es willst, aber mache sie nicht zu einem Naturgesetz, bevor du irgendwelche Daten dafür hast.

Dann dachte er: Heiliger Heisenberg, was ist, wenn Vance' Drachen wirklich dort unten sind? Das würde Mutter freuen.

Saavik hatte gearbeitet, während David vor sich hin träumte und Esteban ihnen über die Schulter blickte.

»Nochmals geprüft und bestätigt«, sagte sie. »Eine nicht identifizierte tierische Lebensform.«

Saavik hatte versucht, ihre Reaktion auf die Entdeckung von Spocks Sarg zu analysieren. Zum Zeitpunkt von Spocks Beerdigung war es Saavik als eine elegante Lösung erschienen, seinen Körper so zu lancieren, daß er auf die Genesiswelle treffen mußte, um sich dort in seine subelementaren Partikel zu zersetzen und Teil der Substanz des neuen Planeten zu werden, eine Lösung, mit der Spock einverstanden gewesen wäre. Ihr Verstoß gegen Admiral Kirks Befehle hatte sie ein wenig bedrückt, doch ihre Loyalität gegenüber Spock besaß einen erheblich höheren Wert. Genaugenommen glaubte sie, der einzige Mensch zu sein, der ihn wirklich verstand und schätzte.

Jetzt, nachdem sie Admiral Kirks Befehle mißachtet und einen Orbit nach ihrem eigenen Ermessen gewählt hatte, mußte sie die Verantwortung für das auf sich nehmen, was geschehen war. Aber – was *war* geschehen? Dies hatte mit Kräften zu tun, die niemand wirklich verstand. Wieder und wieder hatte David die Möglichkeit unerwarteter Ereignisse betont. Vielleicht reichten diese Möglichkeiten bis zu unerklärbaren Phänomenen...

Denn irgend etwas – oder *irgend jemand* – war dort unten auf dem Planeten.

Saavik blickte David an und sah, daß er genauso verwirrt war wie sie, doch gleichzeitig auch erregt und glücklich. Sie wünschte, sie könnten – allein miteinander – über alles reden.

Esteban rieb sich das Kinn.

»Wollen Sie Starfleet davon in Kenntnis setzen, Sir?« fragte der Kommunikationsoffizier.

»Warten Sie noch«, sagte Esteban. »Wir wissen noch nicht, was es überhaupt ist.«

»Warum beamen wir es nicht einfach an Bord?« sagte David, nur um Estebans Reaktion darauf zu sehen.

»Ganz bestimmt nicht!« sagte Esteban scharf. »Die Dienstvorschriften sagen eindeutig: ›Nichts darf an Bord gebeamt werden, bevor jede Gefahr einer Verseuchung beseitigt worden ist.‹ Können Sie mir das garantieren?«

David erkannte, daß es keinen Spaß machte, jemanden auf den Arm zu nehmen, wenn der nicht irgendwann kapierte, daß er auf den Arm genommen wurde.

»Nein, das kann ich nicht«, sagte der junge Wissenschaftler.

»Captain«, sagte Saavik, »die logische Alternative ist klar. Das Beamen auf die Oberfläche eines Planeten ist statthaft...«

»›Wenn der Captain entscheidet, daß dieser Auftrag wichtig und relativ ungefährlich ist.‹ Ich kenne die Dienstvorschriften, Lieutenant Saavik.«

»Captain, bitte«, sagte David. Er hatte es bis zum Hals satt, daß man ihm Starfleet-Dienstvorschriften über sein eigenes Projekt zitierte. »Wir nehmen das Risiko in Kauf. Wir müssen herausfinden, was dort unten ist!«

»Oder wer«, sagte Saavik leise.

David blickte sie überrascht an.

Esteban nickte nachdenklich. »In Ordnung«, sagte er dann. »Holen Sie Ihre Sachen. Beim nächsten Umlauf setze ich Sie ab.«

»Danke, Sir«, sagte David.

Starfleet-Kadett R. Grenni erwachte im Kadettenschlafraum. Er fühlte sich zerschlagen, und sein Kopf schmerzte. Er hatte zuviel geschlafen. Er hatte nichts anderes zu tun gehabt. Und immer, wenn er schlief, hatte er Alpträume – doch selbst die

Alpträume waren besser als die Dinge, an die er sich erinnerte.

Er wünschte, wieder auf der *Enterprise* zu sein. Zumindest würde er dort Arbeit haben. Er hatte sich freiwillig gemeldet zurückzubleiben, war jedoch zusammen mit den meisten anderen Kadetten auf die *Firenze* kommandiert worden. Nur ein paar wenige Kadetten, die unbedingt gebraucht wurden, waren auf der *Enterprise* zurückgeblieben. Offensichtlich war Commander Scott nicht der Meinung, daß Grenni unbedingt gebraucht wurde.

Als die *Firenze* die Erde erreichte, gab Starfleet allen Kadetten mehrere Wochen Urlaub. Wenn sie den Vorsatz gehabt hätten, Grenni zu foltern, wäre das die beste Methode gewesen.

Sein Ruflicht blinkte. Er stolperte zu dem Empfangspult. Mit zitternden Händen gab er seinen Namenscode durch. Sie hatten ihn also endlich erwischt, sie hatten eingesehen, daß sie einen Fehler begangen hatten. Dies mußte die Vorladung vor ein Kriegsgericht sein.

Ein kleines Päckchen fiel in den Schlitz. Zögernd öffnete er die Klappe. Der Umschlag trug das Siegel von Starfleet, in Gold und Blau. Er nahm ihn heraus und fummelte an dem Verschluß, bis er sich löste.

›Auf Befehl von Admiral James T. Kirk‹, las er, ›wird Ihnen hiermit der goldene Tapferkeitsstern mit Juwel verliehen...‹

Der goldene Stern war die Auszeichnung für außergewöhnliche Tapferkeit. Der Juwel wurde für Kämpfe verliehen, die Leben gekostet hatten. Menschen erhielten einen Rubin. Er stellte Blut dar. Grennis Hände begannen zu zittern. Er blinzelte mehrmals, um die Tränen zurückzuhalten. Den Rest des Textes begriff er kaum. Er wurde darin aufgefordert, zusammen mit den anderen Kadetten der *Enterprise* in einigen Tagen im Hauptquartier von Starfleet zu erscheinen, zur förmlichen Verleihung des Ordens.

Ein Goldstern mit einem Rubin fiel aus dem Umschlag in seine Hand.

Auf der Brücke der *Enterprise* lehnte Jim Kirk sich in seinen Sessel zurück. Vor ihm wuchs das Raumdock allmählich zu voller Größe. Das Schiff war fast zu Hause. Kirk fühlte sich fast so wie in alten Zeiten. Er konnte beinahe vergessen, daß das Schiff angeschlagen und nur notdürftig repariert war. Er konnte beinahe den leeren Stuhl hinter sich vergessen.

Beinahe.

»Klar bei automatischem Annäherungssystem«, sagte er. »Melden Sie Annäherungskontrolle.«

»Annäherungskontrolle, hier ist USS *Enterprise*«, sagte Uhura. »Klar zum Eindocken.«

Die Kontrolle meldete sich mit einer klaren, kühlen Stimme. »*Enterprise* hat Erlaubnis zum Eindocken.«

»Übernehmen Sie.«

Sulu legte ein paar Schalter um, wodurch die Kontrolle über das Schiff dem Raumdock übertragen wurde. »Systeme geschlossen.«

»Raumdock«, sagte Kirk, »Sie haben die Kontrolle.«

»Bestätigt, *Enterprise*. Willkommen daheim.«

»*Enterprise* bestätigt. Mit vielem Dank.«

Das Schiff näherte sich dem Dock in einer weiten Kurve, schlug einen Bogen um seine Flanke und steuerte auf Schleuse Nummer fünfzehn zu. Die gewaltige, hermetisch abgeschlossene Bucht ermöglichte es Menschen, außerhalb des Schiffes zu arbeiten, und schützte sie vor der Strahlung des Raums. Die *Enterprise* kam dem Raumdock näher und näher und hielt direkt auf die strahlungssicheren Tore zu.

Kirk hatte es nie gemocht, die Kontrolle über sein Schiff abzugeben.

Schließlich, scheinbar in der letzten Sekunde, glitten die massiven Torflügel lautlos auf. Die *Enterprise* glitt hinein und bewegte sich langsam und lautlos auf Bucht fünfzehn zu. Sie passierte Schiffe im Bauzustand und Schiffe in Reparatur, Schiffe, die zeitweilig aus dem Dienst genommen waren, und Schiffe, die darauf warteten, demontiert zu werden.

Die riesige Bucht erstreckte sich tief ins Dunkel, mit einem einzigen Lichtkreis auf ihrer ganzen Länge. Die *Enterprise* erreichte die Lichter, in deren Schein NX 2000, USS *Excelsior*, für ihre erste Reise bereitgemacht wurde. Sie war ein wunderbares Schiff, schlank und brandneu, ihr mattglänzender Rumpf ungezeichnet von Strahlung, Meteoriten oder Kampf.

»Seht euch das an«, sagte Uhura.

»Meine Freunde«, sagte Kirk, »das große Experiment: *Excelsior*, bereit zum Erprobungsflug.«

Kirk blickte Sulu an und war froh über dessen Zurückhaltung. Die *Excelsior* war Sulus nächster Job, sein erstes Kommando. Sulu war in vieler Hinsicht Kirks Protegé. Der Admiral war stolz auf den jungen Captain. Kirk forschte in seinem Herzen nach einem Gefühl von Neid, fand jedoch keins. *Excelsior* gehörte Sulu. Kirks Schiff war die *Enterprise*, und er wollte kein anderes.

»Sie hat Transwarp-Antrieb«, sagte Sulu sachlich.

»Ja«, sagte Scott, »und wenn meine Großmutter Räder hätte, wäre sie ein Motorrad.«

»Mr. Scott«, sagte Kirk mit mildem Tadel.

»Entschuldigen Sie, Sir, aber was mich betrifft, brauche ich für die Raumfahrt nichts, was dieses alte Mädchen nicht schon hat.«

»Kommen Sie, kommen Sie, Scotty«, sagte Kirk. »Junge Köpfe, neue Ideen.« Seine Stimme wurde trocken. »Seien Sie tolerant.«

Sulu lächelte verstohlen, da er sich nicht durch die Konversation zu einer Stellungnahme verführen lassen wollte. Hinter seiner ruhigen Fassade glühte er vor Stolz. *Excelsior* war *sein* Schiff, das Schiff, für das er so lange so hart gearbeitet und auf das er so lange gewartet hatte. Er kannte alle seine Details auswendig. Er hatte bei seinem Entwurf ein erhebliches Mitspracherecht gehabt. Er war so stolz auf das Schiff, daß selbst Mr. Scotts Kritik ihm nicht sehr tief unter die Haut ging.

Er war mit Scott wieder und wieder durch die *Excelsior* gegangen. Scott hielt die *Excelsior* für eine Mißgeburt, voller überflüssiger Krimskrams. Sulu kam zu der Ansicht, daß

Scott sich zu einem technologischen Bilderstürmer entwikkelte, der nicht einen Schritt weiter zu gehen bereit war, der Angst vor allen weiteren technologischen Fortschritten hatte.

Der Ingenieur würde bald anderen Sinnes werden, wenn er jemals Gelegenheit dazu bekommen sollte, an diesen Maschinen zu arbeiten. Sulu starrte auf sein Schiff, und der Anblick erfüllte ihn beinahe mit genügend Freude, um die Tragödien der letzten Tage vergessen zu können, beinahe mit genug Freude, um seine natürliche Reserviertheit überwinden und laut herauslachen zu können.

Nachdem die *Enterprise* die *Excelsior* passiert hatte, bemerkte Sulu Bewegung hinter der Reihe kleiner Bullaugen in dem oberen Niveau von Bucht fünfzehn, den Bullaugen der Cafeteria. Sulu blickte aufmerksamer hinüber.

Alle, die dort saßen, Kaffee tranken und miteinander redeten, sahen die *Enterprise* vorbeigleiten. Als das große Schiff langsam und würdevoll zu seiner Anlegestelle schwebte, erhoben sie sich alle in schweigendem Respekt.

Jim Kirk wurde sich ebenfalls der Ehrung bewußt. Er kämpfte gegen mächtige und gegensätzliche Gefühle. Als der Eindocker seine Aufmerksamkeit anforderte, war er froh über die Ablenkung.

»*Enterprise,* klar zum Eindocken.«

»Sind klar. Mr. Sulu, aktivieren Sie die Fixierung. Klar bei Versorgungs- und Schwerkraft-Unterstützungssystemen.«

»Jawohl, Sir. Fixierung aktiviert. Alle Systeme klar.«

»Admiral!« rief Chekov. »Dies ist unmöglich!«

»Was ist es, Mr. Chekov?«

»Energieanzeige aus dem C-Deck... aus Mr. Spocks Kabine.«

»Mr. Chekov, ich habe befohlen, Mr. Spocks Kabine zu versiegeln!« sagte Kirk verärgert.

»Jawohl, Sir, und ich habe sie selbst verschlossen. Trotzdem erhalte ich jetzt Werte für die Anwesenheit einer Lebensform von dort.«

»Mr. Chekov«, sagte Kirk sehr ruhig, »diese ganze Crew

scheint sich bei allem, was Mr. Spock betrifft, hysterisch zu verhalten.« Chekov öffnete den Mund, um zu protestieren, Kirk unterband jeden Einwand mit einer knappen Geste. »Ich werde nachsehen. Mr. Sulu, führen Sie das Eindocken zu Ende.«

Kirk verließ die Brücke. Als die Tür hinter ihm zuglitt, zuckte Chekov fatalistisch die Schultern. Er wußte, was er gesehen hatte. In Durchsetzung vulkanischer Logik, die Chekov völlig unlogisch vorgekommen war, hatte Spock sich stets geweigert, seine Kabine abzuschließen, oder selbst die Sicherheitsprozedur mit dem Computer durchzuführen, die es ihm erlaubte, sie abzuschließen, wenn er das gewollt hätte. Vulkanier kannten keine Schlösser. Für Spock war es eine Sache des Prinzips. Wegen der Beschädigungen der elektronischen Systeme der *Enterprise* hatte Chekov die Tür nicht elektronisch sichern können, als Kirk ihre Versiegelung befohlen hatte. Statt dessen hatte er sie mechanisch gesichert, das heißt, durch eine Alarmanlage, mit Sensoren und mit einem Bleisiegel aus dem Schiffsarchiv. Folglich *konnte* jemand dort eingebrochen sein.

Und wenn die Sensoren nicht völlig außer Rand und Band geraten waren (was ebenfalls möglich war), hatte es anscheinend jemand getan.

Kirk schritt auf Spocks Kabine zu, seine Nerven kurz vor dem Zerreißen. Falls einer der Kadetten in Spocks Kabine eingedrungen sein sollte, falls dies ein geschmackloser und absolut hirnloser Scherz sein sollte, würde Kirk jemandem bald eine Lektion in der Anwendung schwarzen Humors geben.

Eine Alarmklingel tönte leise. Kirk begann zu laufen und verfiel sofort wieder in Schrittempo, um den Eindringling zu überraschen.

Bei Spocks Tür blieb er plötzlich stehen. Etwas Gewaltiges hatte das Siegel abgerissen und die Tür aufgesprengt, als ob ein Eindringling, der über enorme Körperkräfte verfügte, zu bedrückt, zu verzweifelt gewesen sei, um irgendeine andere Methode als nackte Gewalt anzuwenden.

Kirk drückte auf den Alarmknopf, und die Klingel verstummte. Er preßte die Lider zusammen, konnte jedoch in der Dunkelheit nichts erkennen. Er ging vorsichtig weiter, wartete, daß seine Augen sich an das wenige Licht gewöhnten.

»Jim... helfen Sie mir...«

Kirk fuhr zusammen. Es war Spocks Stimme.

»Bringen Sie mich... die Stufen hinauf... von Berg Seleya... durch die Halle des uralten Denkens...«

Kirk ballte die Fäuste. Seine Hände zitterten vor Wut und Schock. Er starrte intensiver in die Schatten und sah –

Die undeutliche Gestalt schoß aus dem Dunkel auf ihn zu, stieß ihn zur Seite. Kirk packte sie und rang mit ihr. Ihre Kraft war unvorstellbar. Irgendwie konnte er an seinem Gegner einen Judo-Griff anbringen und ihn überwältigen. Zusammen mit ihm fiel er zu Boden, in den Lichtschein, der vom Korridor hereinfiel.

Es war McCoy, gegen den er rang.

»Pille! Was, zum Teufel, tust du? Hast du den Verstand verloren?«

McCoy starrte ihn aus blicklosen Augen an. »Helfen Sie mir, Jim. Bringen Sie mich nach Hause.« Seine Stimme klang rauh, kraftlos.

»Da sind wir doch, Pille«, sagte Kirk. »Wir sind zurück.«

»Dann... ist vielleicht noch Zeit... Die Stufen hinauf, Jim... Die Stufen von Berg Seleya...«

»Berg Seleya? Pille, Berg Seleya ist auf dem Vulkan! Wir sind zu Hause! Wir sind auf der Erde!«

McCoy starrte ihn noch immer blicklos an. Kirk lockerte seinen Griff um den Arm des Arztes.

»Erinnern Sie sich!« sagte McCoy.

Mit Spocks unverwechselbarer Stimme.

»Erinnern Sie sich!«

Kirk kniete sich auf das kalte Deck, versteinert vor Schock.

»Admiral«, sagte Uhura durch das Intercom, »Eindocken beendet. Starfleet-Kommandeur Morrow ist auf dem Weg zur Inspektion des Schiffes.«

McCoy erschauerte, versuchte, sich zu erheben, und verlor das Bewußtsein. Kirk fing ihn auf, bevor sein Kopf auf den Boden schlug.

»Uhura! Schicken Sie Sanitäter her! Sofort!«

Er hielt McCoy in seinen Armen, fühlte den Puls des Arztes rasen, drahtig und matt.

»Alles in Ordnung, Pille«, sagte er. »Alles wird gut.«

Doch er fragte sich: wirklich? Was, im Namen des Himmels, geschieht mit uns allen?

Die dezimierte Crew der *Enterprise* trat in der Dockkammer an, in Erwartung der Inspektion durch Starfleet-Kommandeur Morrow.

»Stillgestanden!«

Die Bootsmannspfeife fiepte geisterhaft, die Türflügel glitten auf, und Admiral Moore und seine Adjutanten traten an Bord.

»Willkommen an Bord, Admiral.«

Morrow umfaßte Kirks Schultern. »Willkommen daheim, Jim«, sagte er. »Gut gemacht.«

Er umarmte Kirk. Die ehrliche Freundschaft zwischen den beiden Männern hatte tiefe Wurzeln. Morrow war Kirks erster Kommandant gewesen. Er hatte ihm zu seinem ersten eigenen Kommando verholfen und dann für seine Beförderung in den Admiralstab gesorgt.

»Danke, Sir«, sagte Kirk, als Morrow zurücktrat. Um die Anspannung zu mildern, sagte er lächelnd: »Ich nehme an, daß dies keine *formelle* Inspektion ist?«

Eine Welle halb unterdrückten Lachens ging durch die kleine Gruppe.

»Nein, keine Sorge. Rührt euch.« Morrow blickte umher. »Wo ist Dr. McCoy?«

Kirk zögerte. »Unpäßlich, Sir.«

»Ah«, sagte Morrow, »zu schade.« Er verstand den Wink und fragte nicht weiter. »Okay. Sie alle haben sich unter... schwierigsten... Bedingungen bewährt. Sie werden die höchsten Auszeichnungen Starfleets erhalten. Und – noch wichtiger – sehr langen Urlaub.«

Die jungen Kadetten reagierten mit freudiger Überraschung und Erwartung.

»Das heißt, Urlaub für alle außer Ihnen, Mr. Scott. Wir benötigen Ihr Können auf der neuen *Excelsior*. Sie werden sich morgen als Ingenieur-Captain an Bord melden.«

»Morgen geht es nicht, Admiral«, sagte Scott. »Und außerdem, bei aller Dankbarkeit für die Beförderung, Sir, möchte ich lieber die Instandsetzung der *Enterprise* beaufsichtigen. Wenn es Ihnen nichts ausmacht, bleibe ich lieber hier.«

»Das halte ich nicht für klug, Mr. Scott.«

»Aber, Sir, niemand kennt dieses Schiff besser als ich. Die Instandsetzung erfordert einen erfahrenen Mann. Es ist so viel zu tun –« Er starrte Kirk an. »Es könnte *Monate* dauern.«

»Das ist eins unserer Probleme, Mr. Scott.«

»Nun ja, ich *könnte* es für Sie vielleicht ein wenig eher schaffen –«

»Sie wissen wirklich nicht, wovon Sie reden.«

»Dann hat der Admiral vielleicht die Güte, mich aufzuklären.«

»Ich *kann* Ihnen ein neues Kommando geben, damit Sie die Arbeiten an der *Enterprise* beaufsichtigen –«

»Ich danke Ihnen dafür.«

»– aber Ihre Aufgabe würde allein darin bestehen, die Demontage des Schiffes zu überwachen.«

Jim Kirk fühlte, wie ihm das Blut aus dem Gesicht wich. Er hörte schockierte Ausrufe der Crew um sich herum.

»Es tut mir leid, Mr. Scott«, sagte Morrow. »Das Schiff wird nicht wieder instand gesetzt.«

»Aber das können Sie nicht tun!«

»Admiral, ich verstehe nicht«, sagte Kirk. »Die *Enterprise* –«

»Sie ist zwanzig Jahre alt. Ihre Tage sind vorüber, Jim.« Sein Mitgefühl war ehrlich, doch gab er nicht vor, daß sein Befehl nicht endgültig sei. »Dieses Schiff entspricht nicht mehr modernen Erfordernissen. Wir haben es als Schulschiff im Dienst belassen, hauptsächlich, weil Sie darauf bestanden haben. Aber nach diesem Trip... man braucht es doch nur anzusehen, um zu wissen, daß es seine letzte Schlacht geschlagen hat.«

»Sie haben ja nicht einmal eine Inspektion durchgeführt!« rief Scott. »Sie können doch nicht nur einen Blick auf ein Schiff werfen und es dann zum Schrotthaufen erklären! Alles, was Sie tun müssen, ist, mir das Material zu geben, das ich angefordert habe –«

»Ihre Anforderungen sind einer sehr genauen Prüfung unterzogen worden. Wir haben dem Schiff alles, was möglich war, zugute gehalten – dafür habe ich selbst gesorgt. Aber es ist einfach nicht kosteneffektiv, es wieder in optimalen Stand zu bringen.«

»Kosteneffektiv!« murmelte Scott wütend. »Optimaler Stand! Was verstehen Sie denn von –«

»Scotty«, unterbrach Kirk leise.

Scott öffnete den Mund, sah den Ausdruck auf Kirks Gesicht, schloß seinen Mund und schwieg widerwillig.

»Scotty, gehen Sie vorläufig auf die *Excelsior* –«

»Nein!« sagte Scott. »Begreifen Sie denn nicht? Das ist unmöglich!«

»Wirklich?« Die Kälte in Morrows einzigem Wort ließ die Temperatur um mehrere Grade absinken. Er war nicht daran gewöhnt, daß man seine Befehle offen verweigerte.

»Mein Neffe Peter ist noch an Bord der *Enterprise*«, sagte Scott. »Seine Leiche, meine ich. Ich muß ihn nach Hause bringen, zu meiner Schwester. Zu seinem Grab.«

Der Admiral gab nach. »Natürlich müssen Sie zur Erde. Aber, Mr. Scott, die ersten Probeläufe der Maschinen sind dringend. Sie sind der beste Mann für den Job. In ein, zwei Tagen oder so...«

»Ich kann nichts versprechen. Ich *will* es nicht. Es gibt einige Dinge, die wichtiger sind als Raumschiffe, und eins davon ist Familie, eins davon sind Blutsbande.«

Er eilte aus der Eindockbucht.

Kirk wandte sich Morrow zu.

»Admiral, ich habe angesucht – ich hatte gehofft, die *Enterprise* zu Genesis zurückbringen zu können.«

»Genesis!« rief Morrow. »Wozu?«

»Nun – aus dem natürlichen Verlangen, die Arbeit zu Ende zu bringen, die wir angefangen haben. Dr. Marcus möchte sicherlich zurückkehren –«

»Das steht außer Frage. Niemand wird nach Genesis gehen.«

»Darf ich nach dem Grund dafür fragen?«

Morrow seufzte. »Jim... während Ihrer Abwesenheit ist Genesis zu einer galaktischen Kontroverse geworden. Bis der Föderationsrat eine politische Entscheidung fällt, stehen Sie alle unter Befehl, nicht über Genesis zu sprechen. Sehen Sie Genesis als einen Quarantäne-Planeten – und als ein verbotenes Thema.«

Morrows Gesichtsausdruck verbot jede Gegenrede.

»Wegtreten«, sagte Kirk.

Sulu trennte sich von den anderen Besatzungsmitgliedern der *Enterprise*, bevor er den Transporterraum erreichte. Er hatte überhaupt keinen Grund, sofort zur Erde zurückzukehren, und nicht das geringste Verlangen nach Urlaub. Alles, was er wollte, war, zur *Excelsior* zurückzukommen. Er war für den Trainingstrip an Bord der *Enterprise* gegangen, um James Kirk einen Gefallen zu tun. Er hätte schon vor mehreren Tagen wieder an Bord seines Schiffes sein sollen.

»Captain Sulu«, sagte Morrow.

Sulu wandte sich zurück. »Ja, Sir?«

»Wohin wollen Sie?«

»Zur *Excelsior*, Sir. Ich bin ohnehin schon mehrere Tage zu spät dran.«

»Würden Sie statt dessen erst einmal mit uns kommen?«

Sulu zögerte, doch Morrow hatte ihm, wenn auch sehr diskret, einen direkten Befehl erteilt.

»Bitte«, sagte Morrow.

»Jawohl, Sir.« Sulu folgte ihm und versuchte, ein Gefühl schwerer Bedrückung abzuwerfen.

Morrow sprach nicht wieder zu ihm, bis sie zum Starfleet-Hauptquartier auf der Erde zurückgebeamt waren. Der Starfleet-Kommandeur verabschiedete sich von Kirk und den anderen. Sulu wartete auf eine Erklärung. Als alle anderen gegangen waren, winkte Morrow Sulu, ihm zu folgen. Sie traten in sein Büro, und er schloß die Tür.

»Bitte, setzen Sie sich, Captain«, sagte Morrow. »Ich befinde mich in einer schwierigen Lage, aus der Sie mir, wie ich hoffe, heraushelfen können.«

Sulu widerstand der offensichtlichen Einladung zu der Versicherung, daß er alles tun würde, was in seinen Kräften stünde.

»Wieviel wissen Sie über Genesis?« fragte Morrow.

»Ich weiß, wer das Programm entwickelt hat, ich weiß, was es bewirkt. Ich habe es in Funktion gesehen.« Er kannte auch einige seiner technischen Details, denn obwohl er Carol Marcus' Bandaufzeichnung nicht gesehen hatte, war das kaum nötig. Der Bordklatsch hatte sie sehr eingehend beschrieben.

»Wissen Sie, wie die Wirkungen hier aussahen?«

»Nein, Sir.«

»Der Aufruhr war – nun, sagen wir – erheblich. Man will eine parlamentarische Anfrage an die Föderation richten und ein Gipfelgespräch ansetzen. Ich fürchte, daß ich jeden von Ihnen, der sich während dieses – Zwischenfalls – an Bord der *Enterprise* befunden hat, auffordern muß, sich für Zeugenaussagen zur Verfügung zu halten. Für die anderen werden keinerlei Schwierigkeiten daraus erwachsen, doch in Ihrem Fall...«

Sulu sah, wohin das alles führte. Er stand protestierend auf.

»Bitte, setzen Sie sich, Captain«, sagte Morrow.

»Darf ich annehmen, daß der Admiral mein Kommando bereits rückgängig gemacht hat?« sagte Sulu steif. Er blieb stehen.

»Ja. Es tut mir leid.«

»Für immer?«

»Das hoffe ich nicht, Captain. In ein paar Monaten, wenn ein wenig Gras über diese Geschichte gewachsen ist...«

Sulu hielt seinen Protest zurück. Er wußte, daß er ihm

nichts nützen würde und daß er sich damit nur in ein schlechtes Licht rücken würde.

»So viele Faktoren spielen eine Rolle«, sagte Morrow. »Die Auswirkungen des Genesis-Zwischenfalls haben die Dinge weit über unsere Erwartungen hinaus kompliziert. Vor allem jedoch schließt unsere Investition in die *Excelsior* aus, sie für unbestimmte Zeit festliegen zu lassen. Der Erprobungsflug muß zum festgesetzten Termin erfolgen. Captain Styles wird das Kommando führen, während Sie anderweitig benötigt werden.«

»Ich verstehe«, sagte Sulu. Wut machte seine Stimme heiser und hart, doch er hob sie nicht. Er versagte sich auch die Frage: Und was ist später? Erwarten Sie von mir wirklich, zu glauben, daß Styles später, nachdem er die Chance hatte, das Schiff zu führen, die *Excelsior* mir abtreten wird, ohne sich dagegen zu wehren?

All dies war Morrow ebenfalls klar, der wenigstens so viel Taktgefühl hatte, Verlegenheit zu zeigen. »Captain, wenn sich dieser Aufruhr gelegt hat, wird Starfleet alles an Ihnen gutmachen, das verspreche ich Ihnen. Selbst für den Fall, daß die Dinge sich nicht so entwickeln,wie wir es erhoffen, wird man Ihre Kooperation reich belohnen.«

Es gab kein Schiff, nicht einmal in der Planung, das an die *Excelsior* heranreichte. Sulu befürchtete, daß er es für immer verlieren würde. Und die Versicherung, daß irgend etwas ihn dafür entschädigen konnte, war so unglaublich, so absurd, daß Sulu beinahe laut aufgelacht hätte.

»Es wird sicher sehr interessant sein, über diese Belohnung nachzudenken«, sagte Sulu verbittert. »Wenn Sie mich jetzt entschuldigen würden, ich habe – absolut nichts zu tun.«

Morrow runzelte die Stirn, als er ihn anblickte, da er nicht wußte, wie er Sulus Bemerkung verstehen sollte.

Ohne darauf zu warten, entlassen zu werden, wandte Sulu sich um und verließ das elegant eingerichtete Büro.

Dannan Stuart erwachte bei Sonnenaufgang im Haus ihrer

Mutter. Die junge Starfleet-Pilotin konnte das frisch geschnittene und zum Trocknen ausgebreitete Gras von dem Feld jenseits der Pferdeweide riechen. Der Vogel, der die ganze Nacht über gesungen hatte, verwirrt von dem Licht des riesigen Vollmondes, zwitscherte jetzt stiller. Dannan warf die Bettdecke beiseite und wickelte sich in ihren seidenen Morgenrock.

Der Fußboden knarrte unter ihren nackten Füßen. Sie lehnte sich an den Sims des kleinen Fensters und blickte über das Tal. Die Wände des Hauses waren einen halben Meter dick, denn das Haus von Dannans Mutter war über fünfhundert Jahre alt. Die mächtigen Wände isolierten die Räume gegen die gelegentliche Sommerhitze von Nordschottland und gegen die ständige feuchte Kälte der Winter. Heute war ein wunderbarer Tag, kühl und klar, mit hellem Sonnenlicht. Ein Tag, der besser dazu geeignet war, einen anderen zu begrüßen, als ihm Lebewohl zu sagen.

Das Tal glühte im Sonnenaufgang. Tau lag auf allen Flächen. Dannan konnte einen dunkleren Pfad durch das silbrige Gras ausmachen, wo das alte Pony ihres kleinen Bruders zum Bach gegangen war, um zu trinken. Dannan erinnerte sich, wie sie einst während der Akademieferien an einem Morgen wie diesem hinausgeblickt und den jungen Peter auf Star, ohne Sattel und Zaumzeug, über das Feld galoppieren gesehen hatte. Sie erinnerte sich an all die Gelegenheiten, wo sie grob und ungeduldig mit ihm gewesen war, wo es ihr zu viel gewesen war, sich um ein lebhaftes Kind zu kümmern. Oft war sie zu beschäftigt gewesen, um sich mit ihm zu befassen. Es war ihr so viel wichtiger, mit ihren Freunden zu trinken und sich zu amüsieren, daß sie Peter beiseite geschoben hatte. Alles, was er je gewollt hatte, seit er alt genug war, um zu verstehen, was Dannan für ihr Leben plante, alles, was er je von ihr erwartet hatte, war, daß sie ihm von ihren Erlebnissen berichtete.

Armer Junge, dachte sie, armer Bruder. Wir haben ein wenig Spaß miteinander gehabt, während der letzten paar Jahre, doch ich bereue all die Male, wo ich dich ausgeschlossen habe und meine eigenen Wege gegangen bin. Ich hoffe, daß du mir das vergeben kannst.

Sie stieß einen leisen Pfiff aus. Wenige Minuten später kam Star langsam über die Kuppe des Hügels getrabt. Er war alt und steif und erhielt das Gnadenbrot, seit Peter zur Akademie gegangen war. Die Maulpartie des falben Ponys war mit weißen Haaren durchsetzt.

Dannan stieg die steile Wendeltreppe zum Erdgeschoß des Hauses hinab, holte sich eine Karotte und ein Stück Brot aus der Küche und lief zur Hintertür hinaus zum Zaun der Weide. Der Tau war kalt an ihren Füßen, und Tautropfen setzten sich auf den unteren Teil ihres seidenen Morgenrocks. Im Laufen wurden die Tropfen abgeschüttelt und sprühten silbern in das Sonnenlicht.

Star wieherte ihr zu und reckte seinen Kopf über den Zaun, um sich die Leckereien zu holen, die sie ihm mitgebracht hatte. Er nibbelte das Brot mit seinen weichen, beweglichen Lippen und verschlang die Karotte mit zwei Bissen. Dannan tätschelte seine Wange, fuhr dann mit den Fingerspitzen über die seltene, wie ein fünfzackiger Stern geformte Blässe auf seiner Stirn.

Wenn Peter nach Hause gekommen war und gepfiffen hatte, war Star wiehernd auf ihn zugaloppiert, wie ein Fohlen, Alter und Arthritis vergessen.

»Armer, alter Bursche«, sagte Dannan. »Du bist glücklich dran; du wirst nie begreifen, daß er nicht mehr zurückkommt. Vielleicht wirst du ihn sogar vergessen.«

Sie klopfte dem Pony noch einmal auf den Hals und lief durch das feuchte Gras zum Haus zurück. Das Haus blickte sie an, unter seiner Bedachung mit einer dicken Schicht Weidenruten, die bogenförmig ausgeschnitten war, um das Licht in die oberen Fenster fallen zu lassen.

In der Küche machte sie eine Kanne Kaffee und schob das Brot für den heutigen Tag in den Ofen, obwohl sie sich nicht sehr hungrig fühlte. Sie hatte sich seit dem Tag, an dem sie von Peters Tod an Bord der *Enterprise* erfahren hatte, nicht mehr hungrig gefühlt.

Von der Küche aus gelangte man in das Atelier ihrer Mutter. Dannan konnte den schweren Duft von feuchtem Ton riechen und den schärferen Ozongeruch vom Brennofen. Dannan rieb mit den Fingerspitzen über den Rand der Tasse, aus der sie ihren Kaffee trank. Ihre Mutter schickte ihre Skulpturen und andere Auftragsarbeiten in die Stadt, um sie dort im radioaktiven Ofen ihrer Genossenschaft brennen zu lassen. Die Strahlung reagierte mit den Glasuren, die sie verwandte, und rief eine ungewöhnliche Tiefe und Patina hervor. Doch die Sachen, die sie für den Haushalt produzierte, brannte sie auf traditionelle Art in ihrem Atelier.

Sie hatte den ganzen Tag und den größten Teil der Nacht im Studio zugebracht. Dannan hatte sie in Ruhe arbeiten lassen. Es war die Art ihrer Mutter, sich mit ihrer Arbeit einzusperren, wenn sie etwas bedrückte. Dannan hätte gern mit ihr darüber gesprochen, was geschehen war, und über Peter, doch sie wußte, daß ihre Mutter vorerst nicht dazu imstande sein würde.

Dannan hörte einen kurzen schwirrenden Laut von der Straße her, einen Laut, den sie sehr gut kannte, jedoch nur selten im Haus ihrer Mutter hörte. Dannan zog konservativere Transportmethoden vor, mit dem Zug oder mit dem Straßenwagen. Die Reisezeit gab ihr Gelegenheit, sich von einem hochtechnisierten Milieu auf das Land umzustellen. Das Einbeamen war nicht nur sehr teuer, wenn man es für Privatzwecke benutzte, sondern auch entsetzlich abrupt.

Der Laut des Transporter-Beams war unverwechselbar. Das laute Klopfen an der Haustür bestätigte ihre Vermutung.

Sie lief in die Diele und öffnete die Tür, gerade als ihr Onkel, Montgomery Scott von Starfleet, die Hand hob, um noch einmal zu klopfen.

»Leise, Onkel«, sagte sie. »Mutter schläft noch – weißt du nicht, wie spät es ist?«

»Nein«, sagte Onkel Montgomery. »Habe vergessen, nach der Uhrzeit zu sehen.«

»Gerade kurz nach Sonnenaufgang.« Selbst dreißig Jahre an Bord von Raumschiffen hätten nicht die Gewohnheit brechen sollen, nach dem Sonnenstand zu sehen und zu erkennen, daß es sehr früh am Morgen war; aber dreißig Jahre an Bord von Raumschiffen hatten auch nicht seine Gleichgültigkeit gegenüber den feineren Umgangsformen der menschlichen Gesellschaft ändern können.

Montgomery stand auf der Türschwelle, nur einen Schritt von der menschenleeren, kopfsteingepflasterten Straße. Eins der Dinge, die Dannan an diesem Haus liebte, war, daß seine Vordertür direkt zum Dorf führte und seine Hintertür auf das Land. Sie war hier aufgewachsen und daran gewöhnt, doch Freunde, die sie während der Ferien mitbrachte, als sie auf der Akademie war, fanden es immer erstaunlich.

»Nun?« fragte Onkel Montgomery. »Wirst du mich hereinlassen oder hast du vor, den ganzen Tag in deinem Unterzeug im Freien zu stehen?«

»Bitte keine Bemerkungen über meine Kleidung«, sagte Dannan. »Sie ist empfindlich gegenüber Unhöflichkeiten.«

»Ich hätte wirklich direkt ins Haus beamen sollen«, murmelte er.

Dannan trat zur Seite, um ihn vorbeizulassen. Selbst Onkel Montgomery hatte keine so schlechten Manieren, als daß er direkt in ein privates Haus gebeamt wäre, mochte es nun seiner Schwester gehören oder nicht.

Er stapfte in die Küche und warf einen angewiderten Blick auf die Kaffeekanne.

»Habt ihr keinen Tee?«

»Du weißt so gut wie ich, wo er ist«, sagte Dannan. Sie setzte sich auf einen Stuhl und hakte ihre bloßen Füße über seine Strebe.

»Ich bin nicht in der Stimmung, mir deine Unverschämtheiten anzuhören, junge Dame«, sagte er.

»Wir sind hier nicht bei Starfleet«, sagte sie und verkniff sich die Bemerkung, daß sie selbst dann nur einen Dienstrang unter ihm stand und darum Anspruch darauf hatte, als Kamerad behandelt zu werden und nicht als Untergebene. »Wir sind beide Gäste in Mutters Haus, und ich denke, wir sollten einen Waffenstillstand erklären.«

Er zuckte die Schultern und setzte sich, ohne sich Tee zu machen. Er spielte eine Weile mit seinen Fingern.

»Wann ist die Beerdigung?« fragte er schließlich.

»Zehn Uhr«, sagte Dannan.

Er versank wieder in Schweigen. Dannan fiel kein Thema ein, das nicht ihm oder ihr schmerzlich sein würde, oder ihnen beiden. Er hatte sich ihrem Wunsch, zur Starfleet zu gehen, mit allen Kräften widersetzt und erklärt, daß sie zu verwöhnt und zu undiszipliniert sei, um dort eine Karriere zu machen. Als ihr das doch gelang, weigerte er sich, Kenntnis davon zu nehmen. Nicht mit einem einzigen Wort gab er zu, sich geirrt zu haben. Dannan nahm an, daß er noch immer darauf wartete, sie scheitern zu sehen.

Das Rufgerät tönte leise, und das Blinklicht flammte auf.

Dankbar für die Ablenkung stand Dannan auf und gab ihren Empfangscode ein.

Die Nachricht war an sie adressiert. Das überraschte sie. Niemand außer Hunter, ihrem Kommandanten, wußte, wo sie sich zur Zeit befand. Sie schaltete das Gerät ein.

Dannan erkannte sofort das Gesicht, das sich vor ihren Augen bildete. Peter hatte Lieutenant Saavik in seinen Briefen mehr als einmal beschrieben. Sie war wirklich so schön, wie er sie geschildert hatte. Sie besaß eine große Ausstrahlung, sie gab einen Eindruck von Kraft, Intelligenz und Tiefe. Dannan begann zu begreifen, warum Peter so häufig mit ihr zusammengewesen war.

»Bitte, verzeihen Sie mein Eindringen in Ihre Privatsphäre«, sagte die Vulkanierin. »Mein Name ist Saavik. Ich kann nicht selbst zu Ihnen kommen, um Ihnen das zu sagen, was ich sagen möchte, da ich die *Enterprise* nicht zur Erde begleiten kann. Ich habe Ihren Bruder, Peter Preston, gut gekannt. Er hat oft von Ihnen gesprochen, mit Bewunderung und Liebe. Er hat bei mir Mathematik studiert. Er hatte eine rasche Auffassungsgabe und war fleißig und hat sich sehr für dieses Gebiet interessiert.« Saavik zögerte. »Obwohl ich der Lehrer war, hat er mich viel gelehrt. Die wichtigste Lektion, die ich von ihm lernte, war die über Freundschaft, ein

Gefühl, das ich nie kennenlernte, bevor ich Ihren Bruder traf. Vielleicht werde ich andere Freunde haben, doch die Erinnerung an Peter wird mir immer teuer bleiben. Ich könnte von solchen Gefühlen nicht sprechen, wenn ich ihn nicht kennengelernt hätte; das ist eins der Dinge, die er mich gelehrt hat. Er war ein reizender Junge, ein bewundernswerter Mensch, und er hat durch sein Opfer viele Leben gerettet. Das ist sicher für Sie genauso wenig Trost wie für mich, doch es ist eine Tatsache.«

Saavik machte eine Pause; um sich sammeln zu können, vermutete Dannan, um ihre Emotionen niederzukämpfen, wie es ihre Kultur von ihr verlangte. »Ich hoffe, daß wir uns eines Tages begegnen und miteinander über ihn sprechen können. Leben Sie wohl.«

Das Bild auf dem Schirm erlosch. Dannan zog die kleine Plastikscheibe aus dem Gerät und schob sie in ihren Morgenrock, der gehorsam eine Tasche dafür bildete.

Dannan ging in die Küche zurück.

»Was war das?«

»Nur eine Nachricht«, sagte Dannan und bemühte sich, ruhig zu sprechen. »Onkel, was ist geschehen?« Als sie diese Frage stellte, brach ihre Stimme.

»Das kann ich dir nicht sagen. Das ist alles geheim.«

»Aber jedermann weiß doch bereits von Genesis«, sagte Dannan. »Das sieht Starfleet ähnlich, etwas, das ein offenes Geheimnis ist, verstecken zu wollen. Doch das interessiert mich nicht! Ich will wissen, was Peter geschehen ist!«

»Ich lasse nicht zu, daß du Starfleet diffamierst –«

»Was hatte er überhaupt auf der *Enterprise* zu tun? Warum stand er unter deinem Kommando?«

»Weil du ihn nicht unter das deine nehmen wolltest!«

»Ich bin seine Schwester! Es war für keinen von uns richtig, ihn auszubilden!«

»Richtig, richtig: Wer sagt, daß es nicht richtig war? Ich werde mich nicht der Vetternwirtschaft beschuldigen lassen, und schon gar nicht von einer unverschämten Göre –«.

»Vetternwirtschaft!« Sie lachte laut auf. »Ich wette, du hast von Peter dreimal mehr verlangt als von jedem anderen! Vetternwirtschaft! Die mögen andere dir vorwerfen können, doch deine Familie weiß es besser!«

»Um der Familie willen habe ich es arrangiert, sein Ausbilder zu werden. Ich wollte nicht, daß er durch mangelhaftes Training...«

»Ist das der Grund dafür, daß du mir nicht sagen willst, was passiert ist? Hast du ihn über seine Kräfte gefordert? Hast du ihn an einen Platz gestellt, an dem er nichts zu suchen hatte?«

»Keiner der Jungen hätte da sein dürfen, wo sie gewesen sind«, sagte er mit so trauriger Stimme, daß Dannan einen Funken Mitleid durch ihre Trauer dringen spürte. »Sie sind alle überfordert worden.«

»Von Admiral James Kirk«, sagte Dannan bitter. »Von Admiral Kirk, der...«

»Ich lasse ihn nicht beleidigen!«

»Ich werde nichts sagen, was nicht alle anderen seit Tagen sagen«, erklärte Dannan. »Bei beiden letzten Malen, als Kirk die *Enterprise* in die Hände bekam, ist ihr Captain gestorben. Zuerst Decker und jetzt Spock. Wenn ich das Kommando über ein Schiff hätte, würde ich Kirk diesem nicht auf die Länge eines Lichtjahres nahe kommen lassen!«

»Du hast keine Ahnung von den Umständen! Und du wirst einem Kommando niemals die Länge eines Lichtjahres nahe kommen, wenn irgendein Freund des Admirals dich so reden hört!«

»Oder wenn du etwas dabei zu bestimmen hättest?«

»Es braucht keinen Bericht von mir, um deine Vorgesetzten erkennen zu lassen, daß du für ein Kommando zu unbeherrscht bist.«

Was war mit dem Waffenstillstand geschehen? fragte sich Dannan. Habe ich etwa diesen Streit ausgelöst?

»Ich will doch nichts anderes, als erfahren, was meinem Bruder geschehen ist«, sagte sie.

Onkel Montgomery stand auf, stakte schweigend aus dem Haus und weigerte sich, weiter mit ihr zu sprechen.

Später an diesem Vormittag mußte Dannan den Trauergottesdienst für Peter über sich ergehen lassen. Sie hörte kaum zu. Es war seit Jahren das erste Mal, daß sie wieder in einer Kirche war. Sie saß neben ihrer Mutter und hielt deren Hand.

Der Pastor beschrieb Peter als einen gehorsamen und braven kleinen Jungen – einen langweiligen Burschen, der keine Ähnlichkeit mit Peter in seinen Kinderjahren besaß und überhaupt nichts mit dem wachen, intelligenten jungen Mann zu tun hatte, zu dem Peter herangewachsen war. Dannan wäre am liebsten aufgesprungen und hätte den Kirchenmann zur Seite gestoßen und allen den letzten Brief Peters vorgelesen, den er kurz vor seinem Tod geschrieben hatte, und den sie erhalten hatte, als sie bereits wußte, daß er getötet worden war. Sie lächelt, als sie an den Streich dachte, den er Admiral Kirk gespielt hatte. Es erforderte Nerven, einem hohen Offizier die Stirn zu bieten.

Die letzte Zeile seines Briefes lautete: ›Lieutenant Saavik sagt, daß wir Freunde sind. Ich bin froh darüber. Ich denke, du würdest sie mögen. Herzlichst, Peter.‹

Sie glaubte, daß er recht hatte. Sie hoffte, daß sie eines Tages Gelegenheit haben würde, Saavik kennenzulernen.

Die Lobrede war zu Ende. Alle erhoben sich und gingen hinaus auf den Kirchhof. Das ausgehobene Grab für Peter klaffte roh in dem kalten, harten herbstlichen Boden. Ein paar welke Blätter wehten vorbei, raschelten an Dannans Stiefeln. Sie traten aus dem Eichenhain, der am Hang des kleinen Hügels unterhalb der Kirche stand. Der Hain war heilig oder verwunschen oder verflucht, je nachdem, wen man nach ihm fragte. Dannan erinnerte sich an lange zurückliegende Winterabende vor dem Kaminfeuer und an Sommernächte um ein Lagerfeuer, wo man sich herrlich gespenstische Geschichten über die Kreaturen und Geister erzählt hatte, die zwischen den alten Eichen hausten.

Ein dunkler Schatten bewegte sich in dem Hain. Dannan fuhr zusammen.

Es ist nichts. Nur der Wind, der einen jungen Baum schüttelte (doch es gab keine jungen Bäume in dem Hain, nur sehr alte, die nicht vom Wind geschüttelt wurden), oder ein Sandwirbel (doch bei einem Wetter wie heute gab es keine Sandwirbel). Wer mochte sich dort oben in dem Hain verbergen? Wer mochte zu einer Beerdigung kommen und sich dann fürchten, ihr beizuwohnen? Wer mochte die einsame Unheimlichkeit des Hains der Gesellschaft vorziehen?

Am Rand des Grabes beugte Dannans Mutter sich vor, nahm eine Handvoll der kalten, steinigen Erde auf und streute sie sanft auf das Grab ihres jüngsten Kindes. Sie wurde von Dannan gefolgt, die jedoch ihre Faust um die Erde ballte, bis sich die scharfen Steine in ihre Handflächen gruben. Sie warf sie mit einer heftigen Bewegung in das Grab. Die Steine polterten hohl auf das polierte Holz des Sarges. Die anderen Trauernden blickten auf, verblüfft über ihren Mangel an Anstand.

Sie scherte sich einen Teufel um den Anstand. Sie wollte ihren Bruder ins Leben zurückbringen oder sich an dem Renegaten rächen, der ihn getötet hatte, oder sie wollte ihrem Onkel eine schmieren. Und das alles waren Dinge, die sie nicht tun konnte.

Tränen rannen über Onkel Montgomerys Gesicht, als er eine Handvoll Erde aufklaubte und sie in Peters Grab fallen ließ.

»Asche zu Asche, Staub zu Staub ...«

»Um die Geschehnisse, über die ich hier berichten werde, richtig zu verstehen«, sagte James T. Kirk, »ist es notwendig, die technischen Daten des Genesis-Geräts aufzulisten.«

Kruge lehnte sich in seinem Kommandantensessel zurück, kraulte befriedigt Warriguls Ohren und dachte über seine Beute nach. Das Bild von General Kirk blendete über zur simulierten Demonstration des Genesis-Gerätes.

Der Übersetzungscomputer übertrug die Worte aus der Standardsprache der Föderation in Kruges Dialekt der Hochsprache des Klingonischen Imperiums.

»Genesis stellt eine Prozedur dar, durch welche die Molekularstruktur nicht nur zu subatomaren Partikeln aufgespalten wird wie durch Atomspaltung, sondern zu subelementaren Partikelwellen.«

Der Torpedo zog seine Kreisbahn durch den Raum und landete auf der Oberfläche eines felsigen Planeten. Seine steinige Oberfläche explodierte zu einem Inferno. Der Planet schien zu erschauern und dehnte sich dann in einem gerade noch wahrnehmbaren Maß aus. Einen Moment lang glühte er wie ein Stern. Das Feuer erstarb und ließ den toten Stein in Wasser und Luft und fruchtbaren Boden verwandelt zurück.

Kruge wandte seine Aufmerksamkeit seinen beiden Offizieren, Maltz und Torg, zu. Vor wenigen Minuten hatte er in seiner Kabine allein die Aufzeichnung betrachtet, für deren Beschaffung Valkris ihr Leben hingegeben hatte. Jetzt, da er sie noch einmal für seine beiden Offiziere ablaufen ließ, war er mehr an ihren Reaktionen auf die Darstellung interessiert.

»Die Ergebnisse sind absolut beherrschbar. In dieser Simulation wird aus dem nackten Fels ein Planet mit Wasser, Atmosphäre und einem funktioniernden Ökosystem, das in der Lage ist, die meisten der bekannten, auf Kohleverbindungen basierenden Lebensformen zu erhalten.«

Torg folgte der Demonstration angespannt, die ganze Aufmerksamkeit auf den Bildschirm gerichtet. Der junge Offizier befand sich in einem Zustand höchster Erregung. Maltz starrte voller Staunen und Bewunderung auf den Bildschirm.

Die menschliche Kommentatorin dankte den Zuhörern für ihre Aufmerksamkeit. Kruge lächelte über ihre höflichen Worte, als er sich fragte, was sie zu *diesem* Publikum sagen würde. Er schaltete das Bild ab.

»Also!« sagte er. Er blickte Torg an. »Sprich!«

»Eine gewaltige Kraft!« sagte Torg eifrig. »Zur Unterwerfung, zur Beherrschung, zur Vernichtung.« Er runzelte die Stirn. »*Wenn* es funktioniert.«

Kruge antwortete nicht. Er kratzte Warrigul unter seinem schuppigen Kiefer. Die Kreatur drängte sich an sein Bein und winselte, da sie die gespannte Atmosphäre spürte.

Kruge wandte seinen düsteren Blick Maltz zu.

»Sprich!«

»Beeindruckend«, sagte Maltz nachdenklich. »Man könnte damit Planeten machen. Die Möglichkeiten sind endlos. Kolonien, Rohstoffquellen –«.

»Ja«, sagte Kruge leise. Er registrierte mit Genugtuung Maltz' Verstörtheit über seinen Tonfall, seine Überraschung. »Neue Städte, Häuser auf dem Land, deine Gefährtin zur Seite, Kinder, die zu deinen Füßen spielen...« Während Kruges Stimme zunehmend sarkastisch wurde, veränderte Maltz' Gesichtsausdruck sich von Befriedigung zu ängstlicher Betroffenheit. »...und über den Köpfen, in der Brise wehend – die Flagge der Föderation der Planeten!« Er knurrte die letzten Worte fast, und Warrigul grollte seine Zustimmung. »Wirklich ein reizendes Bild!« sagte Kruge. Er lächelte Maltz sarkastisch an. »Auf deinen Posten!«

»Jawohl, mein Lord!« sagte Maltz eilig, da er erfahren genug war, um sich nicht zu verteidigen, wenn er so völlig den Boden unter den Füßen verloren hatte. Er hastete auf seinen Posten und machte sich sehr unauffällig.

Kruge blickte Torg an. »Es funktioniert. O ja, es funktioniert.« Er drückte auf einen Knopf des Abspielgeräts und ließ das Band weiterlaufen.

»Es war diese vorzeitige Detonation des Genesis-Geräts, das zu der Schöpfung des Genesis-Planeten führte.« Auf dem Bildschirm floh ein Föderations-Raumschiff der Constellation-Klasse vor der sich ausdehnenden Welle, die den Staub und die Gase eines galaktischen Nebels in eine Masse von Energie und subelementarer Partikel verwandelte, aus denen sie dann einen neuen, blauen Planeten schuf. Kruge schaltete das Gerät aus, zog die Bandkassette heraus und schob sie in seinen Gürtel.

»Du wirst mit *niemandem* darüber sprechen«, sagte er zu Torg. Er warf einen bedeutsamen Blick zu Maltz hinüber.

»Verstanden, mein Lord.«

»Wir werden diesen Planeten aufsuchen«, sagte Kruge. »Selbst wenn unsere Botschafter noch mit der Föderation über den Frieden verhandeln, werden wir *handeln*, für die

Erhaltung unseres Volkes. Wir werden das Geheimnis dieser Waffe erobern – das Geheimnis absoluter Macht!«

Torg nickte, beinahe überwältigt von den Ausmaßen dessen, was er gesehen hatte. »Sieg!« flüsterte er. »Sieg, mein Lord.«

»Auf deinen Posten!«

»Jawohl, mein Lord!«

Torg ging zu seiner Station zurück. Warrigul, der neben Kruge lag, winselte und sabberte, in Reaktion auf die Gefühle seines Herrn. Kruge kniete sich auf den Boden, um das Tier zu beruhigen.

»Mein Lord«, sagte der Navigator in der Sprachform, die ein Untergebener gegenüber einem Vorgesetzten benutzt. »Wir nähern uns dem Territorium der Föderation.«

»Kurs beibehalten«, sagte Kruge scharf. »Tarnvorrichtung einschalten.«

»Tarnvorrichtung – ist eingeschaltet.«

Der Vorgang war für alle, die sich im Schiff befanden, höchst seltsam und befriedigend. Das Schiff und alles in ihm und alle, die sich in ihm befanden, wurden ein wenig durchsichtig. Die Stimmen wurden hohl, wie Echos.

Warrigul heulte protestierend. Rangniedrige Untergebene erschauerten bei dem durchdringenden Schreien, da sie wußten, daß das Einschalten der Tarnvorrichtung die Laune der Kreatur zum Siedepunkt brachte. Auf die Besatzung hatte es eine ähnliche Wirkung. Hin und wieder trieb es jemanden ohne jede Vorwarnung zum Wahnsinn. Dieses Mal jedoch überstanden alle den Übergang ohne Schaden. Kruge lächelte und streichelte sein Tier, befriedigt bei der Vorstellung, daß sein Schiff jetzt außerhalb des Tarnfeldes absolut unsichtbar war.

KAPITEL 6

Saavik trat neben David auf die Transporterplattform.

»Transporterraum«, sagte Captain Esteban über das Intercom. »Klar zum Beamen.«

»Transporterraum klar.«

»Energie.«

Der Beam packte Saavik und löste sie auf. Einen Moment später setzte er sie auf dem Planeten, an dessen Erschaffung David beteiligt gewesen war, Atom für Atom wieder zusammen.

Von ihrem Standpunkt aus verfestigte sich der Planet um sie herum. Sie hatte nicht gespürt, daß sie auseinandergerissen und wieder zusammengesetzt worden war. Während des ganzen Prozesses konnte sie alles wahrnehmen, was mit ihr und um sie herum geschah, spürte das Gewicht des Rucksacks auf ihren Schultern, konnte hören und sehen und denken.

Der Gensis-Planet lag unter einer silbrigen Dunstschicht. Große, vorzeitliche Baumfarne ragten in die Höhe und wurden durch das Gewicht ihrer Blattkronen wieder herabgezogen. In den fransigen Blättern hatte sich Regenwasser zu glitzernden Lachen angesammelt.

David erschien neben ihr und blickte sich verwundert um.

»Wirklich toll, wie?« sagte er.

»Das kann man wohl sagen.« Saavik nahm ihren Tricorder vom Gürtel und schaltete ihn ein. David folgte ihrem Beispiel. Die aufgezeichneten Bio-Werte waren so, wie sie es erwartet hatte, ähnlich den Tele-Scans vom Schiff aus. Die tierischen Lebenssignale paßten zu nichts, was sie jemals zuvor gesehen hatte, doch waren sie zweifellos vorhanden.

David setzte sich in Bewegung und bahnte sich einen Weg durch den Farnwald, während Saavik sich weiterhin auf den Tricorder konzentrierte und einen neuen Scan durchführte. Sie hob ihre Brauen vor Erstaunen.

»Das ist sehr merkwürdig, David«, sagte sie.

Er blickte ungeduldig zurück.

Sie runzelte die Brauen und zog ihren Kommunikator heraus. »Saavik an *Grissom*.«

»Hier *Grissom*.«

»Erbitte Computeranalyse von Bodenproben zur Feststellung geologischer Alterungsprozesse.«

»Darum werde ich mich später kümmern«, sagte David.

Saavik fragte sich, warum seine Stimme so hart und gepreßt klang. Auch sie war darauf bedacht, voranzukommen, jedoch nicht um den Preis von Leichtsinnigkeit.

»Meine Angaben deuten auf erhebliche Instabilität hin.«

»Wir sind nicht hier, um geologische Alterungsprozesse zu studieren, sondern um Lebensformen zu finden!« Er machte mit seinem Tricoder einen Rundum-Scan. Die Signale veränderten und verstärkten sich. »Komm schon!« Er lief zwischen den Bäumen hindurch.

Saavik spürte eine bedrückende Unruhe, doch sie folgte ihm.

»*Grissom* an Landungskommando.« Selbst durch den Kommunikator hörte Saavik die Beunruhigung in Estebans Stimme. »Wir sehen, daß Sie sich radioaktiver Strahlung nähern. Können Sie das bestätigen?«

»Bestätigt, Captain. Doch unsere Wertangaben liegen weit unterhalb des Gefahrenpegels.«

»Gut. Lassen Sie Vorsicht walten, Lieutenant. Diese Landung erfolgt auf ›Veranlassung durch den Captain‹. *Ich* bin derjenige, der hier auf dem Ast sitzt.«

Saavik stand mitten auf einem absolut unbekannten Planeten und antwortete sachlich: »Ich werde versuchen, mich daran zu erinnern, Captain.«

Sie folgte David, der mehrere hundert Meter vorausgeeilt war. Er blieb stehen, um die Angaben seines Tricorders zu kontrollieren, und sie holte ihn ein. Ihr eigener Tricorder zeigte seltsame und fluktuierende Lebenssignale. Sie schaltete die Einstellung rasch von Bio auf Geo und erhielt die gleichen beunruhigenden Angaben über Instabilität. Allermindestens war dieses Gebiet stark erdbebengefährdet.

Widerstrebend schaltete Saavik ihren Sensor erneut um.

Die metallische Masse, die sie von Bord der *Grissom* aus entdeckt hatte, befand sich in unmittelbarer Nähe. Sie warf einen Blick in die Richtung, die ihr Tricorder angab. Vor ihr verdünnte sich der Baumbestand und ließ Sonnenlicht auf den Boden durch. Die Luft war sehr warm und sehr feucht. Saavik konnte durch die dampfenden und im Sonnenlicht gleißenden Nebel nicht weit sehen.

Sie ging auf die Quelle der Strahlung zu. Vor ihr, gerade jenseits ihrer Sichtgrenze, lag der Sarg, der den Körper ihres Lehrers enthielt. Sie brauchte ihn nicht zu sehen, um sicher zu sein, daß er tot war. Denn jetzt *war* sich dessen sicher. Ihre Spekulationen in Reaktion auf die Lebenszeichen waren Phantasien gewesen, Träume, Wünsche. Sie spürte nichts von der neuralen Berührung, die sie an Bord der *Enterprise* so tief verstört hatte. Wenn Spock in der Nähe wäre, wenn er, durch eine unerklärbare Wirkung der Genesis-Welle oder irgendeine unvorhersehbare Veranlagung der vulkanisch-menschlichen Kreuzung dazu fähig gewesen wäre, ins Leben zurückzukehren, würde Saavik seine Gegenwart spüren. Dessen war sie völlig sicher.

David drängte sich durch die dichten Farnwedel auf die hinter der Wand liegende Lichtung. Das Sonnenlicht fiel grell auf ihn herab; er blieb stehen und blinzelte.

Saavik trat langsamer aus den grünen Schatten und gab ihren Augen die wenigen Sekunden, die sie brauchten, um sich auf die Helligkeit einzustellen.

»Es *ist* Spocks Sarg!« erklärte David. Er blickte ihn aus halbgeschlossenen Lidern an, versuchte, das grelle Licht abzuschirmen.

»David...« Sie deutete auf das untere Ende des Metallrohrs.

Eine Masse bleicher, feuchter Würmer ringelte und krümmte sich im Schatten des Sarges. Ein paar von ihnen fielen aus dem Gewimmel ins Sonnenlicht und gruben sich hastig in den dunklen Lehm.

Seine Augen hatten sich jetzt an die Helligkeit gewöhnt. David sah, worauf sie deutete. Er trat einen Schritt auf die schleimigen Würmer zu und blieb stehen. Ein Muskel an der Seite seines Kiefers spannte sich, und er schluckte hart.

»Okay«, sagte er bitter. »Das sind die Erklärungen für unsere Lebensform-Werte. Es müssen Mikroben gewesen sein, die auf der Oberfläche des Rohrs saßen. Wir haben sie von der *Enterprise* hergeschossen.« Seine Stimme war von Ironie und Enttäuschung gefärbt. »Sie waren fruchtbar und mehrten sich.« Er blickte auf der sonst friedlichen Lichtung umher. »Haben wahrscheinlich den Planeten verseucht.«

Saavik fielen mehrere andere Erklärungen für die Anwesenheit der Würmer ein, doch da der Sarg noch immer verschlossen schien, hoffte sie, daß Davids Hypothese zutraf.

»Aber wie konnten sie sich so schnell verändert haben...? Hast du beschleunigte Evolution in Genesis einprogrammiert?« Vielleicht waren diese Lebewesen erheblich komplizierter, als sie auf den ersten Blick schienen. Sie richtete ihren Tricorder auf sie, konnte jedoch nicht wieder die Werte erhalten, die sie hergebracht hatten.

David trat auf das Torpedorohr zu. Sein Tricorder summte und klickte, registrierte die erhöhte Strahlung und bestätigte, daß das Torpedorohr seine Quelle war. Die Strahlung lag jedoch weit unter dem Gefahrenpunkt.

David verzog das Gesicht und schritt weiter, trampelte sich einen Weg durch die Masse der Würmer. Saavik folgte ihm, bis sie erkannte, was er vorhatte. Sie blieb stehen, nicht willens, noch einmal die entsetzlichen Verbrennungen an Spocks Gesicht zu sehen und auch nicht die Auswirkungen dieses Klimas.

Sie ging jedoch gegen ihren Willen weiter, als David langsam den Bodendeckel des Torpedorohrs öffnete. Er starrte in den Sarg.

»Saavik...«

Sie schob die Masse von Würmern mit ihren Stiefeln beiseite, als sie auf ihn zutrat.

»... er ist fort«, sagte David. Er griff in den leeren Sarg und zog ein schwarzes Tuch heraus. »Was ist das?« fragte er.

Sie nahm ihm den silbrig glänzenden, schwarzen, schweren Stoff aus der Hand.

»Es ist Spocks Leichentuch«, sagte sie. Ihre Stimme klang ruhig, doch ihre Gedanken waren im Chaos.

Saavik vernahm ein leises, drohendes Grollen. Der Boden unter ihren Füßen erbebte leicht. Nur ein kleiner Erdstoß, kein wirkliches Beben, doch Vorbote und Warnung für Kommendes.

Als das Erzittern der Erde verebbte, echote ein furchtbarer Schrei durch den Wald. Ein Säugetier? Ein Raubvogel? Eine Kreatur, die nur auf diesem Planeten vorkam? David fuhr herum und starrte in die Richtung, aus der der Schrei gekommen war, dieser einsame Schmerzensschrei, dann, als die Echos verklungen waren und der Schrei sich nicht wiederholte, blickte er wieder Saavik an.

Sie war sicher, daß er genau dasselbe dachte wie sie: Keine noch so hochentwickelte Mikrobe konnte einen solchen Schrei ausstoßen.

Dannan warf sich auf dem Sofa unruhig hin und her. Es war früher Abend, und draußen senkte sich die Dunkelheit herab. Der Tag schien endlos.

Onkel Montgomery saß auf der anderen Seite des Raums, im Schweigen und in Schatten gehüllt.

Dannans Mutter hatte sich wieder in ihr Atelier zurückgezogen, und niemand von der Familie wagte es, sie zu stören, wenn sie die Tür hinter sich geschlossen hatte. Das war eins der Dinge gewesen, die Peters Vater nie in seinen dicken Kopf bekommen hatte. Dannan hatte eines Tages, als sie von der Schule nach Hause kam, zu ihrer Erleichterung erfahren, daß ihr Vater seine Sachen gepackt und fortgegangen war, wobei er etwas von exzentrischen Malerinnen gemurmelt und angedeutet hatte, daß er mit dem nächsten Schiff zu einer Kolonie der Föderation reisen würde. Dannan hatte gelächelt, als sie davon erfuhr, denn wenn er eine Künstlerin, die es nicht mochte, wenn sie bei der Arbeit gestört wurde, für exzentrisch hielt, dann sollte er erst mal die Leute kennenlernen, die zu den Kolonial-Planeten gingen. Er war kein schlechter Kerl gewesen, nur ziemlich eigensüchtig, und vielleicht hätte er keine Familie haben sollen. Dannan fragte sich, ob irgend jemand wußte, wo er jetzt war, und ihm von Peter berichtete.

Dannan stand auf, durchquerte das Wohnzimmer und nahm die drei Stufen, die zum Foyer hinaufführten, mit einem Sprung. Sie zog ihre Stiefel an und ging aus dem Haus, ins Dorf. Sie lief die steile, kopfsteingepflasterte Straße hinab, die zum Flußufer führte, von dort zurück zum Kirchhof und dem alten Eichenhain.

Die Abendstimmung war außergewöhnlich. Im Westen schien die untergehende Sonne aus dicken ockergoldenen Wolken hervor. Die Farbe schattierte sich aufwärts bis zu einem sanften, intensiven, glühenden Fliederton. Dannan sah sich außerstande, den Himmel in klaren Spektralfarben zu beschreiben, lediglich in Schattierungen und delikaten Tönungen. Wie beschrieb man eine Region, wo der Himmel von einer vornehmlich goldenen zu einer vornehmlich violetten Tönung überging? Sie konnte keine Antwort darauf finden. Im Osten begann der riesige, blutrote Ernte-Mond über den Horizont zu steigen. Die gerade untergehende Sonne und der gerade aufgehende volle Mond vermengten ihren Schein zu einem lavendelfarbenen Zwielicht.

Heute war der Tag der Herbst-Tag-und-Nacht-Gleiche. Dannan hatte den größten Teil ihres Lebens auf Raumschiffen verbracht, wo jeder Tag dieselbe Länge hatte und man die Zeit nach den künstlichen Werten von Sternzeit-Daten maß. Wenn sie nach Hause kam, zu einem Ort, wo die Jahreszeiten noch eine Rolle spielten und die Zeit eine subjektivere Angelegenheit war, erlebte sie die Tage und Nächte und die Morgen- und Abenddämmerungen, die Farben und Geräusche und Gerüche wie brandneue Entdeckungen.

Es herrschte noch immer Zwielicht, als sie den Friedhof erreichte, obwohl der sattgoldene Horziont blasser geworden war und die Farbe des Himmels von Lavendel zu einem tiefen Blau gewechselt hatte. Hier und dort blinkten Sterne durch die kühle, stille Luft. Sie waren nie so klar wie im Raum. Sie war froh darüber, daß Peter zumindest Gelegenheit gehabt hatte, sie von oberhalb der Atmosphäre aus zu sehen.

Dannan hockte sich neben Peters Grab auf die Fersen. Unter den Blumen, die wie ein dicker, duftender Teppich darauf lagen, drang der Geruch von frisch aufgebrochener Erde herauf. Sie konnte seinen Namen und die Angaben über seine kurze Lebensspanne erkennen, die in grauen Granit gemeißelt waren. Er lag zwischen zehn früheren Generationen seiner Familie, als erster seiner Generation. Wegen der Familientradition, den Namen des Elternteils anzunehmen, der das gleiche Geschlecht hatte, war ihr Bruder der einzige Preston unter vielen Scotts, noch mehr Stuarts, einigen MacLaughlins und einem Ishimoto, einem Großonkel, an den Dannan sich liebevoll erinnerte.

Sie wünschte, sie besäße irgendein Erinnerungsstück, das sie auf Peters Grab lassen konnte, irgendeine außerirdische Blume, die daran erinnerte, daß er von den Sternen geträumt, sich nach ihnen gesehnt und sie geliebt hatte.

Als der Mond höher stieg, sah Dannan etwas zwischen den Blumen, die Peters Grab bedeckten, glitzern. Sie griff zwischen die zarten Blüten und nahm einen goldglänzenden Gegenstand heraus. Es war ein Orden, der Tapferkeitsstern, mit einem Rubin. Sie fragte sich einen Moment, ob er Peter gehört, ob ihre Mutter oder ihr Onkel ihn auf sein Grab gelegt hatte, erkannte jedoch sofort, daß es nicht die übliche Form eines posthum verliehenen Ordens war. Er wies auch keinen eingravierten Namen, Ort und Datum auf, was zeigte, daß er nicht formell verliehen worden war. Er mußte also einem von Peters Kameraden gehören.

Ein Geräusch durchbrach die Stille, die unheimlich auf dem Kirchhof lastete.

Zunächst hielt Dannan es für das Winseln eines Hundes, eines verirrten Jungen. Sie stand auf und wartete, bis sie es wieder hörte.

Es kam aus dem Eichenhain.

Dannan schritt auf die Bäume zu. Welkes Laub knackte unter ihren Füßen. All die unheimlichen Kindermärchen über Geister und Wechselbälge gingen ihr durch den Kopf, obwohl sie wußte, daß das Geräusch von jemandem stammte, der nur aus Fleisch und Blut war.

Außerdem, dachte sie, bin ich Offizier der Starfleet. Mit eigenen Tapferkeitsauszeichnungen.

Sie hörte das Geräusch wieder: ein Schluchzen.

»Kommen Sie heraus!« sagte sie.

Die gewohnte Stille des Hains war eine Stille innerer Ruhe. Dies war eine atemlose Stille des Versteckens und der Anspannung.

»Kommen Sie schon«, sagte Dannan. »Es ist kalt hier draußen.«

Ein junger Mann schlurfte zwischen den Bäumen hervor, seine rote Uniformjacke wirkte schwarz im Mondlicht. Er blieb vor ihr stehen und ließ den Kopf hängen.

»Wer sind Sie?«

»Einer von Peters Schiffskameraden.«

Er war mehrere Jahre älter als Peter; er mußte im dritten oder vierten Studienjahr sein, während Peter noch im ersten gewesen war.

»Ist dies Ihr Orden?«

»Ja.«

»Warum?«

Er sah noch immer nicht auf.

»Ich glaube, daß Peter ihn mehr verdient hat als ich.«

»Weil er tot ist und Sie leben?« Dannan war versucht, ihm zu sagen, wie brutal der Unterschied zwischen beiden oft nur auf einen Zufall zurückzuführen war.

»Nein!« sagte er, bevor sie es aussprechen konnte.

»Nein!« Er ließ den Kopf noch mehr hängen, wenn das möglich war. Seine Stimme klang belegt und zögernd. »Weil er dageblieben ist – und ich weggelaufen bin.«

Dannan trat mit einem Aufflammen von Schock und Überraschung und Wut auf ihn zu. Sie wollte ihn, schlicht gesagt, umbringen. Sie war absolut dazu in der Lage.

Doch da hob der Junge den Kopf, als ob er seine Kehle freilegte, um sich ihrer Rache zu unterwerfen. Er regte keine Hand, um sich zu wehren. Es war diese Geste absoluter Unterwerfung, die ihm das Leben rettete.

Sie begriff jetzt, warum er sich während des Begräbnisses in dem Eichenhain verkrochen hatte, warum er sich nicht gezeigt hatte. Sie begriff jedoch nicht, warum er noch immer hier war.

»Verschwinden Sie«, sagte sie. »Warum gehen Sie nicht nach Hause?«

Seine Schultern sanken herab. »Das kann ich nicht«, sagte er. »Zum einen bin ich ohne Urlaub abgehauen... und habe all mein Geld verbraucht, um hierher zu kommen. Ich weiß nicht, wie ich zurückkommen soll.«

»Das zeigt sehr weise Voraussicht«, sagte Dannan. »Lehrt man das heutzutage auf der Akademie?« Sie seufzte. »Kommen Sie mit.«

Dannan brachte Grenni zum Haus ihrer Mutter und fragte sich, was, zum Teufel, sie mit ihm anfangen sollte.

Onkel Montgomery hatte sich nicht von seinem Platz in der Zimmerecke gerührt, und die Tür zum Atelier ihrer Mutter war noch immer geschlossen.

»Ich glaube, du kennst diesen Gentleman«, sagte Dannan sarkastisch zu ihrem Onkel, als Grenni ihr ins Wohnzimmer folgte. »Er ist... zu Peters Beerdigung gekommen.«

Onkel Montgomery begrüßte Grenni mit allen Anzeichen von Herzlichkeit und Dankbarkeit für seine Gegenwart.

»Schön von Ihnen, daß Sie gekommen sind, um dem Jungen die letzte Ehre zu erweisen –«

»Hören Sie auf!« schrie Grenni. »Warum sind Sie noch immer so nett zu mir? Sie wissen, wo mein Posten war – Sie müssen wissen, daß Preston durch meine Schuld tot ist!«

Scott starrte ihn an.

»Sie wissen, daß er der einzige unserer Sektion war, der auf seinem Posten blieb! Ich war sein Kommandeur im Kadetten-Corps; ich hätte ihm befehlen müssen, aus der Gefahrenzone zu verschwinden!«

»Er wäre nicht gegangen«, sagte Scott.

»Dann hätte auch ich nicht gehen dürfen!«

»Vielleicht nicht«, sagte Scott. »Dann hätten wir auf zwei Begräbnisse gehen müssen, anstatt auf eines.« Er stand auf, trat auf den Jungen zu, nahm ihn bei den Schultern und blickte ihm in die Augen. »Mißverstehen Sie mich nicht, mein Junge. Sie haben feige gehandelt. Jetzt ist es an Ihnen zu entscheiden, ob Sie für den Beruf, den Sie sich erwählt haben, geeignet sind. Wenn dies Ihr Charakter ist –«

»Das ist er nicht!« sagte Grenni. »Ich weiß nicht, was passiert ist – ich begreife nicht, warum es passiert ist. Ich habe noch nie in meinem Leben so etwas getan!«

Montgomery Scott nickte. »Sie sind auf das, was uns bevorstand, nicht richtig vorbereitet worden. Und darum ist es auch meine Schuld, daß Peter tot ist.«

»Wollen Sie mir damit sagen – daß Sie mir vergeben?«

»Ja.«

Grenni blickte Dannan an. »Vergeben Sie mir auch, Commander?«

»Um nichts in der Welt«, sagte Dannan.

Ihr Onkel und der Kadett blickten sie schockiert an.

»Dannan –« sagte ihr Onkel scharf.

»Aber es tut mir leid!« rief Grenni. »Ich wollte es nicht! Wenn ich es irgendwie wieder gutmachen kann...«

»Wieder gutmachen? Den Tod meines Bruders wieder gutmachen?« Ihre Stimme war eisig vor Verachtung. »Das können Sie nicht.«

»Ich weiß, daß ich nichts tun kann, und das macht alles so schrecklich...«

»Du darfst nicht rachsüchtig sein, Dannan«, sagte ihr Onkel.

»Nein«, sagte sie, überrascht darüber, daß es nicht Rache war, die sie wollte. »Du hast recht, Onkel. Aber Sie auch, Kadett. Es gibt nichts, das Sie tun können...«

Onkel Montgomery erhob sich wütend. »Du warst schon immer eine kaltherzige, kleine –«

» – und das macht es mir so schwer«, sagte Dannan.

Ihr Onkel legte seinen Arm um die Schultern des Jungen. »Kommen Sie, Kadett. Es ist Zeit, nach Hause zu gehen.« Er warf Dannan einen raschen Blick zu. »Sage deiner Mutter für mich Lebewohl. Ich kann nicht länger darauf warten, daß sie herauskommt.«

Er und Grenni verließen das Haus. Wenig später hörte Dannan das elektrische Knistern eines Transporter-Beams. Das Fenster neben der Tür erglühte für einen Moment, wurde dann wieder dunkel.

Jim Kirk starrte durch das Fenster seiner Wohnung in die Nacht, und auf die Brücken, die die Bucht überspannten, Lichtlinien, die in eine Unendlichkeit von Nebel hineinführten. Lichter spiegelten sich am Himmel über der Stadt, Jim wandte sich den anderen zu und hob sein Glas.

»Auf abwesende Freunde«, sagte er.

Uhura, Chekov und Sulu hoben ihre Gläser. Sie tranken.

»Admiral, ist es gewiß?« fragte Hikaru. »Was sie mit der *Enterprise* tun wollen –?«

»Ja«, sagte Kirk. »Sie wird außer Dienst gestellt.«

»Werden wir ein anderes Schiff bekommen?« fragte Pavel.

Wir? dachte Jim. Gibt es noch ein ›Wir‹? Das Schiff wird demontiert, die Crew in alle Winde zerstreut, McCoy lag im Schockzustand, bis an die Kiemen voller Beruhigungsmittel, und... Spock war tot.

»Ich kann keine Antwort darauf erhalten«, sagte er. »Starfleet steckt bis zum Lametta in galaktischen Konferenzen. Niemand hat Zeit für die, die nur am Rand stehen – und warten.«

»Wie geht es Dr. McCoy, Sir?« fragte Uhura.

»Das ist die sogenannte ›gute‹ Nachricht. Er ist zu Hause, im Bett, voll mit Beruhigungsmitteln. Er hat mir versprochen, dort zu bleiben. Sie sagen, es sei ein Erschöpfungszustand.« Er seufzte. »Wir werden sehen.«

Die Türglocke tönte.

»Ah«, sagte Jim, »das wird Mr. Scott sein, frisch aus der Welt des Transwarp-Antriebs. Herein!«

Die Tür reagierte auf seine Stimme und glitt auf.

Jim, der Scott erwartet hatte, war überrascht, als er den erheblich größeren Mann sah, der in eine vulkanische Robe gekleidet im Halbdunkel des Foyers stand. Jim fühlte einen Ansturm von Panik, ausgelöst durch die Angst vor dem Wahnsinn. Er glaubte im ersten Moment, daß er, genau wie Leonard McCoy, den Geist Spocks in jeder dunklen Ecke zu sehen meinte, im Träumen und im Wachen.

Der Mann schlug die Kapuze seiner Robe zurück.

»Sarek!« rief Jim überrascht.

Botschafter Sarek trat ins Licht. Er sah genau so aus, wie Jim ihn von ihrer ersten Begegnung vor zehn Jahren in Erinnerung hatte. Er war während dieser Dekade nicht gealtert. Er mußte jetzt, überlegte Jim, an die hundertzwanzig Jahre alt sein. Doch er wirkte wie ein guterhaltener Mann von mittleren Jahren, was er ja auch war. Doch ein Vulkanier von mittleren Jahren, nicht ein Mensch. Er hatte noch viele Jahre vor sich, genau wie Spock, sein Sohn, noch über ein Jahrhundert gelebt haben sollte.

»Botschafter«, sagte Jim verlegen, »ich – ich hatte keine Ahnung, daß Sie auf der Erde sind...« Seine Worte versikkerten. Sarek sagte nichts. »Sie kennen meine Offiziere, glaube ich.«

Sarek zeigte keinerlei Neigung, die Anwesenheit der anderen wahrzunehmen. Er trat ans Fenster und starrte hinaus.

»Ich möchte mit Ihnen allein sprechen, Kirk«, sagte er.

Kirk wandte sich seinen Freunden zu. Sie blickten ihn fragend an, und keiner von ihnen schien gerne bereit zu sein, ihn mit dem einschüchternden Sarek allein zu lassen.

»Uhura, Pavel, Hikaru – vielleicht sollten wir an einem anderen Abend wieder zusammenkommen.« Kirk legte ein Vertrauen in seine Stimme, das er nicht fühlte. Mit einer Geste wehrte er einen heißblütigen Einwand Pavels ab, bevor der ihn äußeren konnte. Er drückte Hikaru die Hand, war ihm dankbar für seine Ruhe, und umarmte Uhura, als er die drei zur Tür begleitete.

»Wir sind hier«, sagte sie, »falls Sie uns brauchen sollten.«

»Ich weiß«, sagte er, »und ich bin Ihnen dafür dankbar.«

Er ließ sie hinaus, sah, wie sich die Tür hinter ihnen schloß, und wandte sich mit sehr unguten Vorahnungen wieder Sarek zu.

Sarek war am Fenster stehengeblieben, eine schwarze Silhouette vor der Schwärze des Nachthimmels. Kirk trat auf ihn zu und blieb stehen. Die Stille dauerte an.

»Wie – geht es Amanda?« fragte Kirk.

»Sie ist ein menschliches Wesen, Kirk, also trauert sie um unseren Sohn. Sie ist auf Vulkan.«

»Sarek, ich werde hier festgehalten, um auszusagen, sonst wäre ich zu Vulkan gekommen, um mein tiefstes Mitgefühl auszudrücken. Ihr *und* Ihnen –«

Sarek schnitt Kirks Erklärungen und Demonstration von Sympathie mit einer knappen Handbewegung ab. »Ersparen Sie mir Ihre Platitüden, Kirk. Ich war bei Ihrer Regierung. Ich habe die Genesis-Informationen gesehen und Ihren Bericht gelesen.«

»Dann wissen Sie, wie tapfer Ihr Sohn seinem Tod entgegengetreten ist.«

»Seinem Tod entgegengetreten?« Sarek wandte sich Kirk zu, und die kalte Ausdruckslosigkeit seiner Augen war erschreckender als jede Trauer oder Wut es hätten sein können. »Wie konnten Sie, der behauptet, sein Freund zu sein, das annehmen? Warum haben Sie ihn nicht nach Vulkan zurückgebracht?«

»Weil er mich gebeten hat, es nicht zu tun!« sagte Kirk ebenso hart.

»Er hat Sie *gebeten*, es nicht zu tun? Das finde ich höchst unwahrscheinlich.«

Sarek hatte es sich gerade noch versagt, Kirk einen Lügner zu nennen, was nicht gerade dazu betrug, den Admiral zu besänftigen.

»Sein Testament bestätigt sehr klar, daß er nicht wünschte, nach Vulkan überführt zu werden, wenn er im Dienst von Starfleet sterben sollte. Sie können es gerne lesen – ich werde Ihnen sogar seine Dienstnummer geben.«

»Ich kenne seine Dienstnummer«, sagte Sarek verächtlich. »Und ich weiß auch, daß die Vorschriften von Starfleet ausdrücklich bestimmen, daß jeder tote Vulkanier auf seinen Heimatplaneten zurückgebracht werden muß. Das ist doch bestimmt ein höheres Rechtsgut als ein privates Testament.«

»Als die lächerlichen Wünsche eines Individuums?« Kirk ließ Sarek keine Zeit, auf diesen Seitenhieb zu reagieren. »Ich will Ihnen erklären, warum ich Spocks Wunsch gefolgt bin und nicht den Vorschriften von Starfleet", sagte er bitter. »Weil ich während der vielen Jahre, die ich Spock kannte, nicht einmal erlebt habe, daß ein Vulkanier ihn mit dem Respekt und der Achtung begegnet wäre, die er verdiente. Sie haben ihm niemals die simple Höflichkeit entgegengebracht, die ein intelligentes Wesen dem anderen schuldet. Er hat sein Leben damit verbracht, nach vulkanischen Idealen zu streben – und ist diesem Ziel erheblich näher gekommen als eine Menge Vulkanier, die ich kennengelernt habe. Doch er hat eine selbständige Entscheidung getroffen: die Starfleet Akademie anstelle der vulkanischen Akademie zu besuchen – und dafür haben Sie ihn in Acht und Bann getan!«

Er stoppte, um wieder zu Atem zu kommen.

»Mein Sohn und ich haben unsere Mißverständnisse über dieses Thema vor vielen Jahren beigelegt, Kirk«, sagte Sarek milde.

Kirk ignorierte das Friedensangebot. »Zwanzig Jahre lang habe ich zusehen müssen, wie er die Häme und die versteckte Bigotterie von Vulkaniern ertragen mußte! Als er gestorben war, dachte ich nicht daran, ihn nach Vulkan zurückzubringen und Ihnen zu überantworten, damit Sie ihn begraben und vergessen konnten! Er verdiente ein Heldenbegräbnis, und das ist es, was ich ihm gegeben habe: in den Feuern des Raums!« Er stoppte, weil seine Wut zu Asche verbrannt war, doch er dachte: Und ich kenne ein paar Hunde, die ich gerne zu seinen Füßen begraben hätte.

Sarek verhielt sich, als ob Kirks Ausbruch nie stattgefunden hätte, als ob er glaubte, ihn durch Nichtbeachtung ungeschehen machen zu können.

»Warum haben Sie ihn zurückgelassen? Spock hat Ihnen vertraut. Sie haben ihm seine *Zukunft* verwehrt.«

Jim fühlte sich völlig aus dem Gleichgewicht gebracht und in der Defensive. Er hatte keine Ahnung, was Sarek meinte. Wenn Kirk gehofft hatte, irgend etwas dadurch zu erreichen, daß er Sarek mit der Wut konfrontierte, die sich über die Jahre in ihm angestaut hatte, so war ihm das gründlich und total mißlungen.

»Ich – ich habe keine Zukunft erkennen können.«

»Sie haben alles mißverstanden, Kirk, damals wie heute. Nur sein Körper starb. Und *Sie* waren als letzter bei ihm.«

»Ja, das stimmt...« Mein Gott, dachte Jim, versucht Sarek mir klarzumachen, daß Spock noch leben könnte, wenn ich mich damals anders verhalten hätte?

»Dann hätten Sie wissen müssen, daß Sie mit ihm nach Vulkan zurückkehren mußten.«

»Aber – warum?«

»Weil er Sie darum gebeten hat! Er hat Ihnen seine... seine Essenz anvertraut, mit allem, das nicht sein Körper war. Er hat Sie gebeten, ihn zu uns zurückzubringen, das, was er Ihnen gab, sein *Katra*, seinen lebendigen Geist.«

Sarek sprach mit einer Intensität und Dringlichkeit, die dazu angelegt waren, den tiefen Schmerz über seinen Verlust nicht zu verbergen, sondern nur zu verdecken. Jim hatte die Antwort bekommen, die er herauszufordern versucht hatte. Er wünschte sich, freundlicher gewesen zu sein.

»Sir«, sagte er leise, »Ihr Sohn hat mir viel mehr bedeutet, als Sie ahnen können. Ich würde mein Leben dafür hergegeben haben, um das seine zu retten. Sie müssen mir glauben, wenn ich Ihnen versichere, daß er mich um nichts gebeten hat.« Wenn es für ihn eine Überlebenschance gegeben haben sollte, schrie Jim innerlich, warum *hat* Spock mich dann nicht um Hilfe gebeten?

»Er würde niemals offen darüber gesprochen haben.«

»Aber wie können Sie dann –«

Sarek unterbrach ihn. »Kirk, ich muß Ihre Gedanken haben.«

Jim runzelte die Stirn.

»Darf ich mich mit Ihrem Geist vereinigen, Kirk?«

Jim zögerte, weil die vulkanische Geistverschmelzung kein sehr angenehmes Erlebnis war. Doch die menschlichen Gefühle seien trivial, behaupteten Vulkanier, im Vergleich zu dem, was sie durchmachten, wenn sie ihre verfeinerten Psychen mit dem desorganisierten Denkprozeß von Menschen verschmolzen. Es war ihm jedoch klar, daß Sarek Informationen benötigte, die Jims bewußter Verstand nicht besaß. Deshalb war die Geistverschmelzung das einzige, was Jim tun konnte, um Sarek seinen Seelenfrieden wiederzugeben.

»Selbstverständlich«, sagte er.

Sarek trat auf ihn zu und legte seine Hände an Jims Gesicht; die langen Zeigefinger tasteten über Jims Schläfen. Sein Blick wich dem Jims aus. Er schien durch ihn hindurchzublicken. Kirk schloß die Augen, doch das Bild Sareks blieb.

Das Gefühl war, als ob Sareks schlanke, kräftige Hände direkt in sein Gehirn griffen.

Kirk reiste durch die Zeit zurück. Die letzte Nachricht von *Grissom* löste in Sarek eine starke Resonanz der Hoffnung aus: Der Körper meines Sohns mag noch immer vorhanden sein – vielleicht ist noch Zeit! Zeit, ihn für die Halle des uralten Denkens zu retten...

Und James Kirk verstand, daß selbst, wenn Sarek finden sollte, was er suchte, Spock für die Welt, in der er gelebt hatte, verloren war. Nur ein paar wenige Individuen, die jahrelang in der vulkanischen Philosophie und Disziplin ausgebildet worden waren, konnten mit den Präsenzen kommunizieren, die in der Halle uralten Denkens existierten. Wenn Sarek finden sollte, wonach er suchte, würde er Spock zwar eine Chance zur Unsterblichkeit geben – doch nicht eine neue Lebenschance.

Sareks mächtiger Geist zwang Jim weiter in der Zeit zurück. Jims Erinnerungen an Spocks Tod, die kaum zu vernarben begonnen hatten, kehrten mit der grausamen Klarheit eines Traums zurück.

»Er sprach von Ihrer Freundschaft.«

Jim konnte nicht sagen, ob Sarek diese Worte gesprochen oder sie über die Geistesverbindung kommuniziert hatte. Gleichermaßen war er sich nicht sicher, ob er verbal darauf antwortete oder schweigend.

»Ja...«

»Er bat Sie, nicht um ihn zu trauern...«

»Ja...«

»Die Erfordernisse der Vielen...«

»...sind stärker als die der Wenigen –«

»Oder des Einen.«

Das Bild Sareks verblaßte in Jims Geist. An seiner Stelle erschien Spock, entsetzlich verbrannt und sterbend.

»Spock...« sagte Jim.

»Ich bin Ihr Freund gewesen ... und werde ... es immer sein...« sagte Spock. »Leben sie lange ... und glücklich.«

»Nein!« schrie Jim, als ob er durch die Kraft seines Willens die Diktate des Universums und der Sterblichkeit nach seinen Wünschen formen könnte.

Die Illusion verebbte wie eine ausrollende Woge und ließ Jim schweißüberströmt und erschüttert zurück. Er erlebte einen letzten, hoffnungslosen Gedanken von Sarek: Was ich zerstört glaubte, der Körper meines Sohnes, ist gefunden worden; doch seine Seele ist für immer verloren.

Er brach den Kontakt zwischen ihnen ab.

Jims Knie knickten ein. Sarek fing den zusammenbrechenden Körper auf und stützte ihn. Jim preßte die Handballen auf seine geschlossenen Augen, versuchte, die neu geschärften Erinnerungen zurückzudrängen.

»Vergeben Sie mir«, sagte Sarek. »Er ist nicht hier. Ich nahm an, daß er seinen Geist mit dem Ihren verschmolzen hat. Das ist die Art von Vulkaniern, wenn das Ende sich naht.«

»Aber er hat mich nicht erreichen können! Wir waren voneinander getrennt!«

»Ja«, sagte Sarek, »das erkenne und verstehe ich.« Er wandte sich ab, und Müdigkeit – sogar Alter – zeigte sich in dem Herabhängen seiner Schultern. »Alles, was er war, alles, was er wußte, ist verloren. Ich muß mit leeren Händen nach Vulkan zurückkehren. Zu Amanda. Wir werden um unseren Sohn trauern. Wir werden um den Verlust seines Lebens trauern, wir werden um den Verlust seiner Seele trauern.« Ohne ein Wort des Abschieds schritt er zur Tür.

»Warten Sie!« rief Kirk. »Bitte – warten Sie!« Wie ein Mann, der versucht, eine bröckelige Klippe zu erklimmen, klammerte er sich an jeden kümmerlichen Zweig, und sie rissen sich alle aus dem Fels. »Sarek, er hat bestimmt einen Weg gefunden! Wo so viel auf dem Spiel stand, *muß Spock einen Weg gefunden haben!*«

Sarek schritt weiter auf die Tür zu, und Kirk fürchtete, daß er den Raum verlassen würde, ohne auch nur einen Blick zurückzuwerfen, ohne auf Kirks Andeutungen zu achten.

Langsam, zögernd wandte Sarek sich um. »Was wollen Sie damit sagen, Kirk?«

»Was wäre, wenn er seinen Geist mit dem von jemand anderem verschmolzen hat?«

KAPITEL 7

Der Flugschreiber der *Enterprise* befand sich unter Verschluß und Bewachung. Selbst Admiral James T. Kirk mußte seine ganze Überredungskunst anwenden und seine ganze Autorität einsetzen, um ihn zu Gesicht zu bekommen; einen außenstehenden Beobachter hinzuzuziehen war unter diesen Umständen natürlich unmöglich. Obwohl Sarek über Genesis alles wußte, was ein Diplomat darüber und auch über die letzte Reise der *Enterprise* wissen konnte, hatte derjenige, der ihm diese Berichte zugänglich machte, nicht daran gedacht, auch den Flugschreiber darin einzuschließen. Diese Unterlassung führte zu einer Verzögerung, die Jim unendlich erschien. So sehr Sarek auch innerhalb der Föderation geschätzt wurde, war er doch kein Angehöriger von Starfleet. Und dann, als man dem Botschafter endlich eine Sondergenehmigung erteilte, die Daten zu studieren, wurde Kirk strikt verboten, diese Aufzeichnungen nach irgendwohin außerhalb der Zentrale zu transmittieren.

Kirk traf in der Zentrale ein, wütend über die Begrenzungen konservativer Reisemethoden. Er fand es unerträglich frustrierend, die Entfernungen von einem Punkt zum anderen tatsächlich überwinden zu müssen, anstatt einen Transporter-Beam zu seiner Verfügung zu haben.

Schließlich waren alle Entfernungen überwunden, alle Genehmigungen erteilt, alle Formulare ausgefüllt, abgezeichnet, gestempelt und mit Retina-Abdrücken versehen, und er und Sarek traten in die Wiedergabezelle, in der die Aufzeichnungen aus dem Flugschreiber der *Enterprise* abgespult werden sollten.

Normalerweise war das Gerät kaum aktiviert und zeichnete lediglich die routinemäßigen mechanischen Funktionen des Schiffes auf. Ein Alarm erhöhte jedoch seine Beobachtungsfähigkeiten und veranlaßte es, dauerhafte Aufzeichnungen von allen wichtigen Sektionen des Schiffes zu machen. Der Maschinenraummonitor hatte Khans Angriff und Spocks letzte Lebensminuten registriert.

Kirk hatte Spocks Tod an diesem Tag bereits einmal widererlebt, auf eine nur zu realistische Weise. Als er das Wiedergabegerät auf das Sternzeit-Datum einstellte, das er brauchte, fragte er sich, warum er so hart darum gekämpft hatte, dies ein zweites Mal durchzumachen. Er konnte natürlich Sarek mit der Aufzeichnung allein lassen, und der Vulkanier sollte damit tun, was er wollte. Aber Kirk war nicht in der Lage, seine Verantwortung abzuschütteln, seine Verantwortung gegenüber Spock oder – wenn seine Vermutungen sich bewahrheiten sollten – gegenüber McCoy.

»Maschinenraum, Flugschreiber, visuell«, verkündete die Stimme des Computers. »Sternzeit-Datum 8128 Komma sieben-acht... Komma sieben-acht...«

Auf dem Bildschirm lag Spock sterbend an das Glas der Strahlungskammer gelehnt, von der Zeit in lebloser Starre festgehalten.

»Zurück!« sagte Kirk scharf. »Komma sieben-sieben.«

Der Suchlauf des Geräts stoppte bei den letzten Worten, die zwischen Kirk und Spock gewechselt wurden.

»Zurück! Komma sechs-sieben.«

»Flugschreiber, visuell. Sternzeit-Datum 8128 Komma sechs-sieben – Komma sechs-sieben – »Das Band hatte den Zeitpunkt erreicht, zu dem Kirk die Brücke verließ, bevor Spock in die Strahlungskammer trat, einen Zeitpunkt, zu dem sich die *Enterprise* noch immer in unmittelbarer Gefahr befand, durch die Wellen des von Khan gesprengten Genesis-Geräts erfaßt zu werden. Spock stand, vom Einzelbild festgebannt, an der Kontroll-Konsole der Strahlungskammer.

»Weiter!«

Spocks Gestalt erwachte zum Leben. McCoy trat ins Bild, vertrat Spock den Weg, bevor er den Zugang zur Kammer erreichte. Sie argumentierten in unheimlicher Lautlosigkeit. Spock richtete McCoys Aufmerksamkeit auf Mr. Scott, der halb bewußtlos auf den Stahlplatten lag. Sobald McCoy sich umwandte, schickte Spock ihn durch einen Nervendruck zu Boden.

Und dann... kniete Spock sich neben Dr. McCoy und preßte seine Hand an dessen Schläfe. Spocks Lippen formten lautlos das Wort:

»Erinnere dich.«

»Stop!« sagte Kirk. Das Bild erstarrte. »Vergrößern und wiederholen!« Die Szene rollte rasch zurück. Der Zentralausschnitt wurde vergrößert. »Audio!« sagte Kirk.

Spock lenkte McCoys Aufmerksamkeit auf Mr. Scott, der halb bewußtlos auf den Stahlplatten lag. Sobald McCoy sich umwandte, schickte Spock ihn durch einen Nervendruck zu Boden.

Spock kniete sich neben Dr. McCoy und preßte seine Hand gegen dessen Schläfe.

»Erinnere dich«, sagte Spock.

»Stop!« sagte Kirk. Er kämpfte gegen Hoffnung und Erregung, um seine Haltung zu wahren. »Pille...« sagte Kirk leise. All das seltsame, gequälte Verhalten des Arztes, seine Verwirrung –

»Einer am Leben, einer nicht«, sagte Sarek. »Doch beide voller Schmerzen.«

Einer verliert den Verstand von den Schmerzen!« sagte Kirk. »Warum – *warum* hat Spock falsche Anweisungen hinterlassen?«

»Erinnern Sie sich an den genauen Wortlaut seines Testaments, Kirk?« Sarek blickte Kirk mit emporgezogenen Brauen an und erkannte, daß er es nicht tat. Er wiederholte einen Satz aus Spocks Testament, so wie er ihn aus Kirks Geist gezogen hatte. »Wenn dieses Dokument nicht abgeändert wird, soll meine sterbliche Hülle nicht nach Vulkan zurückgebracht werden –«. Er machte eine Pause. »Spock glaubte nicht... glaubte nicht, daß seine ungewöhnliche Abstammung einen Transfer seines *Katra* zulassen würde. Er ließ die Möglichkeit jedoch offen.«

»Aber er hat seine solche Abänderung nicht vorgenommen. Er hat lediglich – «

»Den guten Dr. McCoy damit belastet«, sagte Sarek. »Der, wenn der Prozeß richtig funktioniert hätte, gewußt haben würde, was er zu tun hat. Vielleicht hatte Spock recht. Vielleicht war er nicht in der Lage, einen Transfer...«

»Irgend etwas *hat* er transferiert! Und das treibt McCoy zum Wahnsinn!«

»Hat Dr. McCoy jemals zuvor eine Geistverschmelzung erlebt?«

»Zweimal, glaube ich, bei Notfällen.«

»Wie hat er reagiert?«

»Er mochte es nicht. Um es gelinde auszudrücken.«

Sarek hob wieder die Brauen, versagte es sich jedoch, etwas zu der Bemerkung zu sagen. »Ist er danach physisch krank geworden?«

»Das weiß ich nicht. Er würde es wahrscheinlich auch nicht gesagt haben, wenn dem so gewesen wäre.«

»Er leidet unter einer allergischen Reaktion.«

»*Was?*«

»Das ist ungewöhnlich, aber nicht ohne Präzedenz. McCoys Geist stößt das ab, was Spock ihm gegeben hat.«

Kirk kämpfte gegen einen Impuls, laut aufzulachen. Er verlor.

»Sie finden das amüsant?« fragte Sarek steif.

»Nein – ja. Es tut mir leid, Sarek, aber ich kam nicht dagegen an. McCoy würde es sehr komisch finden, wenn er imstande wäre, es zu würdigen. Und Spock ebenfalls, wenn ich es mir richtig überlege.«

»Das finde ich höchst unwahrscheinlich«, sagte Sarek, »da sich zeigte, daß McCoy nicht fähig war, die neuen Anweisungen selbst so weit zu verstehen, um die Bestimmung in Spocks Testament außer Kraft zu setzen, die jetzt sie beide töten mag.« Er schüttelte den Kopf. »Es wäre besser gewesen, wenn Spock sich in der Nähe eines anderen Vulkaniers befunden hätte, als er starb. Er hatte sich nicht gut auf seinen Tod vorbereitet, Kirk. Er hat zu viele Faktoren offengelassen und dem Zufall überlassen – «

»Dies ist kaum der richtige Zeitpunkt, um Spock zu kritisieren!« sagte Kirk aufgebracht. »Oder um sich über Murphys Gesetz zu erregen.«

»Was ist ›Murphys Gesetz‹?«

»Was immer schief gehen kann, wird schiefgehen.«

»Wie treffend.«

»Was können wir tun, um die Dinge wieder in Ordnung zu bringen?«

»Dazu könnte es bereits zu spät sein.«

»Sarek – !«

Sarek starrte schweigend auf den Bildschirm mit dem festgefrorenen Bild.

»Die Tatsache, daß Dr. McCoy zumindest einen Funken Verstand zurückbehalten hat, gibt mir einige Hoffnung. Sie haben Glück gehabt, daß Ihr Vorhaben, meinen Sohn wie einen Barbarenhäuptling zu verbrennen, fehlgeschlagen ist. Wenn es Ihnen gelungen wäre, würde McCoy uns jetzt für immer verloren sein. Körper und Geist sind keine Dualitäten, sondern Teil eines Ganzen. Wenn das eine zerstört wird, muß das andere zerfallen. Wenn sie voneinander getrennt werden... je größer die Entfernung, desto größer die Belastung, bis sie unerträglich wird.«

»Die Belastung von McCoy, meinen Sie.«

»Richtig.«

»Was muß ich tun?«

»Sie müssen Spocks Körper vom Genesis-Planeten holen. Sie müssen ihn und Dr. McCoy zum Berg Selesy bringen, nach Vulkan. Nur dort ist die Passage möglich. Nur dort können beide Frieden finden.«

»Was Sie von mir verlangen«, sagte Kirk, »ist sehr schwierig.«

»Sie werden eine Möglichkeit dazu finden, Kirk. Wenn Sie beide achten, müssen Sie es tun.«

Kirk blickte wieder auf das festgefrorene Bild seiner beiden engsten Freunde.

»Ich werde es tun«, sagte er. »Ich schwöre es.«

Noch bevor Jim Kirk und Sarek die Zentrale verlassen hatten, begannen die Fragen, die der Botschafter unbeantwortet gelassen hatte, Jim zu bedrücken.

»Sarek«, sagte er, »wenn mir das gelingen sollte, worum Sie mich gebeten haben, wird Spock davon wissen? Ich meine, wird er sich seiner selbst bewußt sein? Wird er seine Individualität wiedererlangen?«

»Er wird nicht so sein, wie Sie ihn kannten«, sagte Sarek.

»Das verstehe ich«, sagte Kirk. Die Erfahrungen der Geistverschmelzung waren frisch in seinem Bewußtsein. »Das war nicht meine Frage.«

»Ihre Frage ist eine, die man nicht mit ein paar simplen Worten beantworten kann, Kirk. Wir haben nicht die Zeit dazu – «

»Ich nehme mir die Zeit!«

Sarek musterte ihn kühl. »Würden Sie zehn Jahre Ihres Lebens dafür hergeben? Zunächst müßten Sie die vulkanische Sprache zu beherrschen lernen, und dann müßten Sie sich ganz einem sehr anstrengenden Studium hingeben. In zehn Jahren könnten Sie vielleicht den einfachsten Fragen dieser Philosophie nahekommen... und die Frage, die Sie gestellt haben, ist alles andere als eine der einfachsten.«

»Botschafter, bei allem Respekt: diese Erklärung kommt mir allmählich ziemlich abgenutzt vor! ›Ich kann Ihre Frage nicht beantworten, weil Menschen zu unentwickelt sind, um die Antwort begreifen zu können.‹ Menschen sind schließlich keine unzivilisierten – «

»Ich habe nichts gegen die Menschen gesagt. Haben Sie vergessen, daß Spocks Mutter von der Erde stammt? Sie hat während all dieser Jahre die Disziplin uralten Denkens studiert. Sie hat sich ihren Platz unter den Lernenden und den Lehrenden erworben. Zugegeben: sie ist außergewöhnlich. Doch selbst Sie könnten einen bescheidenen Grad des Verständnisses erreichen – «

»Ich verstehe«, unterbrach Kirk irritiert. »Es ist nach wie vor der Grundsatz: ›Das geht Sie nichts an.‹ Ist es das, was ich Harry Morrow sagen soll, wenn ich ihn darum bitte, die Dienstvorschriften in die vierte Dimension zu biegen?«

»Sie müssen ihm das sagen, was Sie für richtig halten«, antwortete Sarek ohne jede Ironie.

Hikaru Sulu beugte sich in seinem Ledersessel vor. »Admiral, ich – «

»Nein!« sagte Kirk scharf. »Antworten Sie mir jetzt nicht. Ich möchte, daß Sie vorher in Ruhe darüber nachdenken.«

Das Bild Jim Kirks verschwand abrupt vom Telefonbildschirm.

Flüchtig betrachtet war das, was Kirk von Sulu erbeten hatte, nicht sehr schwierig durchzuführen. Ein kleiner Trip, ein paar Tage hin, ein paar Tage zurück. Doch wenn es zum Schlimmsten kommen sollte, konnten die Konsequenzen verdammt ernst sein. Kirk hatte mit den schlimmsten Folgen nicht hinter dem Berg gehalten.

Kirks Intensität beunruhigte Hikaru. Es war Kirk gewesen, der als erster von der Besessenheit der Crew bezüglich Spocks Tod gesprochen hatte, und jetzt schien er selbst davon besessen und getrieben zu sein. Was er zu erreichen hoffte, war Hikaru nicht ganz klar – er hatte den Eindruck, daß es auch Kirk nicht ganz klar war, zumindest nicht in den Details.

Doch war er sicher, daß Kirk sich für den Tod Spocks verantwortlich fühlte, und daß er diese Verantwortung nicht tragen konnte. Hikaru war überzeugt, daß Kirk diese Aufgabe übernommen hatte, um sich von der Schuld, die er spürte, zu befreien, und er verstand Kirk gut genug, um zu wissen, daß er sich nie von der Schuld befreien können würde und auch nicht von seiner Trauer, bis er getan hatte, was zu tun er geschworen hatte.

Kalter Regen prasselte gegen die Fensterscheiben. Hikaru saß eine Stunde lang im Dunkel und suchte nach Antworten auf die Fragen, die durch seinen Kopf schwirrten.

Er gab zu, daß er um James Kirks Verstand fürchtete.

Das Haus war sehr still. Er teilte es sich mit vier anderen Menschen, doch heute war er als einziger zu Hause. Er war, genaugenommen, der einzige Bewohner dieses Haushalts auf der Erde. Nur selten waren sie alle zur gleichen Zeit anwesend, doch noch seltener kam es vor, daß alle zur gleichen Zeit fort waren.

Ich sollte auch nicht hier sein, verdammt, dachte er.

Er stand auf und trat aus der Hintertür des Hauses in den Garten. Ohne daß er dessen gewahr worden war, hatte der Regen aufgehört; der Himmel war klar. Der volle Mond hatte sich auf halbem Weg dem Zenit genähert. Der feuchte Rasen war kalt an seinen Füßen und die Luft ozongewaschen. In der Ferne rauschten die Wellen des Meeres an das Ufer.

Seine Gedanken jagten im Kreis hintereinander her. Er mußte jetzt über irgend etwas nachdenken, oder, noch besser, an gar nichts denken. Er begann, sich in einer *Bô*-Routine zu bewegen: *bô-no-ikkyo*, obwohl sein *Bô*, der hölzerne Stab, sich im Haus befand, zusammen mit dem *Gi* und dem schwarzen Gürtel und dem *Hakama*, den er erst kürzlich errungen hatte, als er die *Shodan*-Prüfung bestanden hatte.

Tsuki abwehren, *Tsuki, Yokomen, Yokomen* –

Im Lauf der Jahre hatte er eine ganze Reihe von Kampfsportarten erlernt. Er war ein ausgezeichneter Fechter, und er besaß mehrere der braunen Gürtel des Judo. Doch hatte sein Interesse an Judo immer mehr damit zu tun gehabt, daß er es von Mandala Flynn gelernt hatte (und, wie er glaubte, auch ihr Interesse am Fechten, bei dem er ihr Lehrer gewesen war). Aikido war etwas anderes. Es war ein Kampfsport, der darauf ausgelegt war, nicht gewalttätig zu sein, einem Gegner zu demonstrieren, daß jede Gewalt sinnlos war. Er hatte es jetzt seit mehreren Jahren trainiert. Der Stolz, zum ersten Mal den schwarzen Gürtel und das *Hakama* anlegen zu dürfen, die lange, weite, schwarze Faltenhose, war genauso intensiv gewesen wie beim Eintreffen des Befehls, der ihm das Kommando über die *Excelsior* gab.

Yokomen, Kakushibo, Rundschlag, Umkehr, Stoß, *Dogiri* –

Normalerweise konnte er sich in diesen Bewegungen verlieren, doch heute abend war die Frage gestellt worden, und die Entscheidung, die er noch immer zu treffen hatte, blieb an der Oberfläche seines Denkens und störte den Fluß und den Frieden seiner Bewegungen.

James Kirk plante, nach Genesis zurückzukehren, ob er nun

die Hilfe und die *Enterprise* von Starfleet bekam, oder ob man plötzlich auf beiden Augen blind war, wenn er hinausfuhr.

Und wenn man ihm die Genehmigung verweigerte oder ihm sogar ausdrücklich verbot, zu Genesis zu fliegen...

Sulu dachte an sein wunderbares neues Schiff, das oben im Raumdock auf ihn wartete, fast klar zum Auslaufen. Dort sollte er jetzt sein und nicht hier, auf der Erde festgenagelt, in Erwartung auszusagen, zu berichten, von Starfleet zu erfahren, ob er sich brav genug verhalten hatte, um sein Kommando zurückzubekommen.

Sie hatten kein Recht, es mir zu nehmen, dachte er. Doch sie hatten es getan, und sie hatten ihm die Bedingungen, unter denen er es zurückbekommen konnte, mehr als deutlich klargemacht.

Yokomen, Tsuki, Yokomen, Rundschlag und Umkehr –

Er geriet aus dem Rhythmus und aus dem Maß. Er blieb stehen. Er wischte sich den Schweiß von der Stirn, aus dem Gesicht.

Er wog die *Excelsior* gegen das, was Kirk von ihm erbeten hatte. Er wog seine Hoffnungen gegen seine Loyalität. Er wog die Vergangenheit gegen die Zukunft.

Er traf eine Entscheidung, ohne Bedauern und ohne Zurückhaltung.

Er warf sich erneut in die Bewegung, tanzte leichtfüßig über das feuchte Gras und genoß den Duft der letzten Rosen, der die Luft durchdrang. Seine Bewegungen waren pur und geschmeidig, so wie er hoffte und versuchte, sein Leben zu formen.

Saavik lief über die von Feuchtigkeit dampfende Lichtung, schob mit Wasser beladene Farnwedel beiseite, die Kaskaden sonnenwarmen Wassers über sie ergossen. Sie folgte dem Laut des Schreis, dessen Verzweiflung ihr bis ins Herz drang. Der Tricorder in ihrer Hand summte und klickte mit Anzeigen für Lebenssignale, doch sie warf kaum einen Blick darauf. Seine Daten waren überflüssig.

Sie brach aus dem Wald heraus. Er endete so abrupt, daß

sie stehenblieb. David holte sie ein und rang keuchend nach Luft.

»Nicht so schnell«, sagte er atemlos. »Wir wissen nicht, von wem diese Schreie stammen.« Er beugte die Schulter nach vorn, um besser Luft holen zu können. »Es könnte ein Raubtier sein – es könnte einer von Vance' Drachen sein.«

Saavik fragte sich, wer diese Sektion der Landschaft entworfen hatte. Riesige kakteenartige Bäume streckten plumpe Finger gen Himmel. Auf dem steinigen Boden breiteten graue Sukkulenten ihre dicken, lederigen Blätter wie schlaffe Flügel aus und nahmen das Sonnenlicht in sich auf.

Der Boden erzitterte leicht unter Saaviks Füßen. Es war wie ein Streicheln – doch diese Illusion zerbrach, als der schmerzerfüllte Schrei wieder ertönte. Wer immer diesen Schrei ausstoßen mochte, empfand keine Freude an dem Land.

Saavik ging weiter. Der steinige Boden der Wüste knirschte unter ihren Stiefeln. Die runden, abgeschliffenen Steine machten ihn rutschig und schwierig zu begehen.

»Was soll dieser kleine Scherz?« fragte sie David.

»Wie?«

»Vom Wasser abgeschliffene Steine in einer Wüste, die sicher nie Wasser gesehen hat. Fälschung der Geschichte, Fälschung der Geologie.«

»Wir wollten, daß alles echt und gewachsen wirkte«, sagte David. »Nicht, als ob alles brandneu sei.«

»Das ist euch auch bestens gelungen.« Die Kakteen sahen aus, als ob jede von ihnen tausend Jahre alt wäre. Die Sukkulenten konnten Überbleibsel eines früheren Zeitalters sein, lebende Fossilien aus einem Frühstadium der Evolution.

Sie drangen tiefer in den Kakteenwald ein. Die Trockenheit der Luft war eine Erlösung nach der drückenden Schwüle der Lichtung, doch wenn sie einen Blick zwischen den knorrigen, gewaltigen Stämmen hindurchwerfen konnten, sahen sie, daß ihnen wieder eine Klimaveränderung bevorstand.

Etwa hundert Meter weiter war der Boden mit weißem Schnee bedeckt.

Das Grollen eines neuen Bebens hüllte sie ein. Sie spannte ihre Nerven an – und wieder ertönte der Schrei. Sie hatte ihn erwartet.

Wir hören den Schrei jedes Mal, wenn der Boden erbebt, überlegte sie. Als ob eine direkte Verbindung zwischen beiden bestünde... Doch sie zog ihre hastige Schlußfolgerung rasch zurück. Sie hatte nicht genügend Informationen, um irgendwelche Schlüsse ziehen zu können, und außerdem mochte diese Kreatur, dieses Wesen, von den Erdstößen einfach verängstigt werden.

»*Grissom* an Landungskommando. Was ist dort unten los?«

Saavik blieb stehen und klappte ihren Kommunikator auf.

»Hier Saavik, Captain. Wir haben starke Lebenszeichen-Werte, aus Richtung null-eins-fünf. Wir sind auf dem Weg, sie zu überprüfen.«

»In Ordnung, Saavik. Einverstanden... Aber halten Sie sich vor Augen, daß wir eine steile und unnatürliche Alterungskurve für diesen Planeten registrieren. Die harmonische Bewegung seines Kerns steigert ihre Amplitude in einem Ausmaß, das mich sehr nervös macht.«

Saavik verdeckte das Mikrofon des Kommunikators mit der Hand. David starrte in die Richtung des Schnees und schien sich um ihre Konversation mit Captain Esteban überhaupt nicht zu kümmern.

»Hast du eine Erklärung dafür?«

»Später«, sagte er mit einer Schärfe, die seine zur Schau getragene Gleichgültigkeit gegenüber Estebans Information Lügen strafte. »Laß uns endlich weitermachen!« sagte er ungeduldig, begann, ohne auf sie zu warten, auf die schneebedeckten Höhen zuzugehen, die sich jenseits der Wüste erhoben, und nahm Abstand von ihr auf eine wichtigere als nur örtliche Weise.

Saavik nahm ihre Hand vom Mikrofon des Kommunikators. »*Grissom*, haben Ihre Warnung verstanden. Halten Verbindung. Saavik Ende.«

Sie ließ den Kommunikator zuschnappen und folgte David über die Wüste. Er hatte die Grenze der knorrigen Kaktusbäume bereits hinter sich gelassen. Eine Brise spielte mit seinem lockigen blonden Haar. Mit jedem Schritt, den er tat, wurde der Wind stärker. Als Saavik den Rand des Kakteenwaldes erreicht hatte, begann der Wind Schneeflocken in Davids Gesicht zu wehen. Er war ihr nur um fünfzig Meter voraus. Sie trat aus dem Schutz der Kakteen heraus in das Heulen des Windes. Die Temperatur fiel scharf ab, um etwa dreißig Grad innerhalb der gleichen Anzahl von Schritten. Der Wind heulte an ihnen vorbei.

David erreichte die erste Fläche festen Schnees, blieb stehen und starrte auf etwas hinab. Saavik trat zu ihm. Eine Spur kleiner, undeutlicher Fußstapfen führte vom Rand des Schneefeldes den mit einer weißen Decke bedeckten Hang des Berges hinauf. Der Wind hatte ihre Umrisse verweht. Ein plötzliches Schneegestöber drohte sie ganz auszulöschen.

Der Himmel war wolkenlos. Der Schnee fiel nicht, er wurde vielmehr vom Wind von irgendeiner anderen Stelle hergeweht. Die eisigen, auf der Haut brennenden Flocken nahmen ihnen fast jede Sicht.

Saavik hockte sich in den Schnee und blickte konzentriert auf die verschwindenden Fußspuren. Sie schüttelte den Kopf und richtete sich auf.

»Ich glaube nicht, daß dies die Spuren eines *Sauriform Madisonii* sind«, sagte sie. Aber es waren auch nicht die Spuren, die sie zu finden gehofft hatte.

Im Offizierskasino von Starfleet gab Kirk sich den Anschein von Ruhe, während er auf Harry Morrows Antwort wartete. Morrow starrte schweigend in die Nacht hinaus, sein Spiegelbild, ein schwarzer Schatten auf der großen Glasscheibe, die sich von einem Ende des Raumes zum anderen erstreckte. Das Gesicht des Starfleet-Kommandeurs verriet keinerlei Bewegung. Kirk zwang sich dazu, nicht die Fäuste zu ballen.

»Nein«, sagte Morrow schließlich. »Absolut und endgültig nein, Jim. Das kommt nicht in Frage.«

Alle unterdrückte Anspannung ergoß sich in Kirks Worte. »Harry – Harry, dies ist keine dienstliche Unterredung. Ich spreche zu dir nicht als Mitglied deines Stabes. Ich spreche über dreißig Dienstjahre. Ich muß dies tun, Harry. Meine Ehre hängt davon ab – mein Leben. Alles, was mir irgend etwas bedeutet.«

Er unterbrach sich, als ein Steward neben ihn trat, die leeren Gläser abräumte und sie durch volle ersetzte. Jim blieb stumm. Nach einer Ewigkeit, wie es ihm schien, ging der Steward wieder.

»Harry . . .«

»Jim«, sagte Morrow behutsam, »Sie sind mein bester Offizier, und *wenn* ich einen besten Freund hätte, wären Sie auch das. Aber ich bin der Kommandeur von Starfleet, also breche ich keine Vorschriften.«

»Sprechen Sie nicht von Vorschriften, Harry! Es geht hier doch um Loyalität! Und um Opfer! Um einen Mann, der für uns gestorben ist, um einen anderen, der in der Gefahr einer tiefen–dauernden–psysischen Störung steht . . .«

»Nun warten Sie mal, Jim!« unterbrach Morrow. »Diese Geschichte von Spock und McCoy und Geistverschmelzungen und – offengestanden habe ich den vulkanischen Mystizismus nie verstanden. Und ich verstehe auch nicht, was Sie zu erreichen hoffen. – Es tut mit leid, aber ich möchte verhindern, daß Sie sich zum Narren machen. Begreifen Sie das?«

»Harry, Sie müssen es nicht *glauben*. Ich bin mir nicht einmal sicher, ob *ich* es glaube. Aber wenn auch nur die geringste Möglichkeit bestehen sollte, daß Spock eine . . . eine externe Seele besitzt – dann ist dies *meine* Verantwortung.«

»Ihre!«

»So sicher, als ob es meine eigene Seele wäre.« Er beugte sich vor. »Harry, geben Sie mir die *Enterprise* zurück! Mit Scottys Hilfe –«

»Nein, Jim! Die *Enterprise* würde ein solches Unternehmen nicht mehr aushalten.«

Kirk begriff, daß Morrow nicht ein einziges Wort von dem verstanden hatte, was er ihm einen ganzen Abend lang klarzumachen versucht hatte. Harry glaubte ihm nicht, und er vertraute ihm nicht. Noch schlimmer: Er wollte ihm nicht zugestehen, den Kredit von dreißig Jahren Freundschaft dafür zu benutzen, eine Aufgabe zu erledigen, an die er sich so stark gebunden fühlte wie an jedes Starfleet-Unternehmen, das er jemals durchgeführt hatte.

»Sie haben sich verändert, Harry«, sagte er verärgert und verächtlich. »Früher waren Sie zu einem Risiko bereit.«

»Früher hatte ich auch nicht die Verantwortung, die ich heute trage«, sagte Harry leise. »Jim, ich stehe Ihrem Ersuchen nicht ablehnend gegenüber, glauben Sie mir das, bitte. Ich werde mich mit Esteban in Verbindung setzen. Falls irgendetwas los ist mit dem . . . mit dem, was die *Grissom* auf Genesis gefunden hat, werde ich selbstverständlich sofort Befehl erteilen, es herzubringen.«

»Bis wann?«

»Das wird mindestens sechs Wochen dauern.«

»Unmöglich, Harry. Leonard McCoy ist am Rande des Wahnsinns! Er war nicht richtig vorbereitet auf das, was ihm geschah, er war dafür nicht ausgebildet – in sechs Wochen könnten die Schäden tödlich sein!«

»Sie können hier nicht die Bedingungen diktieren! Der Auftrag der *Grissom* ist von überragender Wichtigkeit – wir müssen die Daten über Genesis haben, bevor wir eine Entscheidung darüber treffen können! Und Sie verlangen von mir, daß sie sofort umkehren und zurückkommen, damit Sie – die Seele eines Toten retten können? Begreifen Sie denn nicht, wie das klingen würde, wenn ich es vorbrächte? Nein. Tut mir leid.«

»Ich wiederhole: Geben Sie mir mein Schiff zurück.«

»Tut mir leid, Jim, aber ich kann Ihnen die *Enterprise* nicht geben.«

»Dann werde ich mir ein anderes Schiff besorgen. Ich werde ein Schiff heuern!«

»Das steht außer Frage!« sagte Morrow. »Sicher können Sie eins heuern, doch würden Sie damit nicht einmal in die Nähe von Genesis kommen. Der gesamte Mutara-Sektor steht unter Quarantäne. Niemand kommt hinein, bis das Forschungsschiff zurück ist, und wahrscheinlich nicht einmal dann. Befehl des Rates.«

»Dann lassen Sie mich mit dem Rat sprechen!« Jims Stimme wurde laut, so verbissen war er in die Dringlichkeit seiner Aufgabe. »Harry, *bitte!* Ich könnte sie dazu bringen, die Situation zu verstehen"«

Er bemerkte, daß alle anderen Offiziere in dem großen Raum ihn entweder anstarrten oder sichtlich bemüht waren, es nicht zu tun. Er rief sich zur Ordnung, versuchte, sich wieder unter Kontrolle zu bekommen.

»Nein, *Sie* müssen verstehen«, sagte Morrow. »Ihnen fehlt einfach jede Konzeption für die politischen Realitäten dieser Situation. Die Spannungen sind so hart, daß man auf ihnen Klavier spielen könnte! Der Rat hat alle Hände voll zu tun, mit den Delegationen des Klingonischen und des Romulanischen Imperiums fertig zu werden. Mein Gott, Jim, können Sie sich nicht den Aufruhr vorstellen, wenn Sie dort hineinmarschieren und den Leuten Ihre persönlichen Ansichten über Freundschaft und Metaphysik vortragen?« Er schüttelte langsam den Kopf, fuhr mit einem Finger über das Kondenswasser, das sich an seinem Glas gesammelt hatte, und ballte die Faust. »Jim –! Ihr Leben und Ihre Karriere stehen für Rationalität, nicht für intellektuelles Chaos. Wenn Sie diesen emotionalen Zirkus fortsetzen, werden Sie alles verlieren!«

Wenn ein Freund ihn beschuldigte, lebenslang geübte Rationalität zu verlassen, aus Pflichtgefühl gegenüber einem anderen Freund, der ihn für absolut unlogisch hielt, trieb das Jim Kirk beinahe zu einem hysterischen Gelächter.

»Haben Sie mich verstanden, Jim?«

Jim starrte ihn lange an, suchte nach einer Möglichkeit, auf eine so totale Zurückweisung zu reagieren. Er ließ sich gegen seine Sessellehne zurückfallen.

»Ja, ich habe Sie verstanden«, sagte er. Offengestanden wußte er nicht sicher, ob er alles verstanden hatte, was Harry Morrow ihm gesagt hatte, doch darauf kam es nicht an. Er seufzte. »Ich... mußte es einfach versuchen.«

»Natürlich«, sagte Morrow. »Ich verstehe.«

Jim sagte nichts, und schon gar nicht: Nein, Sie verstehen nichts, gar nichts.

»Nehmen Sie meinen Rat an, Jim«, sagte Morrow freundschaftlich. »Genießen Sie Ihren Urlaub – und lassen Sie die Spannungen abklingen.«

»Sie haben recht«, sagte Kirk widerwillig. Er nahm sein Glas auf und hob es Morrow entgegen. »Danke für den Drink.«

»Gern geschehen.«

Jim stellte ihn zurück, ohne einen Schluck getrunken zu haben, erhob sich und verließ den Raum, ohne nach links oder rechts zu sehen. Er spürte sehr deutlich, daß Morrow ihm besorgt nachblickte, daß all die anderen Stabsoffiziere von Starfleet ihm auswichen.

Dies war die Welt, in der er dreißig Jahre lang gelebt hatte, die Welt, in der er sich immer zu Hause und willkommen gefühlt hatte. Die spürbare Kälte sagte: Der Druck ist schließlich zu stark geworden. Jim Kirk ist endlich unter ihm zerbrochen.

Gerüchte würden nun mit Transwarp-Geschwindigkeit durch Starfleet schwirren, wachsen und schließlich ein Eigenleben annehmen.

Nach Verlassen des Kasinos trat er in die Halle des Raumflughafens, von gedämpfter Unterhaltung und matter Beleuchtung in grelles Licht und den Lärm von Menschenmassen. Er fühlte sich hier fremder als auf irgendeinem fernen Planeten. Er fragte sich, ob es überhaupt noch irgendwo einen Platz für ihn gab.

Er blickte umher, fühlte sich auffällig in seiner Starfleet-Uniform. Schließlich entdeckte er Sulu und Chekov. Sie saßen etwa hundert Meter von ihm entfernt in einer bogenförmigen Nische und betrachteten das Gewimmel des Raumflughafens. Beide trugen Zivil, Chekov einen Overall von einigermaßen strengem Schnitt, Sulu lässige Jeans, Sandalen und ein weißes, besticktes Filipino-Hemd. Sulu entdeckte Kirk zuerst und stieß Chekov an. Sie warteten mit übertriebener Gelassenheit auf ihn. Kirk blickte vorsichtig umher, um zu sehen, ob noch andere Starfleet-Leute anwesend waren. Er wünschte, er hätte die beiden Offiziere gebeten, an einem weniger öffentlichen Ort auf ihn zu warten. So wie die Dinge jetzt standen, war es gut, wenn sie sich möglichst wenig mit ihm zusammen zeigten. Er brauchte ihre Hilfe, hoffte jedoch, sie mit ein wenig Glück relativ unbeschädigt aus dieser Affäre herausbringen zu können.

Er setzte sich zu Sulu und Chekov.

»Die Antwort, Sir?«

»Seine Antwort ist nein«, sagte Kirk und deutete mit einer Kopfbewegung auf den Eingang des Offizierskasinos. »Aber das Wort... ist gegeben.«

»Sie können auf unsere Hilfe zählen, Sir.«

»Ich werde sie brauchen, Hikaru.« Er hätte sich beinahe versprochen und ›Danke, Captain‹ gesagt. Doch er hatte von Sulus Abberufung als Captain der *Excelsior* gehört. Der junge Offizier behielt seinen Dienstrang, selbstverständlich, doch ohne ein eigenes Schiff hatte der kaum eine Bedeutung. Kirk fühlte sich verantwortlich für Sulus Verlust seines Kommandos. Er wollte ihm nicht noch mehr wehtun.

»Soll ich Dr. McCoy benachrichtigen, Sir?« fragte Chekov.

»Ja. Er hat... eine sehr lange Reise vor sich.«

Leonard McCoy schlenderte die belebte Straße entlang. Sein Körper fühlte sich wie der eines anderen. Er konnte die Düfte von acht verschiedenen gesellschaftlichen Drogen riechen. Er war natürlich mit allen vertraut; schließlich war er Arzt. Doch er hätte nicht imstande sein dürfen, sie so genau durch die Gerüche der verschmutzten Straße identifizieren zu können: den Nebel, den Regen, Weihrauch und kochendes Öl aus einem Restaurant, rohes Fleisch aus einem anderen. Er konnte auch klarer hören als sonst. Er folgte gleichzeitig fünf Konversationen, einer in Standard, zwei in traditionelleren Erd-Sprachen, und zwei – nein, das war nur ein Gespräch, das in zwei verschiedenen Dialekten derselben fremden Sprache geführt wurde.

Er erreichte den Treffpunkt. Er blieb vor seinen grellen, einladenden Leuchtzeichen stehen. Er konnte die Farben der Neon-Schrift spüren, die sein Gesicht beleuchtete, in einem weiteren Dutzend Sprachen, teils von der Erde, teils von anderen Planeten. Er fuhr mit der Hand über die kratzigen Bartstoppeln an seinem Kinn. Da war doch noch etwas anderes, das er tun sollte, etwas, das Jim ihm zu tun aufgetragen hatte. Ach ja, richtig. Jim hatte ihm gesagt, er solle sich rasieren und mehr Bartwuchshemmer auftragen. War das so wichtig wie das andere? Er wußte, was es war, was er tun mußte. Und das war bestimmt wichtiger als das Rasieren.

Aber ist es das Richtige? fragte er sich. Noch ist es Zeit umzukehren, ins nächste Krankenhaus zu gehen, und zuzugeben, daß ich völlig den Verstand verloren habe.

Er griff in seine Tasche, doch sie war leer. Er hatte seine Beruhigungstabletten vergessen. Er zuckte die Schultern. Sie hatten ohnehin nicht viel genutzt.

Er trat in die Taverne.

Der Lärm, der Rauch, der widerliche Geruch von brutzelndem Fleisch drangen ihm in die Nase. Er stolperte und konnte einen Sturz nur verhindern, indem er an dem zunächst stehenden Menschen Halt suchte. Die Frau fuhr herum, bereit, mit den Fäusten auf ihn loszugehen, blickte ihn dann genauer an und lachte.

»Mann, du siehst aus, als ob du eine Menge durchgemacht hast«, sagte sie. Sie ertrug sein Gewicht spielend. Sie war einen halben Kopf größer als er. Ihr schweres, gelocktes, schwarzes Haar umrahmte ihr Gesicht und fiel ihr auf den Rücken. Sie trug die schwarze Lederhose und Lederjacke, die von unabhängigen Kurieren bevorzugt wurde. Die Jacke war nur mit dem untersten Knopf geschlossen, und sie trug nichts darunter. Die Farbe ihres Halses und der inneren Rundung ihrer Brüste war die warmen Zobels. Sie war schwarz in schwarz in schwarz, mit Ausnahme ihrer Augen, die von einem durchdringenden, hellen Blau waren. Er starrte sie an und verliebte sich von einer Sekunde zur anderen in sie. Allein das bewahrte ihn davor, seine Verabredung zu vergessen und sie um die Hilfe zu bitten, die er brauchte. Er wollte jemanden, den er liebte, nicht in die Schwierigkeiten hineinziehen, die vor ihm lagen.

»Ich... alles in Ordnung«, sagte er und richtete sich auf. Er besaß schließlich trotz allem noch etwas von seiner Würde. Sie ließ ihre Hand auf seinem Ellenbogen liegen. »Bist du sicher?«

»Ja«, sagte er. »Vielen Dank.«

»Okay.« Sie ließ ihn los.

Irgendwie gelang es ihm, auf den Füßen zu bleiben, als er tiefer in die Bar trat. Ein winziges Flugzeug schwirrte an seinem Gesicht vorbei. Erschrocken trat er einen Schritt zurück und wäre beinahe hingefallen. Ein zweites Flugzeug heulte vorbei, mit glitzernden Propellern und feuerspuckenden Maschinengewehren, deren Schüsse wie das Knallen von Kiefernscheiten in einem Kaminfeuer klang.

Die Flugzeuge waren Hologramme. In der Ecke der Bar lagen zwei junge Leute auf Spielcouchen, die Augen geschlossen, in den Händen antiquierte Joy-Sticks. Hinter ihren Augen erlebten sie den Luftkampf von zwei Doppeldeckern des frühen zwanzigsten Jahrhunderts. McCoy verfolgte die dreidimensionalen Illusionen, die über die Köpfe der Bargäste hinwegsurrten. Jede Maschine war etwa so groß wie eine Hand und dem Original in allen Details nachgebildet. Plötzlich stürzten sich beide auf ihn herab. Die Spad 7 verschwand in seiner Brust, die Albatros D-III schoß ihr nach. Er hatte kaum Zeit zusammenzuzucken. Er blickte über seine Schulter und sah sie hinter sich wieder zur Decke hinaufrasen, unbeschädigt von ihrer Passage durch seinen Körper.

Die fliehende Spad flog plötzlich einen Looping, setzte sich hinter die Albatros und schoß sie ab. Die Albatros trudelte abwärts, stieß dabei holographische Flammen und holographische Qualmwolken aus – und verschwand eine Handbreite über dem Boden. Die Spad schoß siegreich zur Decke empor und verschwand ebenfalls.

»Hab dich erwischt!« schrie einer der beiden.

»Okay, okay – wollen wir drei von fünf spielen?«

»Die Wette gilt!«

Sie waren gleich gekleidet – McCoy fragte sich, ob das eine neue Mode war, deren Aufkommen er nicht bemerkt hatte, weil er zu lange von hier fortgewesen war – und sie sahen einander auch sonst so gleich, daß es unmöglich war zu erkennen, ob sie von dem einen Geschlecht waren oder von dem anderen oder ein Exemplar von jedem. Sicher wußten sie es. Und das war schließlich das einzig Wichtige.

McCoy drängte sich weiter. Das Licht war sehr matt, doch konnte er alles klar sehen, auf eine seltsame, glühende Art, die er noch nie zuvor erlebt hatte. Trotzdem gelang es ihm nicht, den zu entdecken, mit dem er sich hier treffen wollte. Also setzte er sich in eine unbesetzte Nische und wartete.

Durch den Lärm der Bar hörte er Schritte, die sich rasch näherten. Er blickte auf.

»Lange her, Doc«, sagte Kendra.

»Ja«, sagte er. »Ja...« Er hätte gerne mit ihr über die alten Zeiten gesprochen. »Hat – jemand nach mir gesucht?«

»Ich«, sagte sie. »Aber was nützt das schon?« Sie lächelte. »Okay, was soll's sein?«

»Altair-Wasser.« Er richtete sich würdevoll auf. »Speziell aus unterirdischen Vulkanspalten karbonisiert.«

Kendra grinste verächtlich über dieses Zitat eines Werbeslogans.

»Nicht dein gewohntes Gift?«

»Die Erwartung, daß jemand in einer Bar Gift bestellen sollte, ist nicht logisch«, sagte er, und dann fiel ihm ein – obwohl es ihn überraschte, daß eine Barangestellte es zugab –, daß sie damit Alkohol meinte, der natürlich ein Gift war, trotz seiner weiten Verbreitung als gesellschaftliche Droge.

Dann fragte er sich, worüber, im Namen des Himmels, er überhaupt sprach. Er wollte einfach keinen Drink, und das war alles. Er hatte keinen Drink gehabt, seit – seit der Zeit vor Spocks Tod. Das ist es, dachte er, völliger Wahnsinn. Ich spreche schon mit mir selbst. Aber das habe ich schon immer getan, erkannte er, es hilft mir beim Denken. Habe es getan, seit ich ein kleiner Junge war. Hat überhaupt keine Bedeutung. Wie Freud sagte: Manchmal ist eine Zigarre nur eine Zigarre. Er bemerkte, daß Kendra ihn forschend ansah. »Entschuldige«, sagte er. »Ich nehme Medikamente.«

»Verstanden.« Sie ging fort, um sein Wasser zu holen. Als ihre Schritte in dem Lärm verklangen, näherten sich andere.

Der Fremde glitt neben ihn in die Nische. »Hallo! Willkommen auf unserem Planeten.«

»Ich dachte, das sei mein Spruch, Fremder.«

»Oh, verzeihen, bin neu hier. Aber dich kenne ich, seiend McCoy von *Enterprise.*«

»Sie sind mir gegenüber im Vorteil, Sir. Sie sind –?«

»Ich Name nicht Wichtigkeit. Dich ich suchen. Nachricht angekommen. Schiff vorhanden und Bereitschaft.«

»Gut. Wann, und wie viel?«

»Wann sein jetzt. Wie viel sein – wohin?«

»Wohin?«

»Ist ja. Wohin?«

»Irgendwo im Mutara-Sektor.«

»Oh. Mutara-Sektor gesperrt. Braucht Genehmigungen viele... Geld noch mehr.«

»Wir kriegen keine verdammte Genehmigung!« schrie McCoy. »Wie kann man eine Genehmigung dafür bekommen, etwas Illegales zu tun?« Er blickte rasch in die Runde, um zu sehen, ob irgend jemand seinen Ausbruch bemerkt hatte, und fuhr dann in einem leiseren konspirativeren Ton fort: »Hör zu. Geld ich haben.«

»Du nennen Ort, ich nennen Preis. Sonst Geschäft nichts.«

»Okay, verdammt! Es ist Genesis. Der Planet, zu dem wir gehen, ist Genesis.«

»Genesis!« Die Kreatur fuhr zurück.

»Ja, Genesis! Wie kannst du taub sein«, murmelte er, »mit solchen Segelohren?« Ich habe dasselbe zu Spock gesagt, erinnerte er sich.

»Genesis erlaubt ist nicht. Ist Planet verbotenes.«

Sein Gegenüber starrte schweigend.

»Jetzt hör mir mal zu, mein zurückgebliebener Freund!« Er warf sich vor und packte den Fremden beim Kragen. »Genesis mag ›Planet verbotenes‹ sein, aber ich denke nicht daran –«

Eine Hand umspannte seinen Arm. McCoy wollte sich losreißen, doch der Griff wurde nur noch härter. Er sah auf. Der Zivilist, ein gewöhnlicher Mann, so gewöhnlich, daß er hier deplaziert wirken sollte, was er jedoch nicht tat, lächelte ihn freundlich an. Als er sich vorbeugte, erkannte McCoy, wie groß er war.

»Es tut mir leid, Sir, aber Ihre Stimme ist sehr tragend«, sagte er. »Ich glaube nicht, daß Sie über dieses Thema in aller Öffentlichkeit reden sollten.«

»Ich rede über alles, was ich will, und wer, zum Teufel, sind Sie überhaupt?«

Der Fremde versuchte, McCoys Hand von seinem Kragen zu lösen. McCoy überlegte, ob er ihm an den Hals fallen sollte, krallte seine Finger statt dessen jedoch fester in den Kragen. Der Zivilist packte noch härter zu.

»Darf ich Sie nach Hause fahren, Dr. McCoy?«

Die letzten Reste von Selbstbeherrschung, die McCoy sich erhalten hatte, lösten sich auf.

»Wo ist die Logik in Ihrem Angebot, mich nach Hause fahren zu wollen, Sie Idiot? Wenn ich nach Hause fahren wollte, würde ich dann hier sitzen und versuchen, ein Raumschiff zu chartern?« Er runzelte die Stirn und begann, den Zivilisten als ein Hindernis auf dem Weg zu seinem Ziel zu sehen. »Woher, zum Teufel, wissen Sie überhaupt, wer ich bin?«

Der unauffällige junge Mann sagte leise: »Sicherheitsdienst der Föderation, Sir.«

McCoy erkannte, was für ein ernsthaftes Hindernis dieser junge Mann darstellte. Er sprang zurück, verlor seinen Halt am Kragen des Fremden und versuchte, den Griff des Sicherheitsagenten um seinen Arm zu brechen. Er taumelte gegen Kenda, die ihm gerade sein Altair-Wasser brachte, das von ihrem Tablett kippte und sich über Gesicht und Schultern des Fremden ergoß. Der sprang auf die Füße und wischte die farbige Flüssigkeit von sich ab. Kenda, von dem Tumult überrascht, fiel rücklings gegen einen Tisch und kippte den Gästen eisige Drinks in den Schoß.

»Du – du schreckliches Doktor!« schrie der Fremde, der sich noch immer Altair-Wasser aus dem Gesicht wischte.

»Kommt hier rein und fängt Krawall an, wie?« brüllte einer der Gäste, als Eisstücke in seinen Hosenbund glitten. »Warum gehst du nicht rüber auf die andere Straßenseite, wo du hingehörst?« Er schlug nach dem Fremden, der seiner Faust auswich und sich über einen Stuhl rückwärts abrollte, wobei er dessen mit zahlreichen Eisstücken gekühlten Benutzer zu Boden riß, entschied dann, daß Vorsicht der bessere Teil der Tapferkeit sei und ließ seine Charter-Verhandlung sausen.

McCoy schloß sich der Weisheit seines leider nur sehr kurzzeitigen Partners an und wollte aus der Tür stürzen. Unglücklicherweise hielt der Föderationsagent ihn noch immer am Arm fest. Er riß McCoy zurück. McCoy fuhr herum, geriet in Panik und packte den Mann an dem empfindlichen Punkt zwischen Hals und Schulter. Er drückte mit aller Kraft zu und wollte losstürzen, ohne sich darum zu kümmern, was geschah.

Es geschah überhaupt nichts.

Der Föderationsmann, dessen Griff nicht gebrochen worden war, riß McCoy zurück. Er blickte ihm in die Augen. »Sie werden eine hübsche, lange Ruhepause bekommen, Doktor«, sagte er freundlich. »Bitte, kommen Sie mit.«

McCoy hatte die Wahl: er konnte auf eigenen Füßen gehen oder getragen werden.

Er ging auf eigenen Füßen.

KAPITEL 8

Saavik folgte den verschwommenen, halb zugewehten Spuren durch den Schnee. Der Wind blies Eiskristalle in ihr Gesicht, peitschte sie über ihre Wangen und fror sie an ihren Wimpern fest. Sie blinzelte und versuchte, durch den Schneesturm etwas zu erkennen. Sie entdeckte Bewegung und ging darauf zu. Der Schnee schuf Geister um sie herum. Sie hätte geglaubt, Phantome zu sehen, wenn Davids Tricorder nicht weiter rhythmisch gesummt hätte.

Sie stolperte durch den Schnee, kalt und unglücklich, und versuchte beide Gefühle zu ignorieren. Doch sie mußte feststellen, daß sie durch das Verlassen ihrer Selbstdisziplin, selbst für nur ein paar Tage, nicht wieder die vollkommene vulkanische Kontrolle über sich zurückerlangen konnte, die zu erlernen sie sich so hart bemüht hatte.

Mit der Entdeckung des Gewürms um Spocks Sarg waren ihre Hoffnungen zusammengebrochen; wenig später, als sie sah, daß der Sarg intakt und leer war, hatten sich ihre Hoffnungen genauso abrupt neu belebt. Dieser Emotionalismus war gefährlich; außerdem war er unlogisch, denn selbst, wenn sie ihre geistigen Schutzschilde völlig fallen ließ, konnte sie nirgends ein Gefühl von Spock verspüren.

Sie wußte, daß sie sich geirrt hatte. Was immer geschehen sein mochte, was immer sie und David gefunden haben mochten, sie mußte ihre Gefühle wieder unter ihre Kontrolle bringen und sie eliminieren.

Jetzt begriff sie, warum Vulkanier es sich versagten, irgendwelchen Leidenschaften zu frönen. Es war, um sich vor Schmerz zu schützen.

Saavik erschauerte und lehnte sich in den heulenden Wind und das Schneetreiben.

Der Boden hob sich unter ihren Füßen. Sie stieg jetzt die Flanke eines Gletschers hinauf. Innerhalb von nur wenigen Kilometern hatte sich die dünne Schneedecke in eine Eisschicht verwandelt, die mehrere Meter dick war.

Die Frequenz des Tricorder-Signals wurde höher, bis es zu

einem beinahe kontinuierlichen schrillen Kreischen angeschwollen war, fast lauter als das Heulen des Windes. Saavik blieb stehen und gab David ein Zeichen, das Ding abzuschalten.

Durch das hohle Heulen des Windes und das Knacken des Eises unter ihren Füßen hörte Saavik ein leises, angstvolles Wimmern. Sie ging darauf zu. Ihre Stiefel brachen durch die gefrorene Kruste. Der Schnee reichte ihr jetzt bis zu den Waden. Die unregelmäßigen Fußspuren, denen sie folgte, waren an der Oberfläche der Schneedecke. Sie fragte sich, ob sie einem kleinen und gefährlichen Raubtier folgte, das von den Mitgliedern des Genesis-Teams als ein ›kleiner Scherz‹ einprogrammiert worden war, ein kleiner Scherz, der jetzt vielleicht verletzt und verzweifelt war. Saavik verlor mehr und mehr die Geduld mit dem kollektiven Humor dieser Gruppe. Ihr Phaser war ein beruhigendes Gewicht in ihrer Hand.

Eine große Masse aus Stein, in einem Moment im wehenden Schnee verborgen, im nächsten eine Wand aus rohen, grauen Felsblöcken, wuchs dicht vor ihr aus der Oberfläche des Gletschers. Das Eis hatte sich um seine Basis in schroffen, zackigen Schollen aufgeschichtet.

Saavik sah das Kind.

Ein kleiner Junge hockte in dem dürftigen Schutz eines kleinen Überhangs; er war nackt und zitterte vor Kälte. Als er Saavik sah, versuchte er, sich noch tiefer in die schmale Felsspalte zu drängen, stark behindert durch ein verletztes Bein.

David entdeckte den Jungen und stieß einen überraschten Ruf aus.

»Deine Genossen scheinen eine humanoide Spezies in die Genesis-Matrize hineingezaubert zu haben«, sagte Saavik. Sie zerdrückte den Funken der Wut, der bei dieser Vorstellung in ihr aufglühte. Sie konnte es sich nicht leisten, die Beherrschung zu verlieren – nicht hier, nicht jetzt.

»Das haben wir nicht getan«, sagte David. »Und bestimmt auch niemand anders. Wir haben darüber diskutiert, weil es durchaus möglich war. Doch niemand hat es getan. Niemand hat auch nur dafür gesprochen – es war uns allen klar, daß es absolut unethisch wäre, bei dem ersten Experiment eine künstliche Intelligenz zu verwenden. Außerdem hätte keiner von uns ein so komplexes Programm in die Matrize geben können, ohne daß die anderen das gemerkt hätten.«

»David, der Beweis ist hier vor deinen Augen.« Sie steckte den Phaser ins Halfter zurück, öffnete die Seitentasche ihrer Jacke und zog Spocks Leichentuch heraus. Sie trat auf das Kind zu, das Tuch in der einen Hand, die andere ausgestreckt.

»Nein«, sagte David. »Der Beweis ist hinter uns, in Spocks leerem Sarg.«

Sie blickte ihn scharf an, nicht willens, sich noch einmal der Hoffnung hinzugeben.

Der kleine Junge saß an den kalten Stein gepreßt, zu erschöpft, um noch weiter fliehen zu können. Der Wind wehte sein struppiges schwarzes Haar in sein Gesicht und um seine Schultern. Die Kälte hatte seiner Haut eine seltsame graublasse Färbung gegeben. Saavik hockte sich neben ihn auf die Fersen und berührte sanft seine Schulter. Er zuckte angstvoll zurück und starrte sie an, die Augen weit aufgerissen. Er ließ seinen Blick nicht von ihr und blieb reglos sitzen, als sie vorsichtig sein Haar zurückstrich und die Ohren freilegte.

Er war Vulkanier.

Saavik starrte ihn verwundert an. Sie wußte nicht, was dies bedeuten mochte. Doch jetzt war nicht die Zeit für Analysen. Die Kälte und der Wind waren zu stark. Wer immer dieser Junge auch sein mochte, sie mußte ihn jetzt vor allem von diesem Gletscher fortbringen.

Sie hoffte, ihm gezeigt zu haben, daß sie ihm nichts Böses wollte. Sie bewegte sich langsam und behutsam, als sie ihm das schwarze Tuch entgegenstreckte und es langsam öffnete, damit er sehen konnte, was sie tat, und schlug es dann um seine nackten Schultern. Er berührte es verwundert, wickelte sich dann fest hinein.

»Ich bin Saavik«, sagte Saavik auf Vulkanisch. »Kannst du sprechen?«

Er legte den Kopf schief und sah sie aufmerksam an, antwortete jedoch nicht. Sie spürte keinerlei Resonanzen von ihm, keine geistigen Ausstrahlungen, keine Spur von Spocks hervorragender Intelligenz. Er war ein Ungeprägter, ein leeres Blatt.

»Es war die Genesis-Welle«, sagte David. »Sie muß es gewesen sein. Seine Zellen könnten regeneriert worden sein. Neu geformt...«

Saavik bewegte sich noch immer sehr behutsam, um das Kind nicht zu verängstigen, als sie ihren Kommunikator hervorzog. Davids Theorie war die hirnrissigste, die sie sich vorstellen konnte... und die einfachste.

»Saavik an *Grissom*. Captain Esteban, bitte melden.«

»Hier Esteban, Saavik. Sprechen Sie, bitte.«

»Wir haben die Quelle der Lebenszeichen gefunden. Es ist ein vulkanisches Kind, Alter etwa acht bis zehn Erdenjahren entsprechend.«

Es entstand eine lange Pause, bevor Esteban antwortete.

»Ein Kind! Das ist... unglaublich. Wie ist es dorthin gekommen?«

»Dr. Marcus ist der Meinung, daß es – daß der Genesis-Effekt auf irgendeine Weise Captain Spock regeneriert hat.«

An Bord der *Grissom* biß J. T. Esteban die Zähne fest aufeinander, damit ihm der Unterkiefer nicht herabfiel. Er sah rasch zu seinem Wissenschaftsoffizier hinüber, der seinen Blick vom Lautsprecher löste, aus dem Saaviks Eröffnung gedrungen war, und dem Blick Estebans mit einem Ausdruck absoluter, sprachloser Verwirrung begegnete.

»Ah – Saavik«, sagte Esteban langsam, vorsichtig, während er überlegte, was er ihr antworten sollte, ohne seine Ansicht durchblicken zu lassen, daß sie und David völlig den Verstand verloren hatten. »Das ist... ah... ganz außergewöhnlich. Was haben Sie... ah... als nächstes vor?«

»Erbitten Erlaubnis, sofort an Bord beamen zu dürfen.«

Er wollte sie für eine Weile hinhalten. Es war denkbar, daß

irgendeine Panne im Genesis-Programm starke Halluzinogene hervorgebracht hatte, oder sogar, daß einer seiner Homunkuli die Form von jemandem annehmen konnte, den ein Beobachter am meisten zu sehen wünschte. Er konnte nicht das Risiko eingehen, so etwas an Bord zu beamen. Natürlich bestand andererseits auch die Möglichkeit, daß das, was Saavik gesagt hatte, genau das war, was dort geschah...

»Saavik – zeigen Dr. Marcus' Instrumente irgendeine Spur radioaktiver Verseuchung?«

Nach einer kurzen Pause antwortete Saavik: »Keine, die ich feststellen könnte, Sir.«

»Gut. – Trotzdem werde ich mich vorher mit Starfleet in Verbindung setzen und mir Anweisungen geben lassen.«

»Ich bin sicher, daß Starfleet einverstanden wäre, Sir.«

»Trotzdem... halten wir uns an die Vorschriften. Bleiben Sie auf Empfang.« Er nickte seinem Kommunikationsoffizier zu. »Los.«

»Starfleet Command, hier ist USS *Grissom* auf Sub-Raum-Kanal neunzig-neun Komma acht. Bitte melden.«

Der Kommunikationsoffizier zuckte zusammen, als ein hoher Heulton aus seinem Kopfhörer drang.

»Sir«, sagte er zu Esteban, »irgend etwas überlagert unsere Transmission. Eine Energiequelle.«

»Richtung?«

»Achtern, Sir.«

»Auf Bildschirm schalten.«

Die große Mattscheibe wechselte zu dem hinter dem Schiff liegenden Raumsektor. Das Sternenfeld lag leer achtern der *Grissom,* leer bis auf ein Interferenzmuster in einer Ecke des Bildschirms. Esteban runzelte die Stirn und fragte sich, ob die Service-Crew geschludert hatte.

Das Interferenzmuster verdichtete sich plötzlich und wurde fest.

Aus dem Nichts tauchte ein Schiff auf.

Unten, auf dem Planeten Genesis, warteten Saavik und David ungeduldig auf Antwort von Esteban. Saavik begann vor Kälte zu zittern. Das Kind hatte aufgehört, sie zu beobachten. Er hockte, das schwarze Tuch fest um sich gezogen, in der Felsnische, und seine Lider sanken herab.

»Nicht schlafen«, sagte Saavik und schüttelte es leicht. Es reagierte nicht.

»Sieht dem guten, alten J. T. ähnlich, uns hier den Hintern abfrieren zu lassen, während er sich von Starfleet sagen läßt, was er tun soll«, sagte David. »Laß uns zumindest von diesem Gletscher verschwinden.«

Saavik nickte. Gemeinsam brachten sie den Jungen auf die Füße. Sein verletztes Bein knickte unter ihm zusammen. Sie würden ihn tragen müssen und die *Grissom* noch einmal rufen, wenn sie eine einladendere Stelle erreicht hatten.

Als sie ihren Kommunikator wegstecken wollte, begann er einen schrillen Pfeifton auszustoßen.

»Oh, mein Gott!« Es war Estebans Stimme. »Alarmstufe eins! Abwehrschilde aktivieren!«

»Captain«, sagte Saavik, »was ist dort los?«

»Wir werden angegriffen! Klar zum Ausweichmanöver! Klar zum – «

Die heisere Stimme ging unter in einem Prasseln von Statikgeräusch.

»Captain! Captain Esteban! Bitte melden Sie sich!«

Der Raum antwortete nur mit Stille.

Auf der Brücke des klingonischen Jägers sah Commander Kruge, wie das Forschungsschiff der Föderation wie eine Blüte mit einem feurigen Zentrum auseinanderklaffte. Die Trümmer explodierten und wurden so weit fortgeschleudert, daß sie am Rand seines Blickfeldes verschwanden. Kruges Wut war kaum weniger explosiv.

Er fuhr herum und starrte seinen Richtschützen an.

»Ich habe dir befohlen«, sagte er im niedersten aller niederen Dialekte, »daß du nur die Maschinensektion zerstören sollst!«

»Ein glücklicher Fehler«, sagte der Mann. Sein Federkamm sträubte sich vor Stolz, bis er registrierte, in welchem Ton Kruge zu ihm gesprochen hatte. »Sir...?«

»Ich wollte Gefangene«, sagte Kruge und füllte seine Worte mit all der Verachtung, deren er fähig war. Warrigul, der zu seinen Füßen lag, knurrte.

Der Federkamm des Schützen legte sich flach an seinen Schädel. Kruge gab Maltz einen Wink.

»Geben Sie ihm die Chance, seine Ehre zurückzugewinnen«, sagte Kruge.

Maltz trat vor den Mann und zog seinen zeremoniellen Dolch aus der Scheide.

Der Richtschütze kauerte sich zusammen. »Sir, bitte! Nein! – Es war nur ein Versehen!«

Maltz bezwang den Mann durch seinen Willen, sich zusammenzunehmen und dem Unvermeidlichen mit Würde zu begegnen. Maltz streckte ihm seine Klinge entgegen. Alle Klingonen, die sich auf der Brücke befanden, starrten wie hypnotisiert herüber.

Anstatt die Waffe anzunehmen und das zu tun, was die Ehre von ihm verlangte, taumelte der Mann rückwärts.

»Sir – nein!« schrie er. Er stolperte auf Kruge zu, die Hände flehend vorgestreckt. »Gnade, Sir –!«

Kruge zog seinen Phaser und feuerte. Der Richtschütze wurde von dem Energiestoß zerfetzt.

»Tier«, murmelte Kruge. Warrigul schnaubte zustimmend und rieb sich am Bein seines Herrn.

Maltz schob seine Klinge in die Scheide zurück, froh darüber, daß sein blanker Stahl nicht durch das Blut eines Feiglings beschmutzt worden war.

»Sir«, sagte Torg, »darf ich vorschlagen –«

Kruge fuhr herum und blickte ihn an. Der Commander hielt noch immer seinen Phaser in der Hand, und seine Frustration war nicht abgeklungen.

»Ein falsches Wort, Torg, und ich werde auch dich töten!«

»Ich wollte nur sagen, mein Lord: wenn Sie Gefangene haben wollen, so haben wir eben eine Transmission von der Oberfläche des Planeten aufgefangen. Ich habe sie geortet.« Er deutete auf seinen Bildschirm. »Diese Lebenszeichen könnten die Wissenschaftler sein, die Sie suchen.«

Kruge trat neben ihn, starrte auf den Bildschirm und analysierte die angezeigten Werte. Einer von ihnen war einwandfrei menschlich, die anderen beiden weniger deutlich. Vulkanisch, vielleicht, oder romulanisch. Die Anwesenheit von Menschen stand zu erwarten; Menschen waren die Unruhestifter der Galaxis, soweit es Kruge betraf. Es verstörte ihn jedoch zutiefst, daß auch die Romulaner in dieser Sache zu stecken schienen. Ohne Zweifel hatten sie ihre Verpflichtungen gegenüber dem Klingonischen Imperium vergessen und waren eiligst ein Bündnis mit der Föderation eingegangen, um einen Anteil an Genesis zu bekommen.

Und er, Kruge, war jetzt dabei, ihren Verrat zu entlarven.

»Sehr gut«, sagte er zu Torg, der sich aus Stolz über die Belobigung durch seinen Commander noch straffer aufrichtete. »Sehr gut.«

Der Vulkanier drängte sich an Saavik, ohne zu ahnen, was sich über ihren Köpfen abspielte, selbst ohne zu ahnen, *daß* sich dort etwas abspielte, doch aufgeregt und verängstigt durch Davids und Saaviks Reaktion.

»*Grissom*, hier Saavik! Bitte melden Sie sich!«

Aus dem Gerät prasselte nur Statik. Plötzlich schnappte Saavik den Kommunikator zu. Ihre Transmission würde jedem, der sie hörte, ihren genauen Standort verraten.

»Saavik, mein Gott, was ist mit ihnen geschehen?«

»Es hat den Anschein, daß die *Grissom* durch einen feindlichen Angriff vernichtet worden ist.«

Saavik dachte mit Bedauern an Frederic, den Glaeziver, dessen Rat sie während der kurzen Zeit ihrer Bekanntschaft schätzen gelernt hatte. Er hatte begriffen, was Genesis für ihn und seine Art bedeuten konnte, und jetzt war er tot.

»Vernichtet...?« Benommen blickte David zum Himmel empor, als ob er das Wrack des Schiffes im Raum treiben sehen könnte.

Saavik steckte ihren Kommunikator fort. Er war jetzt nutzlos geworden. Sie nahm das vulkanische Kind auf ihre Arme und begann, über das Eis zu gehen. Sie sorgte sich um den Jungen. Er war so unterkühlt, daß er nicht einmal mehr zitterte.

Der Boden erbebte leicht unter ihren Füßen. Irgendwo, ein Stück entfernt, zerbarst Eis mit lautem Krachen. Das Kind schrie leise auf und begann wieder zu zittern. Sein Schmerz verklang erst, als das Beben aufhörte.

Saavik erreichte die Stelle, wo eine Stunde zuvor die Grenze des Schneefelds gewesen war. Jetzt erstreckte es sich weiter und weiter, so daß sein Ende nicht abzusehen war. Sie schob das Kind höher an ihre Schulter und stapfte weiter.

David holte sie ein.

»Saavik – das bedeutet, daß wir hier festsitzen!«

»Die Logik sagt, daß das der Fall ist.« Der Gletscher schien überhaupt kein Ende zu nehmen. Er mußte mit einem unvorstellbaren Tempo talwärts gleiten.

»Wie kannst du zu einer Zeit wie dieser von Logik sprechen? Wir müssen so schnell wie möglich von diesem Planeten kommen!«

»Wir müssen vor allem aus diesem Schnee herauskommen«, sagte sie. »Ich glaube, daß wir auf diesem Planeten eher erfrieren als verhungern werden.«

»Wir müssen von Genesis herunterkommen!« sagte David noch einmal.

»Das dürfte schwierig sein«, sagte Saavik. Es kostete erhebliche Mühe, durch den tiefen, weichen Schnee voranzukommen.

»Warum versuchst du nicht einfach, um Hilfe zu rufen?«

Sie blickte ihn an. Seine Forderung war höchst seltsam, ohne Zweifel das Resultat von Panik. Er wußte, daß ihr Kommunikator nicht mehr war als ein Transceiver für den Nahbereich. Die *Grissom* war das einzige Föderationsschiff innerhalb seiner Reichweite gewesen. Und was auch immer die *Grissom* zerstört haben mochte, es war jetzt das einzige Schiff, das sie erreichen würde, wenn sie noch einmal riefe.

Davids Reaktion verstörte sie ungeheuer. Er hatte mehr Angst, auf dem Planeten zu bleiben, den er geschaffen hatte, als ein MAYDAY auszusenden, das von Feinden aufgefangen werden konnte. Er war mehr verstört darüber, in einem Paradies bleiben zu müssen, das er selbst mitgeschaffen hatte, als über die Zerstörung eines ganzen Schiffes und seiner Crew.

»Ich habe schon eine Transmission zuviel gemacht«, erklärte sie.

Davids erschrockener Gesichtsausdruck zeigte, daß er sie verstand. Er verlangte nicht noch einmal von ihr, um Hilfe zu rufen.

Die Schneedecke endete so abrupt, wie sie begonnen hatte. Die Kante des Gletschers schob sich sichtbar immer weiter über den Wüstenboden. Saavik trat aus der Kälte in plötzliche, willkommene Wärme. Sie trug das Kind über eine etwa hundert Meter breite Fläche rundgeschliffener Steine zu einer Stelle, an der es zumindest für ein paar Minuten in Sicherheit war. Die Schneeflocken in ihrem Haar und das Eis an ihren Wimpern schmolzen rasch. Kalte Wassertropfen rannen über ihr Gesicht. Sie bettete das Kind behutsam auf den Boden, wischte ihm mit halbtauben Fingern den tauenden Schnee ab und schob es auf eine warme, sonnige Stelle.

David kauerte sich in der Nähe nieder, die Knie an die Brust gezogen, sein Gesicht auf die verschränkten Arme gelegt.

Saavik hockte sich neben ihn.

»David«, sagte sie sanft.

Er antwortete nicht.

»David, dies ist die Stunde der Wahrheit für uns.« Sie legte ihm mit einer, wie sie hoffte, vertrauensvollen Geste ihre Hände auf die Schultern. Doch was wußte sie schon von solchen Gesten? Sie war weder Vulkanierin, die keine Gefühle brauchte und auch keine vermitteln konnte, noch war sie Romulanerin, die fähig war, ihren Leidenschaften die Zügel schießen zu lassen. »Dieser Planet ist weder das, was du dir vorgestellt hast, noch das, was du dir erhofft hast, nicht wahr?«

David ließ seine Hände kraftlos herabsinken. »Nicht genau.«

»Ist er das, was du befürchtet hast?«

»Ich hatte nicht geglaubt, daß all dies geschehen würde –«

»Aber du warst nicht überrascht, durch irgend etwas, das wir entdeckt haben, ganz gleich, wie bizarr es sein mochte?«

»Es gab da einen Satz von Gleichungen, über den ich mir nicht ganz sicher war...«

»Und du bist durch die anderen Mitglieder des Genesis-Teams überstimmt worden?«

»Ich... ich wollte keine große Sache daraus machen...«

»Aber du hast die anderen darauf hingewiesen?«

»Warum hätte ich das tun sollen?« sagte er scharf, defensiv. »Ich bin schließlich nur ein simpler Biochemiker, und meine jungen, genialen Physikerkollegen haben alles getan, mich das nicht vergessen zu lassen. Wenn Madison und March nicht glauben wollten, daß ihre Schöpfung sich in Protomaterie auflösen würde –«

»Protomaterie!« rief Saavik. »David, damit sagst du, daß dieses ganze System instabil ist – und gefährlich unberechenbar! Als verantwortungsbewußter Wissenschaftler...«

»Es hätte nicht passieren dürfen! Es ist auch noch nicht passiert und wird vielleicht auch nicht passieren. Vielleicht war alles doch kein Fehler –«

»Und vielleicht bebt der Boden nur in unserer Fantasie, und die Vibrationen, die wir auf der *Grissom* auffingen, waren nur Instrumentenfehler...« Sie schüttelte den Kopf. »Oh, David.«

»Ich dachte einfach, wenn es für die Kernfusion funktionierte, würde es das auch für uns tun.«

»Wovon redest du überhaupt?«

»Als jemand zum ersten Mal eine Fusionsreaktion hervorrief – zum ersten Mal auf der Erde, meine ich –, war das natürlich eine Bombe –«

»Natürlich«, sagte Saavik.

»Sie waren sich nicht sicher, ob sie damit eine Kettenreaktion des gesamten Wasserstoffs der Atmosphäre auslösen würden. Aber sie haben dieses Risiko auf sich genommen. Trotz allem!«

»In der Tat.«

»Nun, auf jeden Fall war das ein Präzedenzfall.«

»Ich bin froh, daß du dir deinen Humor bewahrt hast«, sagte Saavik.

»Verdammt, Saavik, wenn diese Gleichungen nicht gestimmt hätten, wäre das ganze Projekt beim Teufel gewesen – für immer! Alles, was ich hatte, war eine Vermutung, und es war nur die Vermutung über eine Möglichkeitsfunktion! Es bestand nur eine Wahrscheinlichkeit von eins zu einer Million, daß das Schlimmste eintreten würde, selbst wenn das Schlimmste eintreten *könnte*. Außerdem: Wenn wir Genesis so hätten testen können, wie wir es vorhatten, anstatt daß ein Feind deines Admirals –«

»Deines Vaters –«

»– Mister Khan, es in die Luft jagt, wäre niemand auf diesem Planeten, der in Gefahr geraten könnte!«

»Du hast deinen Mitarbeitern nichts davon gesagt. Selbst nach der Detonation hast du nicht einmal Carol –«

»Wenn ich das getan hätte, wären jetzt nicht nur wir hier gestrandet! Mutter wäre niemals zur Erde zurückgegangen, wenn sie davon gewußt hätte. Sie hätte die ganze Verantwortung auf sich genommen... obwohl es ganz allein die meine war.«

»Genau wie dein Vater...« sagte Saavik traurig. »Du hast die Gesetze verändert.« Sie wußte jetzt, daß Genesis niemals irgend jemandem von Nutzen sein würde. Es würde niemals neue Rohstoffquellen schaffen, es würde niemals eine neue Heimat für Frederics Volk sein, es würde lediglich für immer Trauer und Leid und Unheil verbreiten.

»Wenn ich es nicht getan haben würde, hätten wir Jahre gebraucht – oder es nie geschafft.«

Saavik konnte nur eines denken: Wenn Genesis verzögert oder ganz aufgegeben worden wäre, hätte keine der vielen Katastrophen geschehen können, die in letzter Zeit geschehen waren. *Reliant* hätte niemals den Planeten aufgesucht, auf dem Khan Singh und seine Leute verschollen waren. Khan hätte nie dieses Starship in seine Hand bekommen. Er wäre nie in der Lage gewesen, seine Leute auf einen Rachefeldzug zu führen. Die Wissenschaftler in Spacelab wären nicht ermordet worden. Die *Enterprise* und ihre Crew von Kadetten, die noch halbe Kinder waren, wäre nicht angegriffen worden. Peter Preston würde noch leben. Genesis würde nicht existieren, um als Waffe benutzt zu werden, und Mr. Spock hätte sein Leben nicht opfern müssen, um sein Schiff und seine Crewkameraden zu retten.

Spock wäre nicht gestorben.

Noch wäre er wieder zum Leben erweckt worden. Das Kind besaß die Substanz ihres Lehrers, doch fehlten ihm sein Verstand, seine Erfahrung, seine Individualität.

Saavik erhob sich und blickte auf David hinab. Eine gefährliche Wut stieg in ihr auf.

»Und wie viele haben den Preis für deine Ungeduld zahlen müssen?« fragte Saavik. »Wie viele sind dafür gestorben? Wieviel Schaden hast du angerichtet – und wieviel wird noch eintreten?«

Er hob den Kopf. Seine Aggressivität löste sich in Trauer und Bestürzung auf, doch Saavik stand dem Irrsinn dieses Unternehmens noch zu nahe, um ihm vergeben zu können. Sie floh von ihm fort, ihre Nägel so hart in ihre Handflächen gegraben, daß sie das Fleisch aufschnitten. Als sie hundert Schritte gelaufen war, blieb sie stehen.

Saavik weinte um den sterbenden Planeten, ein langes, heiseres Schluchzen der Wut und des Schmerzes.

Für eine Kittchenzelle war sie nicht schlecht.

Leonard McCoy lag auf der Pritsche, die Arme über seinen Augen verschränkt.

Die Pritsche war nicht viel breiter als seine Schultern, der Fußboden bestand aus stark ausgetretenem, grauem, schwammigem Linoleum, und er konnte das Licht nicht anschalten; trotzdem war es nicht schlecht. Als Kittchenzelle.

McCoy fühlte sich sehr ruhig und rational und konzentriert, obwohl man ihm alle Beruhigungsmittel verboten hatte. Nachdem er in der Zelle auf und ab gegangen war, jede ihrer Ecken und Winkel gründlich untersucht hatte, nachdem er erkannt hatte, daß er nicht entkommen konnte (das war das einzige, was mit dieser Zelle nicht stimmte, genaugenommen; er konnte nicht durch die offene Tür entweichen, das Kraftfeld würde ihn bei jedem Versuch in den Raum zurückschleudern, bei jedem Mal stärker und schmerzhafter. Aber schließlich war dies eine Kittchenzelle), und seine Besessenheit, zum Mutara-Sektor und Genesis zurückzukehren, war verschwunden, so plötzlich und so vollkommen, wie sie aufgetaucht war.

Er wunderte sich darüber. Es kam ihm wie eine entsetzlich logische Reaktion vor, die zu –

McCoy entschlummerte.

»Sie haben einen Besucher, Doc.«

McCoy fuhr aus unruhigem Schlaf, fragte sich, wie er hierhergekommen war, und erinnerte sich dann. Nicht nur ein Traum. Wirklich schade.

»Halten Sie sich nicht lange auf, Admiral«, sagte der Wächter. »Sie bringen ihn gleich in die Klapsmühle.«

McCoy blickte vorsichtig unter seinen verschränkten Armen hervor und sah Jim Kirk und den Wächter im Kräftefeld silhouettenhaft stehen. Jim schüttelte traurig den Kopf.

»Ja. Mein armer Freund«, sagte er niedergeschlagen. »Ich fürchte, er hat völlig durchgedreht.«

So, das glaubst du also, wie? dachte McCoy. Klapsmühle, wie? Ist das die Art von Behandlung, die jemand hier erhält, der mal ein paar Probleme hat? Außerdem kenne ich meine Rechte – sie können mich nirgends hinschicken, ohne eine Verhandlung...

Aber sie hatten ihn auch ohne eine Verhandlung hierher geschickt. Genesis hatte die Föderation und Starfleet nicht nur in Panik versetzt, es hatte sie völlig hysterisch gemacht. McCoy fragte sich, was geschehen würde, wenn er einen Rechtsanwalt rufen lassen würde, worum er vorhatte, Kirk zu bitten. Er fragte sich, ob die Gefängnisverwaltung selbst einem Anwalt gegenüber zugeben würde, daß er hier war.

»Zwei Minuten«, sagte der Wächter.

McCoy sah, wie das Gitterwerk des Kraftfeldes matter wurde und verblaßte. Er mußte dagegen ankämpfen, aufzuspringen und zu versuchen, sich den Weg nach draußen freizuschlagen. Doch da der Wächter einen guten Kopf größer war als er und außerdem bewaffnet, war so ein Vorhaben alles andere als logisch. Als Jim in die Zelle trat, verebbte der Wunsch, je mehr die Kraftfeldbarriere sich wieder schloß.

Jim kniete sich neben die Pritsche.

»Jim –« sagte McCoy.

»Schsch.« Er hob seine Hand, schirmte sie gegen den Blick der Überwachungskamera ab. »Wie viele Finger?«

Seine Finger teilten sich zum vulkanischen Gruß.

»Das ist nicht sehr komisch«, sagte McCoy.

»Gut«, sagte Jim. »Dein Humor ist zurückgekehrt.« Er griff in die Tasche.

»Du hast eine Ahnung!« Zwei Minuten, und Jim vergeudete sie damit, Witze zu machen. McCoy wollte einen Anwalt, und er wollte hier raus. Es war lächerlich, weiter so zu tun, als ob er schliefe, also setzte er sich auf.

Jim zog einen Sprayinjektor heraus.

McCoy runzelte die Stirn. »Was ist das?«

»Lexorin.«

»Lexorin! Wofür?«

»Du leidest unter der vulkanischen Geistverschmelzung, Pille.«

»*Spock* –?«

»Richtig.«

»Dieser grünblütige, spitzohrige Hundesohn. Das ist seine Rache für all die Diskussionen, die er verloren hat –«

»Gib mir deinen Arm. Das Zeug bringt dich so weit wieder in Ordnung, daß du reisen kannst.« Er fummelte mit dem automatischen Injektor herum und geriet dabei stark in Gefahr, sich selbst einen Schuß in die Hand zu verpassen. »Wie macht man das, verdammt noch mal?«

»Gib her«, sagte McCoy. Er nahm ihm den Injektor ab und

schob seinen linken Ärmel empor. »Dieses Mal, Admiral Kirk, hast du die Grenzen deiner Kompetenz erreicht.«

Hikaru Sulu stand auf dem Gefängniskorridor, fuhr mit den Fingern durch sein Haar, schob sein zerknülltes Zivilhemd auf einer Seite in die Hose, hyperventilierte ein paar Atemzüge, bis er glaubte, die richtige, erregte Gesichtsröte zu haben, stieß die Tür auf und stürzte in den Vorraum. Die beiden Wachen blickten von ihrem Kartenspiel auf, überrascht, daß so spät in der Nacht noch ein Besucher auftauchte.

»Wo ist Admiral Kirk?« fragte er atemlos.

Einer der beiden Männer sah ihn von oben bis unten an. »Er ist bei einem der Gefangenen. Was geht Sie das an?«

»Holen Sie ihn her! Starfleet-Kommandeur Morrow will mit ihm sprechen. Sofort!«

Der Wächter schnaubte irritiert, sah seinen Partner und zuckte die Achseln. Dann legte er seine Karten auf den Tisch und fummelte nach seinem elektronischen Schlüssel. Er verschwand im Zellenblock. Sein Partner blickte auf die abgelegten Spielkarten, maß Sulu mit einem Blick unverhüllter Abneigung und deckte die Karten seines Partners auf. Dann legte er sie wieder umgedreht auf die Tischplatte und sah Sulu dabei mit einem unverschämten Grinsen an.

Sulu blieb so gleichgültig, als ob er jeden Tag sähe, daß jemand seinen Partner beim Kartenspiel betrog und sich nichts dabei dächte. Es war nur zu seinem Vorteil, wenn der Wächter ihn für einen dummen Laufburschen hielt.

»Viel zu tun, wie?« sagte Sulu zu dem muskulösen Mann.

»Werden Sie nicht frech, Kleiner.«

Sulu runzelte die Stirn. Er mußte sich sehr nachdrücklich daran erinnern, daß er angeblich irgend jemandes Laufjunge war.

»Dieser Mann ist krank! Sehen Sie ihn doch an!« hörte er Kirks Stimme durch die Tür des Zellenblocks sagen.

Der Wächter hörte es auch und stand auf. Sulu trat einen Schritt vor, um ihn abzulenken. Die Konsole nahm ihm die Arbeit ab.

Das Ruflicht flackerte, und ein Summen ertönte. Der Wächter runzelte die Stirn, warf einen Blick auf die Tür zum Zellenblock und hob dann den Hörer ab. Sulu entspannte sich und wartete. Diese Minuten waren entscheidend. Jede Panne konnte jetzt den ganzen Plan zunichte machen.

»Sechster Stock«, sagte der Wächter. »Ja, kommen Sie rauf und holen Sie ihn ab. Sein Besucher geht gerade... Was? Irgendein Admiral. Kirk heißt er.«

Sulu konnte eine protestierende Stimme aus dem Gerät dringen hören. Und er hörte auch den Schlag und den dumpfen Fall aus dem Zellenblock, doch der Wächter war zu sehr abgelenkt, um es mitzukriegen.

»Woher, zum Teufel, soll ich *das* wissen?« sagte der Mann wütend. »Er ist ein verdammter Admiral –! Okay!« Er warf den Hörer hin und ging zur Tür. Schritte näherten sich.

Die Tür zum Zellenblock wurde geöffnet, und Admiral Kirk trat heraus, der Dr. McCoy stützte.

»Was, zum Teufel, geht hier vor?«

Sulu tippte dem Wächter auf die Schulter.

»Verdammt, ich habe Ihnen doch gesagt –« Der Wächter fuhr herum und schlug in der Bewegung nach Sulus Kopf.

Sulu trat in den Schlag und um ihn herum, schlug die Faust mit beiden Händen herunter, um die Wucht des Schlages abzulenken. Als der große Mann stolperte und aus dem Gleichgewicht geriet, riß Sulu ihn an sich, drehte eine Pirouette und wirbelte ihn herum. Der Wächter verlor den Boden unter den Füßen, und Sulu verstärkte das Drehmoment. Die Wand geriet in den Weg. Sulus Gegner schlug krachend gegen den Beton und sackte lautlos zu Boden.

Die Form war nicht ganz einwandfrei für *yokomenuchie iriminage,* und seinen Gegner gegen die Wand zu knallen, galt als schlechter Stil, doch schließlich war dies die Wirklichkeit. Außerdem haßte es Sulu, wegen seiner Größe angepflaumt zu werden.

Sulu blickte auf. Kirk sah anerkennend zu ihm herüber.

»Der hintere Lift«, sagte Sulu. »Agenten sind auf dem Weg nach oben.«

Kirk nickte. Er und McCoy verschwanden durch die Seitentür. Sulu trat zur Hauptkonsole. Er griff unter das Gerät, ertastete den Zentralprozessor und drückte den Kurzschließer hinein, den er zusammengebastelt hatte. Das Ding belohnte ihn mit einem kleinen Feuerwerk und dem scharfen Geruch verschmorender Halbleiter.

Sulu lief Kirk nach. Als er die Tür erreichte, blieb er stehen und sah auf die bewußtlosen Wächter hinunter. »Nenn mich nie wieder ›Kleiner‹«, sagte er.

Jemand hätte dem Mann sagen sollen, daß es bei Sulus Lieblingskampfsport ein Vorteil war, klein zu sein.

Sulu holte Kirk und McCoy ein und half, den Arzt zu stützen.

»Ich bin völlig in Ordnung«, murmelte McCoy, versuchte jedoch nicht, die helfenden Hände abzuschütteln. Er war sicherer auf den Beinen als zu der Zeit, als Sulu ihn das letzte Mal gesehen hatte. Offenbar hatte das Lexorin gewirkt.

Admiral Kirk zog seinen Kommunikator heraus und ließ ihn aufschnellen.

»Einheit zwei, hier Einheit eins. Die *Kobayashi Maru* ist ausgelaufen zur Reise ins gelobte Land. Bestätigen.«

»Nachricht bestätigt«, antwortete Chekov. Seine Stimme klang blechern aus dem winzigen Lautsprecher. »Alle Einheiten werden informiert.«

Kirk ließ den Kommunikator zuschnappen. McCoy schien durch den kurzen Dialog neue Kräfte bekommen zu haben, und vielleicht auch dadurch, daß er seine Freiheit zurückgewonnen hatte. Er hob eine Braue und blickte Kirk an.

»Du bringst mich ins gelobte Land, Jim?«

»Wozu sind Freunde denn da?« sagte Kirk.

An Bord der *Excelsior* wartete Montgomery Scott auf den Turbolift. Die rechte Hand hatte er tief in seine Jackentasche gesteckt. Die scharfen Kanten eines kleinen und unscheinbaren Bauteils aus Halbleitern schnitten hart in seine Handfläche.

Der Lift hielt, die Tür glitt auf, und Captain Styles trat

heraus. Scott fuhr zusammen. Er hatte nicht erwartet, irgend jemanden zu treffen, und schon gar nicht Captain Styles. Er grüßte ihn höflich; schließlich war er theoretisch sein Kommandant.

Kommandant, also wirklich! dachte Scott wütend. Nimmt unserem Mr. Sulu das Schiff weg, ohne auch nur einen Gedanken daran zu verschwenden.

»Ah, Mr. Scott«, sagte Styles. »Machen Sie Schluß für heute?«

»Ja, Captain«, sagte Scott und versuchte, das gefrorene Lächeln auf seinem Gesicht festzuhalten.

»Ziehe mich auch zurück. Weiß jedoch nicht, ob ich werde schlafen können – ich will morgen ein paar von den Geschwindigkeitsrekorden der *Enterprise* brechen.«

»Jawohl Sir«, sagte Scott durch zusammengebissene Zähne. »Gute Nacht.« Scott trat in den Lift. Sobald die Tür sich zwischen ihn und Styles geschoben hatte, runzelte er die Stirn.

Seine ganze Zeit an Bord der *Excelsior* war eine Wiederholung der Argumentationen gewesen, die er mit Mr. Sulu über dieses Schiff geführt hatte. Nur daß Scott dieses Mal keine der Diskussionen verloren hatte. Scott hätte es Sulu gegenüber niemals zugegeben, aber die *Excelsior* war eine Meisterleistung der Schiffsbaukunst. Er hatte erwartet, sie voller Komplikationen zu finden, doch ihre Systeme waren auf eine elegante Art integriert, sauber und fast makellos. Scott hatte natürlich nach diesen Makeln gesucht.

»Hauptdeck, bitte«, meldete der Computer des Lifts.

»Es gab ein paar Dinge an diesem Schiff, die Scott nicht gefielen, so die etwas hochnäsig klingende Baritonstimme des Computers. Wenn er hier etwas zu sagen hätte, würde er das sofort ändern.

»Transporterraum«, sagte er.

»Danke«, sagte der Computer.

»Leck mich!«

Der Lift setzte sich in Bewegung.

»Ruhig, ruhig«, murmelte Scott.

Saavik und David quälten sich den steilen Hang eines Berges hinauf, auf der Suche nach einem Punkt, von dem aus sie nach anderen Überlebenden der *Grissom* Ausschau halten konnten. David war der Ansicht, daß zumindest ein paar der Leute die Geistesgegenwart gehabt haben mochten, im letzten Augenblick zu entkommen. Er wußte, daß Saavik das für unwahrscheinlich hielt, doch hatte sie nicht versucht, ihn von ihrer Ansicht zu überzeugen. Genaugenommen hatte sie seit seinem Geständnis über Genesis kaum mit ihm gesprochen. Als er vorgeschlagen hatte, auf einen höhergelegenen Punkt zu gehen, hatte sie nur die Schultern gezuckt, den vulkanischen Jungen aufgenommen und war auf den Berg zugeschritten, der sich abrupt aus der flachen Wüste erhob.

»Bist du böse mit mir?« fragte David nach langem Zögern.

Sie stieg weiter. Doch nach etwa zwanzig Metern sagte sie: »Wenn ich dem weniger zivilisierten Teil meines Charakters freie Hand lassen würde, wäre ich stinkwütend auf dich.«

»Ich mußte es tun!« sagte David. »Niemand hätte dadurch in Gefahr kommen sollen, und wenn es funktioniert hätte –«

»Ich weiß«, unterbrach sie ihn. »Das hast du mir schon mehrmals gesagt.«

»Ich wußte, daß ich dich als Freund verlieren würde, wenn ich es dir sagte«, murmelte David niedergeschlagen.

Saavik blieb stehen und legte den Jungen behutsam in den Schatten eines Baumes, so daß er vor dem scharfen, blauweißen Sonnenlicht geschützt war. Dann trat sie auf David zu und nahm seine Hände in die ihren.

»Du hast mich nicht als Freund verloren«, sagte sie lächelnd.

»Aber – du mußt mich doch hassen für alles, was ich getan habe!«

»Ich bin wütend darüber«, sagte sie und versuchte nicht, ihre Gefühle hinter einem philosphischen Vergleich zwischen Vulkaniern und Romulanern zu verstecken, versuchte nicht zu behaupten, daß sie solche Gefühle überhaupt nicht besäße. »Wenn ich es richtig verstehe, sind Wut und Haß zwei völlig verschiedene Emotionen. Und wenn ich es auch richtig verstehe, ist es sehr ungewöhnlich, jemanden zu hassen, den man liebt.«

»Saavik –« Er umfaßte ihre Hände fester.

»Vielleicht bin ich nicht fähig zu lieben, jedenfalls nicht so wie Menschen es tun«, sagte Saavik. »Doch da ich Liebe nicht verstehen kann, bin ich frei, sie für mich selbst zu definieren. Und ich möchte sie als das Gefühl definieren, das ich für dich empfinde.«

Sie blickte ihm in die Augen. Sie spürte den harten, kräftigen Puls in seinen Handgelenken. Sie fuhr mit ihren Händen seine Arme hinauf, über seine Schultern, legte sie an sein Gesicht. Er trat nahe auf sie zu und schloß sie in die Arme. Sie küßte ihn. David hatte das Gefühl, von einer weißen, heißen Flamme aufgelöst zu werden oder ungeschützt durch eine Sonnenprotuberanz zu stürzen.

Saavik trat zurück.

»Wir müssen weiter«, sagte sie. »Wir können hier nicht bleiben.«

Als sie sich umwandte, um den vulkanischen Jungen aufzuheben, hörte sie einen seltsamen Laut. Sie sah in die Richtung zurück, aus der sie gekommen waren.

»David«, flüsterte sie erschüttert. »Sie doch...«

Tief unter ihnen flutete der Gletscher an den Fuß des Berges, schob sich in langsamen Wellenbewegungen an seiner Flanke hinauf. Während Saavik und David hinabstarrten, kroch das Eis weiter, drückte sich berstend und krachend gegen den unverrückbaren Fels. Das Eis hatte die Wüste völlig bedeckt, sie wie eine silberne Flut unter sich begraben.

Scott materialisierte im Dunkel. Er haßte es, ins Dunkel gebeamt zu werden.

»Chekov?« flüsterte er.

»Willkommen daheim, Mr. Scott«, sagte Chekov. »*Strasdwuitje, Towarisch.*«

»Hören Sie auf mit Ihrem heidnischen Kauderwelsch, Chekov«, sagte Scott. »Wie sind Sie an Bord gelangt?«

»Wir haben da unsere Möglichkeiten«, sagte Chekov.

»Und was für welche, wenn ich fragen darf?«

»Partner von ›Einheit drei‹ hat sich ihre Gutmütigkeit zunutze gemacht und kam zu spät zum Dienst. Für ›Einheit eins‹ dürfte es schwerer werden.«

»Okay«, sagte Scott. »Dann wollen wir mal ein bißchen Leben in diesen alten Eimer bringen.« Er blickte durch den Transporterraum der *Enterprise*. Im matten Licht der Konsole konnte er gerade Chekovs Hände ausmachen.

»Wie war der Trip zur Erde?« fragte Chekov.

»Kurz«, sagte Scott. »An die Arbeit.«

Uhura beantwortete den Zehn-Uhr-Ruf.

»Verstanden. Alte City-Station, um zweiundzwanzig Uhr. Alles klar.«

Sie machte ein paar Veränderungen an der Einstellung des auf der Erde befindlichen Transporters, für den sie eingeteilt worden war. Dieses war ein ruhiger Job; sie war seit vier Uhr nachmittags hier und hatte offiziell niemanden herein- und hinausgebeamt. Und auch für den Rest des Abends waren keine Reisenden gemeldet – jedenfalls nicht offiziell.

Sie merkte, daß Lieutenant Heisenberg sie aufmerksam beobachtete, mit einem Ausdruck von Neugier auf seinem Gesicht. Er lehnte sich in seinen Sessel zurück, die Hände hinter dem Kopf verschränkt, seine Füße auf der Konsole.

»Sie verwundern mich, Commander«, sagte er.

»Wieso?« sagte sie milde.

»Sie sind eine Raumveteranin mit zwanzig Dienstjahren – und haben sich für den langweiligsten Posten gemeldet, den es in dieser Stadt gibt. Ich meine – seien wir doch mal ehrlich: dies ist der Arsch des Raums.«

»Oh, mir liegen Ruhe und Frieden nun einmal, Lieutenant.« Uhura lächelte versonnen.

»Vielleicht ist das okay für jemanden wie Sie, deren Karriere sich ihrem Ende zuneigt.«

Uhura hob eine Braue über diese Bemerkung, reagierte jedoch nicht auf sie.

»Aber ich«, sagte Heisenberg, »ich brauche Herausforderungen in meinem Leben. Abenteuer. Überraschungen.«

»Sie kennen doch die alte Redensart, Lieutenant: Sei vorsichtig mit dem, was du verlangst – du könntest es bekommen.«

»Das *wünsche* ich mir«, sagte er sehnsüchtig.

Uhura warf einen Blick auf die Uhr. Sie hatte versucht, Heisenberg dazu zu überreden, früher nach Hause zu gehen, mit dem Vorwand, daß es kaum genug Arbeit für einen gäbe, schon gar nicht für zwei, doch unglücklicherweise hatte er das Angebot abgelehnt. Offensichtlich hatte er ein etwas schlechtes Gewissen, weil er eine Stunde zu spät erschienen war. Sie wünschte, er würde sich einen anderen Tag dafür aussuchen, seine Schuldgefühle abzureagieren, aber so war das Leben nun mal.

Die Tür glitt auf.

Admiral Kirk, Dr. McCoy und Captain Sulu traten herein und schritten direkt auf die Transporterplattform zu, ohne nach links oder rechts zu blicken. Kirk wirkte angespannt, doch angespannt wegen einer Sache, die irgendwo anders lag; er schien weder in diesem Raum noch in dieser Zeit zu sein. McCoy wirkte erschöpft, doch gesammelt. Sulu suchte Uhuras Blick und lächelte sie an.

»Ich habe mit Sarek gesprochen«, hörte Uhura Kirk zu McCoy sagen. »Ich mache mir Sorgen um ihn, Pille. Die Belastung –«

Heisenberg ließ seine Füße von der Konsole auf den Boden fallen und setzte sich sehr gerade auf.

»Gentlemen«, sagte Uhura. »Guten Abend.«

»Guten Abend, Commander«, sagte Admiral Kirk. »Alles klar?«

»Jawohl, Admiral.« Sie hob eine Hand zu einer Willkommensgeste. »Treten Sie in meinen Salon.«

Uhura sah, wie Heisenberg den Mund aufriß, als er die Reisenden erkannte. Er war der einzige Unsicherheitsfaktor in dieser Gleichung. Sie hoffte, daß er vernünftig sein würde. Sie begann, die Koordinaten einzustellen.

»Commander«, flüsterte Heisenberg, »dies sind ein paar der berühmtesten Leute von Starfleet! Admiral Kirk! Mein Gott!«

»Seien Sie stolz darauf, Lieutenant«, sagte sie.

»Aber es ist so verdammt irregulär – keine Anweisung, keine –«

»Sehr richtig«, sagte sie milde.

Heisenberg blickte ihr über die Schulter und erkannte die Koordinaten, die sie eingegeben hatte.

»Das ist ja die *Enterprise*«, sagte er mit leiser Stimme.

»Sie haben wieder mal recht, Lieutenant.«

»Aber die *Enterprise* ist doch versiegelt – wir dürfen niemanden direkt an Bord beamen!«

»Dürfen wir das nicht?«

»Nein. – Das ist befehlswidrig. Wir können doch nicht Leute auf einem versiegelten Schiff herumlaufen lassen, ganz egal, wer wir sind!«

Uhura war wirklich froh, daß er diesen Einwand brachte, denn auf lange Sicht gesehen würde ihn das aus allen Schwierigkeiten heraushalten.

»Was sollen wir nur dagegen tun?« rief er verzweifelt.

»*Ich* werde nichts dagegen tun. Und *Sie* werden sich in den Schrank setzen.«

»In den *Schrank*?« Er wich vor ihr zurück. »Haben Sie denn jeden Sinn für die Realität verloren?«

»Aber dies ist doch nicht die Realität, Lieutenant«, sagte sie lächelnd.»Dies ist Fantasie.« Sie zog ihren verborgenen Taschenphaser heraus und richtete seine Mündung auf ihn. Er war natürlich auf Betäubung geschaltet, doch Betäubung war mehr als ausreichend für dieses Unternehmen. Sie hoffte, daß Heisenberg sie nicht zwingen würde, abdrücken zu müssen. Das Erwachen aus einer Phaser-Betäubung war ziemlich unangenehm. Uhura wünschte ihm nichts Böses und keine physischen Unannehmlichkeiten. Sein psychisches Wohlsein war jedoch eine ganz andere Sache. Sie gönnte ihm ein paar psychische Unannehmlichkeiten für seine abfällige Bemerkung über ihre Karriere.

»Sie wollten doch Abenteuer«, sagte sie. »Wie gefällt Ihnen dies? Steigt Ihr Adrenalinspiegel genügend?«

Heisenberg nickte.

»Guter Junge«, sagte sie. »Und jetzt in den Schrank!«

Sie drückte auf einen Knopf, und die Tür des kleinen Vorratsraums, direkt hinter ihm, glitt auf. Sie winkte mit dem Phaser, und er trat rückwärts hinein.

»Warten Sie –«

Sie schloß die Tür.

»Ich bin froh, daß ich auf Ihrer Seite bin«, grinste McCoy.

Sie lächelte zurück.

»Wir müssen los«, sagte Kirk. »Uhura,ist der Transporter auf Automatik? Kommen Sie. Rauf mit Ihnen.«

»Nein«, sagte sie.

Er brauchte eine Sekunde, um zu begreifen, was sie gesagt hatte. Sein Gesichtsausdruck wechselte von Verärgerung zu Verblüffung.

»Nein?« sagte er. »Was soll das heißen?«

»Ich sehe ein, daß dieses Wort dem Admiral nicht sehr geläufig ist –«

Kirk öffnete den Mund, um etwas zu sagen, doch sie kam ihm zuvor.

»– aber irgend jemand muß hier zurückbleiben und genügend Fehler in die Kommunikation einbauen, damit nicht jedes Schiff in diesem Sektor Ihnen an den Fersen hängt.«

»Das können Sie doch auch von Bord der *Enterprise* aus tun.«

»Nein, das kann ich nicht. Es wäre zu leicht zu stören. Admiral, wir haben jetzt keine Zeit, darüber zu streiten! Klar zum Beamen!«

»Was ist mit –« Er deutete auf den Schrank.

»Machen Sie sich keine Gedanken um Mr. Abenteuer. Der wird mir bald aus der Hand fressen.« Wenn es nötig werden sollte, dachte sie. »Gehen Sie mit allen meinen guten Wünschen, meine Freunde.«

Kirk nickte zustimmend. »Energie.«

Sie aktivierte den Beam.

KAPITEL 9

Nachdem Kirk, Sulu und McCoy sich zu Funken aufgelöst und verschwunden waren, begann Heisenberg von innen an die Schranktür zu hämmern. Uhura kümmerte sich nicht darum und machte sich an die Arbeit, die Kommunikationskanäle zu öffnen, die sie brauchen würde, um jeden Verkehr zu stören, sobald das Raumdock erkannt hatte, was passierte.

Uhura war an der Konsole in ihrem Element. Sie infiltrierte jeden wichtigen Kommunikationskanal zwischen dem Hauptquartier und der Flotte. Bis man den Wirrwarr geklärt hatte, würde die *Enterprise* auf halbem Weg nach Genesis sein. Wenn das Schiff jede direkte Verfolgung von Raumdock vermeiden konnte, sollte es Admiral Kirk gelingen, seine Unternehmung durchzuführen. Wenn die durchführbar war.

Sulu spürte, wie sein Körper sich um sein Bewußtsein formte, dann stand er auf der Brücke der *Enterprise*, und Kirk und McCoy materialisierten sich neben ihm. Die Systeme des Schiffes liefen normal, doch die Brücke wirkte leer mit nur fünf Menschen. Chekov hob grüßend die Hand. Scott erhob sich auf dem Kommandantensessel und trat Kirk entgegen.

»Wie versprochen, alles klar, Sir«, sagte er. »Alle Systeme auf Automatik und einsatzbereit. Ein Schimpanse und zwei Kadetten könnten sie fahren.«

»Ich danke Ihnen, Mr. Scott«, sagte Kirk trocken. »Ich werde mich bemühen, das nicht persönlich zu nehmen.« Er trat neben McCoy und blickte die anderen drei an. »Meine Freunde«, sagte er. »Ich kann von Ihnen nicht verlangen, noch weiterzugehen. Dr. McCoy und ich haben diese Sache durchzustehen. Sie drei jedoch nicht.«

Die *Enterprise* nach Genesis zu bringen, würde erheblich mehr erfordern als einen Schimpansen und zwei Kadetten, und jeder auf der Brücke wußte das. Sulu trat die Stufen herab und setzte sich auf seinen Platz an der Navigationskonsole. Gestern hatte er seinen Entschluß gefaßt und erkannt, wo seine Loyalität lag. Er sah keinen Grund, seine Entscheidung jetzt zu ändern.

»Admiral«, sagte Chekov, »wir verlieren kostbare Zeit.«

Kirk blickte von Chekov zu Sulu zu Scott.

»Mr. Scott?«

»Ich wäre dankbar, Admiral, wenn Sie endlich den Befehl geben würden.«

Kirk zögerte, dann nickte er entschlossen. »Der Befehl ist gegeben. Gentlemen, mögen wir den Wind in unserem Rücken haben. Stationen, bitte.»

Kirk nahm seinen gewohnten Platz auf dem Kommandantensessel ein.

»Fixierung lösen...«

Sulu konzentrierte seine Aufmerksamkeit auf die Impuls-Triebwerke. Sie waren natürlich nicht so gründlich überholt worden, wie Mr. Scott es gewünscht hatte, und sie reagierten zögernd, erratisch, genau wie beim Einlaufen. Der Warp-Antrieb würde genauso holprig sein.

Das Schiff löste sich zögernd von seinem Liegeplatz und schwang seinen Bug zum Tor des Raumdocks herum.

»Autosysteme einschalten«, sagte Kirk. »Viertelkraft Impuls-Antrieb...«

Die *Enterprise* erreichte die Liegestelle der *Excelsior*. Sulu warf nur einen kurzen Blick auf das neue Schiff und drängte die Versuchung zum Bedauern aus seinem Gehirn.

Sulu begann die verblüfften Reaktionen über die Kommunikationskanäle aufzufangen, als Sensoren und Alarmsysteme und Starfleet-Personal der Nachtwache begriffen, was passierte. Die *Enterprise* trieb wie ein Geisterschiff an der *Excelsior* vorbei auf die großen, geschlossenen Pforten des Raumdocks zu. Er hörte die ersten Worte eines Kommandos, sie zu sichern, eines Kommandos, das abrupt durch einen kreischenden Pfeifton unterbrochen wurde. Kurz darauf dröhnte eine lachende Stimme. Sulu erkannte sie als die eines beliebten Humoristen.

Er grinste. Alles, was Uhura tat, tat sie mit Stil und Witz. Das Kreuzen von Starfleet-Kanälen mit denen eines Senders, der fast nur Unterhaltung brachte, dürfte eine interessante Mischung hervorbringen.

Faszinierend, wie Spock gesagt haben würde.

»Eine Minute bis zu den Raumpforten«, meldete Sulu.

McCoy stand unruhig auf dem höheren Teil der Brücke. »Willst du einfach durch*marschieren*?«

»Nur ruhig, Pille«, sagte Kirk.

»Sir«, sagte Chekov, »Starfleet-Kommandeur Morrow auf Notrufkanal. Er fordert Sie auf, sich zu ergeben.«

»Keine Antwort, Chekov. Bleiben Sie auf Kurs.«

Sulu stellte den Kommunikationsmonitor auf Dauer-Scan ein. Bei einem Kanal blieb er lange genug stehen, um hören zu können: »Was soll das heißen: *Alarmstufe zwei?* Wie kann man Alarmstufe zwei in einem *Raumdock* geben?«

Der Dialog eines alten Films schnitt die Antwort ab. »Wer sind diese Burschen?«

Das einzige, was Uhura nicht verhindern konnte, war, daß die Leute im Raumdock sahen, was geschah. Jeder, der sich in der Raumstation befand, wußte, daß die *Enterprise* außer Dienst gestellt worden war. Inzwischen mußten sie erkannt haben, daß etwas sehr Merkwürdiges vor sich ging.

»Dreißig Sekunden bis zur Raumpforte«, sagte Sulu.

»Sir, *Excelsior* macht klar zum Ablegen. Hat Befehl, uns zu verfolgen«, meldete Chekov.

Sulu schaltete den Bildschirm auf Achter-Sicht. Sie alle konnten sehen, wie die *Excelsior* zum Leben erwachte, sich auf die Jagd vorbereitete.

»Mein Gott«, sagte McCoy. »Sie holt uns ein, wenn sie nur dort festliegt.«

Sulu schaltete wieder auf Frontsicht um. Das Raumportal füllte den großen Bildschirm völlig aus.

»Ruhe, Ruhe«, sagte Kirk. »In Ordnung, Mr. Scott?«

»Sir – ?« fragte Scott aufgelöst, denn seine Konzentration war ganz auf die Durchführung seiner Infiltrations-Routine gerichtet.

»Die Pforte, Mr. Scott.«

»Jawohl, Sir. Ich arbeite ja daran.«

Sulus Hände lagen auf den Kontrollen, um vollen Rückwärtsschub geben zu können, als die schweren Torflügel plötzlich auseinanderglitten und einen Blick auf die Schwärze des Raums freigaben. Das Tor öffnete sich, um die *Enterprise* hinaus zu lassen. Mit einer Handbreite Freiraum zu beiden Seiten glitt das Schiff aus dem Dock.

»Haben Raumportal passiert«, meldete Sulu.

»Voller Impuls-Schub!«

Sulu schaltete den Antrieb auf volle Kraft. Die *Enterprise* erschauerte und schoß davon.

Hinter ihnen brach die *Excelsior* in den Raum heraus.

Uhura hatte die Kommunikationskanäle so weit klar gelassen, daß die *Enterprise* wußte, was vor sich ging, sorgte jedoch dafür, daß kein Schiff über Funk oder Subraum-Kommunikation zu ihrer Verfolgung eingesetzt werden konnte.

Sie brauchten also nur die *Excelsior* abzuhängen.

»*Excelsior* hat auf viertausend Meter aufgeholt, Sir«, meldete Chekov.

»Mr. Scott«, sagte Kirk, »jetzt brauchen wir alles, was Sie uns geben können.«

»Jawohl, Sir. Warp-Antrieb klar.«

»Kirk!« brach Captain Styles' Stimme durch das Chaos von Geschwätz und Statik. »Kirk, wenn Sie nicht sofort aufgeben, werden Sie nie wieder auf dem Stuhl eines Captains sitzen!«

Kirk ignorierte ihn. Sulu biß die Zähne zusammen. Im Hintergrund konnte er Styles den Befehl geben hören, den Traktor-Strahl einsatzbereit zu machen.

»Warp-Geschwindigkeit, Mr. Sulu«, sagte Kirk.

»Warp-Geschwindigkeit.«

Das Schiff stürzte sich in den Warp. Die Kommunikation der *Excelsior* wurde auf Sub-Raum umgeschaltet.

»Keine Chance, Kirk«, sagte Styles. »Wir fassen Sie, wenn Sie zurückkommen! Klar bei Warp-Antrieb! Klar zu Transwarp-Geschwindigkeit!«

Verdammter Angeber, dachte Sulu. *Excelsior* konnte die *Enterprise* allein mit Warp-Geschwindigkeit einholen; mit Transwarp würden sie über ihr Ziel hinausschießen und mußte vielleicht zurückkommen, um sie zu fangen.

Während die *Enterprise* auf den Mutara-Sektor zuraste, richtete Sulu seine visuellen Sensoren achteraus. Auf dem großen Bildschirm war die *Excelsior* ein weißleuchtender Punkt hinter ihnen. Scott blickte ihn mit einem seltsamen, selbstgefälligen Lächeln an. Sulu sah Scott an und begann, sich einige Fragen zu stellen.

Die Aura der *Excelsior* verschob sich ins Blau-Spektrum, als das neue Schiff mit Höchstgeschwindigkeit näherkam.

Das Blau-Spektrum verblaßte, und der Punkt auf dem Bildschirm wurde rot, als die *Enterprise* sich immer rascher von ihm entfernte. Sulus Sensoren zeigten, daß die *Excelsior* noch intakt war, jedoch keine Energie besaß. Er fühlte mehr als nur ein wenig Zerrissenheit über das, was geschah.

»*Excelsior* treibt im Raum«, meldete er.

Als Captain Styles' Hilferuf nach einem Schlepper eintraf, fing Uhura ihn auf und dämpfte ihn ab, wobei sie eine erhebliche Befriedigung verspürte.

Willst Hikarus Schiff übernehmen, wie? dachte sie. Nun kannst du für eine Weile rumhängen und im eigenen Saft kochen.

»Commander, lassen Sie mich raus!«

Sie ignorierte Heisenbergs Schreien und Hämmern an die Tür, bis sie Angst bekam, daß er zu viel Lärm machen und irgend jemand, der vorbeikam, ihn hören könnte.

»Heisenberg!« sagte sie. »Seien Sie ruhig!«

»Lassen Sie mich raus! Was, zum Teufel, geht überhaupt vor?«

»Wenn Sie nicht still sind, setze ich meinen Phaser in Betrieb!« Sie arbeitete weiter. Einige ihrer Sicherheitsmaßnahmen kehrten sich gegen sie. Jede neue Unterbrechung war schwerer und schwerer zu erreichen. Man hatte schon Wind von ihrer Tätigkeit bekommen. Sie hatte nur noch wenige Minuten, bevor sie fliehen mußte, wenn sie auch die letzte, selbsterwählte Aufgabe durchführen wollte, bevor man sie hoppnahm. Sie hatte keinerlei Zweifel daran, daß sie morgen um diese Zeit hinter Gittern sitzen würde.

»Commander«, sagte Heisenberg, diesmal leise. »Was ist los? Vielleicht kann ich Ihnen helfen –«

Sie antwortete ihm nicht mehr.

»Commander Uhura, bitte, wenn Sie mir nur sagen würden –«

Er klang ehrlich, doch sie kannte ihn nicht gut genug, um zu wissen, wie gut er schauspielern konnte. Außerdem brauchte sie keine Hilfe. Falls er Abenteuer suchte, würde er sie bestimmt finden, wenn sie ihn aus dem Schrank herausließ – er würde für ein paar Minuten Abenteuer erleben, und wahrscheinlich den Rest seines Lebens damit zubringen, sie zu bedauern, oder versuchen, sie wieder gutzumachen. Das Beste, was sie für ihn tun konnte, war, ihn dort zu lassen, wo er war. Auf diese Weise würde es für Starfleet klar sein, daß er nichts mit Kirks Diebstahl der *Enterprise* zu tun hatte. Heisenberg mochte es jetzt peinlich sein, in einem Schrank eingesperrt zu sein, und noch dazu von einem weiblichen Offizier, deren Karriere sich ihrem Ende zuneigte... doch das war ihm sicher weniger peinlich als ein Kriegsgerichtsverfahren.

Sie hatte hier alles getan, was sie tun konnte. Sie schaltete die Transporterkontrolle auf Automatik. Starfleet würde sie durch die Koordinaten, die sie auf der Konsole eingestellt hatte, finden können, doch bis dann spielte das keine Rolle mehr, hoffte sie.

»Heisenberg«, sagte sie.

»Was ist?« fragte er irritiert zurück.

»Irgend jemand wird in ein paar Minuten vorbeikommen und Sie herauslassen. Es tut mir leid, daß ich Sie einsperren mußte, Lieutenant. Es geschah zu Ihrem Besten.«

»Ja, klar.«

Uhura trat auf die Transporterplattform und dematerialisierte sich.

Mr. Scott trat hinter Sulu, der an der Navigationskonsole saß. Auf dem großen Bildschirm wurde die *Excelsior* rasch kleiner und verschwand schließlich ganz.

»Ich habe Ihr Schiff nicht für immer kaputtgemacht, Junge«, sagte Scott leise.

Sulu blickte auf. Was mit der *Excelsior* getan werden mußte, war Mr. Scott übertragen worden, und es war für Sulu eine Erleichterung zu erfahren, daß die Schäden nur vorübergehend sein würden. Er nickte dankbar.

»Mr. Scott«, sagte Kirk, »Sie sind so gut wie Ihr Wort.«

»Jawohl, Sir. Je mehr sie die Klampnerei komplizieren, desto einfacher wird es, den Abfluß zu verstopfen.«

Bei jeder neuen Technologie gibt es ein paar neue Fehlerquellen, dachte Sulu.

»Hier, Doktor«, sagte Scott zu McCoy. Er zog seine Hand aus der Jackentasche und reichte McCoy einen mattgrauen, waffelähnlichen Gegenstand. »Ein Souvenir, von einem Chirurgen für den anderen.«

McCoy nahm es an. Seine Hand zitterte leicht. Er hatte keine Ahnung, was es war.

»Ich habe das Ding aus dem Transwarp-Computer der *Excelsior* ausgebaut«, sagte Scott. »Ich wußte, daß Styles nicht der Versuchung widerstehen könnte, ihn auszuprobieren.«

»Nett von Ihnen, mir vorher Bescheid zu sagen«, grinste McCoy.

Kirk hakte seinen Arm um die Rückenlehne des Kommandantensessels. »Das kommt davon, wenn du Stabsbesprechungen versäumst, Doktor«, sagte er. Er blickte umher, nahm jeden der Männer wahr. »Gentlemen, Sie haben heute außerordentliche Arbeit geleistet. Ich verspreche Ihnen, Sie alle zur Beförderung vorzuschlagen.« Seine Stimme wurde trocken. »In welcher Flotte wir irgendeinmal auch dienen mögen.«

Sulu fing Chekovs Blick auf.

»Wahrscheinlich in einer Erzflotte draußen bei den Kittchenminen von Antares«, sagte er so leise, daß nur Sulu ihn hören konnte.

Kirk erhob sich, trat zu Sulu und legte ihm die Hand auf die Schulter. »Beste Geschwindigkeit nach Genesis, Mr. Sulu«, sagte Kirk.

Uhura war noch nie in der Botschaft von Vulkan gewesen. Das majestätische Gebäude stand in einem vornehmen Viertel der Stadt, auf einem Hügel, von dem man einen Ausblick auf das Meer hatte. Der Ozean lag schwarz und silbern in der Nacht; es war die erste Nacht nach dem Vollmond. Uhura materialisierte auf dem Gehsteig vor der Botschaft, da diese gegen unautorisierte Transporter-Beams geschützt war. Sie trat in den Lichtkreis vor dem Tor und drückte auf den Klingelknopf.

»Ja?« Der Video-Bildschirm, der direkt in dem Steinpfeiler versteckt war, blieb dunkel; die winzige Kamera neben ihm, deren Linse direkt auf sie gerichtet war, stand jedoch sicher in Betrieb.

»Ich möchte mit Botschafter Sarek spechen«, sagte sie.

»Der Botschafter kann heute abend keine Besucher empfangen. Sie können einen Termin ausmachen und zu den festgesetzten Besuchszeiten wieder herkommen.«

»Aber es ist dringend«, sagte Uhura.

»Was ist Ihr Anliegen?«

»Es handelt sich um eine private Angelegenheit«, sagte sie und erinnerte sich, wie zurückhaltend Spock immer über seine Abstammung und seine Familie gewesen war.

»Botschafter Sarek ist beschäftigt« sagte die gesichtslose Stimme. »Ich kann ihn nicht stören, wenn Sie mir nicht Ihren Namen nennen und mir sagen, was Sie mit ihm zu tun haben.«

»Ich bin Commander Uhura vom Starship *Enterprise*«, sagte sie. »Und Sie können Botschafter Sarek ausrichten, daß mein Anliegen Genesis betrifft.«

»Warten Sie«, sagte die ausdruckslose Stimme.

Sie fühlte die Minuten verstreichen, Minuten, während derer man ihre Spur immer weiter verfolgen konnte. Sie kannte den Prozeß gut genug, um genau abschätzen zu können, wie schnell eine Verfolgung angesetzt werden konnte, und wenn diese Zeit vorbei war, würde sie auf das satinfarbene Schimmern der Transporter-Beams achten müssen. Nebelschwaden rollten von der See herein. Sie fröstelte.

Sie drückte wieder auf den Klingelknopf.

»Wir bitten Sie höflichst zu warten.« Die Stimme wies eine geringe Modulation auf, so daß sie sich fragte, ob sie von einer Maschine stammte, und von einer auf Standard recht unzureichend programmierten Maschine noch dazu.

»Ich bin bald gezwungen zu gehen«, sagte sie. »Wenn ich Botschafter Sarek nicht sehen kann, muß ich ihm eine Nachricht hinterlassen – doch ich würde es vorziehen, mit ihm selbst zu sprechen. Es dauert nur ein paar Minuten!«

»Bitte halten Sie Ihre Emotionen unter Kontrolle.«

Sie wollte gegen den Torpfosten treten, soweit hielt sie ihre Emotionen unter Kontrolle. Doch wußte sie, daß ihr das nichts nützen würde, und wahrscheinlich würde sie sich dabei auch noch den Fuß brechen.

Sie hörte einen Transporter-Beam, sehr nahe. Sie drückte sich gegen den Torpfeiler, versuchte, sich im Schatten unsichtbar zu machen. Doch sie konnte sich vor den materialisierenden Sicherheitsleuten nicht lange verstecken. Sie hatte erwogen, an einen anderen Ort zu beamen und dann zu Fuß herzukommen, doch sie würden geahnt haben, wohin sie wollte. Wahrscheinlich wären sie eher hiergewesen als sie.

Sie drückte wieder auf den Klingelknopf.

»Wir bitten Sie höflichst zu warten«, tönte es wieder.

»Man will mich festnehmen«, sagte sie. »Bitte richten sie Sarek aus –«

Die Torflügel schwangen langsam auf. Die Entfernung zum Botschaftsgebäude betrug etwa hundert Meter, und diese hundert Meter waren ihre Rennstrecke. Sie lief los, als die Leute vom Sicherheitsdienst sie gerade erreichten. Sie verfolgten sie über das nachtdunkle Gelände der Vulkanischen Botschaft. Sie hängte sie ab und erreichte das Gebäude mit einigem Abstand vor ihnen. Es war jedoch ein leerer Sieg. Die Tür war verschlossen. Sie wandte sich um.

Der Offizier des Sicherheitsteams kam die Stufen der Freitreppe herauf und ergriff sie beim Arm.

»Bitte, kommen Sie mit uns, Commander«, sagte sie. »Es wird für alle leichter, wenn Sie sich nicht widersetzen.«

»Ich gehe mit Ihnen, wenn Sie mir nur zehn Minuten Zeit geben, um mit Botschafter Sarek zu sprechen. Es geht um eine Sache von eminenter Wichtigkeit.«

Die Frau schüttelte den Kopf. »Tut mir leid«, sagte sie, »aber das ist unmöglich. Es wäre ein direkter Verstoß gegen meine Befehle.«

Sie führte Uhura die Stufen hinab und auf den zum Tor führenden Weg.

»Besagen Ihre Befehle auch, daß Sie das Hoheitsgebiet einer verbündeten Macht verletzen sollen?«

Sarek hatte sich ihnen, vom Botschaftsgebäude kommend, mit so weitgreifenden, lautlosen Schritten genähert, daß keiner von ihnen ihn bemerkt hatte. Seine imponierende Gestalt wurde betont durch seine lange, schwarze Robe, sein ernstes, verschlossenes Gesicht, seine dunklen, tief in ihren Höhlen liegenden Augen. Uhura hatte das Gefühl, daß er nicht gegessen und auch nicht mehr geschlafen hatte, seit ihm Spocks Tod berichtet worden war.

Die Leiterin des Sicherheitsteams lief rot an, da sie wußte, daß sie ihre Kompetenzen überschritten hatte. Sie versuchte, sich so glimpflich wie möglich aus der Affäre zu ziehen.

»Das lag nicht in unserer Absicht, Sir«, sagte sie. »Mehrere Leute, die an der letzten Reise der *Enterprise* teilgenommen haben, zeigen... Anzeichen schwerer psychischer Störungen. Wir versuchen, sie in Behandlung zu bringen. Wenn Sie mir also erlauben würden, Commander Uhura in ein Krankenhaus zu schaffen –«

»Das werde ich nicht tun. Commander Uhura hat um politisches Asyl gebeten, und ich habe es ihr gewährt. Bitte verlassen Sie jetzt das Territorium der Botschaft.«

Die Leiterin des Sicherheitsteams ließ sich nicht einschüchtern, sondern wandte sich an Uhura. »Commander, ist es das, was Sie wollen? Es würde für Sie das Exil bedeuten. Wir könnten Sie ziemlich ungeschoren aus dieser Sache herausbringen. Wenn ich Ihnen jetzt zehn Minuten Zeit gebe – davon darf jedoch nichts verlauten –, werden Sie dann mit uns kommen?«

Uhura dachte darüber nach. Aber sie hatte heute schon zu viele Brücken hinter sich abgebrochen.

»Nein«, sagte sie. »Ich bleibe hier.«

Die Leiterin des Sicherheitsteams atmete tief durch. »Wie Sie wollen.« Sie wandte sich Sarek zu. »Meine Regierung wird sich sofort mit Ihnen in Verbindung setzen und ein formelles Auslieferungsbegehren an Sie richten.«

»Das liegt bei Ihrer Regierung. Guten Abend.«

Das Sicherheitsteam verließ das Botschaftsgelände, und das Tor schloß sich hinter ihm.

»Ich danke Ihnen, Sir«, sagte Uhura. Sie zitterte heftig. »Ich bin hergekommen, um Ihnen zu sagen –«

»Kommen Sie herein, Commander«, sagte er. »Es ist nicht nötig, hier draußen zu stehen, in der Kälte und Feuchtigkeit – und vor den Augen der Öffentlichkeit –, wenn wir miteinander reden.«

Kruge materialisierte auf der Oberfläche des Genesis-Planeten, nahe genug bei den Lebenszeichen, um sie aufspüren zu können, jedoch weit genug von ihnen entfernt, um nicht entdeckt zu werden, so daß er überraschend über sie herfallen konnte. Neben ihm erschien jetzt Warrigul, vor Erregung zitternd und jaulend. Doch er jaulte fast lautlos. Das Tier war darauf abgerichtet, eine potentielle Kampfsituation zu erkennen und sich entsprechend zu verhalten. Wenn Kruge Warrigul befahl, einen Gegner anzugreifen, würde dieser Angriff lautlos erfolgen.

Der Commander inspizierte die Lichtung, während sein Sergeant und dessen Leute um ihn herum materialisierten. Sie gefiel ihm, mit ihrer dunklen, nach Fäulnis riechenden Erde, den hochaufragenden Pflanzen, die herabhängende lederartige Blätter trugen, mit der Hitze und der grellen Helligkeit der strahlenden, neuen Sonne.

Kruge zog seinen Tricorder heraus und führte einen Scan durch. Er machte die metallische Masse aus, um die herum letztlich so viel Aktivität geherrscht hatte. Sie lag tiefer in der Lichtung, vielleicht fünfzig Schritte von ihrem Rand entfernt. Einige geringere Lebenszeichen waren um sie herum festzustellen, doch waren es keine Signale einer höheren Ordnung, die die Anwesenheit der Gefangenen verrieten, die er zu machen hoffte. Trotzdem, sie mußten hier sein, also setzte er sich auf ihre Spur, um sie zu erwischen.

Er schritt zwischen den knorrigen Stämmen der Lederbäume entlang. Warrigul marschierte lautlos an seiner Seite; der Sergeant und die anderen Leute folgten ihm.

Der Boden begann zu beben. Kruge blieb stehen. Das Beben wurde stärker, bis all die Lederbäume mit hohlem Krachen aneinanderschlugen. Einer der schweren Wedel brach von seinem Stamm und fiel mit einem satten, krachenden Geräusch zu Boden, wie etwas Totes im letzten Stadium seiner Evolution.

Als das Erdbeben seinen Höhepunkt erreichte, hörte Kruge einen langen, gellenden Schrei, einen Laut, wie er ihn noch nie zuvor vernommen hatte. Er ging auf das Geräusch zu, schritt weitausgreifend über den steinigen Boden. Er merkte sich für die Zukunft, daß seine Leute ihm nicht folgten, bevor die Erschütterungen aufgehört hatten und er sich ein gutes Stück vor ihnen befand. Nur Warrigul war bei ihm geblieben.

Er wäre beinahe über sein Haustier gestolpert, als es plötzlich verhielt, einen Schritt zurücktrat und knurrte.

Die dichte, graugrüne Vegetation lichtete sich ein wenig und ließ einen scharfen, grellen Schaft von Sonnenlicht herabfallen, der das Torpedorohr der Föderation beleuchtete, das so viel Interesse ausgelöst hatte.

Überall um das Ding herum schlängelten sich große, schuppige Echsen, wie die Monster in der Sage von Ngarakkani, dem Mythos von Kruges Volk. Die Kreaturen sahen oder rochen ihn oder fühlten die Vibrationen seiner Schritte, erhoben ihre Köpfe in einem dichten Gewirr und zischten.

Kruge hörte den Sergeanten einen Schutzbann flüstern. Er lächelte und gab Warrigul einen Wink, sich zu setzen. Dann schritt er auf den Sarg zu. Er ignorierte alle Kreaturen bis auf die größte, die sich auf das Torpedorohr hinaufgearbeitet hatte, dort zusammengerollt saß und ihn anstarrte. Sie schwang ihren Kopf hin und her, zischte, und stieß einen herausfordernden Schrei aus.

Er trat in ihren plötzlichen Angriff und packte sie bei der Kehle, riß sie dann hoch, um sie sich genau anzusehen. Sie wand sich in seiner Hand. Mehrere andere schlangen sich um seine Stiefel. Er ignorierte sie, wie er auch seine Begleiter ignorierte, obwohl er sich dessen, was um ihn herum geschah, sehr genau bewußt war, besonders des Eindrucks, den diese Szene machen mußte. So wie der Held Ngarakkani würde er mit den Dämonen ringen und sie besiegen.

Die Kreatur begann ihren langen, peitschenden Schwanz um seinen Hals zu ringeln und zuzudrücken. Kruge versuchte, ihn loszureißen, doch ihre Kraft war der seinen überlegen. Die harten Schuppen ihres Unterleibes gruben sich in seine Kehle, schnitten ihm die Luft ab. Dunkelheit umfing in...

Die Kreatur zwang ihn dazu, in die Defensive zu gehen. Er ergab sich und ließ sie ihren Körper um seinen Hals schlingen; dann ging er zum Angriff über. Er packte sie mit beiden Händen um die Kehle und drückte zu. Sie begann zu zappeln.

Er hörte, wie ihre Knochen zerbrachen. Als er das Bewußtsein zu verlieren begann, war ihre Kraft gebrochen, und sie glitt von ihm herab.

Er warf den schlaffen, zuckenden Körper zu Boden.

Seine Untergebenen starrten ihn ehrfürchtig an. Er intensivierte ihre Reaktion, indem er sie geflissentlich übersah. Er brachte Warrigul durch einen scharfen Zischlaut zur Ruhe; das Tier sprang neben ihn und knurrte das im Todeskampf zuckende Reptil an.

Kruge zog seinen Kommunikator heraus.

»Trog«, sagte er ruhig, »ich habe nichts Erhebliches entdecken können. Setze die Suche fort.«

David saß niedergeschlagen auf einem Felsblock. Sein Planet lag, von diesem erhabenen Aussichtspunkt aus gesehen, zu seinen Füßen. Er war wunderschön. Er war seltsam und wurde immer seltsamer. Er zerstörte sich selbst. Die Lianen auf Regulus I hätten ihm eine Warnung sein sollen, genau wie die ungewöhnliche Gleichung in der ersten Genesis-Berechnung. Die Evolution war außer Rand und Band geraten. Jede Spezies wuchs und veränderte sich und steuerte auf ihre eigene Auslöschung zu, ohne irgendwelche Nebenformen zu bilden, irgendwelche Variationen, die den Platz der alten einnehmen konnten, wenn sie abstarben. Nicht, daß es darauf ankam. Wenn seine Schätzungen richtig waren, würde der Evolutionsprozeß erst zur Hälfte abgelaufen sein, wenn der Planet von den heftigeren geologischen Prozessen auseinandergerissen wurde. Wenig später würden die subatomaren Anziehungskräfte zusammenbrechen, und die gesamte Masse dessen, was der Mutara-Nebel und sein neues Sternsystem gewesen war, würde zu einer homogenen, gasigen Masse werden, zu Proto-Materie.

Sein Schatten erstreckte sich weit den Berghang hinab, als die Sonne hinter ihm dem Horizont zuglitt. Die Nacht brach herein, eine schwarze Grenze überwältigte den Tag. Sie erreichte den Rand von Spocks Lichtung. Die Gruppe delikater Farnbäume war ins Gigantische gewuchert und gröber geworden. Während der wenigen Stunden, seit er dort gewesen war, hatte sich das filigranartige Smaragdgrün in knorriges Grau verwandelt.

Er und Saavik hatten einen Punkt gefunden, von dem sie einen weiten Ausblick hatten, doch bis jetzt hatte David noch kein Zeichen von anderem intelligentem Leben entdecken können. Sein Tricorder zeigte auch nichts an, doch der hatte nur eine beschränkte Reichweite. Über seinen Kommunikator hatte er ebenfalls nichts gehört, doch das war auch nicht zu erwarten; falls irgend jemand von der *Grissom* hatte fliehen können, bevor sie vernichtet worden war, fühlten sie sicher genausowenig Neigung wie David, den Feinden ihre Anwesenheit bekanntzugeben.

Wahrscheinlich aber hatte niemand außer ihnen überlebt. Solange er dessen jedoch nicht gewiß war, hielt er seinen Kommunikator auf Notwelle offen.

Es wurde sehr schnell Nacht auf Genesis. Das Land unterhalb des Berges war jetzt zu dunkel, um irgend jemand oder irgend etwas erkennen zu können. Die Dunkelheit hüllte alles ein, selbst das weite Eisfeld, das jetzt die ganze Wüste bedeckte und sich am Fuß des Berges knirschend und krachend zu Schollen auftürmte. David erhob sich und ging langsam weiter, den Hang hinauf. Knorrige schwarze Bäume mit bloßliegenden, bizarr geformten Wurzeln ragten aus dem Boden, der von Geröll und riesigen, wie Trümmerstücke wirkenden Felsplatten bedeckt war. Kurz darauf erreichte er die kleine, versteckte Höhle, die sie entdeckt hatten.

Er trat hinein und erwartete, daß die winzige Grotte von Saaviks Camplampe erhellt sein würde. Statt dessen fand er sie in tiefem Dunkel.

»Saavik –?« flüsterte er, doch noch bevor ihr Name seine Lippen passiert hatte, schaltete sie die kleine Lampe ein. Sie hielt ihren Phaser direkt auf seine Brust gerichtet. Sie ließ den Arm sinken.

»Deine Schritte... klangen anders«, sagte sie zur Erklärung und Entschuldigung. Sie steckte den Phaser fort. »Dieser Platz ist sehr bedrückend.«

Das vulkanische Kind weinte. Es lag auf einem Bett aus Baumästen, das Gesicht zur Felswand gewandt. Saavik hatte ihre Jacke über seinen Körper gebreitet. Sie wandte sich ihm zu, berührte es an der Schulter und sprach leise ein paar beruhigende Worte. David verstand die Sprache nicht, die sie verwandte, erkannte jedoch, welche es war.

»Warum sprichst du auf Vulkanisch zu ihm?« fragte er.

Saavik zuckte die Schultern. „Ich weiß, daß es nicht logisch ist. Ich weiß, daß er kein Wort versteht, aber er würde auch keine andere Sprache verstehen, und Vulkanisch ist... die erste Sprache, die Spock mich gelehrt hat.«

David warf einen Blick auf den Jungen. »Es ist schwer, ihn als Spock zu sehen«, sagte er.

»Er ist nur ein Teil von Spock. Sein physischer Teil. Der Geist existiert nur als Potential. Mit der Zeit und mit einer gründlichen Ausbildung könnte er zu einem denkenden Wesen werden. Er ist gar nicht so viel anders als ich es war zu der Zeit, als ... er mich fand: eine kleine Wilde, ohne jedes Wissen, völlig ungebildet.«

Sie erschauerte. Er setzte sich neben sie und legte ihr den Arm um die Schultern. »Dir ist kalt.«

»Ich ziehe es vor, die Kälte nicht zu spüren«, sagte Saavik. Sie reagierte nicht auf den sanften Druck seines Arms.

Das Kind stieß plötzlich einen Schrei aus. David blickte erschrocken auf, denn sie befanden sich hier unter Tonnen von Gestein. Der kleine Erdstoß, der dem Aufschrei folgte, ließ die Höhle unberührt, doch das Kind stöhnte vor Schmerzen. Saavik löste sich von Davids Arm, kniete sich neben den Jungen und zog das schwarze Tuch und ihre rotbraune Jacke fester um ihn.

»Schlafe«, sagte sie leise auf Vulkanisch.

David zog seinen Tricorder heraus und machte einen raschen geologischen Scan. Das Ergebnis war alles andere als beruhigend.

»Der Planet altert in großen Schüben«, sagte er.

»Und Spock mit ihm«, sagte Saavik ruhig.

David blickte sie an, dann den Jungen, der sich auf den Rücken geworfen hatte.

»Mein Gott –« sagte David.

Vor nur einer Stunde hatte der Junge wie ein Acht- oder Zehnjähriger gewirkt. Jetzt könnte man ihn leicht für vierzehn Jahre alt halten.

»Das Kind und der Planet hängen miteinander zusammen«, sagte Saavik. Sie blickte David in die Augen, als ob sie ihn herausfordern wollte, das Geschehen auf eine andere Art zu interpretieren.

David hatte jedoch nichts zu sagen, was ihr oder ihm irgendein Trost hätte sein können. Er nickte.

»Die Genesis-Welle ist wie eine tickende Uhr ... oder eine Zeitbombe«, sagte er. »Für ihn und für diesen Planeten. Und bei dem Tempo, in dem die Dinge sich zu entwickeln scheinen...«

»Wie lange?« fragte Saavik. Sie dachte: Wenn sie schon sterben müßten, dann besser eher als später. Doch obwohl sie die Logik dieser Schlußfolgerung akzeptierte, war sie bereit, um jede Sekunde zu kämpfen, die ihr gelassen wurde.

»Eine paar Tage... vielleicht nur Stunden«, sagte David. »Es ist ein chaotisches System, Saavik. Welche Variable die Energieschwelle überwinden kann und den Vorgang auslöst, der alles zerfallen läßt und in Protomaterie verwandelt...« Er schüttelte den Kopf. »Es ist überhaupt nicht voraussagbar.« Er blickte fort, und dann sagte er so leise, daß Saavik ihn fast nicht hörte: »Es tut mir leid.«

Sie nickte, als sie sowohl sein Urteil als auch seine Trauer akzeptierte.

»Am schwersten wird es für Spock werden«, sagte sie. »Bald wird er das Lodern seines vulkanischen Blutes spüren.«

»Ich verstehe nicht«, sagte David.

Ich hätte nicht von *pon farr* sprechen sollen, dachte sie. Es ist nicht logisch, David mit noch einem Problem zu belasten, das er nicht lösen konnte. Niemand hatte bisher eine Möglichkeit gefunden, vulkanische Männer von dem völligen Verlust ihrer emotionalen und physischen Selbstbeherrschung zu befreien, die sie in jedem siebenten Jahr ihres erwachsenen Lebens durchmachen.

Es wurde ihr erspart, zwischen einer langen Erklärung und eine Lüge zu wählen, weil Davids Tricorder plötzlich einen schrillen Ton von sich gab.

Er zog das Instrument heraus und runzelte die Stirn, als er sah, daß es Lebenszeichen registrierte.

»Wer immer sie sein mögen«, sagte er, »sie kommen rasch auf uns zu.«

Saavik sah eine Chance von eins zu tausend, daß andere Überlebende von der *Grissom* diese Lebenszeichen verursachten, und eine Chance von fünf bis zehn zu tausend, daß, wer immer dort auf sie zukam, andere als böse Absichten hegte. Bei allen anderen Möglichkeiten suchten die Wesen, die die *Grissom* zerstört hatten, nach David und ihr, um auch sie zu erledigen. Trotzdem... jede Chance, und sei es die Chance, Gefangene zu werden, war eine bessere Aussicht, als der sichere Tod, den sie vor sich sahen, wenn sie auf Genesis blieben.

Saavik stand auf. »Ich werde nachsehen –«

»Nein!« sagte David scharf. »Ich werde das tun. Gib mir deinen Phaser.«

Saavik wollte nicht, daß David, unausgebildet wie er war, allein auf einen Erkundungsgang ging. Sie blickte den vulkanischen Jungen an. Ihn wollte sie auch nicht allein lassen, und besonders wollte sie nicht David mit ihm allein lassen. Sie sah ein, daß es für David eine Spur weniger gefährlich sein würde, wenn er losginge, um die unbekannte Entität zu beobachten.

Und sie erkannte, daß sein Schuldgefühl ihn dazu zwang, diese Aufgabe zu übernehmen. Sie reichte ihm ihren Phaser. Er berührte ihre Hand, nahm die Waffe, und stürzte in das Dunkel hinaus.

Sekunden später schrie der vulkanische Junge vor Schmerzen auf, kurz bevor der Boden von einem neuen Erdstoß erschüttert wurde.

KAPITEL 10

Die *Enterprise* jagte durch den Raum.

Die *Excelsior* lag weit zurück und wartete noch immer darauf, abgeschleppt zu werden. Die Kommunikationskanäle begannen gerade wieder klar zu werden. Kirk fragte sich, ob mit Uhura alles in Ordnung war. Sie war vernünftig und selbstbeherrscht. Wenn die Sicherheitsleute in den Transporterraum gekommen waren, hatte sie sicher einfach die Hände gehoben und sich ergeben. Doch Unfälle konnten immer und überall geschehen, und so blieben seine Sorgen. Trotzdem war er ihr dankbar, denn ohne ihre Hilfe würde ihm jetzt die gesamte Flotte auf der Pelle sitzen. Und das einzige, was er niemals tun könnte, war, auf ein anderes Schiff von Starfleet zu feuern, selbst dann nicht, wenn es darum ging, McCoys Verstand und Spocks Leben zu retten.

»Geschätztes Erreichen von Genesis in 2,9 Stunden, bei derzeitiger Geschwindigkeit«, sagte Sulu.

»Können wir die Geschwindigkeit halten, Scotty?« fragte Kirk.

»Können wir, Sir. Die *Enterprise* hat jetzt ihren zweiten Wind bekommen.«

»Scan auf verfolgende Schiffe«, sagte Kirk.

»Scan...« Die Stimme war ein unheimliches Faksimile von Spocks Stimme. »Anzeigen negativ.«

Kirk wandte sich zur Wissenschaftsstation um McCoy, der an Spocks altem Platz saß, sah auf und blinzelte.

»Habe ich... es richtig gemacht?« fragte er.

»Du warst großartig, Pille«, sagte Kirk. »Einfach großartig.«

»Sir, Starfleet ruft wieder die *Grissom*«, meldete Chekov. »Warnt sie vor uns.«

»Antwort?«

Chekov warf einen beunruhigten Blick auf seine Konsole. »Nichts. Wie gehabt.«

»Was hat die *Grissom* vor? Will sie sich auf unsere Seite schlagen oder gegen uns kämpfen?«, sagte er, halb im

Selbstgespräch. »Mr. Chekov, brechen Sie die Funkstille. Entbieten Sie Captain Esteban meinen Gruß.«

»Jawohl, Sir.«

Kirk stand auf und trat zu McCoy.

»Wie geht es uns?« fragte er.

McCoy sah ihn mit einem nachdenklichen und etwas sardonischen Blick an, dem Blick eines Arztes, der erkennt, daß der Ton, den er seinen Patienten gegenüber benutzt, bei ihm angewandt wird.

»Wie es *uns* geht?«, sagte er. »Komisch, daß du es so ausdrückst, Jim.« Er machte eine Pause, als ob er gleichzeitig einer anderen Konversation folgte. »*Uns* geht es gut. Aber *mir* wäre wohler, wenn ich ihm eine meiner Nieren gegeben hätte, anstatt von ihm das zu bekommen, was jetzt in meinem Gehirn vermanscht ist.«

»Admiral«, sagte Chekov, »keine Antwort von der *Grissom*.«

»Versuchen Sie es weiter, Mr. Chekov. In regelmäßigen Abständen.«

Carol Marcus eilte die Freitreppe des hohen viktorianischen Hauses hinauf und klopfte an die Tür. Sie wartete angespannt und blickte zurück auf die kleine Stadt Port Orchard. Hinter ihr glänzte Wasser schiefergrau und silbern im Licht der Herbstsonne. Kalte, feuchte Meeresluft strich um die Rhododendren, die um die Terrasse des Hauses wuchsen. Ihre Zweige waren schwer von den Knospen der Blüten des kommenden Jahres. Sie hatte gehofft, sie blühen zu sehen, im Frühjahr. Doch wenn das noch möglich gewesen wäre, würde sie jetzt nicht hergekommen sein, allein.

Die Tür öffnete sich. Carol wandte sich um, noch geblendet vom Glitzern des Sonnenlichts auf dem Meer.

»Es tut mir leid, daß ich zu spät komme«, sagte sie. »Ich habe mich verlaufen. Ich hatte der Familie von Del March etwas zu geben, konnte jedoch die Adresse nicht finden und stand schließlich in einem großen Park –« Sie unterbrach sich abrupt. Was sollte das wirre Zeug? »Entschuldigen Sie«, sagte sie ruhiger. »Ich bin Carol Marcus.«

»Kommen Sie herein.« Vances Mutter nahm Carols Hand und führte sie ins Haus. Ihre Stimme besaß das gleiche, tiefe Timbre wie die von Vance. Ihre Hand fühlte sich zerbrechlich an. »Ich bin Aquila Madison, und dies ist Terrence Laurier, Vances Vater.«

Beide Eltern von Vance waren hochgewachsen und schlank, so wie er es gewesen war. Carol hatte angenommen, daß sie etwa in ihrem Alter wären, da Vance nur wenige Jahre älter gewesen war als David. Doch sie waren erheblich älter als sie, wahrscheinlich an die zwanzig Jahre älter. Aquilas kurzgeschnittenes, lockiges Haar war grau. Terrence trug sein Haar länger, im Nacken zu einem Knoten gebunden, doch auch das seine hatte eine Pfeffer-und-Salz-Färbung angenommen.

Eine Tür mit einem Bleiglasfenster führte von der Vorhalle ins Wohnzimmer. Terrence und Aquila setzten sich Seite an Seite auf eine Couch, die vor den hohen Fenstern stand. Carol setzte sich ihnen gegenüber und fragte sich, was sie ihnen sagen sollte, wie sie anfangen sollte.

»Del hat das niemals lassen können«, sagte Aquila.

»Ich dachte, ich hätte die Adresse falsch aufgeschrieben«, sagte Carol. »Wollen Sie sagen, daß er Leute absichtlich in den Park schickte?«

»Nein, Carol«, sagte Aquila, »er wollte, daß die Leute glaubten, sie hätten die Adresse falsch aufgeschrieben.«

»Ich begreife das nicht. Wo wohnt seine Familie denn?«

»Er hat keine Familie«, sagte Terrence. »Jedenfalls keine, zu der er sich bekennt.«

»Wo hat er dann gewohnt?«

»Hier«, sagte Aquila.

»Sie müssen bei Del verstehen«, sagte Terrence, »daß er fast alles, was ihn selbst betraf, frei erfunden hat: seinen Namen, seine Wohnung, die Familienangehörigen, die lediglich in Computerakten existierten, seinen Lebenslauf bis zu seinem zwölften Jahr – alles.«

»Aber die Unterlagen«, sagte Carol verblüfft. »In unserem modernen Zeitalter –«

»Er brauchte nicht allzu viele«, sagte Terrence. »Jedenfalls nicht hier. Eine falsche Adresse, ein paar falsche Angehörige und Schulunterlagen. Er hatte eine unheimliche Beziehung zu Computern, und der Stimmen-Synthesizer, den er konstruierte, ließ ihn als Erwachsenen erscheinen, solange niemand verlangte, ihn von Angesicht zu Angesicht kennenzulernen. Er war so jung, daß niemand auf den Gedanken kam, Mißtrauen zu hegen.«

»Er und Vance waren schon ein Jahr lang Freunde, bevor Terrence und ich erkannten, wie seltsam einige der seltsamen Dinge bei ihm waren. Vance wußte davon, konnte jedoch Del nicht dazu bringen, uns zu vertrauen.«

»Wie haben Sie es herausgebracht?«

»Ich habe einmal versucht, sein Haus zu finden«, sagte Terrence. »Ich ging los, kochend vor Wut, entschlossen, entweder jemandem sehr gründlich meine Meinung zu sagen, weil er dem Jungen niemals etwas Anständiges zum Anziehen kaufte, oder ihm anzubieten, das selbst zu tun.«

»Als wir schließlich herausfanden, wo er hauste – es war eine halbverfallene Ruine –, überredeten wir ihn, zu uns zu kommen. Wir haben hier sehr viel Platz.« Aquila machte eine rasche Geste mit einer Hand, deutete auf das Haus, auf seine Umgebung.

Carol stellte fest, daß sie bereits unter dem Bann von Terrences und Aquilas Heim stand. Es besaß die ruhige und beruhigende Atmosphäre eines Hauses, das von Menschen bewohnt wurde, die einander liebten, eines Hauses, das von solchen Menschen seit einer langen Zeit bewohnt und gepflegt wurde. Vance hatte ihr erzählt, daß die Madisons, Aquilas Familie, die ersten schwarzen Grundbesitzer in dieser Gegend gewesen waren. Ihre Vorfahren hatten sich vor dreihundert Jahren hier angesiedelt, lange bevor die Föderation zustande gekommen war, selbst lange bevor die Region als Staat des vorhergehenden politischen Gebildes anerkannt worden war.

»Haben Sie ihn adoptiert?«

»Wir wollten es. Doch er hatte Angst davor, daß seine

wirklichen Angehörigen ihn zurückverlangen würden, wenn wir sie finden und bitten sollten, daß sie ihr Sorgerecht aufgäben. Und alles Zureden war fruchtlos...«

Carol nickte. Sie hatte auch ein paar Auseinandersetzungen mit Del March gehabt.

»– und außerdem könnte er recht gehabt haben.«

»Wir haben ihn nicht bedrängt. Wir hatten Angst, daß er auch uns davonlaufen würde, und wir hatten ihn schon sehr liebgewonnen. Obwohl er recht anstrengend sein konnte –«

»Er hatte den Ruf, ein wenig wild zu sein«, sagte Carol.

»Während seiner College-Zeit, ja«, sagte Aquila. »Sobald er volljährig geworden war und nicht mehr befürchten mußte, zurückgeschafft zu werden zu... wovor auch immer er davonrannte, brauchte er nicht mehr darauf zu achten, nur ja keine Aufmerksamkeit auf sich zu ziehen. Aber Sie haben recht; er war während einiger Zeit ›ein wenig wild‹. Wir haben uns große Sorgen um ihn gemacht. Und auch Vance...«

»Ich habe ihn nie so gut kennengelernt, wie ich es hätte tun sollen«, gab Carol zu. »Irgendwie haben wir nie das richtige Verhältnis zueinander gefunden. Er und mein Sohn David standen einander jedoch sehr nahe.« Carol griff in ihre große Handtasche und zog eine Pergamentrolle heraus. »Ich denke, daß Sie dies haben sollten. Es hat Del gehört – es klebte an der Wand seines Büros. Und Vance hat es gemacht.«

Aquila entrollte das Pergament. In seiner kraftvollen, sauberen Kalligraphie hatte Vance sieben Verse von Lewis Carrolls ›Die Jagd nach dem Snark‹ aufgezeichnet.

Es waren die Verse, denen Madison und March ihre Terminologie für die subelementaren Partikel entnommen hatten, die sie entdeckt und beschrieben hatten. Carol erinnerte sich an das Ende des Gedichts: ›Denn obwohl Snarks im allgemeinen harmlos sind, empfinde ich es als meine Pflicht, festzustellen, daß einige von ihnen Boojums sind...‹

Aquila und Terrence überflogen die Zeilen. Aquila lächelte, fuhr mit den Fingerspitzen über das Pergament und las es zum zweiten Mal. Terrence hob den Kopf. Er und Carol blickten einander an. Sie konnte es nun nicht länger vermeiden, von Vance zu sprechen.

»Ich habe Ihren Sohn geliebt«, sagte Carol. »Ich weiß nicht, ob er das Ihnen mitgeteilt hat –«

»Natürlich hat er das getan«, sagte Aquila. »Wir haben uns darauf gefreut, Sie während des Urlaubs im nächsten Frühjahr kennenzulernen, wir hofften, daß Sie mit ihm kommen würden, wenn er uns besucht.«

»Das hätte ich auch getan. Er hat mir so viel von Ihnen erzählt... Er war ein sehr außergewöhnlicher Mann. Es tut mir so leid...« Sie mußte aufhören. Wenn sie noch mehr sagte, würde sie weinen.

»Carol«, sagte Terrence, »was ist dort draußen eigentlich geschehen? Wir hatten nie erwartet, daß Vance an einem militärischen Projekt arbeiten würde –«

»Es war auch keins!« sagte Carol. »Oh, es war keins! Es sollte genau das Gegenteil sein.«

Sie erzählte ihnen über das Projekt, und gab ihnen die am wenigsten schmerzliche Schilderung vom Tod ihres Sohnes und ihres Stiefsohnes, ohne direkt zu lügen. Doch es lief trotzdem darauf hinaus, daß Spacelab in die Schußlinie der Kämpfe anderer geraten war.

Als sie ihren Bericht mit zitternder Stimme zu Ende brachte, hielten Aquila und Terrence einander verzweifelt bei den Händen. Carol stand auf. Sie wollte ihre eigene Trauer nicht länger bei den beiden abladen, und sie glaubte, daß sie allein sein mußten.

»Ich wünschte, ich hätte sie im nächsten Frühjahr kennenlernen können. Es tut mir so leid... ich will lieber gehen.«

Aquila erhob sich. »Das ist albern, Carol. Es ist ein langer Weg zurück, und es ist fast dunkel geworden.«

Es *war* ein langer Weg zurück. Port Orchard war eine historisch bedeutsame Stadt, ein Kulturdenkmal, also war es verboten hereinzubeamen. Die einzige Möglichkeit, sie zu erreichen, war per Schiff oder mit einen Straßenfahrzeug.

»Wir hatten erwartet, daß Sie bleiben würden«, sagte Terrence.

Als sie erkannte, daß ihre Einladung ehrlich gemeint war, nahm sie sie an, und nicht nur, weil es ein langer Rückweg war. Sie war ihnen allein dafür dankbar, daß sie es ihr anboten, dankbar dafür, daß sie sie nicht wieder los werden wollten, und dankbar dafür, daß sie noch länger in der Gesellschaft der beiden Menschen sein konnte, die sie so sehr an den Mann erinnerten, den sie geliebt hatte.

Saavik fuhr aus dem Schlaf, unfähig zu glauben, daß sie eingenickt war, und gleichzeitig unsicher über das, was sie hatte aufschrecken lassen. Sie stand auf und blickte über das nächtliche Genesis hinweg. Hier und dort über das Land verstreut sah sie vage Lichter, wie die Schatten von Geistern, zwischen knorrigen Bäumen schweben.

Es ist lediglich Bio-Lumineszenz, dachte Saavik. Was die Menschen Elmsfeuer nennen und die Romulaner Höllen-Hunde. Und die Vulkanier? Wie nennen es die Vulkanier? Zweifellos bezeichnen sie es mit einer chemischen Formel, so wie ich es auch tun sollte.

Sie stand auf dem Felsensims, der vor dem Eingang der Höhle lag. Sie war herausgetreten, um Wache zu halten, und weil sie befürchtete, daß ihre erschöpfte Ruhelosigkeit das vulkanische Kind aufwecken könnte. Genesis hatte lange Pausen zwischen seinen Konvulsionen eingelegt, und der Junge war in einen schmerzfreien Schlaf gefallen.

Saaviks Tricorder summte wieder, und sie erkannte, wie lange David schon fort war. Sie dachte ein wenig nach, beschloß, das Risiko einer Transmission auf sich zu nehmen und schaltete ihren Kommunikator ein.

»Saavik an David.« Sie wartete. »David, bitte melden.«

Nur Statik antwortete ihr. Sie schloß den Kommunikator rasch wieder, besorgter als sie es sich einzugestehen bereit war, denn Sorge war nicht nur eine Emotion, sondern auch eine völlig unproduktive Verschwendung von Energie.

Ein leiser, stöhnender Schrei drang aus der Höhle. Saavik bereitete sich innerlich auf den unvermeidlichen Erdstoß vor, der dem Schmerz des Kindes folgte. Steine polterten den

Berghang herab. Saavik stürzte auf den Höhleneingang zu, wich herabstürzenden Felstrümmern aus und hob ihre Arme über den Kopf, um sich vor dem Steinregen zu schützen. Die riesigen Bäume erbebten und ächzten.

Unmittelbar vor der Höhle blieb sie stehen. Der Junge saß gegen die Felswand gepreßt, als ob er ihre Kühle in sich aufnehmen wollte, ihre steinerne Ruhe. Seine Muskeln spannten sich so hart, daß sie zitterten, obwohl das Erdbeben vorüber war. Dieser Krampf hatte nichts mit den Konvulsionen des sterbenden Planeten zu tun.

»Spock«, sagte sie leise.

Überrascht warf er sich herum und starrte sie an.

Er hatte sich wieder verändert. Bis dahin hatte sie ihn lediglich als ein vulkanisches Kind sehen können. Jetzt konnte sie in ihm ihren Lehrer, ihren Mentor sehen: Spock. Er war jünger als zu der Zeit, wo sie ihn kennengelernt hatte. Doch er war Spock.

Fieber brannte in seinem Gesicht und in seinen Augen. Er kämpfte gegen etwas an, das er nicht begriff. Er kämpfte darum, Herrschaft über seinen Körper zu bekommen, über seinen Planeten.

Saavik wußte, daß er den Kampf verlieren würde.

»Es ist also gekommen«, sagte sie zu ihm auf Vulkanisch. Sie rückte näher an ihn heran und sagte leise: »Es wird *pon farr* genannt.«

Er konnte ihre Worte nicht verstehen, doch ihr Tonfall beruhigte ihn.

»Willst du mir vertrauen, mein Mentor, mein Freund?« Ich weiß, daß dies nicht mehr du bist, dachte sie, aber ich will dir helfen, wenn ich es kann.

Das Geräusch seines keuchenden Atems erfüllte die Höhle. Sie kniete sich neben ihn. Sie war nicht sicher, ob irgend etwas, das sie tun konnte, seine Schmerzen lindern mochte. Sie waren nicht lokalisiert, nicht physisch bedingt.

Sein Körper war so fieberheiß, daß sie die Hitze spüren konnte, so fieberheiß, daß es ihn verbrennen mußte. Sie berührte seine Hand und fühlte, wie er vor der winzigen körperlichen Berührung zurückzuckte. Sie führte seine rechte Hand zu der ihren, legte dann ihre linke Hand an seine Schläfe. Seine ungeformte Intelligenz traf auf ihren trainierten Verstand, und sie benutzte die Technik, die er sie gelehrt hatte – so lange war das her, daß es in einem anderen Leben stattgefunden zu haben schien –, um seine Angst und Verwirrung zu lindern. Saavik spürte, wie die krampfartige Starre seines Körpers nachzulassen begann.

Spock hob die Hand und berührte behutsam ihre Wange. Seine Finger zeichneten den Bogen ihrer Augenbrauen nach, fuhren dann über ihre Schläfe, während Saavik den Blick seiner goldgefleckten braunen Augen erwiderte.

Der große Bildschirm zeigte eine Sekunde lang grobe Interferenzmuster, als die *Enterprise* aus Warp-Geschwindigkeit zu Unterlichtgeschwindigkeit wechselte. Der neue Stern und sein einziger Planet drehten sich dort, wo erst vor wenigen Tagen der Mutara-Nebel den Raum mit dichten Staubwolken gefüllt hatte. Trotz allem war James Kirk tief beeindruckt von der Schönheit des neuen Planeten.

»Wir haben Warp-Geschwindigkeit verlassen«, meldete Sulu. »Treten jetzt in den Mutara-Sektor ein. Nähern uns Genesis.«

»Was ist mit der *Grissom,* Mr. Chekov?« fragte Kirk.

»Noch immer keine Antwort, Sir.«

Sulu erhöhte den Vergrößerungsfaktor des Bildschirms und schaltete ein wenig der verbliebenen Reserveenergie des Schiffes auf die Sensoren, doch auch er konnte keine Spur der *Grissom* entdecken.

»Pille«, sagte Kirk behutsam, »kannst du mir einen Quadranten-Doppel-Scan geben?«

Er blickte zu McCoy zurück. Der Arzt saß reglos an Spocks Konsole. Nach kurzem Überlegen hob er beide Hände in einer Geste von Frustration und Hilflosigkeit.

»Ich fürchte, daß du mich damit überforderst...«

»Macht nichts, Pille.« Kirk blickte Chekov an. »Mr. Chekov – ?«

»Sofort, Admiral.« Chekov trat zu McCoy und übernahm die Konsole.

»Tut mir leid«, sagte McCoy mit zitternder Stimme.

»Deine Zeit ist gekommen, Pille. Mr. Sulu, weiter auf Kurs, volle Impuls-Kraft.«

»Volle Impuls-Kraft«, sagte Sulu.

»Keine Spur von einem Schiff, Admiral«, sagte Chekov. »Weder von der *Grissom* noch von irgendeinem anderen.«

»Danke, Mr. Chekov. Machen Sie weiter Scan-Überwachung.«

Kirk erhob sich und trat zu McCoy.

»Alles in Ordnung?« fragte er leise.

»Ich weiß nicht, Jim«, sagte McCoy. »Er ist... verschwunden. Ich kann ihn spüren; es ist fast, als ob ich mit ihm reden könnte, doch dann entgleitet er mir. Für längere und immer längere Perioden, und wenn er... zurückkommt... ist seine Anwesenheit schwächer.«

Kirk runzelte die Stirn. McCoy hatte ihm nicht gesagt, daß auch er selbst sich zunehmend schwächer fühlte; doch das brauchte er ihm nicht zu sagen. Es war offensichtlich, daß die Käfte des Arztes langsam versiegten.

»Halte ihn fest, Pille«, sagte er. »Und halte auch dich fest. Wir haben es gleich geschafft.«

Saavik strich über Spocks verwirrtes Haar. Das Fieber war gebrochen, der Trieb gestillt. Er schlief, und er würde am Leben bleiben. Sie fragte sich, ob sie ihm einen Gefallen damit getan hatte, ihn am Leben zu erhalten. Er war noch immer vollkommen verwundbar für die Konvulsionen von Genesis, die ihn weiterhin quälen würden.

Sie seufzte. Sie hatte getan, was sie für richtig hielt.

Sie machte sich entsetzliche Sorgen um David. Er hätte längst zurück sein müssen. Sie zog ihren Kommunikator heraus und ließ ihn aufschnappen, steckte ihn dann jedoch unbenutzt wieder fort. Spock würde jetzt einige Zeit schlafen, überlegte sie, also konnte sie ihn ruhig für eine Weile allein lassen. Es würde für sie alle besser sein, wenn Saavik nach David suchte, als ihren Kommunikator zu benutzen und so ihren Standort preiszugeben. Sie erhob sich und trat zum Ausgang der Höhle.

Sie hörte ein Geräusch – Schritte. Auf diesem verfluchten Planeten war es schwer, Geräusche genau zu identifizieren, eine Tatsache, die sie überall woanders als lächerlich abgetan hätte. In der Hoffnung, daß es David war, jedoch so gut wie sicher, daß er es nicht war, preßte sie ihren Körper gegen die Höhlenwand.

Eine große, dunkle Gestalt füllte den Eingang. Das hochgewachsene, kräftige humanoide Wesen hatte einen Sensor bei sich, der ihn zu seiner Beute führte.

Ein Klingone – !

Während er reglos in der Öffnung stand und in das Dunkel blinzelte, stürzte Saavik sich auf ihn. Wenn sie ihn überwältigen und mit Spock in die Wälder entkommen konnte –

Brüllend vor Wut fuhr er herum und schleuderte sie gegen die Höhlenwand. Seine Knochen waren so schwer und seine Muskeln so dick, daß sie kaum einen Griff bei ihm ansetzen konnte, nicht einmal um seine Handgelenke. Er warf seine Arme um ihren Körper und begann zuzudrücken, schrie dabei wütend etwas in einem klingonischen Dialekt, den sie nicht verstand. Sie sträubte sich heftig, drückte seine Arme nach oben. Klingonen besaßen andere verwundbare Punkte als Menschen, die sich ihrerseits wieder von denen der Vulkanier und Romulaner unterschieden. Es gelang ihr, seinen Klammergriff für einen Augenblick zu brechen und ihm die Faust an die Seite seines Kiefers zu schlagen. Er taumelte rückwärts, benommen durch die Energietransmission von seinem Kiefer zum Schädel.

Saavik hörte Lachen.

Zwei seiner Landsleute waren ihm in die Höhle gefolgt. Sie standen neben Spock, der sich aufgerichtet hatte und dem Geschehen halbwach und verwirrt folgte. Beide waren bewaffnet; sie hatten ihre Phaser auf Spock gerichtet. Sie machten sich über Saavik lustig, wieder in einem Dialekt, den sie nicht kannte; doch die Bedeutung ihrer Worte war klar: Mach' ihn fertig, Kleine, besiege ihn, wenn du es kannst, und wir werden uns noch lange darüber amüsieren. Und wenn du ihn besiegst, verlierst du trotzdem, weil wir deinen kleinen Freund als Geisel haben.

Sie trat zurück, hob die offenen Hände in einer Geste des Ergebens.

Wütend über den Spott der anderen sprang der Klingone mit einem unbeherrschten Fluch auf sie zu. Er schlug ihr mit aller Kraft den Handrücken ins Gesicht, so daß sie rücklings gegen die Höhlenwand geschleudert wurde.

Der harte Aufprall schlug ihr die Luft aus den Lungen. Ihre Knie gaben unter ihr nach und sie glitt an dem Fels herab zu Boden. Sie preßte sich gegen die Höhlenwand, kaum fähig, sich aufrecht zu halten.

Ihr Gegner rief seinen Gefährten ein paar scharfe Worte zu, riß Saavik die Arme auf den Rücken und stieß sie aus der Höhle. Die anderen beiden rissen Spock auf die Füße und zerrten ihn hinaus.

Saavik stolperte den steinigen Pfad hinab, der zu dem Felssims führte. Die Frühdämmerung erhob sich scharlachrot über Genesis, tauchte die Bäume in ein tiefes, bedrückendes Rotbraun. Über Nacht waren Zehntausende von spindeligen, dornigen Ästen aus den knorrigen Baumstämmen gewachsen, die nach den Leuten peitschten, die unter ihnen hinweggingen. Ein langer Dorn bohrte sich in Saaviks Hemd und zerriß es. Ein anderer verfing sich in ihrem Haar. Sie versuchte zurückzublicken, zu sehen, ob mit Spock alles in Ordnung war. Doch der Klingone zwang sie weiterzugehen. Die Äste schlugen krachend gegeneinander, wie von einem starken Wind gepeitscht.

Doch es gab keinen Wind.

Selbst die Steine hatten sich verändert. Die scharfen Kanten des Felssimses waren rund, abgeschliffen und von einer Alterspatina gedunkelt, was auf Jahrtausende von Erosion hindeutete. Ein klingonischer Offizier stand in Siegerhaltung auf dem Sims und blickte auf den tiefer liegenden Forst hinab. Eine Kreatur hockte an seiner Seite.

Seine Männer schleuderten Saavik und Spock hinter ihm hart auf den Boden.

Saavik blieb reglos liegen, krallte ihre Finger in den Boden und versuchte, ihre Wut zu bezähmen. Wenn sie ihren Gefühlen jetzt die Zügel schießen ließe, würde das für sie alle den Tod bedeuten.

Der klingonische Kommandeur wandte sich langsam um.

»So!« sagte er. Er sprach in Standard, doch sein leichter Akzent konnte seine Ungeduld nicht verbergen. »Ich bin einen weiten Weg gegangen, um die Macht von Genesis an mich zu bringen. Und was finde ich?«

Er machte eine scharfe Geste, und Saavik setzte sich auf die Knie.

Andere Klingonen schleppten David heran und stießen ihn zu Boden. Er lag neben Saavik auf der Felsplatte. Sie war entsetzt über die Blutergüsse in seinem Gesicht, das Blut an seinem Mund, die Risse und Beulen an seinen Armen und Händen. Er sah beschämt aus. Sie wollte ihn berühren, sie wollte ihn vor allen weiteren Schmerzen schützen, doch war ihr klar, daß die Klingonen jedes Zeichen von Mitgefühl gegen sie benutzen würden.

»Was finde ich?« sagte der Commander noch einmal. »Drei Kinder! Unerzogene Kinder noch dazu. Doch was kann man von einem Menschen schon verlangen. Aber du und du – « Er starrte erst Saavik an, dann Spock und dann lachte er. »So viel vulkanische Selbstdisziplin – «

Seine Kreatur echote sein Lachen mit einem knurrenden Jaulen.

»Mein Lord«, sagte Saavik. Ihre Stimme war so ruhig, so kalt, daß es sie selbst erstaunte. »Wir sind die Überlebenden einer gestrandeten Expedition. Dieser Planet wird sich innerhalb weniger Stunden selbst zerstören. Das Genesis-Experiment war ein Fehlschlag.«

»Ein Fehlschlag!« Der Kommandeur lachte amüsiert. »Die mächtigste destruktive Waffe, die jemals geschaffen wurde, und du nennst es einen Fehlschlag?« Er trat einen Schritt vor. Saavik mußte den Kopf heben, um ihn anzusehen. Er war weit über einen Kopf größer als sie. »Was würdest du dann als Erfolg bezeichnen, Kind?« Er kicherte. »Du wirst mir die Geheimnisse von Genesis verraten.«

»Ich kenne sie nicht«, sagte Saavik.

»Dann kann ich nur hoffen, daß Schmerz etwas ist, das dir Freude macht«, sagte er.

Saavik war daran gewöhnt, daß man ihr glaubte, doch konnte sie das von diesem klingonischen Kommandeur nicht erwarten. An der Schaffung von Genesis hatten sechs leitende Wissenschaftler, denen ein erstklassiges Labor mit zahlreichen Hilfskräften zur Verfügung gestanden hatte und die auf eine lebenslange Berufserfahrung zurückgreifen konnten, achtzehn Monate angestrengter Arbeit gekostet. Selbst wenn Saavik Mitglied dieses Teams gewesen wäre, hätte sie nicht mit ein paar Worten erklären können, wie man das Projekt wiederholen könnte.

Der klingonische Sergeant kam auf den Kommandeur zugestürzt, einen geöffneten Kommunikator in seiner Hand.

»Ich habe befohlen, nicht gestört zu werden!«

»Sir!« sagte eine Stimme aus dem Kommunikator. »Annäherung eines Raumschiffs der Föderation!«

Saavik und David tauschten einen raschen Blick miteinander, wagten nicht zu hoffen.

Der Kommandeur starrte sie an, als ob *sie* das Starship ausgerechnet in diesem Moment herbeigerufen hätten, nur um seine Pläne zunichte zu machen.

»Holt mich herauf!« sagte er. Und zu den Leuten seines Landekommandos: »Bewacht sie gut!«

Er und seine Kreatur verschwanden in einem Aufschimmern von Licht.

Kruges Körper formte sich wieder an Bord seines Schiffes, und er trat auf die Brücke. Torg salutierte und deutete auf den Bildschirm.

»Gefechtsalarm!« sagte Kruge. Als die Brücke mit geschäftiger Aktivität erfüllt wurde, verschränkte er die Arme vor seiner Brust und beobachtete das Schiff der Constellation-Klasse, das langsam auf ihn zukam. Er lächelte.

Es gehörte ihm, befand sich so sicher in seiner Gewalt wie die drei Kinder-Geiseln auf Genesis.

Warrigul drückte sich gegen sein Bein. Kruge ließ seine Hand herabfallen und kraulte der Kreatur den Kopf. Warrigul zischte zufrieden.

Die Suche der *Enterprise* nach der *Grissom* wurde fruchtlos fortgesetzt. Kirk fragte sich, ob das Schiff seine Aufgabe beendet habe und zur Erde zurückgekehrt sei. Da sie mit Warp-Geschwindigkeit gereist waren, hatten sie es leicht übersehen können. Zweifellos saß David jetzt gemütlich zu Hause und trank mit Saavik einen Kaffee. Oder er lachte gemeinsam mit seiner Mutter über den verrückten James Kirk, der mit einem gestohlenen Schiff eine selbst auferlegte Pflichtübung durchführte, die niemand sonst verstehen konnte. Kirk preßte die Handballen in seine Augenhöhlen.

»Sir –« sagte Chekov.

»Was ist?«

»Ich könnte schwören, daß da eben etwas war, Sir...« Chekov starrte auf seine Instrumente, deren Flackern eben die Sensor-Signatur eines kleinen Schiffes gezeigt hatten, jetzt jedoch absolut nichts. »Aber...ich könnte es mir auch nur eingebildet haben.«

»Was haben Sie gesehen, Chekov?«

»Für eine Sekunde...ein Fahrzeug der Scout-Klasse.«

»Könnte die *Grissom* sein«, sagte Kirk nachdenklich. »Geben Sie mir die Ruffrequenz.«

Chekov tat es und nickte Kirk zu.

»Enterprise an *Grissom«*, sagte Kirk. *»Grissom*, bitte melden. Bitte melden.«

Schweigend starrten sie auf das Gerät.

»Nichts auf dem Scanner, Sir«, sagte Chekov.

»Tele-Scan, Mr. Chekov. Gehen Sie so scharf heran, wie Sie können. Auf den Bildschirm, Mr. Sulu.«

Chekov peilte den Strahl ein, und Sulu schaltete ihn auf den großen Bildschirm, doch der zeigte nichts als leeren Raum.

Auf der Brücke seines Jägers überhörte Commander Kruge die offene Transmission des Föderationsschiffes.

»Ich wiederhole: *Enterprise* an *Grissom*. Admiral Kirk ruft Captain Esteban, Lieutenant Saavik, Dr. Marcus. Bitte melden Sie sich, *Grissom*!«

»Statusmeldung«, sagte Kruge in einem möglichst gleichmütigen Tonfall, obwohl er innerlich frohlockte. Kirk! Admiral James T. Kirk und die *Enterprise*! Wenn er nach Hause zurückkehrte mit einem Sieg über den legendären Helden der Föderation und mit Genesis –!

»Tarnung durchgeführt«, sagte Torg. »Gegner nähert sich mit Impuls-Antrieb. Entfernung fünftausend.«

»Gut.« Kruge streichelte die glatten Schuppen an Warriguls Brust und murmelte der Kreatur zu: »Das ist der Glückszufall, auf den ich gewartet habe…«

»Entfernung dreitausend«, sagte Maltz.

»Auf Kurs bleiben. Geschwindigkeit beibehalten.«

»Jawohl, mein Lord.«

Kruge bemerkte Torgs Intensität, Maltz' Nervosität.

»Entfernung zweitausend.«

»Klar bei Energie-Transfer zu den Waffen. Auf mein Kommando!«

»Innerhalb Reichweite, Sir!«

Kruge wandte den Kopf. Der neue Richtschütze hob den Blick und erstarrte, als er Kruges Aufmerksamkeit auf sich gerichtet sah.

»Ziel auffassen«, sagte Kruge. »Nur außer Gefecht setzen, klar?«

»Klar, Sir! *Absolut* klar!

»Entfernung eintausend.«

»Wartet noch«, sagte Kruge, als die *Enterprise* auf seinem Bildschirm größer und größer wurde. »Wartet noch…«

Zur gleichen Zeit studierte Kirk das stark vergrößerte Bild auf der großen Mattscheibe der *Enterprise*.

»Dort«, sagte er. »Diese Verzerrung. Der schimmernde Fleck.«

»Ja, Sir«, sagte Sulu. »Er wird größer und größer, je mehr wir uns ihm nähern –«

»Und *er* sich uns nähert. Ihre Meinung, Mr. Sulu?«

»Ich halte es für eine Energie-Form, Sir.«

»Ja. Genügend Energie, um ein Schiff darin zu verbergen, nicht wahr?«

»Eine Tarnanlage!«

»Alarmstufe eins, Mr. Scott!« sagte Kirk.

»Jawohl, Sir.«

Das klingonische Schiff mußte jemanden an Bord gebeamt haben. Chekov konnte nur eine oder zwei Sekunden Zeit gehabt haben, um einen Blick auf das Schiff werfen zu können. Wenn seine Aufmerksamkeit in diesem Moment abgelenkt gewesen wäre...

»Mr. Chekov«, sagte Kirk. »Gute Arbeit.«

»Danke, Admiral.«

Die Lichter wurden abgedunkelt. Die Alarmhupen gellten durch das Schiff; ein wenig überflüssig, dachte Kirk, da alle Menschen, die an Bord waren, sich auf der Brücke befanden.

»Mr. Scott, alle Energie auf die Waffensysteme.«

»Jawohl, Sir.«

McCoy erhob sich unsicher. »Keine Schutzschilde?«

»Wenn meine Annahme zutrifft, müssen sie sich enttarnen, bevor sie feuern können.«

»Mögen alle deine Annahmen zutreffen«, sagte McCoy.

Kirk versuchte, nicht daran zu denken, was das Auftauchen dieses Schiffes anstelle der *Grissom* bedeuten mußte.

»Mr. Scott: zwei Photonen-Torpedos klarmachen. Zielen Sie auf das Zentrum der Masse.«

»Jawohl, Sir.«

Die Enterprise hatte sich mehr und mehr einem undefinierbaren Fleck im Raum genähert, der nur *anders* erschien, als ob man etwas aus dem Augenwinkel heraus sähe. Sie hatten den Fleck fast erreicht, als –

»Klingonischer Jäger, Sir!« Sulu hatte ihn als erster entdeckt.

Das klingonische Schiff erschien vor ihnen wie eine spinnenhafte Skizze, durchsichtig vor den Sternen, wurde rasch solider.

»Torpedos scharf!«

»Feuer, Mr. Scott!«

Die Torpedos rasten auf das klingonische Schiff zu. Es war, als ob ihre Detonation es materialisierte, während sie gleichzeitig eine seiner Sektionen absprengte. Der Jäger wurde von der Wucht der Explosion zurück und aufwärts geschleudert. Er begann zu trudeln.

»Guter Schuß, Mr. Chekov«, sagte Kirk.

»Danke, Sir.« Er überprüfte das Automationszentrum und versuchte, die Schutzschilde zu aktivieren.

Keine Reaktion.

»Sir«, sagte er betroffen, »Schilde reagieren nicht.«

Chekov wandte sich sofort wieder seiner Konsole zu, und Kirk blickte Scott an.

»Scotty –?«

Mit einem leisen Fluch beugte Scott sich tiefer über seine Konsole. »Das Automatiksystem ist überlastet. Ich hatte nicht damit gerechnet, daß Sie uns in eine Schlacht führen würden, müssen Sie wissen.«

Auf der qualmgefüllten Brücke seines angeschlagenen Schiffes stolperte Kruge über eine unerkennbare Gestalt und brach in die Knie. Er tastete mit den Händen über den Körper –

Warrigul!

Sein Tier, das er besessen hatte, seit er ein Kind gewesen war und Warrigul eine Larve, lag im Sterben. Kruge ignorierte das Chaos auf der beschädigten Brücke und fuhr mit der Hand über Warriguls Kopf. Das Tier reagierte mit einem matten, klagenden Jaulen, zuckte einmal zusammen und lag dann still.

Kruge erhob sich langsam, seine Hände an die Oberschenkel gepreßt.

Torgs Stimme durchdrang kaum die weißen Wellen der Wut, die in seinen Ohren dröhnten.

»Sir! – Die Tarnungsvorrichtung ist zerstört!«

»Macht nichts!« schrie Kruge. Vor diesem Föderations-Schlächter gab es ohnehin kein Entrinnen mehr. »Alle Energie auf die Schubraketen!«

Die Lichter auf der Brücke wurden noch trüber, als die Schubraketen die letzten Energiereserven des kleinen Schiffes absogen, doch die Trudelbewegungen verlangsamten sich und hörten auf. Das Schiff stabilisierte sich.

»Lateraler Schub!«

Torg gehorchte und brachte das Schiff herum, so daß es wieder der *Enterprise* gegenüberlag.

»Waffen klar!«

Jim Kirk sah, wie das klingonische Schiff herumkam und auf das seine zuhielt.

»Die Schilde, Scotty!«

»Ich kann nicht!«

»Klar bei Torpedos –« Der Befehl kam zu spät. Das feindliche Schiff feuerte auf kürzeste Entfernung. Die *Enterprise* hatte weder die Zeit noch den Raum für ein Ausweichmanöver. »Torpedos im Anflug!« rief Kirk und klammerte sich fest.

Der Feuerblitz der Explosion fuhr durch die Sensoren. Der große Bildschirm flammte grell auf und wurde dunkel. Das Schiff stampfte heftig. Kirk verlor seinen Halt und stürzte zu Boden. Die Beleuchtung erlosch.

»Notenergie!«

Die *Enterprise* reagierte, doch die Brückenlichter erwachten mit weniger als halber Leistung wieder zum Leben. McCoy half Kirk, auf die Beine zu kommen.

»Mir fehlt nichts, Pille.« Er ging zu seinem Platz zurück und ließ sich in den Sessel fallen. »Klar zur Feuererwiderung! Mr. Scott – alle Energie auf die Phaserbatterien!«

»Mein Gott, Sir, ich glaube nicht –«

»Was ist los?!«

»Sie haben die verdammte Automationszentrale zerstört!« Er schlug mit der Faust auf die Konsole. »Ich habe über nichts mehr Kontrolle!«

»Mr. Sulu!«

Sulus Geste völliger Hilflosigkeit und Chekovs heftiges Kopfschütteln ließen Kirk in seinem Sessel zusammensinken.

»Also...« sagte er leise, »sind wir nur noch eine Zielscheibe.«

Er sah, wie der feindliche Jäger sich langsam näherte.

Kruge starrte auf das mächtige Schiff der Föderation, das vor ihm im Raum lag.

»Notenergie lädt auf«, meldete Torg. »Vierzig Prozent... fünfzig Prozent. Mein Lord, wir können gleich wieder feuern –«

Kruge hob die Hand und unterbrach Torgs Vorbereitungen für eine weitere Salve.

»Warum hat er uns nicht erledigt?« sagte Kruge nachdenklich. Er vermutete, daß Kirk ihn vorher erniedrigen wollte. »Seine Bewaffnung ist der meinen um das Zehnfache überlegen, er hat eine Crew von vierhundert gegenüber meiner Handvoll. Und doch sitzt er dort und wartet –«

»Vielleicht will er Sie gefangennehmen.«

Kruge blickte Torg mit gerunzelter Stirn an. »Er weiß genau, daß ich eher sterben würde.«

»Mein Lord«, sagte Maltz von der Kommunikations-Konsole, »der feindliche Kommandant wünscht einen Waffenstillstand abzuschließen.«

»Einen Waffenstillstand!« Kruges Ausbildungsstand und seine Logik hielten ihn davon ab, einfach zu feuern, eine Reaktion herauszufordern, das Gefecht schnell und sauber zu beenden. »Schaltet ihn auf den Bildschirm«, sagte er ruhiger, und dann, zu Torg gewandt: »Sieh ihn dir sehr genau an!«

Die Transmission von der *Enterprise*, verstärkt und verdolmetscht, zeigte Kirks dreidimensionaleas Bild.

»Hier ist Admiral James T. Kirk, von der USS *Enterprise*.«

»Ja«, sagte Kruge, »der Genesis-Kommandant in Person.«

»Durch die Verletzung des Vertrages zwischen der Föderation und dem Klingonischen Imperium stellt Ihre Anwesenheit in diesem Sektor einen kriegerischen Akt dar. Sie haben zwei Minuten, sich mit Ihrem Schiff und Ihrer Crew zu ergeben, sonst werden wir Sie vernichten.«

Kruge zögerte die Antwort auf diese arrogante Forderung hinaus. Kirk war weder ein Dummkopf noch ein Narr. Er mußte wissen, daß Offiziere des Klingonesischen Imperiums sich nicht ergeben. Was also hatte er vor? Wollte er einen zweiten Angriff provozieren, um damit die Vernichtung seines Gegners zu rechtfertigen oder seinen Ruhm für dessen Vernichtung zu vergrößern? Oder steckte mehr dahinter?

»Er verbirgt mir irgend etwas", murmelte Kruge. »Vielleicht ist das Schiff schwerer getroffen, als ich annahm.«

Torg blickte ihn prüfend an, versuchte, die Gedanken seines Vorgesetzten zu erraten. »Wie können Sie das wissen, mein Lord?«

»Ich vertraue meinen Instinkten«, sagte Kruge leichthin. Er legte einen Schalter an seinem Transmitter um.

»Admiral Kirk, hier spricht Ihr Gegner. Halten Sie mir keine Vorträge über Vertragsbruch. Die Föderation hat sich durch die Herstellung der ultimativen Waffe zu einer interstellaren Verbrecherbande erniedrigt. Nicht ich werde mich ergeben, sondern Sie werden es tun.« Er machte eine Pause, um seine Worte einsickern zu lassen, dann setzte er alles auf eine Karte. „Unten auf dem Planeten halte ich drei Gefangene fest, Mitglieder des Teams, das Ihre Waffe des Jüngsten Gerichts entwickelt hat. Falls Sie sich nicht sofort ergeben, werde ich sie hinrichten lassen. Einen nach dem anderen. Sie sind Feinde des galaktischen Friedens.«

Kirk wollte seinen Ohren nicht trauen. Wütend sprang er auf. »*Wer sind Sie?* Wie können Sie es wagen –!«

»Wer ich bin, spielt keine Rolle. Aber daß ich *sie* habe, ist wichtig.« Er lächelte und entblößte seine Zähne. »Ich werde sie mit Ihnen sprechen lassen.«

Auf der Oberfläche des Planeten hatte das Landungskommando via Kommunikator das Gefecht und die anschließende Verhandlung zwischen Kirk und Kruge verfolgt. Saavik hatte auch mitgehört, durch die Ankunft der *Enterprise* von neuem Lebensmut beseelt, dann verstört dadurch, daß Kirk das klingonische Schiff nicht sofort kampfunfähig geschossen und erobert hatte. Saavik konnte sich das nur damit erklären, daß Kirk zu Genesis zurückgekommen war, bevor man Zeit gehabt hatte, sein Schiff wieder ganz instand zu setzen. Sie blickte Spock an, der in sein schwarzes Tuch gewickelt auf dem Boden hockte und dessen Erschöpfung beinahe körperlich fühlbar war. Die Berichte, die die *Grissom* zurückgeschickt hatte, mußten Kirk hergerufen haben. Sie blickte rasch zu Kirks Sohn hinüber und sah Hoffnung in Davids zerschlagenem Gesicht. Sie hoffte ihrerseits für sie drei, daß er nicht enttäuscht werden würde.

Der klingonische Kommandeur rief einen Befehl. Der Sergeant, der das Landungskommando führte, antwortete mit einer kurzen Bestätigung und einem Wink an seine Untergebenen. Sie zerrten Saavik, David und Spock auf die Füße. Spock taumelte. Sein Gesicht zeigte hoffnungslosen Schmerz. Die Agonie des Planeten, die ohne jede Vorwarnung über ihn herfiel – und immer häufiger, je mehr Zeit verging –, quälte ihn brutal.

Der Sergeant hielt Saavik seinen Kommunikator vor das Gesicht. Die Bedeutung der Geste war klar: sie sollte sprechen. Sie überlegte, ob es besser wäre, Admiral Kirk zu versichern, daß sein Sohn und sein Freund lebten, oder ob sie schweigen und den Klingonen dadurch den Beweis vorenthalten sollte, daß sie Gefangene hatten.

Der Sergeant sagte ein einziges Wort, und Saavik fühlte, wie ihr die Arme hinter den Rücken gerissen wurden. Sie nahm ihre ganze Willenskraft zusammen. Obwohl die Hebelkraft sie auf die Zehenspitzen zwang, kam kein Ton über ihre Lippen. Sie starrte den Sergeanten kalt an.

Er ballte seine freie Hand zur Faust. Saavik zuckte nicht zurück. Er blickte sie ein paar Sekunden lang ruhig an, dann lächelte er leicht und deutete mit einer stummen Kopfbewegung auf David. Der Klingone, der ihn festhielt, verdrehte ihm brutal die Arme. David stieß einen kleinen Schrei aus. Der Sergeant stieß Saavik in die Rippen. Er brauchte nicht Standard sprechen zu können, um ihr klarzumachen, daß er entweder einem oder beiden ihrer Freunde sehr wehtun würde, wenn sie nicht tat, was er von ihr verlangte. Sie schloß die Augen und atmete tief durch. Sie konnte es nicht ertragen, die beiden noch mehr Schmerzen auszusetzen.

»Admiral«, sagte sie, »hier ist Saavik.«

»Saavik –« Kirk zögerte. »Ist – David bei Ihnen?«

»Ja. Er ist hier. Und – noch jemand. Ein vulkanischer Wissenschaftler, mit dem Sie bekannt sind.«

»Dieser Vulkanier – ist er am Leben?«

»Er ist nicht das, was er einmal war«, sagte Saavik. »Aber er lebt. Er altert jedoch rasch, genau wie dieser instabile Planet.«

Bevor Kirk antworten konnte, wandte der Sergeant sich zu David um und stieß ihm den Kommunikator vor das Gesicht.

»Hallo, Sir. Hier ist David.«

»David –« sagte Kirk. Die Erleichterung, die er spürte, zeigte sich in seiner Stimme. Er nahm sich zusammen. »Tut mir leid, daß ich mich verspätet habe«, sagte er.

»Schon in Ordnung. Ich hätte wissen müssen, daß du kommst. Aber Saavik hat recht: dieser Planet ist instabil. Er wird sich innerhalb weniger Stunden selbst zerstören.«

»Saavik...« Kirk wirkte geschockt und ehrlich traurig über die Enttäuschung seines Sohnes. »Was ist schiefgegangen?«

»Ich bin schiefgegangen«, sagte David.

Die Stille dehnte sich so lange aus, daß Saavik sich fragte, ob die Verbindung unterbrochen worden war.

»David«, sagte Kirk. »David, ich verstehe nicht –«

»Es tut mir leid, es ist zu kompliziert, um es jetzt erklären zu können. Genesis funktioniert nicht! Also ergib dich nicht. Ich glaube nicht, daß sie uns für diese Ruine töten werden –«

Der Sergeant riß den Kommunikator zurück.

»David!« schrie Kirk. Doch als David zu antworten versuchte, riß ihn der Klingone, der ihn festhielt, so hart zurück, daß er beinahe das Bewußtsein verloren hätte. Saavik trat instinktiv einen Schritt auf ihn zu, aber auch sie wurde zurückgerissen, und im Augenblick gab es keine Möglichkeit, sich zur Wehr zu setzen.

Der Sergeant erlaubte ihnen, den Rest von Kruges Konversation mit Admiral Kirk mitzuhören.

»Ihr junger Freund irrt sich«, sagte Kruge. Seine Stimme wurde heiser vor Wut und vor dem Verlangen nach Rache. »Mir war es ernst mit dem, was ich sagte. Und um Ihnen das zu beweisen... werde ich einen meiner Gefangenen töten.«

»Warten Sie!« rief Kirk. »Geben Sie mir doch Gelegenheit –«

Saavik verstand den Befehl nicht, den Kruge seinem Sergeanten gab – das heißt, sie verstand die Worte nicht, da sie einem Dialekt angehörten, den sie nicht kannte. Doch ihre Bedeutung war nur zu klar. Der Sergeant sah zuerst Spock an, dann David, dann Saavik.

Sein Blick und der Blick Saaviks trafen sich.

Der Sergeant war stark davon beeindruckt gewesen, daß sein Kommandeur dem Richtschützen ein ehrenvolles Ende angeboten hatte, und hatte sich darüber entsetzt, daß dieser diese Ehre nicht gewürdigt und die Tat durchgeführt hatte. Er erkannte in Saavik einen stolzen Charakter. So wie Kruge dem Richtschützen Großmut demonstriert hatte, würde der Sergeant jetzt dieser halbblütigen Vulkanierin Großmut zeiten. Er würde ihr die Chance geben, einen ehrenvollen Tod zu sterben.

Er zog seinen Dolch. Die mit Widerhaken bewehrten Schneiden funkelten im grellen Licht der Sonne. Er hob ihn empor, bot ihn ihr an.

Saavik wußte, was von ihr erwartet wurde. Sie begriff, warum er es tat, und sie verstand sogar, daß es eine Geste der Großmut sein sollte.

Doch sie hatte nie geschworen, sich nach seinen Regeln zur richten.

Sie streckte eine Hand nach dem Dolch aus. Sie konnte fühlen, daß die Aufmerksamkeit jedes Mitglieds des Landekommandos auf sie konzentriert war. Sie waren so fasziniert, so beeindruckt von dem Takt des Sergeanten, daß sie ihre anderen Gefangenen beinahe vergessen hatten. Saavik wollte das Messer packen, sich damit auf die Klingonen stürzen, ihren Freunden „Lauft!« zurufen und hoffen, daß sie die Chance wahrnahmen, die sie ihnen bot. Mit ein wenig Glück mochte es in dem Durcheinander auch ihr gelingen zu entkommen, doch war das nur von zweitrangiger Bedeutung gegenüber ihrer Verantwortung für David und Spock.

Sie konzentrierte sich und stellte fest, daß die Wut, die sich in ihr so lange angesammelt hatte, die berserkerhafte Rage, ihr einen Moment der Unbesiegbarkeit geben würden. Die fantastisch gebogene Klinge war vor ihren Augen. Ihre Aufmerksamkeit konzentrierte sich wie ein Laserstrahl auf einen einzigen Punkt. Sie berührte den Griff des Dolches.

»Nein!« schrie David. Er warf sich vor, riß sich aus dem unaufmerksamen Griff und stürzte zwischen Saavik und den Sergeanten.

Saavik brauchte eine alles entscheidende Sekunde, um zu begreifen, was geschah.

Mit einem wütenden Knurren stieß der Sergeant die Klinge in Davids Brust.

»David! Nein – !«

David schrie auf und brach zusammen. Saavik ging mit ihm zu Boden, fing ihn auf. Sie drückte ihn an sich, versuchte, das Blut zu stillen, das zwischen ihren Fingern hervorquoll. Sie durfte den Dolch nicht herausziehen, denn durch seine Widerhaken würde er dabei mehr Schaden anrichten als beim Eindringen. David tastete mit einer matten Bewegung nach dem Heft der Waffe, und Saavik schob seine Hand fort.

»David, lieg still –«

Wenn sie nur einen Moment Zeit hätte, um ihm zu helfen, einen Moment, um zu versuchen, ihr Bewußtsein mit dem seinen zu verschmelzen, könnte sie ihm etwas von ihrer Kraft geben, etwas von ihrer Fähigkeit, ihren Körper zu beherrschen. Sie wußte, daß sie ihn am Leben erhalten könnte.

»David, hör auf, dich gegen mich zu wehren –«

Er war sehr schwach. Er starrte nach oben. Sie glaubte nicht, daß er sie sehen konnte. Ihr Blick wurde ebenfalls verschwommen. Er versuchte zu reden. Es gelang ihm nicht. Sie versuchte, Kontakt mit ihm herzustellen, sein Bewußtsein zu berühren, ihn zu retten.

»Helft mir!« rief sie den Klingonen zu. »Begreift ihr denn nicht? Ohne ihn könnt ihr kein Duplikat von Genesis herstellen!«

Falls einer von ihnen sie verstanden haben sollte, so glaubte er ihr nicht.

Der klingonische Kommandeur nahm das von ihm verhängte Todesurteil nicht zurück. Saavik spürte, daß David ihr entglitt.

»David –«

Er hob eine Hand. Sie war blutüberströmt. Er berührte ihre Wange. »Ich liebe dich«, sagte er. »Und ich wünschte...«

Saavik mußte sich dicht über seinen Mund beugen, um seine Worte zu hören.

»... ich wünschte, ich hätte Vances Drachen gesehen...«

»Oh, David«, flüsterte Saavik. »David, es gibt keine Drachen.«

Drei Männer des Landungskommandos zerrten sie von ihm fort.

Saaviks Wut entlud sich ohne Fokus und ohne Plan. Sie wurde von ihr besessen. Sie warf sich herum und umklammerte den Hals des ihr zunächststehenden Klingonen mit beiden Händen. Er würgte und keuchte und krallte nach ihr. Sie spürte die Schläge, vernahm die Schreie, reagierte jedoch nicht auf sie. Sie hörte das Summen eines Phasers und fühlte, wie der Energiestrahl durch ihren Körper fuhr. Ihre Finger verkrampften sich um den Hals des Klingonen. Der Phaser heulte um eine Tonlage höher. Hände packten sie, versuchten ihren Griff zu brechen, schafften es jedoch nicht.

Der Phaser jaulte zum dritten Mal auf. Der Ton drang durch Saaviks blauweiße Wut, versengte ihr Bewußtsein vom Gehirn bis zum Rückenmark.

Sie sank auf den felsigen Boden und verlor das Bewußtsein.

KAPITEL 11

Bleich und angespannt stemmte Jim Kirk sich aus seinem Sessel. Seine Fingernägel gruben sich dabei in die Armlehnen, und er suchte verzweifelt nach Zeit. Durch den Kanal von der Oberfläche von Genesis floß ein Gewirr von Stimmen, doch der klingonische Kommandeur lächelte kühl vom Bildschirm, selbstsicher und arrogant.

»Commander!« rief Kirk.

»Mein Name«, sagte der Klingone, »ist Kruge. Ich halte es für wichtig, Admiral, daß Sie den Namen des Mannes kennen, der sie besiegen wird.«

»Zumindest einer der Gefangenen ist ein unbewaffneter Zivilist! Die anderen sind Mitglieder einer wissenschaftlichen Expedition. Wissenschaftlich, Kruge!«

»Unbewaffnet?« Kruge kicherte. »Ihr unbewaffneter Zivilist und Ihre wissenschaftliche Expedtion stehen auf der Oberfläche der mächtigsten Waffe des Universum, die sie selbst geschaffen haben!«

»Kruge, tun Sie nichts, das Ihnen später leid tun könnte!«

»Sie verstehen nicht, Admiral Kirk. Da Sie an dem Ernst meiner Worte zweifeln, muß ich sie Ihnen beweisen. Ich werde meinen Befehl nicht zurücknehmen.« Er blickte zur Seite und rief jemandem, den Kirk nicht sehen konnte, einen Befehl zu.

Kirk hörte die ersten Worte einer Antwort.

Ein gellender Schrei schnitt sie ab.

»David!« schrie Jim. »Saavik!«

Er konnte nichts weiter hören als die Geräusche von Wut, Kampf und Konfusion. Die Transmission summte, und Kirk erkannte die Interferenz eines Phaserstrahls, der mit dem Kommunikator reagierte. Er zitterte vor Hilflosigkeit. Die Ungewissheit schien eine solche Ewigkeit anzudauern, daß er einen Moment ernsthaft daran dachte, in den Transportraum zu stürzen und sich nach ... in das hineinzubeamen, was auf diesem Planeten passieren mochte. Doch selbst in seiner äußersten Verzweiflung war ihm klar, daß es zu spät wäre.

Commander Kruge beobachtete ihn, einen Ausdruck tiefer Befriedigung auf seinem Gesicht.

Schließlich wurde die Transmission von Genesis wieder klar.

»Ich glaube, ich habe eine Nachricht für Sie, Admiral«, sagte Kruge und rief einen Befehl für sein Landungskommando.

Wieder entstand eine Pause. Jim spürte, wie der Schweiß an seinen Seiten herabrann. Eine Stimme ertönte von Genesis, doch war es ein ungeduldiger Befehl in einem Dialekt von Kruges Volk, den Kirk noch nie gehört hatte.

»Saavik... David...« sagte Kirk.

Selbst wenn Saavik wütend war – und Kirk hatte sie wütend erlebt, wenn sie es auch abgestritten haben würde –, blieb ihre Stimme ruhig und kühl. Doch jetzt zitterte sie, und sie war voller Trauer.

»Admiral... David...« Ihre Stimme brach. »David ist tot.«

Kirk stürzte vor, als ob er Kruge über die Entfernung hinweg und durch das Vakuum, die sie voneinander trennten, erwürgen könnte, allein mit der Kraft, die seine Wut ihm verlieh.

»Kruge, Sie feiger Meuchelmörder! Sie haben – meinen Sohn getötet!«

Kruge reagierte nicht sofort, dann schloß er langsam die Augen und öffnete sie wieder, mit einem Ausdruck von Triumph und Befriedigung.

»Ich habe noch zwei Gefangene, Admiral«, sagte er. »Wollen Sie auch an ihrem Tod schuldig werden? Ich würde dann dafür sorgen, daß ihr Schicksal sich – sehr langsam erfüllt.« Er ließ seine Drohung einsickern. »Übergeben Sie Ihr Schiff!«

»Okay, Sie verdammter Bastard!« schrie Kirk. Er ließ sich zurückfallen. »Okay.« Er bemerkte, daß McCoy neben ihn getreten war. »Geben Sie mir eine Minute Zeit, um meine Crew zu informieren.«

Kruge zuckte die Schultern, eine Geste der Großzügigkeit. Doch im Ton seiner Stimme lag Verachtung. »Ich gebe Ihnen sogar zwei Minuten, Kirk«, sagte er und genoß die Ironie,

Kirks Forderung auf ihn zurückfedern zu lassen. »Für Sie und Ihre Crew.«

Sein Bild verblaßte. Kirk saß in seinem Sessel und starrte auf den Bildschirm, als Kruges Gesicht auseinanderfiel und an seine Stelle der Raum und die Sterne traten, und die weite, blaue Kurve von Genesis am unteren Rand – und der klingonische Jäger.

»Jim«, sagte McCoy. Er packte Kirk bei der Schulter und schüttelte ihn leicht, versuchte, ihn aus seinem Zustand der Verzweiflung zu reißen. »Jim!«

Kirk fuhr vor der Berührung zurück. Er starrte McCoy einen Moment an, ohne ihn wirklich zu sehen, ohne wirklich zu wissen, warum er in diesen gottverlassenen Winkel des Raums gekommen war. Er wußte: wenn er sich ergab, würde er damit das Leben aller seiner Freunde opfern. Und er erkannte plötzlich, daß eine Preisgabe der Genesis-Formeln die sich im Computer der *Enterprise* befanden, Kruge unweigerlich auf die Spur von Carol Marcus bringen mußte. Kruge mochte leichtsinnig sein, doch ein Narr war er nicht; er konnte Carol nicht direkt erpressen. Aber Kirk wäre ein Narr, wenn er des Imperiums Netz von Spionen, Attentätern – und Kidnappern vergessen würde.

»Mr. Sulu«, sagte er. »Wie stark ist die Crew von Kruges Schiff?«

»In etwa –« Sulu hatte gerade an einen intelligenten, temperamentvollen Burschen gedacht, einen jungen Mann, der gerade begonnen hatte, sein enormes Wissenspotential zu nutzen, und dessen Leben jetzt in den Planeten versickert war, den er geschaffen hatte. Sulu zwang seine Gedanken zur Ruhe und konzentrierte sie auf die Frage, die ihm gestellt worden war. »Etwa ein Dutzend, Offiziere und Mannschaften.«

»Und mehrere davon befinden sich auf dem Planeten ...« sagte Kirk. Er blickte seine Freunde an, die so viel riskiert hatten, um ihn zu begleiten. »Ich schwöre euch«, sagte er, »daß wir noch nicht erledigt sind.«

»Das waren wir nie, Jim«, sagte McCoy.

»Sulu, Sie und Pille in den Transporterraum. Scott, Chekov, zu mir. Wir haben eine Arbeit zu erledigen.« Er schaltete die Konsole ein. »*Enterprise* an Commander Kruge. Halten Sie sich bereit, auf dieses Schiff zu beamen. Auf meine Anweisung.«

»Keine Tricks, Kirk«, antwortete Kruge. »Sie haben noch eine Minute...«

»Keine Tricks«, sagte Kirk. »Ich ... freue mich, Sie bald kennenzulernen. Kirk Ende.«

Kirk trat mit Chekov und Scott an die Konsole des Wissenschaftsoffiziers und öffnete einen akustischen und einen optischen Kanal direkt zum Hauptcomputer des Schiffes.

»Computer, hier ist Admiral James T. Kirk. Erbitte Zugang zu Geheimspeichern.«

Er erlebte einen Moment der Nervosität, da die Möglichkeit bestand, daß Starfleet die alleruntersten Ebenen des Computers blockiert haben könnte. Ein greller Lichtblitz zuckte in seine Augen, nahm ein Muster für einen Retina-Scan. Nein, niemand bei Starfleet hatte erwartet, daß er etwas so Unerhörtes und Absurdes tun könnte, wie sein eigenes Schiff zu stehlen. Der Befehl an ihn, sich ruhig zu verhalten und nichts zu tun, obwohl das Leonard McCoy das Leben kosten würde, erschien ihnen als hinreichender Schutz für die *Enterprise*. Starfleet hatte sich nicht die Mühe gemacht, das Schiff auf eine subtilere Art zu schützen. Wenn sie das getan hätten, würde der Schiffscomputer zweifellos sofort Alarm gegeben haben, als er an Bord getreten war.

»Identität bestätigt«, sagte der Computer.

»Computer ...« sagte Kirk. Er atmete tief durch und fuhr dann mit fester Stimme fort: »Zerstörungssequenz eins. Code eins, eins-A...«

Während Kirk den umfangreichen Code rezitierte, bemühte er sich, Scotts verstörten Blick nicht wahrzunehmen. Die einzige Möglichkeit, dies durchzustehen, bestand darin, alles auf Distanz zu halten und es ohne zweitrangige Überlegungen hinter sich zu bringen.

Kirk brachte seinen Anteil des Prozesses zu Ende.

Chekov trat vor, sein Gesicht ernst.

»Computer«, sagte er langsam, »hier ist Commander Pavel Andrejewitsch Chekov, kommissarischer Wissenschaftsoffizier.«

Der Computer überprüfte Chekovs dunkle Augen und identifizierte ihn.

Bildete Kirk es sich nur ein oder hatte die Identifizierung bei Chekov länger gedauert als bei ihm? Es mußten seine Nerven sein, das Bewußtsein, daß die Sekunden der letzten Minute vertickten. Der Computer war schließlich nichts anderes als eine Maschine, eine Maschine mit einer menschlich klingenden Stimme und ein paar Entscheidungsfähigkeiten, besaß jedoch kein eigenes Bewußtsein. Er konnte keine Vorahnung seines Todes haben. Er würde nicht die Identifizierung Chekov hinauszögern, um ein paar weitere Momente der Existenz herauszuschinden, noch würden die einsetzenden Schäden, die durch die Eingaben des Zerstörungscodes ausgelöst worden waren, seine Funktionen auf irgendeine für Menschen wahrnehmbare Art verlangsamen. Das Ende würde rasch und sauber sein, eine Sache von Mikrosekunden.

»Zerstörungssequenz zwei, Code eins, eins-A, eins-B, eins...«

Der Computer war nur eine Maschine; ebenso das Schiff.

»Mr. Scott«, sagte Kirk mit absolut ruhiger Stimme.

»Admiral –« protestierte Scott.

»Mister Scott!!«

Scott sah fort, trat vor den optischen Scan des Computers und identifizierte sich, »Computer, hier Commander Montgomery Scott, Chefingenieur.« Der Lichtstrahl zuckte grell auf, brachte die Falten der inneren Zerrissenheit auf seinem Gesicht in scharfes Relief.

»Identität bestätigt.«

»Zerstörungssequenz drei, Code eins-B, zwei-B, drei...«

»Zerstörungssequenz vollständig eingegeben und aktiviert. Erwarte letzte Code-Eingabe für Countdown von einer Minute.«

Wenn der Computer nichts anderes war als eine Maschine, wenn das Schiff nichts anderes war als eine Maschine, wie konnte Jim Kirk dann Trauer in seiner Stimme zu hören glauben? Glauben, das war das Wort; es war lediglich seine Wahrnehmung, nicht objektive Realität. Er und Spock hatten so viele Debatten über den Unterschied zwischen Wahrnehmung und Realität geführt. Und sie hatten niemals Übereinstimmung erzielen, keine Schlußfolgerungen ziehen können.

Das letzte Wort lag bei Kirk.

»Code null«, sagte er. »Null – Zerstören – Null...«

Jetzt gab es keine Verzögerung.

»Eine Minute«, sagte der Computer, »Neunundfünfzig Sekunden, achtundfünfzig Sekunden, siebenundfünfzig Sekunden...«

»Laßt uns von hier verschwinden«, sagte Kirk scharf.

Auf der Brücke des klingonischen Jägers fühlte Torg die Blicke Kruges über sich und die schwerbewaffneten Männer des Enterkommandos gleiten. Torg war sich bewußt, welche Ehre der Kommandeur ihm zukommen ließ, indem er ihm erlaubte, das Kommando zu führen. Maltz allein würde bei Kruge zurückbleiben. Während er die Ruhe Kruges bewunderte, fragte Torg sich, ob er an seiner Stelle die Kraft aufbringen würde, einem anderen die Führung des Angriffs zu überlassen. Doch wenn Kruge darauf verzichtete, sicherte er sich ein viel größeres Erlebnis: er würde sehen, wie Kirk vor ihn gebracht wurde, vernichtend geschlagen, ein Gefangener.

Torg spürte eine leichte Nervosität, wenn er an die geringe Stärke seines Enterkommandos dachte – im Vergleich zu der Besatzung eines Schiffes von der Größe der *Enterprise*. Er fragte sich, ob die beiden verbliebenen Geiseln wirklich eine Garantie dafür waren, daß der Feind sich in ihre Hände geben würde. Er wußte: Wenn die Situation umgekehrt wäre, würde Kruge nicht eine Sekunde zögern, zwei Geiseln zu opfern.

»Sie sind uns zahlenmäßig weit überlegen, mein Lord –«

Torg wollte damit darauf hinweisen, daß selbst ein paar aufsässige Elemente unter der Crew erhebliche Schwierigkeiten machen konnten.

Kruges Kamm sträubte sich, als er herumfuhr. »Wir sind Klingonen! Wenn du das Schiff genommen hast, wenn du die Kontrolle darüber erlangt hast, werde ich dort meine Flagge setzen, und wir werden Genesis aus ihren eigenen Datenspeichern entnehmen!«

»Jawohl, mein Lord«, sagte Torg. Kruge hatte es ihm überlassen, wie er mit etwaigen Rebellen fertig wurde, Torg würde das Schiff erobern und es in die Hände seine Kommandeurs legen.

»Zum Transporterraum«, sagte Kruge. Er salutierte Torg. »Sieg!«

Ein scharfer Schauer der Erregung fuhr durch den jungen Offizier und überwältigte ihn beinahe. Noch nie hatte jemand ihn in einer so hohen Sprachform angesprochen.

»Sieg!« antwortete er. Als er sein Team antreten ließ und zum Transporterraum führte, hörte er, wie Kruge sich wieder mit dem Admiral der Föderation in Verbindung setzte. Die Konversation folgte ihm über die Lautsprecheranlage des Schiffes.

»Kirk, Ihre Frist läuft ab. Melden Sie sich!«

»Kirk an Commander Kruge. Wir aktivieren Transporterbeam.«

Torg stellte seine Truppe in Keilformation auf, mit sich selbst an der Spitze.

»Klar bei Transporter«, sagte Kruge.

»Transporter ist klar, mein Lord.« Torg umklammerte den Kolben eines Sturmgewehrs, eines Blasters, der Waffe, die er dem Phaser bei weitem vorzog.

». . . Jetzt.«

Der Transporterbeam erfaßte Torg wie ein Wirbelwind, riß ihn mit sich fort.

Als sein Körper sich an Bord der *Enterprise* wieder formierte, hielt er die Waffe schußbereit. Doch keine Rebellen erwarteten ihn, um Widerstand zu leisten.

Es wartete überhaupt niemand auf ihn. Über alle Lautsprecher sagte eine sanfte, rhythmische Stimme die Zeit an. Ein fremder Brauch, zweifellos, so unerklärlich und überflüssig wie alle fremden Bräuche.

»Einundvierzig Sekunden. Vierzig Sekunden...

Torg trat von der Transporterplattform herab. Er war auf einen Angriff vorbereitet gewesen, noch mehr auf eine formelle Übergabe des Schiffes. Doch er war nicht vorbereitet auf – nichts.

Er führte seine Männer aus dem Transporterraum und zur Brücke. Als er sie erreichte, hatte die unheimliche Stille unter der Computerstimme seine Nerven so hart angespannt, wie er den Blaster umklammerte.

Auch die Brücke war leer und still.

»Zweiundzwanzig Sekunden. Einundzwanzig Sekunden ...«

Torg zog seinen Kommunikator heraus.

»Es ist eine Falle«, sagte einer von seinen Leuten. Die Angst in seiner Stimme übertrug sich auf alle anderen.

Torg brachte ihn mit einem Blick zum Schweigen, in dem das Versprechen strenger Disziplinierung lag, wenn die Zeit dafür gekommen war. Er öffnete den Rufkanal.

»Mein Lord, das Schiff erscheint... verlassen.«

»Wie ist das möglich?« sagte Krüge. »Sie haben sich versteckt!«

»Vielleicht, Sir. Aber die Brücke scheint von einem Computer geleitet zu werden. Er ist hier das einzige, das spricht.«

»Was? – Laß hören!«

Torg richtete das Mikrofon auf den Lautsprecher des Computers, aus dem noch immer die rhythmischen Zahlenangaben kamen. »Sechs Sekunden. Fünf Sekunden...«

»Beamen! Maltz! Rasch! Hole sie zurück!«

Die Angst in Kruges Stimme erschreckte Torg, doch ihm blieb keine Zeit mehr, zu reagieren.

»Zwei Sekunden. Eine Sekunde.«

Der Transporterbeam schimmerte am Rand seiner Perzeption auf –

»Null«, sagte die sanfte Stimme des Computers.
– doch er erreichte ihn zu spät.

Saavik lag auf dem kalten, felsigen Berghang. Die Wirkung des Betäubungsstrahls ließ nach, doch war sie kaum fähig, sich zu bewegen. Sie hatte sich von ihrer Wut überwältigen lassen und zahlte jetzt den Preis dafür. Der Anfall hatte ihre Kraft völlig erschöpft. Davids Tod hatte ihren Willen gebrochen. Sein Blut befleckte ihre Hände.

Sie zog die Beine an, um aufzustehen. Der junge Vulkanier blickte sie an, neugierig und gleichgültig. Sein Körper war wie der Spocks, doch Spock war gegenüber Erschöpfung und Trauer nie gleichgültig gewesen. Sie stand auf. Davids Leiche lag nur ein paar Schritte entfernt.

Der Sergeant schrie ihr einen Befehl zu. Sie verstand, was er sagen wollte, zog es jedoch vor, ihn zu ignorieren. Der Klingone, den sie zu erwürgen versucht hatte, sprang auf sie zu und schlug sie zu Boden. Selbst der Klang seines Lachens reichte jetzt nicht mehr aus, um ihre Wut neu anzufachen.

Sie stemmte sich wieder hoch. Der Bewacher schleuderte sie erneut zu Boden. Saavik blieb einen Moment reglos liegen, grub ihre Finger in den kalten Boden, fühlte die leisen Vibrationen eines zerfallenden Planeten.

Sie stemmte sich zum dritten Mal auf die Füße. Der Bewacher ballte die Faust. Doch bevor er zuschlagen konnte, packte ihn der Sergeant beim Arm. Die beiden starrten einander an. Der Sergeant gewann den Kampf. Keiner der beiden rührte sich, als Saavik zu dem toten David trat und sich neben ihn kniete. Sie berührte ihn sanft.

Wenn David bei ihr war, hatte sie immer das leichte erregte Glühen seines Geistes verspüren können. Jetzt war es völlig erloschen. Er war fort. Alles, was sie noch für ihn tun konnte, war, die Nacht über bei seiner Leiche zu sitzen, so wie sie es bei Peter getan hatte, und bei Spock. Auf der *Enterprise* war diese Totenwache nichts anderes als ein Ritual gewesen, auf diesem Planeten war sein Körper jedoch Raubtieren ausgesetzt, einheimischen wie fremden.

Saavik blickte in das Zwielicht. Wenn die *Enterrpise* in einem Standardorbit um den Planeten kreiste, sollte sie sie als Lichtpunkt am Himmel ausmachen können. Die Ausarbeitung der entsprechenden Gleichungen zwang sie dazu, sich zu konzentrieren und ihre Gedanken zu sammeln. Als sie mit der Aufgabe fertig war, war sie sehr stolz auf sich.

Werde ich irrational? fragte sie sich erschreckt. Unter den gegebenen Umständen war der Stolz auf irgend etwas, und schon gar auf die Lösung einer so simplen Rechenaufgabe, ein sicheres Zeichen für Irrationalität.

Sie suchte nach der *Enterprise* an der Stelle, an der sie nach ihrer Kalkulation jetzt stehen mußte.

Sie entdeckte den langsam dahinziehenden Lichtpunkt.

Und dann –

Der Transporterbeam riß James Kirk aus seinem Schiff und fügte ihn auf der Oberfläche von Genesis wieder zusammen. Und einer nach dem anderen erschienen McCoy, Sulu, Chekov und Scott um ihn herum. Sie blieben wartend stehen, mit schußbereiten Phasern, in Erwartung einer Verfolgung. Sie hatten ihre Flucht auf die letztmögliche Sekunde verlegt. Das Enterkommando des Feindes konnte das letzte Glimmen ihres Transporterbeams mitbekommen, ihren Zielpunkt von der Koordinateneinstellung der Konsole erfahren haben, mochte ihnen gefolgt sein. Doch sie blieben allein.

Die Luft war kalt und feucht und schwer von Zwielicht. Überall um sie herum ragten graue Bäume empor, ließen ihre Kronen zu Boden hängen und schlangen sich umeinander wie gigantische Lianen. Sie bildeten einen weiten Kreis um eine Fläche, die frei von Bäumen war, jedoch von einem Gewirr spindeliger Büsche überwuchert wurde. Er trat einen Schritt auf den Wald zu, indem er und seine Freunde Deckung finden konnten, und von wo aus er den Himmel nicht sehen konnte. Doch die Dornen hakten sich in seine Kleidung und zerkratzten ihm die Hände. Die Kratzwunden brannten, als ob sie mit Säure verätzt worden wären. Jim blieb stehen.

Widerstrebend blickte er zum Himmel empor.

Sterne gleißten wie blaue Lichtpunkte. Dieses System besaß nur einen einzigen Planeten und keinen Mond. Alle Sterne des Himmels schienen stillzustehen, sich nicht in ihrer Relation zueinander zu verändern. Doch einer, der im matten Silberton reflektierten Lichts glänzte, zog seinen eigenen Pfad durch das Sternenfeld.

Langsam begann er zu erglühen, und seine Farbe veränderte sich von Silber zu Gold. Und dann, mit erschreckender Plötzlichkeit, explodierte er zu intensivem, blauweißem Licht. Der Punkt weitete sich zu einer grellen, flammenden Scheibe aus, zu einer Kugel, einer neuen Sonne, die die Sterne erblassen ließ.

Jim spürte, oder glaubte zu spüren, wie die Strahlung auf seinem Gesicht brannte, ein kurzes Aufflammen von Hitze und Licht, als Materie und Antimaterie aufeinander trafen und sich zu gegenseitiger Vernichtung miteinander vereinigten.

Die *Enterprise* fiel in elegantem Bogen aus ihrem Orbit. Für einen Moment war sie ein Komet, doch dann wurde sie von der Schwerkraft des neuen Planeten gepackt und festgehalten und angezogen. Nie wieder würde sie stolz nahe der weißglühenden Oberfläche einer Sonne entlanggleiten, nie wieder den freundlichen Hafen der Erde verlassen, um ins Unbekannte hinauszufahren. Die Schwerkraft von Genesis verwandelte das sterbende Schiff von einem Kometen in eine Sternschnuppe. Sie trudelte herab, schleuderte einen Regen von Funken und glühenden Trümmerteilen von sich. Sie trat in die Atmosphäre ein und glühte noch heller auf.

Und dann war sie plötzlich verschwunden. In einer Sekunde war die *Enterprise* ein stolzes, loderndes Feuer, in der nächsten war der Himmel schwarz und leer.

Es schien unmöglich, daß die Sterne in derselben Anordnung stehengeblieben waren, denn selbst Fixsterne verändern sich nach einer Ewigkeit.

»Mein Gott, Pille . . .«, flüsterte Kirk. »Was habe ich getan?«

»Was du tun mußtest«, sagte McCoy hart, mit einer

Stimme, die nur zum Teil seine eigene war. »Was du immer getan hast: den Tod in eine Lebenschance verwandelt.« Er blickte Jim in die Augen, umfaßte seinen Arm. »Hast du mich gehört, Jim?«

Jim starrte ihn an, sah noch immer nach dem Nachleuchten der Sternschnuppe, fühlte noch immer das Sterben seines Schiffes. Er atmete tief durch. Er nickte.

Der Tricorder, den Sulu trug, hatte vom Moment ihrer Ankunft auf dem neuen Planeten an reagiert. Doch Sulu hatte seine Töne kaum wahrgenommen. Jetzt erzwang er Sulus Aufmerksamkeit.

»Sir, die Werte des Planetenkerns sind extrem instabil, und sie verändern sich rasch –«

Kirk zwang sich, seine Aufmerksamkeit der unmittelbaren Gefahr zuzuwenden. »Irgendwelche Lebenszeichen?«

»Ganz in der Nähe.« Er machte einen Scan mit dem Tricorder. »Dort.«

»Kommt!«

Kirk schritt über die Lichtung auf die bizarr geformten Bäume zu. Jetzt schienen sich die dornigen Büsche zurückzubiegen, um ihn durchzulassen.

Der holographische Bildschirm, eben noch voller Licht, hing dunkel und tot; das Fenster führte auf leeren Raum hinaus.

Kruge erkannte allmählich, wie viele tote Sekunden vertickt waren, in denen er nichts getan hatte, nicht einmal reagiert. Das große Schiff, das er in seinen Händen gehalten hatte, war vor seinen Augen zu nichts geworden.

Verwirrt und unsicher wartete Maltz bei der Transporterkonsole. Er hatte den Beam auf die Männer des Enterkommandos gerichtet, sie berührt, sie gehalten – und dann war nichts mehr dagewesen, das er halten konnte.

Kruge konnte nicht glauben, was der fremde Admiral offensichtlich getan haben mußte.

»Mein Lord«, sagte Maltz zögernd. »Was sind Ihre Befehle?«

Meine Befehle? dachte Kruge. Habe ich noch das Recht,

Befehle zu geben? Ich habe ihn unterschätzt – einen bloßen Menschen! Er hat das eine getan, womit ich nicht rechnete, das einzige, das ich als unmöglich ausgeklammert habe. Das einzige, was ich in seiner Lage getan haben würde.

»Er hat sich selbst vernichtet«, sagte Kruge laut.

»Mein Lord, darf ich –?«

Wenn ich gewußt hätte, daß einer der Gefangenen sein Sohn war – wenn ich sie selbst vernommen hätte, bevor ich einen von ihnen opferte –! Kruge geißelte sich mit seinen Selbstvorwürfen. Das Töten von Kirks Sohn war eine Dummheit gewesen! Dadurch war Kirk bereit, zu sterben!

»Wir haben noch immer zwei Gefangene«, sagte Maltz mit durchsichtiger Sorge, denn er hatte noch keine wirkliche Antwort von Kruge erhalten, keine Kenntnisnahme seiner Anwesenheit, keine Bemerkung über die prekäre Lage, in der sie sich befanden, seit das feindliche Schiff explodiert und verschwunden war. »Vielleicht könnten ihre Aussagen –«

Kruge wandte sich ihm wütend zu. »Sie sind wertlos! Kirk war es, den ich brauchte, und ich habe ihn entwischen lassen!«

»Aber deshalb ist unser Vorhaben noch nicht gescheitert!« rief Maltz. Sie waren hergekommen, um Genesis zu finden; sie hatten zwei Geiseln, die etwas darüber wußten, vielleicht genügend, um Genesis reproduzieren zu können. Durch seinen feigen Selbstmord hatte Kirk sie ihnen ausgeliefert. Sicher würde sich Kruge wegen einer Niederlage nicht aufgeben, nur weil sein Stolz...

»Unser Unternehmen ist zu Ende«, sagte Kruge. »*Ich* habe versagt. Ein Mensch ist kühner und rücksichtsloser gewesen als ich...« Sein Blick war leer. »*Das*... ist die wirkliche Entehrung.«

– und dann flammte der Lichtpunkt, der die *Enterprise* war, zu einer Nova auf und verstreute sich über den Himmel.

Saavik starrte empor.

Das Schiff verschwand.

Sie fühlte den Verlust anderer Leben und Träume viel schärfer als die Gewißheit ihres eigenen, kurz bevorstehenden Todes. Der schien jetzt keine Rolle mehr zu spielen. Er würde keinen großen Einfluß auf das Universum haben.

Spock schrie laut auf und verkündete damit eine neue Erschütterung des Planeten. Ein Grollen ließ die Nacht erzittern, der Boden erbebte. Genesis echote Spocks Schmerz. Jenseits des Waldes zerriß eine Verwerfung die Ebene, ließ einen breiten Graben aufklaffen und rammte seine beiden Seiten gegeneinander. Ein Rand des Grabens hob sich wie eine Meereswelle, brandete über den anderen hinweg, der unter dem Gewicht einstürzte. Die nackten Steinflächen rieben gegeneinander mit einer Kraft, die Berge formen konnte.

Eine Glutwoge flutete über Boden und Himmel hinweg. Eine helle Aurora echote das Licht des Erdbebens, und ein scharfer Ozongeruch lag in der Luft.

Der Planet starb, so wie die *Enterprise* gestorben war, so wie jeder Mensch, der Saavik jemals etwas bedeutet hatte, gestorben war, so wie auch sie bald sterben würde.

Ihre Bewacher hatten sich abgewandt, um die riesigen funkelnden Vorhänge der Aurora anzustarren. Selbst durch das Grollen des Erdbebens konnte Saavik das elektrische Knistern der Entladungen der Aurora hören. Die Bewacher starrten bewundernd zum Himmel empor. Ihre Stimmen verrieten Furcht.

Anstatt nachzulassen, intensivierte sich das Beben. Die massigen Bäume begannen zu schwanken. Das laute Krachen brechender Äste echote über den Berghang. Die Bewacher blickten wild umher, suchten nach einem Ort, an dem sie sich in Sicherheit bringen konnten, und mußten erkennen, daß es einen solchen Platz auf diesem Planeten nicht gab.

Der Boden bäumte sich auf. Er riß einen riesigen Baum aus der Erde und schleuderte ihn auf den kahlen Felssims unterhalb der Höhle. Die Bewacher stoben fort, als er herabstürzte, und standen dann ängstlich zusammengedrängt, gestrandet zwischen dem herausgerissenen Baum und dem Abgrund.

Die Resonanzen von Genesis folterten Spock. Saavik fuhr zum letzten Mal mit ihrer Hand über Davids weiches, lockiges Haar. Sie konnte nichts mehr für ihn tun, ihn nicht einmal bis zum Morgen bewachen. Dieser Planet würde keinen neuen Sonnenaufgang mehr erleben.

Sie erhob sich und schritt über die rauhe, bebende Oberfläche von Genesis. Hinter sich hörte sie den Sergeanten in seinen Kommunikator sprechen, mit einem Unterton von Panik in seiner Stimme. Obwohl Saavik nicht verstand, was er sagte, konnte sie es sich doch sehr gut vorstellen.

Nur Statik antwortete ihm. Vielleicht hatte die *Enterprise* bei ihrem Untergang das klingonische Schiff mit in den Tod gerissen. Wenn das zutraf, dann würden auch sie hier untergehen.

Spock lag auf dem Rücken, seine schlanken Finger in den Boden gekrallt. Saavik begann auf Vulkanisch auf ihn einzureden. Wenn es ihr gelang, ihn so weit zu beruhigen, daß er sie an sich heranließ, konnte sie ihren Geist mit dem seinen verschmelzen und ihm etwas von seinen Schmerzen abnehmen.

So intensiv war dieser Wunsch, daß sie nicht hörte, wie der Bewacher von hinten an sie herantrat. Er stieß sie roh beiseite. Sie stolperte auf dem rauhen, felsigen Boden.

»Nein!« schrie sie, als der Klingone sich bückte, um Spock auf die Füße zu reißen. »Nein! Faß ihn nicht an!«

Es war zu spät.

Er packte Spock beim Arm. Spock reagierte darauf, als ob er verbrannt worden sei. Mit einem Aufschrei von Schmerz und Wut sprang er auf, riß den Bewacher empor und schleuderte ihn durch die Luft.

Der Klingone krachte mit dem knirschenden Knacken brechender Knochen gegen einen knorrigen Baum. Sein Körper glitt schlaff zu Boden und rührte sich nicht mehr.

Als der Sergeant seinen Phaser zog, stemmte Saavik sich auf die Füße.

»Ruhig«, sagte sie zu Spock, »nur ruhig. Ich kann dir helfen.«

Spock bedeckte sein Gesicht mit beiden Händen und stieß einen langen, zitternden Schrei aus. Er war wieder gealtert, um Jahre während der kurzen Zeit, in der die Bewacher sie voneinander getrennt gehalten hatten. Saavik berührte behutsam sein Gesicht, dann schloß sie ihn in die Arme und drückte ihn an sich.

Der Sergeant kam auf sie zu, den Phaser schußbereit. Er stand am Rand einer Panik und war bereit, sich dieses mörderischen Gefangenen zu entledigen, ganz egal, was sein Kommandeur mit ihm vorhatte. Saavik blickte ihn über ihre Schulter hinweg an. Er würde Spock nichts tun können, vorher müßte er sie erledigen.

Eine Konvulsion ließ Spocks Körper zusammenfahren, bog ihm das Rückgrat durch und zwang einen lauten, zitternden Schrei aus seinem Mund.

Zwischen den dunklen Bäumen am Hang des Berges hörte Jim Kirk einen lauten Schmerzensschrei. Er ging schneller. Er rannte fast den steilen Hang hinauf. Der kaum erkennbare Pfad wand sich zwischen Bäumen entlang, die Hieronymus Bosch zur Ehre gereicht hätten. Die scharlachfarbene Aurora warf tanzenden Schatten auf den Pfad. Kirk kämpfte sich durch peitschende Zweige voran, die sich weitaus zu heftig bewegten, als daß die bebende Erde daran schuld sein konnte.

Sulu hielt mit ihm Schritt, und Chekov war dicht hinter ihnen. McCoy folgte mit einem etwas größeren Abstand. Kirk rang nach Atem. Die stark ionisierte Luft brannte in seiner Kehle.

Er erreichte eine Lichtung. Saavik stand in ihrer Mitte, hielt – irgend jemanden – fest, und ein klingonischer Sergeant bedrohte sie mit einem Phaser.

»Keine Bewegung!« rief Kirk.

Der Sergeant fuhr überrascht herum und riß seine Waffe mit.

Kirk feuerte. Der Energiestrahl riß den Sergeanten rückwärts. Er stürzte zu Boden, um sich nie wieder zu bewegen.

Kirk lief ohne einen zweiten Blick auf den Sergeanten vorbei. Er verlangsamte seinen Schritt, als er Saavik erreichte, die ihn anblickte und einen bewußtlosen jungen Mann in ihren Armen hielt.

»Pille –« sagte Kirk leise.

McCoy kam keuchend zu ihm gelaufen und nahm Saavik die Last aus ihren Armen. Als er dabei ihren Arm berührte, fuhr sie zurück, als ob sie einen elektrischen Schlag erhalten hätte. Sie trat einen Schritt von ihm fort und starrte ihn an. Kirk berührte ihren Ellenbogen, so daß sie überrascht herumfuhr.

»Sir –« sagte sie. Ihre Stimme brach, und sie begann zu taumeln. Er fing sie auf und zog sie an sich.

»Ruhig, Saavik«, sagte er. »Nur ruhig. Es ist alles in Ordnung.«

»Ich habe es versucht«, flüsterte sie. »Ich habe versucht, Ihren Sohn –«

Die Aurora verbrannte den Himmel und erleuchtete die Lichtung mit einem geisterhaften Glühen. Jim sah in diesem Licht den Körper seines Sohnes unter einem knorrigen Baum liegen.

Er drückte Saavik noch einmal an sich. Sie zog zitternd Luft in ihre Lungen und richtete sich auf, gab ihm damit Gelegenheit, die Umarmung zu lösen.

Er ließ sie mit McCoy und den anderen zurück und überquerte langsam die Lichtung. Seine Stiefel zertraten herabgefallene Blätter.

Jim kniete sich neben Davids Leiche.

»Mein Sohn...« Ein Gedicht aus längst vergangener Zeit flüsterte ihm zu: ›Möge kein Stern für dich dunkel sein... weder im Himmel noch auf Erden... und sie dir auf ewig Freunde sein...‹

Welke Blätter wehten über Davids Körper, bedeckten den jungen Mann mit einem Kleid, das scharlachrot und golden erglänzte, wenn die Aurora aufflammte, einem Kleid aus Herbstblättern, von einem Planeten, der kaum seinen Frühling erlebt hatte.

Jim preßte seine Augen zu, versuchte, seine Tränen zurückzuhalten. Er hörte Schritte, die sich näherten. Er öffnete die Augen und hob den Kopf. Sein Blick verschleierte sich, wurde wieder klar. Saavik stand vor ihm.

»Was ist geschehen?« fragte er.

»Er... er hat sein Leben hingegeben, um uns zu retten«, sagte sie. Dann schüttelte sie den Kopf und wandte sich ab. »Das ist alles, was ich sagen kann«, flüsterte sie.

»Jim!«

Kirk richtete sich sofort auf, als er McCoys Ruf hörte. Er zwang sich, seine Trauer zu vergessen, sich von den Toten den Lebenden zuzuwenden.

McCoy hockte über dem jungen Mann, den Saavik so heftig verteidigt hatte. Kirk kniete sich neben ihn, und in dem wechselnden Licht sah er –

»Pille«, sagte er erschüttert.

»*Bojemoi*!« rief Chekov.

Während all der Jahre, seit Kirk Spock kennengelernt hatte, bis zu seinem Tod, hatte der Vulkanier sich kaum verändert. Er alterte langsamer als ein Mensch. Niemand wußte, ob er so langsam alterte wie ein vollblütiger Vulkanier. Kirk war sich immer bewußt gewesen, daß er Spock nicht als alten Mann erleben würde, und er hatte ihn auch nicht als jungen Mann erlebt. Der Vulkanier, der bewußtlos vor ihm lag, war ein junger Mann... aber er war auch, unzweifelhaft, Spock.

Spock! Lebend!

Und dann mußte er sich fragen: Was bedeutet das für McCoy?

»Pille – ?« sagte er wieder.

»Alle seine metabolischen Funktionen sind erheblich beschleunigt«, sagte McCoy. Er stellte seine Diagnose sehr ruhig, trotz ihre Tragweite. »Für Laien ausgedrückt: sein Körper altert – und das sehr schnell.«

»Und – sein Geist?«

McCoy blickte wieder auf seinen Tricorder und schüttelte den Kopf. »Die Werte eines Neugeborenen oder bestenfalls eines Kleinkindes von wenigen Monaten. Sein Geist ist leer, fast eine *Tabula rasa.*« Er sah auf. »Es sieht so aus, Admiral«, sagte er trocken, »als ob ich seinen ganzen Hirninhalt hätte.«

»Gibt es *irgend etwas,* das wir tun können?«

McCoy zuckte die Schultern. Kirk blickte Saavik an.

»Nur eins, Sir«, sagte sie. »Wir müssen ihn von diesem Planeten herunterbringen. Er ist... auf irgendeine Art mit ihm verbunden. Er verfällt in einem raschen Alterungsprozeß, genau wie dieser Planet.«

Der junge Mann stöhnte. Der Boden wurde ebenso erschüttert wie sein Körper. Saavik kniete sich neben ihn.

»Und wenn er hierbleibt?«

Saavik sah auf. »Dann stirbt er.«

Kirk dachte nach, während grelle Blitze die Lichtung erhellten. Er mußte etwas tun... und es gab nur noch eine Möglichkeit.

Er ließ seinen Kommunikator aufschnellen.

»Commander Kruge«, sagte er. »Hier ist Admiral James T. Kirk. Ich bin... am Leben und auf der Oberfläche von Genesis.« Er machte eine Pause. Er erhielt keine Antwort, außer dem Knistern elektrischer Interferenzen. »Ich weiß, daß dies eine freudige Überraschung für Sie ist«, sagte er, »aber, sehen Sie, mein Schiff ist zum Opfer eines... bedauerlichen Unfalls geworden. Tut mir leid um Ihre Leute, alter Junge. Aber *c'est la vie,* wie wir auf der Erde sagen.«

Die Antwort war ein erneutes Aufbäumen des Bodens, erneutes Prasseln von Statik, ein neuer Blitz, der über den wolkenlosen Himmel zuckte.

»Nun?« sagte Kirk ungeduldig. »Ich warte. Was ist Ihre Antwort?« Er zwang sich, seinen Griff um den Kommunikator zu lockern. Geduld zu üben, zu warten und nachzudenken. »Ich habe, was Sie haben wollen«, fuhr er drängend fort. »Ich bin im Besitz des Geheimnisses von Genesis! Aber Sie müssen uns an Bord Ihres Schiffes holen, um es zu bekommen. Haben Sie mich verstanden?«

Statik erstickte jede Möglichkeit einer Antwort. Der Himmel und die Erde grollten, der junge Vulkanier stöhnte, die Bäume ächzten und krachten, und im Hintergrund knisterte die Aurora, verhalten und unheimlich. Ein gewaltiger Blitz und ein dröhnender Donnerschlag erstickten alles andere Licht, alle anderen Geräusche. Kirks Schultern sanken nach vorn, und er schloß den Kommunikator, steckte ihn sorgfältig fort. Er blinzelte ein paarmal, um das Nachtleuchten des grellen Blitzschlages zu überwinden, das seine Augen tränen ließ. Er wandte sich wieder den letzten Mitgliedern seiner Crew zu, die er in ihren Untergang geführt hatte.

Er trat zu ihnen, wußte jedoch nicht, was er ihnen sagen sollte. Spock lag ausgestreckt auf dem Boden, einen Arm über sein Gesicht gelegt. Die anderen standen um ihn herum, noch immer verwundert darüber, ihn lebend wiederzusehen. Kirk hockte sich auf seine Fersen und wußte nicht, was er sagen sollte. ›Ich danke euch‹ und ›es tut mir leid‹, kamen ihm entsetzlich banal vor.

»Waffen weg!«

Überrascht fuhr Kirk herum.

Der Himmel war ein leuchtender Hintergrund, ein Vorhang flackernden Lichts, durch den hier und dort Sterne schienen. Davor stand eine riesige Gestalt auf dem Felsplateau.

Kirk erhob sich vorsichtig, zog langsam seinen Phaser heraus und ließ ihn dann zu Boden fallen. Er hob die Hände. Sulu, Chekov und McCoy folgten seinem Beispiel, doch Saavik blieb neben Spock knien.

Die mächtige Gestalt trat ein paar Schritte auf sie zu. Der Phaser in seiner Hand glänzte. Der Kamm auf seinem Kopf sträubte sich.

»Hier herüber«, sagte Kruge. »Alle außer Kirk.« Er deutete auf eine glattgetretene Stelle am Berghang.

Kirk machte eine kleine Geste mit seiner Hand. McCoy, Sulu und Chekov gehorchten widerwillig. Saavik blieb, wo sie war, an der Seite Spocks. Kirk hörte, wie der klingonische Commander wütend tief Luft holte.

»Kommen Sie, Lieutenant«, sagte Kirk leise. »Tun Sie, was er sagt.« Er fürchtete, daß sie sich widersetzen würde, doch sie stand schließlich auf und trat zu den anderen.

Commander Kruge ließ seinen Kommunikator aufschnappen. »Maltz«, sagte er, »die Gefangenen befinden sich auf unseren ersten Beam-Koordinaten. Klarmachen.«

Kirk trat einen Schritt auf Kruge zu, der auf die Bewegung reagierte, indem der drohend seinen Phaser hob.

Zumindest habe ich jetzt seine volle Aufmerksamkeit, dachte Kirk.

»Sie sollten den Vulkanier auch mitnehmen«, sagte er möglichst gleichgültig.

»Nein.«

»Warum nicht?«

»Weil Sie es wollen«, sagte Kruge. Ohne den Blick von Kirk zu wenden, nahm er die zu Boden geworfenen Phaser der *Enterprise*-Offiziere auf und schleuderte sie, einen nach dem anderen, von dem Felssims hinab. Dann sprach er in seiner eigenen Sprache in den Kommunikator. Kirk verstand nicht die Worte, doch mußten sie ein Befehl zum Beamen gewesen sein. Energie pulsierte um seine Freunde.

»Nein – !« schrie Saavik, doch der Beam erstickte ihre Stimme. Sie verschwand mit den anderen.

Nur einhundert Meter entfernt brach plötzlich der ganze Berghang mit einem Krachen und Dröhnen zerreißenden Felsens auf. Grellrotes Licht und intensive Hitze drangen aus dem Erdspalt. Glühende Magma quoll aus dem Inneren des Planeten durch seine Kruste. Der Wasserfall, der den Hang hinabschäumte, fiel in den Spalt und explodierte zu überhitztem Dampf.

Kruge trat näher zu Kirk.

»Genesis!« schrie er durch die Kakaphonie des sterbenden Planeten. »Ich will es haben!«

»Beamen Sie den Vulkanier hinauf, dann können wir weiterreden.«

»Geben Sie mir, was ich haben will – dann werde ich es mir überlegen.«

»Sie Narr!« schrie Kirk. »Sehen Sie sich doch um! Dieser Planet zerstört sich selbst!«

Kruge lächelte.

»Wirklich? Aufregend, wie?«

Kirk starrte ihn sprachlos an, dann faßte er sich.

»Wenn wir nicht einander beistehen, werden wir alle hier sterben!«

»Wunderbar!« sagte Kruge triumphierend. »So soll es sein!« Er stand vor Kirk, ihn überragend, und lächelte sein Wolfslächeln. »*Geben Sie mir Genesis*!« sagte er. Jedes Wort war wie ein Schlag.

Wie in Antwort darauf begann Genesis unter ihm zu beben und sich aufzubäumen. Die Felsplatte, auf der er stand, zerbrach unter seinen Füßen und schleuderte ihn vorwärts. Er verlor das Gleichgewicht und stürzte. Sein Phaser schepperte über den Stein, schlitterte über den Hang zum Rand der lavakochenden Erdspalte.

Während Kruge versuchte, wieder auf die Füße zu kommen, stürzte Kirk auf ihn zu und griff ihn an. Kirks Atem wurde aus seinen Lungen gestoßen, als ob er gegen eine feste Wand gelaufen wäre. Kruge brüllte vor Wut und schlug ihm die Faust in die Seite. Kirk stürzte hart zu Boden, schaffte es jedoch, sofort wieder auf die Füße zu kommen. Kruge stürzte los und versuchte, seinen Phaser zu erreichen. Kirk sprintete ihm nach und riß ihn auf die Knie. Sie rollten zusammen den Hang hinab. Kruge stieß Kirk von sich und versuchte, auf die Beine zu kommen. Doch Kirk stand als erster. Er nahm seinen Vorteil wahr und verpaßte Kruge kurze Haken, die zwar nicht viel Unheil anrichteten, seinen Gegner jedoch aus dem Gleichgewicht brachten und ihn beschäftigten. Er wich Kruges langen, mächtigen Armen aus und schlug wieder auf ihn ein. Kirks Knöchel waren roh. Jeder Schlag ließ einen scharfen Schmerz durch seine Hände schießen.

Die feurige Glut des Magma beleuchtete den Klingonen. Er holte zu einem seiner gewaltigen Schläge aus und verfehlte Kirk. Die Wucht des Schlages riß ihn herum. Kirk sprang auf ihn zu und traf ihn noch einmal mit beiden Händen.

Kruge stürzte den steilen Hang hinab auf die glutwabernde Erdspalte zu und verschwand.

Kirk blickte über den Rand. Kruge stand auf einer breiten Felsplatte, direkt über dem brodelnden Magma, eingehüllt in dichte Wolken von Dampf und Rauch.

Er blickte zu Kirk hinauf und lachte.

Wütend sprang Kirk zu ihm hinab. Hitzewellen hüllten ihn ein. Er rang mit Kruge. Die Größe und die relative Jugend des klingonischen Kommandeurs begannen sich auszuwirken. Kruge brach Kirks Griff und rammte ihm beide Fäuste in die Brust. Kirk wurde gegen die Felswand geschleudert und sank halbbenommen an ihr zusammen. Er konnte gerade noch verhindern, daß er ganz zusammenbrach. Er war schweißnaß. Er stemmte sich auf die Füße. Kruge beobachtete ihn vom Rand der Feuergrube. Das scharlachrote Dunkel ließ den Klingonen als Shilouette erscheinen; die Hände in die Hüften gestemmt, wartete er darauf, daß Kirk wieder so weit zu Kräften kam, um ein würdiger Gegner zu sein.

Das Magma wogte in der klaffenden Erdspalte, leckte an ihren Wänden empor. Felsbrocken stürzten mit hohlem Poltern herab. Große achteckige Basaltsäulen splitterten von der Klippe und stürzten zusammen wie die Stämme uralter Bäume. Die Säule, auf der Kruge stand, brach ab und begann zu sinken. Das Magma verschluckte ihre Basis.

Die gewaltige Säule begann zu kippen. Kruge versuchte, das Gleichgewicht zu halten. Hitze drang in Wellen auf ihn ein. Auf Kirk machte es den Eindruck, daß der Klingone die Gefahr genoß, sie als eine Nervenprobe nahm.

»Spring! Verdammt noch mal!« schrie Kirk.

Kruge sprang. Doch er hatte eine Sekunde zu lange gewartet. Er sprang zu kurz. Er schlug gegen die berstenden Basaltsäulen, erwischte gerade noch ihren Rand; seine Füße hingen über der glühenden Grube.

Kirk sprintete zum Rand der Klippe, kniete sich auf den Fels und starrte zu Kruge hinab, der zu ihm heraufblickte, mit leicht entblößten Zähnen und einem Ausdruck, der mehr ein ironisches Lächeln war als eine Drohung.

»Jetzt«, sagte Kirk, »werden Sie mir geben, was ich haben will –«

Kruge warf sich empor, versuchte, seinen Arm über den Klippenrand zu bringen, einen besseren Halt zu gewinnen. Kirk ließ ihn an dem heißen Gestein strampeln.

»Sie werden uns von diesem Planeten herunterbringen!« sagte Kirk.

Kruge knurrte irgend etwas. Was immer es sein mochte, auf jeden Fall war es keine Zustimmung. Sein Fuß verlor den Halt. Jetzt hing er, nur noch von seinen Händen gehalten, über dem brodelnden Magma.

»Sein Sie kein Narr!« rief Kirk. »Geben Sie mir Ihre Hand – und leben Sie!«

Der Klingone schnellte sich empor und griff nach Kirk. Kirk fuhr zurück. Kruges Finger fuhren über seine Kehle, schlugen dann auf den Fels. Er begann abzurutschen, doch mit einer übernatürlichen Kraftanstrengung warf er sich empor und packte Kirks Bein.

Kruge gab seinen Halt an der Klippe ganz auf und schloß beide Hände wie Stahlklammern um Kirks Knöchel.

Jim Kirk verlor den Halt und glitt auf den Rand der Feuergrube zu; erst eine Handbreit von ihm entfernt gelang es ihm wieder, sich festzustemmen. Er krallte sich in den Fels. Seine Fingernägel rissen, und er hinterließ Blutspuren auf dem dunklen Stein, als er langsam weiter und weiter über den Rand glitt. Die glühende Hitze des Magmas hüllte ihn ein.

Er hörte Kruge wieder lachen; es war ein Lachen der Verachtung und des Triumphs, ein Lachen über den Tod von Kirks Sohn, über Kirks Entschlossenheit, seine Freunde zu retten, über Kirks Niederlage und über Kirk selbst.

»Gott verdamme dich!« schrie Kirk in wilder Wut. »Ich habe – genug von dir!« Er schlug immer wieder nach ihm.

Kruges Griff lockerte sich – und brach.

Kirk kroch höher auf die Klippe.

Kruge stürzte in die Tiefe, wo es nichts gab, das seinen Fall aufhalten konnte, als das kochende Magma.

Die Basaltsäulen erbebten und splitterten, stürzten eine nach der anderen in den Erdspalt. Die Klippe zerfiel unter Kirks Füßen. Er kroch zum höheren Felsplateau hinauf, sprang, packte seinen Rand und zog sich empor. Völlig ausgepumpt lag er auf dem festen Boden. Doch er mußte weiter, denn auch der feste Boden war nicht mehr fest. Weitere Risse öffneten sich, hervorquellende Hitze erfaßte die knorrigen, bizarr geformten Bäume, die sofort in qualmenden Flammen standen, verschluckten die Bergbäche, stießen Wolken überhitzten Dampfes aus. Jim kam taumelnd auf die Füße. Spock lag bewußtlos dicht am Rand einer glutrot wabernden Erdspalte.

Die heiße, weiße Sonne von Genesis brach über den Horizont, ergoß ihr Licht in das Dunkel, auf den Dampf und den Rauch. Lange Schatten wurden auf das Land geworfen. Sie zuckten und wanden sich wie Gespenster mit den Konvulsionen des Bodens.

Kirk kniete sich neben Spock und drehte ihn sanft auf den Rücken.

Er fluchte leise.

Dies *war* Spock, Spock, so wie er ihn gekannt hatte. Innerhalb nur weniger Minuten war er von einem jungen Mann zu einem Erwachsenen geworden. In weiteren wenigen Minuten würde er alt sein, und dann – tot. Er stöhnte auf, als die Schmerzen des Planeten, an den er gekettet war, selbst in die Tiefe seiner Erschöpfung und Bewußtlosigkeit vordrangen. Das Stöhnen durchfuhr Jim Kirk wie ein Stich.

Die Sonne stieg so schnell empor, daß er ihre Bahn fühlen konnte. Ihre Strahlen wurden heißer, als der Einfallswinkel steiler wurde, und die Schatten verkürzten sich. Die Drehung des Planeten wurde schneller, als er sich selbst zerfetzte.

Jim blickte zum Himmel empor. Selbst die Sterne waren verschwunden. Es war zu hell, um selbst nach dem reflektierten Licht des einzigen Schiffes zu suchen, das im Orbit um Genesis verblieben war – falls es nicht schon aus dem instabilen Sternsystem geflohen war.

Er blickte umher, entdeckte Kruges Phaser und nahm ihn auf. Dann schob er einen Arm unter Spocks schlaffen Körper, wuchtete ihn auf seine Schulter und stemmte sich hoch. Er öffnete seinen Kommunikator, zerstörte die Aufnahmequalität des Mikrofons, indem er seine Oberfläche mit dem Daumennagel aufkratzte, tat sein Bestes, um die tiefe, harte Stimme Kruges zu imitieren und wiederholte die letzten Worte, die Kruge an sein Schiff durchgegeben hatte.

Dann wartete er. Seine Beine zitterten vor Übermüdung. Er hob den Kommunikator, um es noch einmal zu versuchen –

Und spürte das sanfte Vibrieren, als der Transporter-Beam ihn umschloß. Er dematerialisierte seinen Körper und den Spocks, und trug sie fort.

Saavik materialisierte an Bord eines klingonischen Jägers. Ein einziger Schiffsoffizier überwachte ihre Ankunft.

Saavik maß mit ihrem Blick die Entfernung zu seiner Waffe ab. Sie sah aus den Augenwinkeln Captain Sulu an. Er stand völlig entspannt und abwartend. Er war bereit. Wenn zwei auf einmal –

Der klingonische Offizier winkte mit dem Phaser. Die Waffe war auf weiten Fächerschuß geschaltet. Es war klar, daß er sie bei der geringsten verdächtigen Bewegung gemeinsam zu Boden schicken würde, um sie dann in aller Ruhe zu erledigen.

Dr. McCoy schrie plötzlich auf und brach in die Knie. Chekov und Scott sprangen sofort auf ihn zu, um ihm zu helfen. Saavik und Sulu blieben, wo sie waren, erkannten jedoch beide, daß sie sich zu sehr im Nachteil befanden, um etwas unternehmen zu können. Als Sulu sich abwandte, um den anderen bei McCoy zu helfen, murmelte er: »Ich möchte wissen, was O-sensei über Phaser gesagt haben würde.«

Saavik hielt sich davon zurück, McCoy noch einmal zu berühren. Als sie das vorhin zufällig auf Genesis getan hatte war es nicht der Arzt, den sie gespürt hatte, sondern Spock. McCoy trug in sich die einzigartigen Charakteristika ihres

Lehrers, gefangen und blind und vergehend. Das Erlebnis hatte Saavik schwer erschüttert.

Trotzdem erklärte es ihr eine Menge. Und es eröffnete so viele Möglichkeiten ... Möglichkeiten, die sich ihnen wieder entziehen würden, wenn sie Gefangene blieben, und vor allem, wenn Genesis sich zerstören würde, bevor die, welche auf dem Planeten zurückgeblieben waren, gerettet werden konnten.

Als Saavik sich wieder ganz im Griff hatte, stellte sie geistig die verschiedenen Anredeformen der Hochsprache des Klingonischen Imperiums zusammen. Sie kannte die niederen Dialekte nicht, die sie den Sergeanten und seine Leute sprechen gehört hatte, doch das spielte keine Rolle. Sicher war es besser, den klingonischen Offizier in einer zu hohen Form anzusprechen, als in einer zu niederen. Wenn sie mit ihm reden konnte, ohne ihn zu verletzen, mochte sie eine Chance haben, ihn dazu zu bringen, die Zurückgebliebenen zu retten. Vielleicht konnte sie ihn sogar überreden, sich zu ergeben. Die Hochsprache der Klingonen war eine überaus überzeugende Sprache. Doch was immer sie auch tun würde, mußte sie sehr rasch tun. Das Schiff lag so im Orbit, daß seine vordere Sichtscheibe direkt auf Genesis wies. Die tektonische Aktivität war so heftig geworden, daß sie selbst aus dieser Entfernung die gewaltigen Risse in der Kruste des Planeten sehen konnte, und die glühenden Feuer in seinem Inneren. Seine Umlaufbahn um seine Sonne verflachte sich rapide; die blauweiße Scheibe wurde fast zusehends größer. Bevor der Planet sich ganz zerstörte, würde die Hitze an seiner Oberfläche tödlich werden.

»Verehrter Gegner«, sagte sie und hoffte, daß ihr Akzent nicht zu schlimm sei, »wir befinden uns in einer überaus delikat ausgewogenen Lage.«

Er blickte sie scharf an und runzelte die Stirn. Seine Hand umfaßte den Griff des Phasers fester.

»Sie sind allein«, fuhr Saavik fort, »und wir sind zu fünft.« Sie hielt es nicht für nötig zu erwähnen, daß Dr. McCoy kaum in der Lage war, sich der Opposition anzuschließen. »Außerdem wird dieses ganze Sternsystem sehr bald in ein Plasma subelementarer Partikel zerfallen. Wenn wir unsere beiderseitigen Landsleute nicht retten und fliehen, werden wir alle sterben.«

»Stopp!«

Sie stoppte. Der Ton seiner Stimme ließ ihr kaum eine andere Wahl.

»Warum sprechen Sie zu mir auf diese Weise?« sagte er. Er sprach recht passables Standard.

»Ich wußte nicht, daß Sie unsere Sprache beherrschen«, sagte sie.

»Natürlich beherrsche ich Ihr barbarisches Pidgin – halten Sie mich für einen Ignoranten, der die Sprache seiner Feinde nicht kennt? Aber Sie sprachen zu mir auf Kumburanisch, und ich bin Rumaiy. Könnte es sein, daß man Ihnen die Unterschiede nicht erläutert hat?«

»Das könnte sein«, gab Saavik zu. »Ich wollte Ihnen jedenfalls nicht zu nahetreten.«

»Könnte es sein, daß Sie den böswilligen Gerüchten Glauben schenken, die Kumburanya seien dabei, die Oberhand über die Rumaiym zu gewinnen?«

»Ich gestehe eine unverzeihliche Unkenntnis auf diesem Gebiet«, sagte Saavik, nicht ganz wahrheitsgemäß. Man hatte ihr auf der Akademie erklärt, daß die Sprache, die sie studierte, die einzig bedeutende des Klingonischen Imperiums sei. Doch diese Antwort schien ihr für die gegebene Situation nicht sehr passend. »In der Föderation verwenden wir in der Öffentlichkeit nur eine einzige Sprache, damit wir uns alle miteinander verständigen können.«

»Reduktionisten!« sagte er voller Verachtung. »Zerstörer der Vielfältigkeit!« Er murmelte etwas Unangenehmes in einer Sprache, die Saavik nicht kannte, und dann begann er etwas, das, wie sie fürchtete, zu einer langen Tirade gegen die gesellschaftliche oder politische Gruppe ausarten würde, die in Opposition zu der seinen stand.

»Aber ich bin nicht in Unkenntnis über den Planeten, der unter uns liegt«, sagte Saavik rasch und nahm das Risiko in

Kauf, ihn durch die Unterbrechung gegen sich aufzubringen. »Und er steht kurz davor, sich zu zerstören. Sehen Sie doch selbst! Sie können nicht behaupten, die Zeichen nicht erkennen zu können! Wir müssen zusammenarbeiten, wenn wir überleben wollen!«

»Ich habe meine Befehle.«

»Befehle von einem Commander, der keine Ahnung von den Gefahren hat, die auf der Oberfläche dieses Planeten lauern, und auch darunter – Befehle von einem Commander, der vielleicht schon tot ist? Wenn Sie Vielfältigkeit schätzen... mein verehrter Gegner, so seien Sie versichert, daß dieses System sehr bald *jede* Vielfältigkeit verlieren wird. Innerhalb weniger Stunden wird es aus nichts anderem mehr bestehen, als aus einer homogenen Masse hochentropischer Proto-Materie.«

Der Offizier sagte nichts, blickte Saavik jedoch nachdenklich an.

Der Kommunikator knisterte Statikgeräusche. Saavik fluchte lautlos, weil das ihr Denken unterbrach. Sie würde ihn noch einmal ganz von vorn zu überreden versuchen müssen – falls sie eine Gelegenheit dazu bekam. Zweifellos war dies sein Kommandeur mit neuen Befehlen, mit Befehlen, die für Saavik und ihre Gefährten auf keinen Fall günstig sein konnten.

Als sie die Stimme hörte, zuckte sie leicht zusammen. Sie blickte Captain Sulu an und wußte, daß ihre Vermutung richtig war, da er sich dazu zwang, nicht zu reagieren, nicht in ein überraschtes, erleichtertes Lachen auszubrechen. Sie blickten beide abwartend den Offizier an.

Der Klingone zögerte, bevor er antwortete. Saavik grub ihre Fingernägel in die Handflächen.

Der Offizier drückte auf die Knöpfe des Transporters.

Dann warteten sie alle.

Das letzte, was Jim Kirk von Genesis sah, war die Leiche seines Sohnes, mit scharlachroten Blättern bedeckt und von den Feuern des Planeten beleuchtet.

Dieser Planet verblaßte wie ein Traum.

Der Transporterraum materialisierte sich um Jim Kirk zu Realität. Er stieß erleichtert die Luft aus, denn wenn man seinen kleinen Trick durchschaut hätte, wären seine Atome und die Spocks vom Transporter-Beam über den ganzen Raum verstreut worden.

Er kramte seine Erinnerung an die Konstruktion eines klingonischen Jägers heraus, schob Spock auf seiner Schulter zurecht und machte sich auf den Weg zur Brücke. Er sah niemanden, als er die Korridore entlangging, und er mußte unwillkürlich daran denken, daß dies die Art von Leere war, die das Enterkommando der Klingonen auf der *Enterprise* angetroffen hatte. Er zog den Phaser. Er lag überraschend gut in seiner Hand, wenn man bedachte, daß er für anders geformte Fingerglieder, für andere Proportionen konstruiert worden war.

Türen glitten vor ihm auf. Er trat auf die Brücke.

Kruges Stellvertreter zeigte keinerlei Zeichen der Überraschung, als Kirk eintrat. Genau wie Kirk hielt er einen Phaser in der Hand. Im Gegensatz zu Kirk war er allein. Selbst wenn er jetzt feuern sollte, würde er von Kirks Phaser zu Boden gestreckt werden, und die Gefangenen, die hinter ihm standen, würden ihn ihrerseits gefangennehmen.

»Wo ist Kommandeur Kruge?« fragte er. Er sprach, als ob er mit dieser Frage eine letzte Pflicht erfüllte. Kirk erkannte in diesem Augenblick, daß seine Maskerade den Offizier nicht eine Sekunde lang hinters Licht geführt hatte.

»Tot«, sagte Kirk. »Von Genesis verschlungen.«

Geschlagen und resigniert hob der Offizier die Hände. Kirk nickte kurz.

Saavik sprang auf Maltz zu und nahm ihm den Phaser ab. Chekov half McCoy auf die Füße. Die Anspannung im Gesicht des Arztes, die Anspannung, wieder aus der Nähe Spocks gerissen worden zu sein, begann nachzulassen.

»Wie viele an Bord?« fragte Kirk.

»Nur er, Sir«, sagte Scott.

Kirk ließ Spock behutsam zu Boden gleiten. »Pille, kümmere dich um Spock! Alle anderen suchen sich eine Station.«

Saavik schob Maltz' Phaser in ihren Gürtel und wartete. Langsam zog er seinen Dolch heraus und übergab ihn ihr.

»Sie!« sagte Kirk scharf. »Helfen sie uns oder sterben Sie!«

»Ich verdiene nicht zu leben.«

»Gut – dann werde ich Sie später töten! Laßt uns von hier verschwinden!«

Er sprintete zum Kommandantensessel, ließ Kruges Stellvertreter verwirrt und deprimiert zurück. Jeder der anderen hatte sich bereits einen Platz gesucht. Kirk war sicher, daß sie ihre Zeit hier damit verbracht hatten, zu überlegen, welche Instrumente welche Funktionen durchführten.

Jenseits der Sichtscheibe zog die Genesis-Sonne sich zusammen und wurde heller. Sie stand nur ein paar Minuten vor einer Nova. Die Instabilität des Planeten wirkte sich immer stärker auf seinen Orbit aus. Die Umlaufbahn wurde zunehmend flacher; der Planet stürzte in einer Spiralbahn seiner Sonne entgegen und zog das Schiff mit sich.

Kirk warf einen Blick auf die schöne, fremde Schrift, von der er nicht ein Wort lesen konnte.

»Liest jemand von Ihnen Klingonisch?« fragte er.

Niemand antwortete. Saavik warf ihm einen raschen Blick zu und sah dann rasch fort, als ob sie verlegen wäre.

Genau wie Spock, dachte Kirk. Sie hält es für ein persönliches Versagen, wenn sie nicht absolut alles weiß.

»Na, dann müssen wir es eben so versuchen«, sagte Kirk zu seinen Freunden.

»Wenn Sie dieses Modul überbrücken könnten –« sagte Chekov zu Scott.

Scott schnaubte verächtlich. »Kann ich. Aber welches ist der Anlasser für den verdammten Antimaterieantrieb?«

»Dies?« riet Chekov. »Nein, dies!«

»Muß es sein«, sagte Scott. Er drückte auf einen Schalter, atmete tief durch, und schob einen Hebel ganz nach vorn.

Das Schiff heulte auf. Alle hielten den Atem an, als der Ton zu schwanken begann, stießen erleichtert die Luft aus, als er sich einpendelte und kraftvoller wurde.

Sulu saß auf einer Station, als ob sie für ihn gemacht worden sei.

»Wenn ich es richtig sehe, Sir, haben wir jetzt volle Energie.«

Kirk hatte nicht den geringsten Zweifel daran, daß der junge Captain es richtig sah.

»Los, Sulu!«

Das Schiff drehte herum, verließ mit zunehmender Geschwindigkeit den Orbit und warf sich in Warp-Geschwindigkeit, um dem zerfallenden System zu entfliehen.

Es gab keine Gespräche, keine Befehle, es gab allein das schweigende Einverständnis von Menschen, die einander lange und gut kannten. Als Sulu glaubte, das Schiff auf sichere Distanz gebracht zu haben, nahm er es aus der Warp-Geschwindigkeit heraus. Wenn die Navigation der *Enterprise* einem das Gefühl gab, ein Gespann ungewöhnlich kräftiger und schneller Zugpferde zu lenken, war das Steuern dieses klingonischen Jägers wie ein Ritt auf einem nervösen, zweijährigen Hengst in seinem ersten Rennen. Sulu richtete ihn so aus, daß die Sichtscheibe auf das System wies, das sie gerade verlassen hatten.

Der Planet stürzte in seine Sonne, die mit einem intensiven, blauweißen Licht brannte. Hohe Protuberanzen schossen aus der glühenden Oberfläche, griffen nach allem, was in ihre Reichweite gelangte.

Das einzige, das sich innerhalb ihrer Reichweite befand, war der Genesis-Planet. Mit erschreckender Plötzlichkeit wurde er von der Sonne verschlungen.

Der Genesis-Planet war nicht mehr.

»Lebe wohl, David«, flüsterte Jim Kirk.

Die Sonnenscheibe dehnte sich aus, explodierte zu einem Millionenfachen ihres Umfangs, bis sie nur noch eine lose zusammenhängende, vage leuchtende, spiralförmige Plasmawolke war.

»Sie wird sich zu einem neuen Planeten formen«, sagte Saavik.

Kirk warf ihr einen scharfen Blick zu.

»Die Protomaterie wird sich in ein Plasma normaler Materie verwandeln«, sagte sie. »Das Plasma wird sich abkühlen. Es wird sich zu Staub kondensieren, später zu einer Sonne und einer Familie von Planeten. Und dann, ohne eine Genesis-Welle, wird das System stabil sein. Die Oberfläche der Planeten wird sich härten, Ozeane werden sich bilden, die Sonnenstrahlung wird chemische Reaktionen auslösen, Leben wird entstehen. Mit der Zeit... könnte alles so werden, wie David und seine Freunde es beabsichtigt hatten.«

»In Millionen von Jahren«, sagte Kirk bitter.

»Nein, Admiral«, korrigierte sie, »in Milliarden von Jahren.«

»Ich freue mich, daß eine solche Langzeitperspektive Ihnen Trost gibt«, sagte Kirk.

Sulu sprach und brach das drückende Schweigen, das eingetreten war. »Wir sind klar und können navigieren«, sagte er.

»Beste Geschwindigkeit nach Vulkan, Captain.« Kirk fiel dankbar in die Rolle zurück, die er am besten beherrschte. »Mr. Chekov, bringen Sie den Gefangenen nach unten.«

»Jawohl, Sir.«

»Warten Sie!« Maltz fuhr herum und starrte Kirk wütend an. »Sie haben versprochen, mich zu töten!«

»Ich habe gelogen«, sagte Kirk und gab Chekov einen Wink, ihn von der Brücke zu bringen.

Nach einem schnellen und rohen Kursus über die Feinheiten der Navigation eines klingonischen Jägers setzte Sulu den Kurs auf Vulkan fest. Saavik versuchte, das Kommunikationssystem zu begreifen.

»Lieutenant Saavik vom Föderations-Forschungsschiff *Grissom* ruft Starfleet-Kommunikation. Bitte melden.«

»Kommunikation an *Grissom*. Wir versuchen seit Tagen, Sie zu erreichen! Ein Frachter hat gerade ein Rettungsboot mit ein paar Überlebenden eines Handelsschiffes übernommen – die Leute behaupten, daß Klingonen ihr Schiff überfallen hätten!«

»Wahrscheinlich ist ihre Behauptung zutreffend«, sagte Saavik. »Wir ... hatten einen ähnlichen Zusammenstoß.«

»Bei Ihnen alles in Ordnung?«

»Leider nein. Wir haben einen ernsten und andauernden Notfall. Wir hatten viele Tote. Wir brauchen Ihre Hilfe.«

»Die haben Sie, Lieutenant. Was brauchen Sie?«

»Einen Anschluß an Ihre Datenspeicher, und Übermittlung einer Nachricht an alle Schiffe zwischen dem Mutara-Sektor und Vulkan.«

»Anschluß ist hergestellt.« Der Offizier bei Starfleet-Kommunikation machte eine kurze Pause und sagte dann mit offenkundiger Überraschung: »Lieutenant, welches Kommunikations-Protokoll benutzen Sie? Was, zum Teufel, fliegen Sie?«

»Bitte warten Sie«, sagte Saavik. Sie gab eine Anweisung an den Datenspeicher von Starfleet durch und wartete auf die Informationen, bevor sie die Frage beantwortete. Sie mußte annehmen, daß ihre Antwort zumindest einige Verblüffung auslösen würde. Schlimmstenfalls konnte sie so viel Mißtrauen hervorrufen, daß der Anschluß zum Datenspeicher sofort gesperrt wurde und man Jäger ausschicken würde, um sie einzufangen.

Eine neue Stimme unterbrach die Stille. »Sperren Sie sofort den verdammten Anschluß an die Datenspeicher! Lieutenant Saavik! Hier ist Starfleet-Kommandeur Morrow. Was, zum Teufel, geht da draußen vor sich? Lassen Sie mich mit Esteban sprechen!«

»Tut mir leid, Sir«, sagte sie, »doch das ist leider unmöglich.«

Er fluchte leise. »Ich verlange eine Antwort! Haben Sie die *Enterprise* gesehen?«

»Die *Enterprise* befindet sich nicht innerhalb unserer Scan-Weite, Sir«, sagte Saavik. Sie wußte nicht, wie sie auf ihre neuentdeckte Fähigkeit reagieren sollte, fast so schnell auffassen zu können wie ein Mensch.

»Was ist die Nachricht, um deren Verbreitung Sie ersuchen wollen?« fragte Morrow.

»Klingonischer Jäger mit Kurs auf Vulkan –« Saavik hörte verblüffte Ausrufe. Sie fuhr fort: »Dies ist kein Schiff des Gegners. Es ist von Personal der Föderation besetzt. Es läuft mit deaktivierten Schilden und entschärften Waffen. Es ist wichtig, daß wir Vulkan erreichen. Jede Behinderung würde weitere Opfer fordern. *Dieses Schiff ist kein Gegner.*«

»Ein klingonischer Jäger! Lieutenant, ich frage Sie noch einmal: wo ist die *Grissom*? Was, zum Teufel, geht da draußen vor?«

»Saavik Ende.« Sie schaltete ab.

»Gute Arbeit, Lieutenant«, sagte Kirk. Es war ihm absolut klar gewesen, daß niemand von der *Enterprise* sich bei Starfleet hätte melden dürfen. Man hätte sie sofort aufgefordert, zur Erde zurückzukehren und sich zu ergeben. Wahrscheinlich waren sie bereits alle verhaftet, wenn auch in Abwesenheit.

Saavik wußte nicht, wie sie auf ein Kompliment für Unehrlichkeit reagieren sollte. Also beschäftigte sie sich damit, die Starfleet-Daten an Captain Sulus Konsole weiterzugeben. Er dankte ihr mit einem Lächeln.

Sie brachte das zweite Informationsmodul auf ihren eigenen Bildschirm und begann die tiefschürfenden vulkanischen Texte abzulesen.

»Geschätzte Ankunft Vulkan: Komma eins neun«, sagte Sulu.

Schiffe der Föderation näherten sich ihrem Kurs, doch keins von ihnen versuchte, sie zu stellen. Saavik hielt alle Systeme des Schiffes offen für eine Kontrolle, ließ Starfleet jedoch weiterhin in der Annahme, daß sie die einzige Angehörige der Föderation an Bord sei.

»Lieutenant«, sagte Kirk, »senden Sie eine Meldung an Botschafter Sarek. Teilen Sie ihm mit, daß wir McCoy und Spock mitbringen. Sagen Sie ihm, daß . . . Spock lebt. Bitten Sie ihn, alles für das *Katra*-Ritual vorzubereiten.«

»Jawohl, Sir. Aber . . .« Sie versuchte noch immer, die Grundlagen dessen zu begreifen, was sie gerade gelesen hatte. Sie konnte nicht vorgeben, die Philosophie zu verstehen. Jahrhundertelang hatten die größten Geister Vulkans ihr Leben deren Studium geweiht, ohne behauptet zu haben, die Grenzen ihrer Bedeutung erkannt zu haben.

»Aber was, Lieutenant?«

»Ich weiß nicht, ob das möglich ist.« Ihr Mangel an Wissen brachte ihr, mit aller Macht, ihre absolute Isolierung von der vulkanischen Gesellschaft zu Bewußtsein.

»Was ist? Was haben Sie gesagt?«

»Das *Katra*-Ritual würde Spocks Bewußtsein in die Halle des uralten Denkens verbringen. Nicht zurück in seinen Körper.«

»Aber wir haben Spock – lebend! Warum können Sie sein *Katra* nicht in ihn zurückbringen?«

»Die Umstände sind äußerst ungewöhnlich. Die Prozedur, die Sie meinen, wird *fal tor pan* genannt, die Wiederverschmelzung. Die Vorbedingungen für ihre Durchführung sind seit Jahrtausenden nicht mehr eingetreten. Und es hat erhebliche Meinungsverschiedenheiten darüber gegeben, ob sie damals erfolgreich war, ob sie überhaupt durchgeführt werden könnte, und ob sie prinzipiell durchgeführt werden sollte. Die Ältesten könnten sich weigern, es überhaupt zu versuchen.«

»Und wenn sie sich tatsächlich weigerten? Was geschähe dann mit Spock?«

Saavik wünschte, sie könnte diese Frage Kirks so leicht beantworten, wie sie den Fragen von Starfleet aus dem Weg gegangen war.

»Dann wird er für immer so bleiben«, sagte sie schließlich, widerwillig, »wie er ist.«

Kirk sah sie mit leerem Blick an, dann wandte er sich um und verließ die Brücke.

Spock lag auf einem der schmalen Betten im Lazarettraum des Schiffes. McCoy stand neben ihm, die Finger auf den Puls von Spocks Hals gelegt. Der schwache, drahtige Puls war erheblich zu langsam für einen Vulkanier. McCoy ließ den Strahl eines Scanners über Spocks Körper gleiten. Das schwache Signal war nicht ermutigend. Spock hatte aufgehört zu altern, seit sie ihn von Genesis befreit hatten, war jedoch in eine tiefe Bewußtlosigkeit gefallen. Und im gleichen Maß, in dem seine Körperkräfte nachließen, verfielen auch seine geistigen Kräfte.

»Spock«, sagte McCoy leise, verzweifelt. »Ich habe alles getan, was ich tun konnte. Helfen Sie mir! Sie haben mich in diese Sachen hineingezogen, nun sagen Sie mir auch, was ich tun muß!« Er wartete, ohne viel Hoffnung, und erhielt keine Antwort, weder von außen noch von innen. »Ich habe nie geglaubt, Ihnen dies jemals zu sagen«, murmelte er, und dachte: du grünblütiger... doch selbst der alte, vertraute Fluch klang hohl, und er konnte sich nicht dazu bringen, ihn laut auszusprechen. »Sie haben mir gefehlt. Ich könnte es nicht ertragen, Sie... noch einmal zu verlieren.« Er spürte, wie auch seine Kräfte ihn verließen. Verzweifelt vergrub er sein Gesicht in den Händen.

Er spürte die Berührung einer anderen Hand. Jim Kirk stand neben ihm, eine Hand auf McCoys Schulter, die andere auf der Schulter Spocks. Ihre Leben waren seit so langer Zeit miteinander verwoben...

Jims Gesicht war voller Trauer, zeigte aber dennoch Entschlossenheit. Er packte McCoys Schulter so hart, als ob er, genau wie ein Vulkanier, ihm etwas von seiner Kraft übertragen könnte.

KAPITEL 13

Vulkan.

Ein Wüstenplanet mit sehr beschränkten Rohstoffquellen, doch mit einem unbeschränkten Reichtum an intellektueller und philosophischer Leistung seiner Bewohner.

Saavik blickte auf den Planeten hinab und wünschte, was sie sich gewünscht hatte, seit sie zum ersten Mal von ihm erfahren hatte: daß sie hierher gehören möge. Sie wünschte, irgendein Anrecht auf diesen Planeten zu haben, irgendeinen Anspruch auf Zugehörigkeit zu ihm und seiner Gesellschaft. Doch sie besaß nichts davon. Und sie fürchtete, auch niemals eine Zugehörigkeit verdienen zu können, ganz gleich, welche Leistungen sie erbringen mochte.

Eine vage Trauer durchflutete sie.

»Zu Hause, Lieutenant, wie?«

»Bitte, Admiral?« sagte Saavik.

Kirk nickte zur Sichtscheibe. »Vulkan.«

»Vulkan ist nicht mein Zuhause, Sir. Ich bin noch nie hiergewesen.«

»Oh«, sagte er überrascht. »Ich war der Annahme, daß Sie zumindest auf Besuch auf Vulkan waren.«

»Man hat mich nie eingeladen, Sir.« Sie versuchte, so zu sprechen, wie man es sie gelehrt hatte, ohne Emotion. Es gelang ihr auch fast, doch spürte Kirk etwas von ihrer Isolierung.

»Sie werden bestimmt feststellen, daß Sie hier willkommen sind«, sagte er ermutigend.

»Planet ist in Rufreichweite, Sir«, sagte Captain Sulu.

»Danke, Sulu. Saavik, senden Sie eine Nachricht an Botschafter Sarek. Sagen Sie ihm, daß wir landen.«

Sie tat es. Die Bodenstation bestätigte ihre Nachricht. Sie wartete auf die Antwort.

»Rettungskommando –«

In Reaktion auf die Stimme wandten alle, die auf der Brücke waren, sich dem Lautsprecher zu. Sulu stieß einen kleinen Ruf der Überraschung und der Freude aus, der die

Gefühle aller wiedergab. Uhuras Stimme zu hören, zu wissen, daß sie gesund und in Freiheit war, stellte für jeden von ihnen das erste wirklich freudige Erlebnis dar, das ihnen seit langer Zeit widerfahren war.

»– hier ist Commander Uhura. Landeerlaubnis für die Ebene am Fuß von Berg Seleya erteilt. Botschafter Sarek erwartet Sie.« Uhura machte eine kurze Pause. Mit einer Stimme, die beinahe brach, setzte sie hinzu: »Willkommen, oh, willkommen.«

Ein Zittern durchfuhr den Jäger, als er seine Tragflächen ausfuhr. Sulu spürte, wie die Energie des Schiffes in seine Hände und seine Arme strömte und seinen Körper mit einem mächtigen Glühen durchzog. Er hatte noch nie zuvor irgend etwas wie dieses Schiff geflogen. Und er hatte inzwischen einen erheblichen und mehr als widerwilligen Respekt für die Technologie der Feinde der Föderation gewonnen.

Er fragte sich, was mit dem Schiff geschehen würde. Zweifellos würde Starfleet es zur Erde zurückschicken, um es dort auseinandernehmen und analysieren zu lassen. Diese Vorstellung schmerzte ihn tief.

Er sah ein, daß dies wahrscheinlich das letzte Mal war, daß er irgendein Schiff fliegen würde.

»Captain Sulu«, sagte Kirk, »Sie sind auf manuell.«

Er nickte. »Schon seit einer ganzen Weile, Sir.« Er hatte seit seiner Studienzeit noch nie so ein Schiff ohne Schwerkraftantrieb gelandet. Und natürlich hatte er noch nie ein Schiff dieses Typs zu Boden gebracht. »Okay, es geht los! Rückschub!«

Das Schiff reagierte wie ein Traum. Der Staub der Ebene am Fuß von Berg Seleya wurde aufgewirbelt, als es landete.

Die Rampe wurde ausgefahren und setzte auf dem Boden auf. Spocks Freunde trugen die Bahre mit seinem bewußlosen Körper in die scharlachrote Abenddämmerung von Vulkan.

Am Fuß der Rampe blieb Kirk stehen und blickte verwundert umher. Am Rand der Ebene befand sich der Tempel. Ein steil ansteigender Pfad führte zu ihm empor. Vulkanier standen wartend und beobachtend, neugierig und schweigend zu seinen Seiten. Hier und dort flackerte eine Fackel durch das Dunkel der Nacht.

»Mein Gott...« flüsterte Kirk.

»Es steht viel auf dem Spiel«, sagte Saavik.

Kirk wußte zu wenig von der vulkanischen Philosophie, und sie interessierte ihn auch nicht. Alles, was er hören wollte, war eine Zustimmung zu seiner Forderung.

Das Licht verblaßte und ließ alles unheimlich wirken. Immer mehr Fackeln flammten auf. Kirk hörte laufende Schritte, bevor er sagen konnte, aus welcher Richtung sie kamen.

Uhura kam auf ihn zu. Jim umarmte sie. Uhuras Augen glänzten vor Tränen.

»Sarek wartet«, sagte sie. »Dort oben –«

Sie trat zwischen Kirk und Sulu und half, die Bahre den langen Pfad hinaufzutragen, der zum Gipfel des Berges führte, auf dem der Tempel thronte, dunkel und geheimnisvoll.

Eine nie gehörte Musik, die an die Grenzen von Kirks Hörvermögen ging, drang in seine Ohren. Während er den Hang hinaufstieg, wurde die Musik nur wenig lauter. Sie und das Knistern der flackernden Fackeln waren die einzigen Geräusche. Eine riesige Menge von Vulkaniern blickten sie ernst und in völligem Schweigen an.

Kirks Beine begannen zu schmerzen. Er kämpfte, solange er konnte, gegen diese Erschöpfung an; er konnte sich nicht mehr erinnern, wann er zum letzten Mal geschlafen hatte. Er stieg weiter den Hang hinauf.

Ein kleines Mädchen ließ die Hand seines Vaters los. Sie trat mit großer Würde zu Spock und folgte seiner Bahre für ein paar Schritte. Sie blickte in sein Gesicht, salutierte und flüsterte: »Lebe lange und habe Erfolg, Spock.« Dann glitt sie fort und verschwand wieder in der Menge.

Sarek wartete auf den Stufen des Tempels, zusammen mit

mehreren Würdenträgern und sechs Angehörigen der Priesterschaft. Die hochgewachsenen, schönen Frauen wirkten ernst und unnahbar.

Endlich trat Sarek ihnen entgegen; Kirk blieb stehen, war nicht sicher, was er tun mußte.

Die Musik verklang so allmählich, daß er sich des Übergangs zur Stille nicht bewußt wurde.

Sarek blickte Spock an. Er streckte die Arme aus und legte seine schlanken, feingliedrigen Hände an Spocks Gesicht. Kirk hatte keinen anderen Wunsch, als ihn zu packen und zu schütteln, damit er ihm sagte, was nun geschehen würde. Er blickte McCoy an, der am Ende seiner Kraft stand.

Sarek sagte nichts. Er trat einen Schritt zurück und nickte den Priesterinnen zu. Sie traten so leicht, so sanft, so selbstverständlich zwischen Kirk und seine Freunde, daß die es kaum wahrnahmen, wie sie ihre Plätze einnahmen. Die sechs Frauen nahmen ihnen Spock ab und trugen ihn fort. Sarek folgte ihnen.

Kirk sah dem Vorgang verwundert zu. Die Vulkanierinnen trugen Spock ohne jede Anstrengung, doch ihre Hände waren nicht unter seinem Körper.

Sie lagen auf ihm.

Kirk eilte ihnen nach.

Er trat zwischen massive Steinsäulen und blieb am Rand einer runden, ein wenig schüsselförmig vertieften Plattform stehen. An ihrer gegenüberliegenden Seite befand sich ein Altar. T'Lar, die Hohepriesterin von Vulkan, wartete dort schweigend, daß Spock zu ihr gebracht würde. Die sechs Priesterinnen, die ihn trugen, begannen einen leisen Gesang, der bis ins Mark drang.

Sarek blieb stehen und wandte sich zu Kirk um.

»Hier müssen Sie warten.«

Unwillig befolgte Kirk die Anweisung. Die Musik setzte wieder ein. Sarek wandte sich dem Altar zu, als der Körper seines Sohnes sich langsam auf den altersglatten Granit senkte und reglos wie ein Stein darauf lag. Die Musik und der Gesang verstummten gleichzeitig.

»Sarek«, sagte T'Lar. Ihre Stimme, kaum ein Flüstern, war klar und deutlich zu hören. „Sarek, Kind Skons, Kind Solkars. Der Körper deines Kindes atmet noch. Was ist dein Begehr?«

»Ich bitte um *fal tor pan*«, sagte Sarek, »die Wiederverschmelzung.«

»Was du verlangst, ist seit unendlich langer Zeit nicht mehr durchgeführt worden. Erfolg war ihm nur der Legende nach beschieden. Dein Wunsch ist nicht logisch.«

»Vergib mir, T'Lar«, sagte Sarek. Seine Stimme klang sehr müde, und Kirk vermutete, daß dies die schwersten Worte waren, die er in seinem einhundertzwanzigjährigen Leben gesprochen hatte. »Meine Logik versagt... wo es meinen Sohn betrifft.«

T'Lar blickte über Sarek hinweg zu Kirk und seinen Freunden. Sie sah Kirk direkt ins Auge. Ihr Blick, so scharf wie eine Waffe, hielt ihn für einen Moment fest, gab ihn wieder frei. Sie wandte ihre Aufmerksamkeit McCoy zu.

»Wer ist der Hüter des *Katra?*« Die Frage war offensichtlich Teil des Rituals; sie kannte die Antwort darauf.

Sarek nickte zu McCoy. McCoy starrte reglos geradeaus, fixiert von der Macht von T'Lars Augen.

»Pille –« flüsterte Kirk scharf.

McCoy antwortete endlich. »Ich bin es«, sagte er zögernd, »McCoy... Leonard.« Er nahm einen tiefen Zug von der dünnen Luft Vulkans. »Sohn des David und der Eleonora...«

»McCoy, Sohn des David und der Eleonora...«

McCoy erschauerte.

»Da du ein Mensch bist und deshalb ohne Wissen über unsere Philosophie, können wir nicht erwarten, daß du völlig verstanden hast, was Sarek sich erbat. Die Umstände sind äußerst ungewöhnlich. Der Körper Spocks lebt. Mit deiner Erlaubnis werden wir alle unsere Kraft dazu benutzen, diesem Körper das zurückzugeben, was du jetzt besitzt: seine Lebens-Essenz. Aber, McCoy...«

T'Lar ließ die Stille herabsinken und sich auf sie legen. Kirk sah, daß ein leichter Schweißfilm auf McCoys Stirn getreten war.

»Du mußt gewarnt werden«, sagte T'Lar mit äußerster Förmlichkeit. »Die Gefahr, die für dich besteht, ist so ernst wie die Gefahr für Spock.«

Jetzt war es Kirk, der erschauerte und sich einzureden versuchte, daß es nur von der rasch hereinbrechenden Nachtkühle der Wüste käme.

»Die Wahl liegt bei dir.« T'Lar wartete auf McCoys Antwort. Ihr abgeklärter Gesichtsausdruck drückte weder Ermutigung noch Warnung aus.

McCoy blieb stumm. Die Stille dehnte sich.

»Ich wähle die Gefahr«, sagte er schließlich. Und zu Kirk gewandt murmelte er fast unhörbar: »Genau der richtige Zeitpunkt, mir das zu sagen.«

Kirk unterdrückte ein Lächeln und besiegte seinen Drang, laut aufzulachen, weil er wußte, daß es ein nervöses Lachen sein würde. Er und McCoy wußten beide, daß hier die Wahl zwischen Wahnsinn und der Gefahr des Todes bestand.

»Bringt ihn zu mir«, sagte T'Lar.

Sarek führte McCoy über die weite, runde Plattform und blieb vor dem Altar stehen. Kirk wußte, daß er nichts tun konnte, haßte es jedoch, McCoy allein gehen zu lassen, um sich etwas zu stellen...

Ein Hitzeblitz zerriß die Stille.

McCoy ließ sich von Sarek zum Altar führen. Plötzlich stand er allein dort.

Spock lag vor ihm auf der Altarplatte, und T'Lar stand über ihnen beiden. In McCoys Bewußtsein drang das Klingen von Musik, eines rhythmischen Gesangs, und des scharfen Seufzens des Windes. Die mächtige Stimme der geistigen Führerin Vulkans schien überall um ihn herum zu tönen. »Alles, was getan werden kann, soll getan werden, selbst wenn es einen ganzen Umlauf der vulkanischen Sonne erfordern sollte.«

T'Lar fuhr mit den Fingerspitzen über McCoys Schläfe. Ihre Berührung war wie Feuer, und er zuckte zusammen. Ein fremdes Bewußtsein begann sich tief in ihm zu regen. Von Terror gepackt kämpfte er gegen es an.

Die Stimme, die er hörte, war wortlos und lautlos, und doch so laut, daß er befürchtete, sie könnte ihn taub machen. Er konnte nicht sehen, und hatte Angst, auch noch blind zu werden.

»Ja! Wehre dich! Kämpfe! Rufe die Macht deiner fremden Gefühle hervor! Reiße dein Leben an dich zurück!«

Donner dröhnte auf, und er schrie.

Auf dem Hang von Berg Seleya erbaut, war das Kloster der Adepten der Disziplin des Uralten Denkens gewachsen und im Laufe vieler Generationen verändert worden. Seine Korridore und Galerien drangen tief in den gewachsenen Fels ein. Es wurde behauptet, daß sie in sich sich selbst zurückbögen und so niemals ein Ende erreichten; es wurde behauptet, daß man sie ein Leben lang durchwandern könne und doch niemals zweimal denselben Weg gehen würde.

Amanda Grayson, Student und Adept der Disziplin, Bürgerin der Erde, kannte niemanden, der vorgab, dieses Labyrinth ganz zu kennen. Die meisten seiner tiefsten Kavernen waren seit langem nicht mehr benutzt worden. Selbst die asketischsten der Vulkanier bevorzugten offenen Raum, freie Luft, die Hitze ihrer riesigen, roten Sonne.

Das Kloster lag oberhalb der Ebene, die sich zu Füßen von Berg Seleya erstreckte. Amanda trat auf ihren Balkon, ins Dunkel der Nacht. Die Front des Klosters dehnte sich nach beiden Seiten, eine lange Fassade von behauenem Fels. Ihre Bögen ordneten Balkone, Pfade, Eingänge und Fenster harmonisch ein.

Amanda stützte ihre Hände auf den glatten Stein der Brüstung. Er hielt die Tageshitze fest, obwohl die Luft bereits empfindlich abgekühlt war.

Oft gab es lange Zeitstrecken, während derer die Ebene unterhalb des Klosters verlassen lag. In all den Jahren, während der Amanda die Disziplin studiert hatte, waren nie mehr als eine Handvoll Leute gleichzeitig auf den Tempel zugeschritten. Bürger, die den Tod ihres Körpers erreicht hatten, wurden von engsten Familienangehörigen zum Berg Seleya gebracht, oder vielleicht von Freunden, mit denen sie besonders enge intellektuelle Beziehungen erreicht hatten. Die Studenten-Adepten halfen ihnen dann, das Band zwischen Körper und Geist zu zertrennen, zwischen Substanz und Seele. Danach konnte der Körper zu Staub und Asche werden, doch die Präsenz verblieb in der Halle des Uralten Denkens. Bis heute hatten die Studenten-Adepten diese Prozedur immer im Verborgenen durchgeführt, in einer Atmosphäre der Stille.

All das war heute anders. Eine riesige, schweigende, neugierige Menge hatte sich auf der Ebene versammelt. Ihre Fackeln warfen ein unheimliches Licht über das Land, den Vorhof und den Tempel. Das Licht war zu schwach, als daß Amanda die Vorgänge erkennen konnte, doch kannte sie jedes Detail der Zeremonie. Sie verfolgte sie, in ihrem Geist, und brachte sie zu dem Ende, das sie erhoffte. Und vielleicht konnte sie das. Sie versuchte, ihren Sohn mit ihren Gedanken nicht zu berühren, nicht jetzt, nicht schon, doch ihr Herz war bei ihm.

T'Mei klopfte leise an die Tür, trat ein und blieb vor der Balkontür stehen. Die junge Vulkanierin war noch viele Jahre davon entfernt, den Titel ›Adept‹ ihrem derzeitigen Titel Student hinzufügen zu dürfen, was Amanda erst vor nicht zu langer Zeit gelungen war. Adepten der Disziplin ließen nie die Bezeichnung ›Student‹ fallen. Sie wollten ständig daran erinnert werden, daß das Universum Geheimnisse enthielt, die sie noch nicht kannten. T'Lar, die gelehrteste von ihnen allen, hatte kürzlich den Titel ›Adept‹ ohne jeden Kommentar fallen gelassen. Sie bezeichnete sich jetzt nur noch als Student.

»Amanda?«

»Ja, mein Kind?«

»Brauchst du irgend etwas?«

»Nein, mein Liebes«, sagte Amanda. »Ich brauche nichts anderes, als die Erfüllung meiner Wünsche.«

»Die kann ich dir nicht erfüllen«, sagte T'Mei.

Amanda lächelte. »Komm. Stell dich neben mich.«

T'Mei trat auf den Balkon und neben Amanda. Ihre Bewegungen waren so elegant, so selbstbeherrscht, daß sie fast lautlos schritt. Ihr dunkelgoldenes Haar fiel ihr fast bis auf die Taille herab.

»Einer deiner Wünsche ist, jetzt im Tempel sein zu können«, sagte T'Mei.

»Ja. Ich hätte nie geglaubt, den Tag zu erleben, da mein eigener Sohn Objekt dieser Disziplin sein würde. Auf jeden Fall hätte ich mir das nicht gewünscht! Doch jetzt wünschte ich wirklich, dort sein zu können. Spock schwebt zwischen Wiederverschmelzung und Vergehen – und ich kann ihm nicht helfen!« Sie schlug vor Wut und Frustration auf die Brüstung. Vom Tag ihrer Heirat mit Sarek an hatte sie gewußt, daß die völlige Annahme vulkanischer Denkensart ihren Untergang bedeuten würde. Offene Zurschaustellung ihrer Gefühle hätte gegen ihre eigene Erziehung verstoßen, doch war es ihr auch unmöglich, sie völlig zu verbergen. Zu Beginn ihrer Ausbildung war dieses allzumenschliche Charakteristikum für sie ein großes Hindernis gewesen, doch hatte sie sich trotzdem bewähren können.

Von Zeit zu Zeit bewunderte sie – und beneidete fast – die Vulkanier um ihre innere Ausgeglichenheit. Für Amanda waren die Tage seit Spocks Tod eine unaufhörliche Folge starker Emotionen gewesen: Trauer, als die Nachricht von seinem Tod eintraf, und die Hoffnung, seine Präsenz retten zu können, dann die tiefe Verzweiflung, als es schien, daß selbst Spocks *Katra* verloren sei. Und jetzt sah sie sich der unglaublichen Möglichkeit gegenüber, daß ihr Sohn trotz allem am Leben bleiben würde.

Doch es war auch für Sarek nicht einfach gewesen, sah Amanda ein. Ausgeglichenheit oder nicht, während dieser letzten Tage war er starken Gefühlen ausgesetzt worden.

T'Mei stützte ihre Ellenbogen auf die Brüstung und blickte nachdenklich auf den Tempel hinab.

»Es müßte sehr faszinierend sein, der Wiederverschmelzung beizuwohnen«, sagte sie. »Es ist unwahrscheinlich, daß diese Konstellation von Umständen sich während unserer Lebensspanne wiederholt.«

»Oder in diesem Jahrtausend«, sagte Amanda. »Aber ich möchte aus persönlichen Gründen dort unten sein, nicht aus historischen.«

»Deine Situation ist nicht ohne Ironie«, sagte T'Mei. »Ein Student-Adept, doch eine Verwandte des Objekts, und das Objekt ist außergewöhnlich.«

»Ironie ist wohl kaum die richtige Bezeichnung dafür«, sagte Amanda. Kein Student-Adept durfte jemals am Transfer eines nahen Verwandten teilnehmen, ihn nicht einmal beobachten. Das *Katra* war zu zerbrechlich und konnte zu leicht verloren werden. Um es von seinem Träger zu befreien und es in die Halle des Uralten Denkens zu verbringen, bildeten die Adepten vorübergehend psychische Zirkel um es herum, die sie wieder auflösten, sobald die Passage vollendet war. Wenn bereits geistige Verbindungen zwischen einem Objekt und einem Adepten bestanden, wie es der Fall war, wenn beide derselben Familie angehörten, schufen die Resonanzen eine Interferenz, die sich stets als katastrophal erwies.

Auf welche Weise die Interferenz die Wiederverschmelzung beeinflussen mochte, darüber wagte niemand auch nur zu spekulieren.

Als James Kirks Botschaft eingetroffen war, hatte sie bei den Insassen des Klosters eine elektrisierende Wirkung hervorgebracht. Viele Fragen verlangten eine sofortige Antwort, Fragen, die seit Generationen diskutiert, analysiert und debattiert worden waren, ohne daß man zu einer endgültigen Lösung gelangt wäre. Amanda hatte keine Zeit, sich auf die Situation vorzubereiten, selbst wenn sie sich für ihre Ausschließung von dem Ritual entschieden hätte – was nicht der Fall war. Ihr war von Anbeginn an klar, daß sie nicht ein Mitglied der Gruppe sein durfte, die ihrem Sohn bei dem Vorgang assistierte. Sie begriff die Logik, die in der Vermeidung eines solchen unnötigen Risikos lag. Doch trug dieses intellektuelle Akzeptieren von Tatsachen nichts dazu bei, ihren emotionellen Wunsch zu stillen, ihr Verlangen, jetzt im Tempel zu sein, ihm zu helfen zu versuchen.

»Es ist schade, daß du es dir versagen mußt, an einem so einmaligen Geschehen teilzuhaben«, sagte T'Mei.

»Ich pfeife auf die Einmaligkeit des Geschehens!« sagte Amanda wütend. Sie mußte zu Standard wechseln, um ihren Standpunkt klarzumachen. Vulkanisch war eine viel zu verfeinerte Sprache, um das ausdrücken zu können, was sie auf dem Herzen hatte. »Verdammt! Heute wünschte ich, daß ich diese Disziplin nie studiert hätte!«

»Amanda«, sagte T'Mei betroffen, »ich verstehe dich nicht.«

»Wenn ich kein Student-Adept wäre, würde ich Spock nicht gefährden, wenn ich in seine Nähe käme! Zumindest könnte ich jetzt bei ihm sein! Zumindest könnten Spock und ich in dieser Nacht zusammen sein!«

Sie wandte sich von T'Mei ab und starrte zu den hellen Lichtflecken der Fackeln hinunter. Sie war voller Wut auf ihre Hilflosigkeit und auf die Ungerechtigkeit des Universums, selbst zu wütend, um weinen zu können.

T'Mei stand schweigend neben ihr, unfähig, ihre Hoffnung zu verstehen, ihre Trauer, ihre Wut, oder ihre Liebe.

Jim Kirk war erschöpft. Er hatte die lange, vulkanische Nacht hinter sich gebracht, in dem Wissen, nichts anderes tun zu können, als zu warten, zu hoffen, daß es gut ausgehen würde... und daß es logisch wäre, sich auszuruhen. Aber er war zu müde, um schlafen zu können, zu angespannt. Es hatte den Anschein, als ob er in dieser Nacht die beiden Menschen verlieren würde, die ihm am meisten bedeuteten. David hatte er bereits verloren, und man hatte ihn sogar daran gehindert, Carol zu berichten, was geschehen war. Das heißt, man hatte ihn nicht wirklich daran gehindert, ihm jedoch sehr deutlich klargemacht, daß er das Ritual und den Berg nicht verlassen durfte, wenn er Spock und McCoy nicht gefährden wollte. Den Vulkaniern erschien dieses Verbot absolut logisch. Für Kirk war es eine grausame Alternative. Aber er war schließlich geblieben. Er war zwar nicht in der Lage, seinen Freunden zu helfen, konnte sie jedoch auch nicht im Stich lassen, wenn sie beide in so großer Gefahr schwebten.

Jim beneidete Scotty, der an einen Pfeiler gelehnt stand und sanft schnarchte. Chekov hockte mit angezogenen Knien auf dem Boden, den Kopf auf seine verschränkten Arme gelegt. Uhura lag auf dem Stein, den Kopf in der Armbeuge, elegant wie eine Katze, fand Jim, hellwach selbst im Schlaf. Saavik wartete auf die Morgendämmerung, die Beine unter sich gekreuzt, die Handflächen auf den Boden gestützt, absolut entspannt, die grauen Augen geöffnet. Sulu kniete reglos auf dem Stein, saß mit halbgeschlossenen Augen in *seiza*-Stellung.

Kirk schritt von einem Granitpfeiler zum anderen und wieder zurück, in dem Versuch, gegen die bis ins Mark dringende Kälte anzukämpfen. Bei Nacht, wo es kaum Feuchtigkeit gab, kondensierte sich die Luft Vulkans zu Rauhreif. Kirks Lungen schmerzten, und seine Kehle war trocken und rauh.

Er zwang sich, sich zu setzen; er gab vor, sich auszuruhen. Die Sterne am leeren Himmel Vulkans waren wunderbar hell und strahlend. Der Morgenwind kam auf, frisch und herb, und ließ Staubwirbel von dem trockenen Land aufsteigen.

Innerhalb des Zeitraums weniger Atemzüge verblaßten die Sterne, und die Farbe des Himmels wechselte von Schwarz zu einem glänzenden Purpur. Der Morgenwind erstarb plötzlich. Die scharlachrote Scheibe von Ypsilon Eridani brach über den Horizont, warf tiefen Schatten durch den Tempel und ergoß ihre Gluthitze auf die Wüste, wie sie es seit Jahrtausenden getan hatte.

Ein Gong ertönte.

Kirk sprang auf die Füße.

T'Lar erschien als erste. Sie lag mit dem Gesicht nach oben auf einer Sänfte, die von Würdenträgern getragen wurde, die die ganze Nacht über ausgeharrt hatten. Kirk trat einen

Schritt auf sie zu, doch sie regte sich nicht, noch schlug sie die Augen auf. Die Kraft, die sie besaß, war erschöpft worden, die Anstrengung hatte sie leer und schwach zurückgelassen. Die Vulkanier, die sie trugen, gingen an Kirk vorbei, ohne seine Gegenwart wahrzunehmen.

McCoy taumelte erschöpft in das Sonnenlicht, das die Schatten hinter dem Altar durchdrang. Obwohl Sarek ihn stützte, bewegte er sich mit eigener Kraft. Die Priesterinnen, groß und erhaben in ihren bodenlangen Roben, folgten ihnen. Die Vulkanier blieben absolut passiv, zeigten weder Freude noch Trauer.

Mein Gott, schrie Jim lautlos, was ist geschehen? *Was ist geschehen?*

Am Ende der Prozession trat eine Gestalt, in eine weiße Robe gekleidet, hinter dem Altar hervor. Die Kapuze war so tief ins Gesicht gezogen, ihr Material von einem so strahlenden Weiß, daß das scharlachfarbene Frühlicht die Gesichtszüge des Wesens, das sich darunter verbarg, eher verdüsterte als erhellte.

Saavik, die sich in seiner Nähe befand, atmete erschrocken auf, ein Zeichen des Erkennens? Der Verzweiflung? Kirk konnte es nicht sagen.

Er wurde sich seiner Schiffskameraden bewußt, falls dieser Ausdruck noch irgendeine Bedeutung für sie haben sollte. Sie waren zu ihm getreten, Sulu und Uhuru standen rechts von ihm, Chekov und Scott links; der Ingenieur war sauer und verschlafen. Saavik stand ein wenig abseits.

Als die Prozession die Plattform passierte, verließ Sarek sie und brachte McCoy zu seinen Freunden. Sulu sprang vor, um ihn zu stützen.

»Leonard –« sagte Jim.

»Alles in Ordnung...« antwortete McCoy. Die Erschöpfung erlaubte seiner Stimme nicht mehr als ein Flüstern. »Alles in Ordnung, Jim.«

Sulu zog McCoys Arm über seine Schultern und nahm das Gewicht von seinen Füßen. McCoy schaffte ein Lächeln und drückte Sulus Arm, als er dessen Hilfe dankbar annahm.

Die weißgekleidete Gestalt am Ende der Prozession ging an ihnen vorbei, ohne einen Blick, ohne ihren Schritt zu verlangsamen. Jim konnte noch immer nicht unter die Kapuze sehen, doch kannte er den Schritt, die Haltung. Saavik wollte auf die Gestalt zustürzen, doch Kirk packte sie beim Arm und hielt sie zurück. Er hätte sie nicht festhalten können, wenn sie seinen Griff hätte brechen wollen, doch die Geste reichte dazu aus.

»Was ist... mit Spock?« wandte sich Jim an Sarek.

»Ich bin nicht sicher«, sagte Sarek. »Das kann nur die Zeit erweisen.« Er wandte sich der Gestalt in der weißen Robe zu, sah dann wieder Jim an.

»Kirk, ich danke Ihnen.« Sareks Stimme, wenn auch nicht seine Worte, waren ein Eingeständnis, daß die Arbeit dieser Nacht ein Fehlschlag gewesen sein mochte. »Was Sie getan haben, ist –«

»Was ich getan habe, mußte ich tun«, sagte Kirk hart. Er glaubte, in Sareks Augen ein Aufblitzen von Sympathie erkennen zu können, sogar von Mitleid. Doch er wollte kein Mitleid.

»Aber um welchen Preis? Ihr Schiff.« Die Falten um Sareks Augen wurden tiefer. »Ihr Sohn...«

Jim hatte das Gefühl, daß sein ganzes Sein in Trauer zusammenstürzen würde, wenn er dem nachgab, was Sarek ihm zu sagen versuchte.

»Wenn ich es nicht getan hätte, würde es mich meine Seele gekostet haben.«

Sarek nickte, akzeptierte Jims Weigerung, mehr zu diesem Thema sagen zu wollen. Er wandte sich um und ging schweigend fort. Vulkans Stern hing dicht über dem Horizont, eine riesige, scharlachrote Scheibe, die die Prozession beleuchtete, und die hochgewachsene, allein schreitende Gestalt. Der Wind heulte in einer trauervollen Note und wehte den Saum der weißen Robe zurück.

Jim legte schützend seine Hand über die Augen und blinzelte in die Sonne, um seinen alten Freund noch einmal anzusehen.

Lebe lange, dachte er. Lebe lange und habe Erfolg.

Und die Gestalt blieb stehen und wandte sich langsam um.

Eine Frau, die der Prozession angehörte, hörte oder spürte die Bewegung und wollte ihn zurückhalten, doch Sarek hinderte sie daran. Das Licht der Sonne fiel von hinten durch das Material der weißen Kapuze, so daß das Gesicht des Mannes tief verschattet war.

Er zögerte, trat dann langsam auf Jim Kirk und seine Freunde zu.

Er blieb stehen, hob die Hand, schob die Kapuze zurück und ließ sie auf seine Schultern fallen.

Der Schmerz war aus Spocks Gesicht gewichen, der Schmerz und die entsetzliche Leere. Sein Blick stellte Fragen an Jim, behutsam und lautlos. Eine helle Intelligenz, ungeduldig über die Ungewißheit, leuchtete aus seinen Augen.

Er blickte von Jim zu jedem seiner anderen Schiffskameraden: Sulu, Uhura, McCoy, Chekov, Scott; und schließlich Saavik. Es schien Jim, als ob er die Schwelle des Erkennens erreicht habe, sie jedoch nicht ganz überschreiten könne.

Spock ließ seinen Blick zu Jim Kirk zurückgleiten. Der heiße Wind Vulkans fuhr mit einem klagenden Heulen über die Wüste.

»Ich kenne Sie...« Seine Stimme klang heiser. »Nicht wahr?«

»Ja«, sagte Kirk. »Und ich kenne Sie.«

»Mein Vater sagt, daß Sie mein Freund waren. Daß Sie meinetwegen zurückgekommen sind.«

»Sie würden dasselbe auch für mich getan haben«, sagte Kirk und versuchte, Spock durch seinen Willen dazu zu bringen, sich an etwas von *vorher* zu erinnern, etwas, das geschehen war, bevor sie ihn nach Hause gebracht hatten.

»Warum haben Sie das getan?« fragte Spock.

»Weil –« Kirk suchte nach Worten, die zumindest eine lose Verbindung zwischen Vergangenheit und Gegenwart herstellen konnten. »Weil die Bedürfnisse des Einen wichtiger sind als die Bedürfnisse der Vielen.«

Spock starrte ihn an, immer noch ohne wirkliches Erkennen. Er wandte sich wieder ab und trat mit unsicheren Schritten auf seinen Vater zu, auf die anderen Vulkanier. Kirk streckte die Hand nach ihm aus, wußte jedoch, daß es richtig gewesen war, wenn er vorhin Saavik daran gehindert hatte, ihn aufzuhalten. Sie mochten in der Lage sein, Spock einen Schlüssel zu geben, doch niemand konnte ihn zwingen, sich zu erinnern.

Was hätte ich sagen können? fragte er sich. Habe ich die richtigen Worte gebraucht?

Er ließ seine Hand sinken.

Ein paar Schritte von ihm entfernt blieb Spock stehen. Er blickte zum Himmel hinauf.

»Ich war…« sagte er.

Beim Klang der angestrengten, gequälten Stimme trat Jim unwillkürlich auf ihn zu.

»…Ihr Freund… und werde es immer sein.«

»Ja«, flüsterte Jim. »Ja, Spock.«

Spock wandte sich halb zu ihm um. »Das Schiff«, sagte er. »Außer Gefahr…?«

»Sie haben das Schiff gerettet, Spock. Sie haben uns alle gerettet! Erinnern Sie sich nicht?«

Spock antwortete nicht. Er legte den Kopf ein wenig schief, als ob er auf eine weit entfernte innere Stimme lauschte. Er hob die Augenbrauen und wandte sich langsam Jim Kirk zu.

»Jim«, sagte er leise. »Ihr Name ist Jim.«

»Ja!« Jims Stimme brach, und er hielt den Atem an.

Spock nickte einmal kurz, als ob er sich versichern wollte, daß er den richtigen Weg gefunden hatte. Er blickte McCoy an, dann die anderen.

Plötzlich drängten alle seine alten Schiffskameraden sich um ihn, gleichzeitig lachend und weinend. Keiner von ihnen wußte, was die Zukuft ihnen bringen würde, doch jeder fühlte, daß jetzt, für diesen Augenblick, alles in Ordnung war.

BIBLIOTHEK DER SCIENCE FICTION LITERATUR

Alfred Bester
Tiger! Tiger!
06/24 - DM 6,80

Ursula K. Le Guin
Die zwölf Striche der Windrose
06/25 - DM 7,80

Harry Harrison
New York 1999
06/26 - DM 6,80

John Wyndham
Die Triffids
06/27 - DM 6,80

Karl Michael Armer/
Wolfgang Jeschke
Die Fußangeln der Zeit
Die schönsten Zeitreise-Geschichten
– Band 1 –
06/28 - DM 7,80

Philip K. Dick
Eine andere Welt
06/30 - DM 6,80

Oliver Lange
Vandenberg oder Als die Russen Amerika besetzten
06/31 - DM 7,80

Helga Abret/
Lucian Boia
Das Jahrhundert der Marsianer
Sachbuch
06/32 - DM 9,80

Ray Bradbury
Fahrenheit 451
06/33 - DM 5,80

Curt Siodmak
Donovans Gehirn
06/34 - DM 6,80

Carl Amery
Das Königsprojekt
06/35 - DM 7,80

Bob Shaw
Andere Tage, andere Augen
06/36 - DM 6,80

Olaf Stapledon
Sirius
06/37 - DM 6,80

Keith Roberts
Pavane
06/38 - DM 5,80
(Oktober '84)

Sterling E. Lanier
Hieros Reise
06/39 - DM 7,80
(November '84)

Christopher Priest
Der steile Horizont
06/41 - DM 6,80
(Dezember '84)

Edgar Pangborn
Davy
06/42 - DM 7,80
(Januar '85)

Ursula K. Le Guin
Planet der Habenichtse
06/43 - DM 8,80
(Februar '85)

Karl Michael Armer/
Wolfgang Jeschke
(Hrsg.):
Zielzeit
Die schönsten Zeitreisegeschichten
– Band 2 –
06/29 - DM 7,80
(März '85)

Theodore Sturgeon
Baby ist drei
06/44 - DM 6,80
(April '85)

Preisänderungen vorbehalten.

Wilhelm Heyne Verlag München

HEYNE BÜCHER

HEYNE TASCHENBÜCHER

zu Film und Fernsehen

Joseph Kessel
Die Spaziergängerin von Sans-Souci
Ein Leben voller Liebe
Der Roman, nach dem Romy Schneiders letzter großer Film entstand.
01/5939 - DM 6,80

Magdalen King-Hall
Die verruchte Lady
01/6201 - DM 6,80

William Kotzwinkle
E.T. – *Der Außerirdische und seine Abenteuer auf der Erde*
01/6065 - DM 6,80

Superman III
01/6334 - DM 6,80

Ira Levin
Rosemaries Baby
01/978 - DM 5,80

Alistair MacLean
Die Kanonen von Navarone
01/411 - DM 6,80

James A. Michener
Colorado-Saga
Micheners berühmter Roman, nach dem die gleichnamige 24teilige Fernsehserie gedreht wurde.
01/5750 - DM 12,80

Paul Monette
Scarface – Der Mann mit der Narbe
01/6440 - DM 6,80

Hans A. Neunzig / Peter Schamoni (Hrsg.)
Frühlingssinfonie
Clara Wieck und Robert Schumann
Die Geschichte einer Leidenschaft in Dokumenten
01/6197 - DM 7,80

Gerhard Polt / Hanns Christian Müller / Carlo Fedier
Kehraus
01/6273 - DM 6,80

Lee Raintree
Dallas
01/6057 - DM 6,80

Barry Reed
The Verdict – Die Wahrheit und nichts als die Wahrheit
01/6196 - DM 6,80

A. C. H. Smith
Der dunkle Kristall
01/6192 - DM 6,80

Preisänderungen vorbehalten.

Wagner
Der Roman zum Fernsehfilm
01/6292 - DM 7,80

Stephen Phillip Smith
Ein Offizier und Gentleman
01/6195 - DM 5,80

Joseph C. Stinson
Dirty Harry kommt zurück
01/6413 - DM 6,80

Bram Stoker
Dracula
01/526 - DM 6,80

Hans Jürgen Syberberg
Parsifal
Ein Filmessay
01/6024 - DM 12,80

Craig Thomas
Firefox
01/6132 - DM 7,80

Wilhelm Heyne Verlag München